고려의 혼

成均大司成 臣鄭麟趾 奉敎修: 恭愍 仁文義武 勇智明烈 敬孝大王.

諱는 顓이요, 古諱는 祺, 蒙古諱 伯顔帖木兒(바얀테무르)이니, 忠惠王의 母弟이다.

忠肅王 十七年 庚午 五月에 誕生하여 江陵大君으로 封하였다.

정 연 희
역사장편소설

고려의 혼

개미

소설 『고려의 혼』을 쓰면서…

　우리나라 국호는 코리아. 금년 2018년, 고려 건국 천백 년이 되는 해. 고려, 코리아는 천백 년을 두고 이어오는 우리나라 국호다. 아시아 대륙을 머리 위에 떠받치고, 어느 나라 어느 역사와 견줄 길 없이, 지난한 역사를 견뎌온 나라 코리아. 인류 역사상 유례가 없는 이념 전쟁으로, 초토화 된 국토가 반 동강 난 뒤에, 기이하게도 남한(南韓) 코리아는, 빨갛게 물든 아시아 전 대륙을 머리에 이고, 오로지 녹색(綠色) 섬처럼 남겨져 평화를 꿈꾸어왔다.

　IT 시대의 젊은이들에게, 역사는 '옛날 얘기'로 뒤쳐져, 알아도 그만 몰라도 그만인, 뿌리 없는 설화가 되고 말았다. 역사를 잃는 백성은 왜 망하는지 모르고 망한다.

　나라가 국권(國權)을 잃었을 때, 백성은 무슨 일을 겪게 되는지, 나라가 결단 나는 것은 외세(外勢)침략만 원인이 아니라, 내부 반목, 갈등과 부패가 그중 큰 요인이다. 길게 한 세기(世紀)에 걸쳐, 원의 지배 하에서 벗어나려던 몸부림이, 왕기(王祺), 공민왕의 등극 때부터

였기에, 고려의 어느 상감보다 아름다운 문기(文氣) 높던, 한 젊은 왕의 개혁의지를 천착해 보고 싶었다.

치욕의 몽골 치하 백 년, 충혜왕(忠惠王)의 동모제(同母弟)로 출생한 왕기(王祺)가, 어린 나이 열한 살에 원(元)에 입조숙위(入朝宿衛). 원수도 연경(燕京)살이 십여 년에 노국공주(魯國公主)와 혼인, 다음해에, 원나라가 공자 왕기를 봉(封)하여 고려국왕을 삼았으니, 공민왕(恭愍王)이다. 이십대 초반에 왕위에 오른 왕기는, 역대 어느 상감도 꿈꾸지 못했던 개혁을 시도했다. 변발을 없애고, 호복을 벗어던지고, 원나라가 고려를 다스리기 편리하게 만들었던 일체의 제도를 쓸어냈다. 고려가 다시 살아나던 시기였다.

하지만 지금쯤, 천여 년 전 우리 역사에서, 공민왕과 노국대장공주의 사랑도 뜬구름이요, 사랑하는 아내 노국공주와 사별 후, 실정(失政)을 이어가던 공민왕이, 결국은 고려를 망국으로 끌어갔다는 정도로 고려는 기억 저쪽에서 흐려지고 있다.

소설 『고려(高麗)의 혼(魂)』을 쓰기 위해, 부산동아대학교 고전연구실에서 발행한 역주(譯註) 고려사(高麗史)와 씨름하기 수삼 년, 고려의 공자(公子) 강릉대군(江陵大君)이 원나라 승의공주(承懿公主: 魯國大長公主)를 그토록 연모하게 된 연유도 궁금했다. 공자 왕기는, 할아버지, 아버지, 형님들에게 시집왔던 원나라 공주들의 야만스럽고 억세던 투기(妬忌)와 세도에 넌덜머리를 내던 왕자였는데—, 자신만은 원나라 여자에게 장가들 일 없다고 절치부심하던 그가, 사별하기까지 열애하던 승의공주와의 연모는 어떻게 시작되었는지 궁금했다. 그렇게 남다른 연모(戀慕)로 아내를 사랑했던, 한 젊은 왕이, 어떻게 개혁의지를 살려 고려를 찾고자 했는지⋯ 고려사를 천착(穿鑿)하여 따라간 고려사 일부가 소설 『고려의 혼』으로 태어났다.

　이후로 다시 여유가 허락된다면, 나머지 〈천년 비의(秘意)〉〈청자(靑瓷) 천년의 혼〉을 이어서 쓸 수 있기를 스스로 기원한다.

2018년 10월
고려창건(高麗創建) 일천일백 년을 기리며
안성 삼희동산에서
정연희

차례

너는 高麗의 王子

눈부시도록 화사한 개경(開京) 오월. 강릉대군(江陵大君)의 생일 차림이 한창일 때, 원나라에서 사신(使臣)이 들이닥쳤다. 한동안 무탈한가 싶었고, 봄날 향기가 개경 하늘을 꽃빛으로 물들였는데, 원 황실에서 사전 통고 없이 사신이 들어왔다면 반가울 일은 아니었다. 강릉대군의 형님 충혜왕(忠惠王)께서, 그 끔찍한 귀양에서 풀려 복위(復位)하신 지 잇해. 고려 개경 왕실에서는 충혜왕의 복위만으로, 자다가도 원나라 순제(順帝)께 조아려 감읍할 만큼 감격에 겨운 두 해였는데, 이번 사신은 무슨 일을 안고 왔을까. 아니나 다를까, 반가운 소식은 아니었다. 순제께서 보낸 사신은 강릉대군을 입조숙위(入朝宿衛)케 하라 시는 명을 받들고 들어왔다. 놀랄 일은 아니었다. 지금까지 원나라에서 입조숙위로 데려간 고려인은, 고려의 국왕이 아니면, 고려왕조의 원자나 세자들이었다. 그런데 원자도 세자도 아닌 충혜왕의 아우인 강릉대군을 입조숙위케 하라 신 순황제의 뜻을 알 길이 없었다.

강릉대군 입조숙위의 명을 받들고 들어온 순제의 신하는, 마침 강릉대군의 생신인 것을 알고 너스레를 떨었다. "황공하옵게도, 황제 폐하께서 강릉대군의 생일을 용케 아시고 선물을 보내신 것이외다. 얼마나 영광입니까. 순황제께서 친히 강릉대군을 보시고 저 부르셨으니 광영의 광영 아니겠습니까. 그런데 강릉대군께서 벌써 열 살을 넘기셨습니까? 이제 명실공히 청년이 되셨네요." '능글맞은 놈, 너희 원나라에서는 열 살짜리가 청년이더냐? 도대체 이 원 황실의 능글찬 한마디라니―, 원 황실이 눈을 크게 뜨는 일에 이렇게 시달리기를 언제까지 할일인가' 태후께서는 노여움을 가까스로 감추고 속으로 이를 악무셨다. 가슴이 철렁 내려앉았다. 아직 어리고 여린 작은 아들을 연경으로 보내야 하다니. 앞이 캄캄했다. 충숙왕(忠肅王)께서 고려 여인을 중전으로 고집하시어, 태후께서 형제를 낳으시니, 맏이가 충혜왕이시고, 차자 아드님이 기(祺)로, 여식인 공주보다 살갑고 어여뻐서, 한시도 눈앞에서 멀어지면 궁금해지던 아드님 강릉대군이었다. 여러 해 전, 원 황실이 충혜왕의 황음(荒淫)을 용서치 않고, 원으로 끌어가 귀양을 보냈을 때, 태후께서는 맏아들 충혜왕이 겪는 일로 사경(死境)에 이르실 만큼 고통을 당하셨다. 그렇게 막막하던 귀양에서 풀려, 아드님 충혜왕이 복위하신 지 잇해 만에, 강릉대군을 입조숙위로 데려가신다 하니 태후는 다시 잠을 잃고 식음도 멀어졌다. 공자 왕기는 궁중의 분위기에 민감했다. 형님 상감께서 원나라로 끌려가실 때, 나이 어렸지만, 어마마마께서 마음 아파하시는 모습을 가까이서 뵈었고, 구중궁궐 나인들까지 그 사태를 이겨내지 못하고, 어둡고 어둡던 세월을 지내던 것이 잊히지 않았다. 작은 아드님의 생일을 손수 차리시며 즐거워하시던 어마마마께서 다시 침울해지시는 것을 누구보다 민감하게 알아차린 강릉대군 자신도,

머지 않아 원나라 사신을 따라 고려를 떠나야 한다는 사실이 두려웠다. 생일 차림의 즐거움도 무겁게 가라앉고 궁인들까지 우울해보여, 소년 공자 왕기(王祺)는 시비(侍婢)들을 물리고 혼자서 궁성 뒤뜰로 내려갔다. 해가 뉘엿이 넘어가고 있다. 깊숙한 궁궐은 어둡고도 무거운 나래를 내린 듯 그늘을 늘이고 있다. 소년은 땅을 굽어본다. 하릴없이 발끝을 튕겨본다. 풀향기가 솟아오른다. 소년은 뒷짐을 지고 고개를 들어본다. 따끈따끈하던 봄볕에 물씬 익은 하늘이 포근한 노을에 물들어있다.

'연경(燕京)으로 간다……' 감당할 수 없을 만큼 어마어마한 메아리가 되어 소년의 조그마한 가슴을 뒤흔들었다. 연경, 멀고 먼 원나라. 아득하다. 실마리가 잡히지 않는다. 어디서부터 시작해야 할는지 알 수 없는…… 지금까지 살던 개경의 궁정을 떠나야 한다는 두려움이 피할 길 없는 무거움으로 공자의 가슴을 짓눌렀다.

편전(便殿)의 환자(宦者)가 공자를 데리러 오기 직전까지, 공자는 그렇게 홀로 서 있었다. 포근했던 것, 편안했던 것, 어디에도 걸릴 것이 없었던 평화로움이 갑자기 어디로 숨어버린 것일까. 공자는 등 뒤로 손을 둘러 뒷짐을 지고 천천히 걸어본다. 뉘엿한 해거름에 홀쭉하게 잡아 늘인 듯한 자신의 그림자가 발치에 누워있다. 흐릿한 그림자가 꽤 길게 뻗쳐 있었지만 너무 연하고 여리다. 그렇게 서서 자신의 그림자를 이윽히 굽어보던 소년은 갑자기 참을 수 없이 울음이 터질 것 같았다. 태어나서 처음 만나는 슬픔과 두려움이 걷잡을 수 없는 눈물이 되어 흐르고 말 것 같았다. 공자는 입을 악물며 눈을 감았다. 혼자서는 그 큰 울음조차 감당할 수가 없었다.

편전에서 뵈었던 형님 상감의 모습이 떠오른다.

"이번에는 기 너의 차례다. 원(元)이 너를 입조숙위케 하라고 사신을 보내어 부르는구나." 대수롭지 않은 일을 가볍게 다루듯 말해놓고, 얼굴색이 변하는 동생 기의 표정을 보자 충혜왕은 호방하게 웃어 젖혔다. "계집애처럼 겁먹은 얼굴이로구나. 무릇 사내로 태어났으면 한 번 다녀옴직한 곳이다. 우리 왕조에서는 역대로 세자(世子)와 왕자들이 줄 대어 드나들던 곳인데 뭘 그러느냐. 나도 너처럼 어렸을 때 원나라엘 갔었지. 열네 살이었으니 너보다는 한두 살 더 먹었을 나이이기는 했다만…… 겁먹을 일이 아무것도 없더구나. 거기도 사람들이 살고 있는 곳이다." 그래도 동생인 기에게서 아무런 대답이 없자 상감은 또 한 번 몸을 흔들어가며 호쾌한 웃음을 웃어젖히더니 말씀을 잇는다. "장부로 태어났으면 한 번 다녀옴직한 곳이야. 원나라 대도(大都) 연경(燕京)이라면 지금 온 천하의 모든 문물이 다 모여 있는 곳인데 자진해서라도 가볼 판이지. 이렇게 사신들이 모시러 왔으니 든든하고 경사스러운 좋은 일 아니냐?"

상감은 어린 동생이 알아듣건 말건 하고자 하던 말씀을 시원시원히 해대고는 이제 그만 간단히 아우를 물려나게 했다.

*

강릉대군(江陵大君) 기(祺)의 나이 이제 열한 살. 아직도 모후의 품에서는 애기님이요, 궁중 나인들에게도 애기 대접을 받으며, 응석과 어리광이 그대로 남아 있는 나이다. 태어날 때부터 수려(秀麗)하던 모습이 장부다운 기상보다는 단려(端麗)한 모습으로 가다듬어져 왔으니, 아직 소년의 티조차 드러나지 않고 있기는 하나, '계집애처럼……'이라는 말씀에는 분연히 심사가 들고 일어났다. 충혜왕 상감은 공자 기의 형님이시다. 나이 차가 많아서 열다섯 해나 손 위요,

왕이 되신 어른이지만, 그래도 한 어머니로부터 태어난 형제다. 그런데 그 형님은 한 번도 동생에게 살갑게 굴어준 일이 없다. 왕자의 위신이나 바쁜 정사(政事) 때문에만 그런 것이 아니라는 것을 그 아우는 알고 있다. 평소에는 편전에 불려갈 일도 없었고 따로 상감의 부름을 받을 일도 없었지만, 어쩌다 특별한 일로 대좌를 할 일이 있어도 왕은 왕이요, 공자는 공자의 위치에서 대면하는 것으로, 살가운 형제지정 같은 것은 없었다. 그랬던 형님이기는 하지만 그래도 나이 어린 동생이, 고국을 떠나 먼 길을 떠나는 일에서만은 조금쯤 정표라도 보여주었다면 싶은 생각을 하지 않을 수 없었다.

원나라 연경. 원으로부터 한 번 불려가면 언제 올는지 알 수 없는 곳이다.

부왕(父王)이시던 상왕께서 승하하신 뒤에 곧 즉위했던 형님은, 승하하신 부왕의 뒤를 이어 엄연히 왕좌에 오른 고려의 왕이었건만, 득득 얼어붙던 그해 동짓달에 원나라로 붙잡혀 가시지 않았던가. 세상에, 아무리 속국이라지만 고려의 왕위에 오른 왕을 무엇 때문에 왜 그렇게 개 끌듯 끌어갔는지 알 수 없었지만, 그때 원나라는 추상같은 기세로 고려 충혜왕을 붙잡아 끌고 갔다. 왕은 지존(至尊). 그 윗길을 가거나 견줄 것이 아무것도 없는 가장 윗자리에 계신 분이다. 그러한 고려의 왕을 잡아갈 수 있는 나라가 원나라였다.

붙잡혀 간 상감에 대해서는 한동안 일체 소식이 없었다. 원나라가, 새로 왕위에 오른 고려왕의 무엇이 마음에 들지 않는지, 연유도 까닭도 비치지 않고 한동안 묵묵 단절이었다.

어머니이신 태후께서는 얼마나 애절해 하였던가. 아드님이시자 고려의 왕이요, 고려의 왕이자 고려의 모든 것을 의미하는 왕이 붙잡혀 끌려간 뒤 소식이 끊어졌으나. 원을 향하여 무엇을 따질 수 있겠으며 억울함을, 분함을, 그 한(恨)을 어떻게 표현할 수 있겠으며, 누구를 상대로 그 답답함을 호소할 수 있었을까. 열 살짜리 공자는, 밤에도 잠들지 못하시고 원으로 끌려간 고려의 왕 아드님을 그리며 눈물로 지새우시던 모후의 애통함을 처음부터 끝까지 옆에서 지켜보았기에 지금까지도 그 아픔이 역력하다.

태후께서 간직하고 계신 깊은 모정(母情)도 그때 보았거니와, 어마마마이신 태후의 늠름하신 기상 또한 그때 처음으로 뵈었다. 동짓달에 왕이 연경으로 끌려가신 이후, 태후께서는 한시도 따뜻한 방안에 좌정하고 계시지를 못했다. 너무도 애절해 하시는 태후께 위안을 드리기 위하여 재상(宰相)들이 향연(饗宴)하여 모시고자 했을 때, 태후께서는 정승(政丞) 채하중(蔡河中)을 불러 앞에 앉히고 준절하게 나무라셨다.

"채 정승 들으시오. 정승은 신하로서 으뜸가는 자리에 앉아, 임금의 향방에 대해 한 가닥 소식도 듣지 못하는 형편에서, 잔치라니요? 지존(至尊)의 그릇됨이 보인다면 정승이 목숨 내어놓고 간(諫)하여 어긋난 길에서 구했어야 할 일…… 왕이 원으로 가신 지 벌써 몇 달이요? 정승께서는 일이 이 지경에까지 이르게 그냥 두었더란 말이오? 설혹 상감께서 무엇인가 그릇됨이 있었는데도 그것을 말리지 않은 것은, 신하들 묵인 하에 잘못이 잘못을 낳게 하여 잘못을 크게 키운 부덕(不德)의 죄요, 둘째로 임금이 어진 임금 되도록 보필하지 못한 불충의 죄요, 셋째로 아첨하여 국록(國祿)을 챙기고, 그 자리를 옳지 않은 방법으로 지키려 하였으니 국록을 거저먹은 죄를 더해 마땅하다 하겠소. 이제 상감께서 고려 땅 밖으로 어찌 될지 알 수 없는 길을 가셨거늘, 정승은 어떻게든 탐문하여 상감의 안위(安危)를 알아

볼 생각도 않고 나를 위로하겠다고 잔치를 마련하면서, 주저하거나 부끄러움이 없으니 신하의 도리는 어디에 두었다는 말씀이오? 지금 내 앞에, 세상에 둘도 없는 산해진미가 쌓여있다 한들 그것을 어찌 목으로 넘길 수가 있겠다는 말이요? 정승 들으시오. 왕은 한 나라의 지존이십니다. 이 땅 위에는 지존의 위를 가는 것도, 지존의 버금가는 것도 있을 수가 없는 것이요. 오직 한 분, 오직 그 한 분 지존이 곧 그 나라요, 그 나라 모든 것을 합쳐 지존되시는 것을 알고 있지 않으시오? 지금 상께서 자리를 비우신 이 고려는 주인 잃은 빈껍데기요, 나라가 나라일 수 없는 것 아니겠소? 그런 처지에 놓여 있으면서 정승의 뜻이 이 잔치에서 끝나는 것이라는 말씀이오?"

그때 태후께서는 끝내 흐느껴 눈물지으시면서 말씀을 마치셨다. 그리고 태후께서는 한 번도 편안히 좌정한 일 없이 그 겨울을 났다. 태후의 애절함은, 고려의 상감이지만 그 아드님인 정(禎)에게 매어 있었고, 보다 크나큰 근심은 상감이자 곧 고려라는 고국의 앞날이 보이지 않는 두려움에 묶여 있었다. 모후께서는 기나긴 겨울밤을 앉아 새우시면서 이따금은 나이 어린 둘째 아드님 기를 앞에 앉혀놓고 뜻깊은 말씀을 들려주시고는 했다.

"일이 여기에서 잘못 풀리면 고려의 앞날이 큰일이다." 태후는 나이 어린 작은 아드님의 가냘픈 어깨를 두 손으로 힘주어 잡고, 표정을 가다듬었다. "기 너에게 들려준다. 너는 왕가(王家)에 태어난 몸. 너는 왕자다. 왕문에 태어난 왕씨 성(姓)의 자손이요, 왕의 기상(氣像)을 받아 왕자로 태어난 사람이다. 왕자다운 기상을 키워라. 왕도(王道)를 능히 갈 수 있는 기상을 키워라. 왕도를 능히 갈 수 있는 기상으로 가다듬어라. 너라도 그렇게 갖추어야 현왕이신 형님을 받들어 도와드릴 수 있지 않겠느냐. 꿋꿋하고 든든한 잘난 공자(公子)가 되어라. 네가 마음껏 잘난 공자 되는 것이 곧 상감을 보필하는 길도 되는 것이란다."

태후께서는 그런 말씀 끝에 수심 가득한 눈길을 허공에 던지고 혼잣 말씀처럼 나직한 한숨을 섞어 말씀했다. "왕…… 현왕…… 임금을 도와드려야지. 누구인가 도와드리지 않으면 안 되겠어…… 내 아들이지만 정(禎)에게는…… 그를 도울 인물이…… 꼭 필요하다……."

이미 왕위에 오른 아들, 기의 형님인 정(禎)에 대해, 어마마마 태후는 무엇을 걱정하는 것일까, 고려의 왕위에 오른 형님을, 원나라는 무엇을 트집 잡아 끌어간 뒤 소식을 끊은 것일까. 어린 왕자 기에게는 점점 알 수 없는 의문이 늘어갔다. 공자 기는 알고 있었다. 태후의 그러한 표정은 다른 사람이 있을 때는 볼 수가 없는 근심이라는 것을. 그 표정은 왕기 자기만이 알고 있는 어마마마의 얼굴이었다. 정확한 사연을 설명하시는 일은 없었으나. 무슨 뜻인가를 두고두고 전하고자 하신다는 것을 어렴풋이나마 알 것 같았다. 슬픈 얼굴인가 하면 무엇인가를 체념하고자 하는 듯한…… 그러나 체념만은 아닌, 체념의 표정 위에, 새로운 의지를 일으켜 세우시려는 숨은 뜻이 있음을, 왕자 기는 조금씩 눈치로 알기 시작했다. 어머니인 태후께서 오직 하나 기 왕자 자기의 앞날을 위해 새기고 새겨야 할 고려의 혼(魂)에 대한 깊은 뜻이 있음을 짐작했다.

궁성 뒤뜰, 쓸쓸한 땅거미에 묻혀 혼자 서 있던 소년 공자는 생각이 어머니에게 미치자 활연(豁然)하게 얼굴이 밝아졌다. 연경에 갈 일을 왜 혼자서 걱정걱정했던고. 형님이신 상감께서 계집애 같다 하신 말씀에 발끈했던 것도 별것 아니었다. 지금까지 궁성 뒤뜰에 혼자 서 있었던 것이 조금 부끄러워지기까지 했다. 갑자기 어른 흉내를 내려다 들킨 것처럼 그는 태우궁을 향하여 걸음을 빨리했다. 새들이 둥지를 찾아 가는지 뿌유스름한 늦봄날 저녁 하늘을 가볍게 흔들었다.

*

"어마마마 꼭 가야만 하는 것이옵니까?"

강릉대군 왕기는 번연히 알면서도 어리광 섞어 태후께 그렇게 말씀을 드려본다. 태후께서도 그러는 아드님의 속셈을 환하게 알고 계신 듯 빙긋이 웃으시며 짧은 대답으로 응수하셨다.

"그럼 가야 하고말고. 가야 할 길이…… 가야만 할……."

"누가 오라시는 것입니까."

"원나라지. 원 황제시다."

미소를 띠고 계셨지만 원이라는 이름을 발설하실 때의 그 음성에는 한숨기가 섞여 있었음을 공자는 재빠르게 알아챘다.

"어마마마, 원나라 전부가 저를 부르는 것입니까?"

"원나라 전부가 부르는 것이나 마찬가지지. 황제(皇帝) 폐하께서 사신을 보내시어 너를 입조숙위하라셨으니…… 아마도 너를 가까이 두시고서 보고 싶으신 게다."

"아니 가면 안 되옵니까?"

"아니 갈 수는 없는 일이지. 네가 태어나기 훨씬 전부터 정해진 일이란다."

덕성스러운 태후의 얼굴에서 미소가 스러지며 완연히 어두운 그늘이 덮였다. 어마마마의 심중에는 운명의 무거운 구름이 가득 찬 듯했다. 고려, 고국, 몇백 년째 이어오고 있는 원과 고려의 관계…… 피해 갈 길 없는, 어둡고 무겁고, 한 치 앞날이 보이지 않는 고려의 왕자로 태어난 아들의 운명을 어머니는 슬퍼하고 있음을— 왕자 기는 얼른 입을 다물었다. 심기를 어지럽혀드린 것이 송구하여 잠시 어찌할 바를 모르고 숨을 죽였다. 그러자 태후께서는 무슨 생각을 하셨는지 표정을 가다듬으시며 다시 웃음을 띤 얼굴로 작은 아드님을 바라보신다.

"무엇……또 궁금한 일 없느냐?"

"순제께서는 무서운 분이신가 보옵니다."

기는 혼자서 여러모로 생각했던 문제를 심중에만 담아둘 수가 없어 태후의 눈치를 조심스럽게 살펴가면서 입을 열었다.

"그렇지 않으시다. 너도 왜 알고 있으면서 그러는구나. 지난해 봄 사월에 고려인 기씨(奇氏)가 순황제의 둘째 황후가 되셨잖으냐. 순황제께서는 고려에 대해서, 고려국이 당신네보다 양반의 나라로 알고 계시며, 고려 여인들을 유난히 고이신다고 들었다. 그러니 네가 순황제 궁으로 들어가면 너를 보시는 황제께서 각별하게 사랑을 표하실 것이다. 걱정 말거라. 너는 어느 곳에서 누구에게 보여도 귀히 여김을 받을 것이다."

"순황제께서 고려 여인을 황후로 맞아들이셨다고요? 기(奇)씨는 언제 원나라로 간 분입니까? 고려 여인을 황후로 삼으셨다고…… 원래 무서운 분이 안 무서워지시는 건 아닐 것 같은데요, 어마마마."

태후께서는 소리를 내어 웃으셨다.

"그렇다는 뜻만은 아니다만……."

"제가 아니 가면 어떤 일이 생길까요, 어마마마." 대답이 없으신 태후를 똑바로 건너다보며, 기 왕자는 또 한 가지 궁금한 것을 묻고야 말았다. "제가 아니 간다면 지지난 겨울 상감께 일어났던 일 같은…… 그런 일이 또 생기는 것인지요."

잠잠하게 아드님을 바라보시던 태후께서는 앉음새를 고쳐 앉으시고 웃음을 거두셨다.

"잘 듣거라. 네가 가기 싫다고 해서 아니 갈 수 있는 일도 아니요, 아니 가겠다고 버텨서 무사할 일도 아닌 것을 너는 알고 있을 것이다. 또 네가 거역한 것으로 하여 분란이 일 것은 당연한 일. 네가 가지 않겠다고 버티면, 붙잡아서 끌고라도 가고야 마는 곳이 원나라라는 것을 알아야 한다. 그러나…… 나는 너를 연경으로 보내고 싶다. 이런 일 저런 일을 떠나서 황제의 어명이나 후환(後患)이 무서워서가 아니라, 나는 너를 보내야만 되겠다. 가거라, 기왕이면 선선하게 가거라. 네가 잘만 가 있으면 장차에 우리들 모두에게 도움 될 일이 있을 것이다. 어찌되었거나 큰사람이 되려면 한번은 다녀와야만 하는 곳이니 어찌겠느냐. 고려의 역대 상감 모두가 그렇게 가셨고, 그곳에서 사시다가 귀국하신 뒤에 상감이 되신 분들인데, 네가 장차 큰사람 되는 것을 이 어머니는 보고 싶구나. 그러니 너를 보내놓고 너를 기다리는 그 기다림이 몇 년이고 또 몇 년이 될는지 참고 기다릴 수도 있는 것 아니겠느냐. 왕자답게 꿋꿋한 모습으로 떠나다오, 부디……"

이번에는 말씀의 뜻을 전부 알아들을 수 없던 어린 왕자 쪽에서 시무룩해졌다.

"어마마마, 언제까지 연경에 있어야 하옵니까?"

"지금은 아무도 모를 일이다. 원의 황제께서 정하실 일이니……"

"이 다음 또 그 다음, 제가 아주 큰어른이 될 때까지도 올 수 없거나 영영 못 오게 되면 어마마마께서는 어찌하시렵니까?"

"지금까지 아주 못 돌아오는 일은 없었다."

태후께서는 스스로에게 다짐하시듯 힘주어 말씀하신다.

"어마마마, 그 기나긴 세월을 저는 연경에서 무얼 하고 지내게 될

까요?"

"배워야지, 모든 문물을 배워서 닦아야지. 왕자 된 기상을 더 든든하게 닦아야지."

"그렇게 닦은 뒤엔 무얼 하는 것이 온지요."

"큰사람 되는 것이지."

"누구 앞에서 큰사람 노릇하는 것이옵니까?"

"만백성 앞에서지. 살아가는 동안 부딪치는 모든 사람 앞에서……."

태후께서는 자기만의 심중을 잠시 살피듯 말씀을 끊고 무엇인가를 헤아리시는 듯하더니 이윽고 눈빛을 빛내며, 아직은 어린 아드님을 건너다보신다.

"어마마마, 꼭 그렇게 많은 사람 앞에서 큰사람 노릇을 해야만 되는 것이옵니까?"

"그것이 왕자로 태어난 인물이 살아가야만 하는, 비켜갈 수 없는 운명이란다. 왕손으로 태어난 왕자의 살아가는 길이란다. 사람은 각기 그 타고난 분수가 따로 있는 법인데, 왕자인 너는 왕자로 태어났으니 왕자의 길을 가지 않을 수가 없는 것이다. 왕자는 왕자답게 살지 않으면 안 되는 법. 왕자답게 사는 것은 만 사람 중에서 출중하게 그리고 그들보다 크게 살지 않으면 안 되는 것이지."

어린 공자는 고개를 반쯤 숙이고 야트막하게 한숨을 짓는다. 그 모습을 이윽히 바라보시던 태후의 심중에 엷은 구름이 어렸다. '너무 결이 고와서……조금만 더 씩씩했더라면, 조금만이라도 우람한 데가 있었더라면……곱게 빚어져 태어난 여아(女兒)의 인물이 무색할 지경으로, 남아(男兒)의 인물이 저리 고우니……' 환하게 타오르는 쌍 촉대 위의 불빛을 받고 앉아 있는 기의 모습은 청초하고 아름다웠다. 반듯한 이마, 잘 돋우어진 콧날, 단정한 입매 그리고 사람의 마음을 사로잡는 따뜻하고 깊은 눈. 그 위에 안존한 몸가짐이며, 어느 누구를 어떻게 대하든 그 부드럽기가 더할 나위 없이 자연스러운 어린 공자. 태후의 심중이 고려의 장래나 왕가(王家)의 앞날을 헤아리게 될 때마다, 태후의 눈길은 어린 공자 기에게서 머물며, 약간의 가벼운 아쉬움을 되새기고는 했다. '그릇이 좀 더 컸더라면…… 조금 더 우람했더라면…… 허나 아직 나이가 있으니, 차차 자라면서 만들어 가면 되겠지.' 소년은 어머니의 그런 마음을 아는지 모르는지 그린 듯이 앉아 있다. 그 단려(端麗)한 소년의 어깨 너머로 연꽃무늬 소담한 청자(青磁) 화병이 불빛을 받아 매끄럽게 흐르고 있어 묘한 조화를 이룬다. 태후는 속으로 무릎을 친다. '절묘한 조화로구나. 저 차가운 듯 깊은 비색(翡色)이 어찌 저리 어린 왕자와 어울리는고! 비취빛만도 아닌, 푸르다 이를 수만도 없는…… 깊고 아련한 청자의 비색이 왕자 기의 모습에 어우러지니 왕자 강릉대군이 그대로 청자 자신이었다. 필시……예사로운 태생이 아니겠구나…… 내 아들 어린 공자와 고려청자의 모습이라니!' 그러나 잠시 뒤, 태후의 가슴을 섬뜩하게 만드는 느낌이 잇대어 일어난다. '깨어지기 쉬운 것, 영특하고 차가우면서 부드럽고도 날렵한…… 언뜻 찬 기운이 도는 고려청자의 비색이 왜 내 아들과 어울리는가…… 귀하고 아름다워 애지중지하는…… 깨어질까 아낄수록…… 조심스럽기만 한…… 싶은 사위스러운 생각이 태후를 사로잡자, 태후는 그 불길한 생각을 떨쳐버리려는 듯, 그때까지도 미동 않고 앉아있는 공자에게 말을 건넨다.

"무슨 생각을 그리 골똘하게 하고 있는고?"

공자는 깊은 생각에서 깨어난 듯 총명한 눈길을 들어 태후를 바라본다.

"어마마마, 연경엘 곡 다녀와야만 큰사람이 되옵니까?"

"그건…… 입조숙위의 뜻만이 아니라, 배울 것이 많이 있다는 뜻이에요, 우리 대군님……." 그렇게 아들을 불러 놓고 태후께서는 말씀을 이었다. "내 아들 대군이 아직 어려서, 나라와 나라 사이의 문물(文物)의 흐름이 어떤 것인지를 아직 모르고 있지만, 원나라 황실과 대신들이 우리 고려청자를 얼마나 탐을 내는지 그 까닭을 알겠느냐? 네가 연경으로 가면, 아마 원 황실이나 대감들의 주위에서 고려청자를 얼마든지 볼 수 있을 것이다. 원래 청자가 송(宋)나라에서 고려로 흘러들어 온 것이에요. 송나라가 청자의 어머니지. 그런데 원 황실에서 고려청자에 혹하는 것은 송대(宋代)의 청자보다 고려청자가 월등 아름답기 때문이다. 그저 단순한 아름다움이 아니라, 그 빛깔의 신비스러움에 끌린 것이지. 고려청자의 비취빛이 원나라처럼 거칠고 광대한 벌판 사람들에게는 풀 수 없는 수수께끼지. 원 황실과 원나라 대신들이 정신 놓고 반해서 너도나도 고려청자만을 욕심내는 것이 거기에 있어요. 고려청자는 고려의 혼(魂), 고려 혼의 빛이다. 원나라가 아무리 힘이 세도, 청자를 만드는 기술을 터득하지 못하고 고려청자만을 탐내는 것은 그 신비를 풀지 못하기 때문이란다. 더구나 청자의 비색(翡色)……그 신비스러운 비색의 비밀을 알아내지 못하는 안타까움이 그들에게 있는 게야. 누구도 흉내낼 수 없는 고려의 혼만이 터득한 비색이거든……."

"어머니, 원나라에도 도공들이 있을 텐데 왜 고려청자만을 탐낼까요? 그리고 그렇게 많은 대신들이며 황실에서 고려청자를 가지고 있다면, 어떻게 해서든지 고려청자의 비색을 알아낼 수도 있지 않았을까요?"

"내 아들 공자야. 원나라가 아무리 힘이 세고 아무리 무서운 종주국이라 해도, 고려의 혼만은 어떻게도 건드릴 수가 없어서, 때로 고려에게 더 심한 행패를……."

태후는 어떻게 설명해야 제대로 된 역사를 알려줄 수 있겠는지, 원나라의 속국이 되어 지지리 시달리던 고려 왕실의 역사를 사실대로 이야기할 용기가 나지 않아 당황스러웠다. 그래서 서두를 얼결에 열어놓고는 머릿속에서 착잡하게 돌아가던 모든 기억을 덮어버리고 간단하게 대강 말씀을 가다듬었다.

"알고 있을 테면서 그러는구나. 고려에서 몇 대째 열성조(列聖朝) 모든 상감과 세자와 왕자들이 끊이지 않고 불려가셨던 곳이 연경이다. 근 백 년을 두고, 충렬왕(忠烈王)께서 세자로 계실 때 다녀오신 것을 비롯하여 할아버지 충선왕(忠宣王)께서도 몇 차례 다녀오셨고, 아바마마 충숙왕(忠肅王)께서도 또한 그러하셨다. 지금의 상감이신 형님께서도 마찬가지 아니었느냐. 원나라는 이를테면……너의 외가(外家)다. 원나라는 생판 남의 나라가 아니란다. 너의 몸에도 몽고의 피가 흐르고 있다는 것을…… 너의 친할머님 되시는 의비(懿妃)께서는 몽고(蒙古)의 공주셨느니라. 할아버님 되시는 충선왕께서도 제국대장공주(齊國大長公主)이신 홀도로게리미실 공주를 어머님으로 태어나셨으니 충선왕께서 그 외가가 원나라가 틀림없었고…… 자 다시 한 번 잘 살펴보자꾸나. 충렬왕(忠烈王)께서 몽고 공주이신 제국대장공주와 혼인을 하신 이래로, 할아버님 충선왕(忠宣王)께서는 원나라의 진왕(晋王) 감마라(甘麻剌) 왕의 따님이신 보탑실련(寶塔實憐) 공주와 혼인하셨고, 다음으로 아바마마께서는 원나라 영왕(營王)의 따님이신 역련진팔라(亦憐眞八剌) 복국대장공주(濮國大長公主)께 장가드셨으니, 그것만으로도 삼대(三代)인데다 지금의 상감께서 역련진반(亦憐眞班) 공주와 혼인하셨으니 벌써 사대(四代)째에 걸쳐 두 나라는 국혼(國婚)으로 이어져 내려오고 있다. 잘 생각해 보아라. 원나라는 그렇게 멀고 무서운 나라가 아니란다." 태후는 잠깐 숨을 돌렸다. 원의 황실이 굳이 자기네 황실의 공주를 고려왕의 왕비로 삼으려고 대대로 공주를 고려로 보내는 것은, 등 뒤에서 '흉노(匈奴)' 소리를 듣는 자기네의 처지에서 고려와 피를 섞으려는 깊은 의도가 있다는 것을 되짚어 생각했다. 원의 황실이 때로 횡포를 일삼지만, 고려와 피를 섞어 원나라를 격상시키고 싶은 의도가 분명하다면 웬만한 고통을 참고 따르는 것이 고려의 처지일 수밖에 없었다. "보아라, 내 귀한 아들 기야. 너는 연경에 가기만 하면 네가 두려워하던 일들이 안개처럼 스러지고 순황제의 총애를 받게 될 게다. 나는 그리 믿는다. 그리고 지금 원나라로 가서 입조숙위할 사람으로 너의 차례가 된 것은 그렇게 간단히 마다할 일이 아니다. 마음 단단히 지녀라. 연경에 도착하면 고려의 기상(氣像)을 키워가며 고려의 왕자답게 성장해야만 한다. 알겠느냐? 무슨 뜻인지…… 사람 한평생 살아가는 길에 마련되어진 길이라면 당당하게 가야만 할 일이 있고, 선택해서 갈 수도 있는 길이 있겠지만, 이번의 이 길은 너에게는 운명으로 마련되어진 길일 것이다. 가되, 선선하게 가고, 선선하게 가서는, 배우고 잘 가려 받아들여야 하는 게야. 내 말 알아듣겠느냐."

"너무 어렵고…… 어마마마께서 저에게 꼭 들려주시는 말씀을 모두 알아들어야 한다고 생각이 되면서도…… 저는 어마마마 옆에 있고 싶사옵니다. 더구나 아바마마 충숙왕께서는 아직도 돌아오시지 않고……."

형님 충혜왕은 돌아왔지만 아버지 충숙왕께서는 돌아올 기약이 보이지 않는다. 소년의 눈에 물기가 차올랐다. 촛불이 그 속에서 영롱하게 흔들린다. 태후는 그 어린 아드님을 와락 품어 안고 울고만 싶다. 헤어지면 언제 만날는지 알 수 없는 일. 육로(陸路) 오천여 리,

뱃길 수천 리. 어느 길을 택해서 가든 멀고 아득한 길이다. 아직 철
없고 여리고 여린…… 아무것도 모르는, 철없는 어린 것을…… 그
러나 태후는 격해 오르는 감정을 지긋이 억눌렀다. 원나라 그늘 속
에서 고려는 얼마나 많은 우여곡절을, 눈물과 탄식의 강물 위로 흘
려보냈던가. 굽이굽이 겪어 내려오던 나랏일만이 아니라 상감을 지
아비로 섬겨야 했던 자신은 또 그 원나라의 치맛자락 밑에서 얼마나
많은 수모와 모진 천대를 당했던가. 그리고 여러 해 전, 현재의 상감
이 끌려간 기억은 무엇으로도 달랠 수 없는 절치부심으로 남아있지
않은가. 그 고통이 이어지고 있는데, 남편이었던 상감 충숙왕은 아
직도 돌아오지 못하고, 다시 새로운 인물의 입조숙위라니. 인질, 질
자(質子), 입조숙위란 독로화(禿魯花)에게 주어지는 겉껍데기 역할일
뿐이다.

그러니 이제 입조숙위하러 가는 공자 기(琪)는 질자로서 원으로 가
는 것이다. 누구인가 그 뒤를 이어갈 인물이 정해지기 전에는 돌아
올 수 없는 길을 끌려가는 것이다. 백 년 가까운 세월 속에서 모든
세자(世子)들이 그렇게 원에서 살다가 와서야 고려왕으로 즉위했다.
충렬, 충선, 충숙 그리고 지금의 상감도 열네 살에 같은 길을 갔었다.

태후로서는 두 번째로 겪는 일. 큰아들 정(禎)이 열네 살 세자로서
같은 길을 갔었건만 어쩐지 이번은 더욱 애틋하고 안쓰러웠다. 태후
는 만단회포를 접고 아드님의 조그마한 손을 가만히 잡았다.

"부디 씩씩하게, 다치는 일 없이, 부딪쳐도 깨어지지 않는 튼튼한
장부, 우람한 기상으로 커지시어 돌아옵시오."

"어마마마……."

왕자 기의 눈에서 드디어 눈물이 방울방울 흘러내렸다. 태후는 그
아드님의 총명한 눈에서 굴러 떨어지는 맑은 눈물방울을 지켜보면

서도 끝내 그 아드님을 가슴에 품지 않고 견뎠다.

*

  강릉대군 기를 데려가기 위하여 5월에 개경으로 들어선 원나라 사신들은 예정에 따라서 갈 길을 재촉했으나 오월은 왕자 기가 태어난 생일 달이다.

  태후는 떠나는 아드님의 열한 돌 생일잔치를 기껏 차려주고 싶었다. 떠나간 다음이면 누구의 손에서 어떻게 생일을 치르는지 알 수 없는 일. 고려 땅을 떠나는 어린 아들에게 기껏 모정을 심어주고 싶었고, 고려를, 고려의 혼(魂)을, 고려의 모든 것을 안겨서 보내주고 싶었다. 어린 아들의 마음속에, 고려의 혼을 새겨, 퇴색하지 않고 지워지지 않도록 만들어 주고 싶었다.

  어린 대군 기의 생일날은 화창했다. 개경은 무르익은 봄볕 속에서 꽃처럼 활짝 피었고, 그중에서도 만월대(滿月臺) 위, 수령궁(壽寧宮) 언저리는 황홀한 꽃밭이었다. 아침부터 태후궁은 아기자기하게 바빴다. 오색 과일과 음식을 고배해서 고인 생일상을 차리기에 바빴고, 대군의 생일 옷 일습을 입히는 데에 바빴고, 생일상을 받는 대군의 눈부시도록 수려한 모습을 너도나도 구경하기에 바빴다. 나인들도 주인공에 대한 예절을 충심으로 받들어 마음껏 축하해 드리는 뜻으로 기껏 호사(豪奢)를 했다. 생신상을 받는 강릉대군을 뵙는 나인들은 새삼스러운 탄성을 올렸다.

  "세상에 저렇듯 잘 나실 수가……."

  "이쁘기두 하시지. 어느 미인이 우리 대군아기씨를 따를까."

  자랑스러워하던 나인들의 화제는 어느 틈엔가 자기네들끼리 엉뚱한 곳으로 흘러갔다.

"대군께서 연경엘 가시면 또 몽고 새아씨를 얻어 오시겠지."

"그야…… 원 황실에서 그렇게 만드시려고 작정한 일인데 무얼…… 지금쯤 원나라의 어느 공주님이 눈이 말똥말똥 우리네 고려의 이 기막힌 공자님을 기다리고 있을 걸……."

"아까워서 어쩌하나. 에구에구 아까워라!"

"아까와도 할 수 없지, 할 수 없는 노릇이고말고. 상왕의 상왕께서도 그러하셨고, 또 그 먼저의 상왕께서도 그렇게 장가드시어 우리네 고려의 왕실이 잘 견뎌 내려오고 있는 것을…… 지금도 당장 원나라 공주님을 곤전으로 뫼시고 있으면서 무얼."

"그래도…… 그래도 우리 대군아기씨만은 고려 여자에게 장가드시었으면…… 원나라 여자에게 장가드시지 말았으면 좋겠어. 너무 아까워, 너무 아깝잖아? 고려의 아내로 짝지으셔 그 아내만을 애지중지하시며 아기자기 사셨으면……."

"그런 소리 함부로 지껄이지 마라, 공연한 불집 건드려서……."

궁녀들은 탄식을 하다가 그 탄식을 우그려 넣기에 바빴다. 어디라고 감히 그런 불평을 할 수 있을 것인가. 잘난 대군아기씨를 모신 나인들의 기껏 부풀었던 자랑은 그러한 아까움과 수심의 침묵 속으로 가라앉았다. 그러나 어린 공자는 즐거웠다. 애틋한 수심이 어려있는 분위기임을 어렴풋이 느껴 알 수 있었지만, 자기가 주인공이 된 그 잔칫날이 마냥 즐거웠다. 며칠을 두고 정성껏 만들어진 새 옷들 하며, 며칠을 두고 가지가지로 장만된 음식들하며, 생일잔이 자기를 중심으로 돌아가는 모든 것이 흐뭇하고 즐거웠다. 오늘따라 궁녀들까지 더욱 아름다워 보였다.

태후는 그러한 공자를 데리고 후원을 거닐었다. 나인들을 저만치에 물리고, 모란꽃 화단가에 아드님을 앉히고는 정작 중요한 이야기를 할 채비로 공자를 찬찬히 들여다보신다.

"이제 떠날 작정은 단단히 되었느냐."

"예, 어마마마, 어마마마의 말씀 들은 뒤로 마음을 많이 다스렸사옵니다."

"떠날 때도 왕자답게 떠나고, 또 연경에 첫발을 디딜 때도 왕자답게 하여라. 고려, 고려의 왕자를 우러러 보도록, 함부로 어린 사람 취급당하지 않도록 각별히, 각별히! 언행(言行)심사(心思)를 극력 스스로 다스려야 하느니라. 알겠느냐? 이 어미는 연경 하늘을 바라보며 매일 합장기도할 것이다." 태후께서는 햇빛을 담뿍 받고 앉아 있는 아드님의 조그마한 손을 꼬옥 잡아주시며, 낮은 음성으로, 그러나 힘 있고 분명한 어조로 한 말씀 덧붙였다. "너는 고려의 왕자다. 분명 고려의 왕자니라!" 태후의 표정은 자애로우면서도 엄숙했다. "고려인은 처음도 고려인 나중도 고려인, 고려인다워야 한다." 태후는 아드님의 작은 손을 더욱 힘주어 잡으시며 말씀을 잇는다. "고려인은 어느 나라 사람보다도 출중하다. 너는 그러한 고려인 중에서도 왕자인 것이다. 고려의 왕자니라. 알겠느냐, 너는 고려의 왕자니라."

"어마마마, 저는 분명 고려의 왕자이옵니다. 잘 알고 있사옵고 또 절대로 잊지 않을 것이옵니다."

소년은 그 총명한 눈을 들어 모후를 올려다본다. 그 말씀과 그 모습을 길이 아로새기려는 듯.

*

개경(開京)을 떠나던 날, 어린 공자는 두루두루 개경 산천을 둘러

보고 또 둘러보았다. 장중하게 터억 자리 잡고 있는 푸른 송악산(松嶽山), 손짓해 부르듯 하던 다정한 자남산(子男山). 무심하게 오가며 노닐던 만월대(滿月臺)위의 궁성 모퉁이.

'나는 고려인, 고려인 중에서도 왕자! 나는 고려의 왕자다!'

소년은 태후께서 들려주시던 말씀을 가슴에 되새기며 개경을 떠났다. 어마마마를 마지막으로 뵙고 돌아서던 어린 강릉대군은 쏟아지고야 말 것 같은 눈물을 가늠하느라고 목이 아프도록 안간힘을 써야 했다.

'고려인답게, 고려의 왕자답게……'

어머니께서 그렇듯 신신당부하시던 말씀을 어기지 않기 위해, 열한 살의 대군은 복받치는 설움을 목이 찢어지도록 안으로 삼켜야 했다. 그렇게 서러움을 견디던 그의 가슴속에 의문의 씨앗이 싹트기 시작했다. 말에 오른 왕자 기(祺)를 에워쌓은 것은 원나라 사신들이다. 개경을 뒤로 하고 투걱투걱 북으로, 북으로 가는 길이 너무 쓸쓸했다. 원나라 사신들이 낯설었고, 원나라 말이 익숙하지 않아 그들이 하는 말을 얼른 알아들을 수 없을 때는 가슴이 울렁거려 말에서 뛰어내리고 만 싶었다. '도대체 나는 왜 이렇듯 억지로 어마마마 곁을 떠나야 하는가. 모든 일이 '원나라 때문이다. 무엇 때문에 이렇게 견디기 힘든 슬픔을 참아야만 하는가. 원나라 때문이다.' 어마마마께서는 분명히 원나라를 좋아하시질 않는다. 그러시면 서도 나를 원나라로 보내신다. 무엇 때문일까. '원나라 때문이다.' 그런 원나라로 나를 떼어서 보내신 어마마마. 지금쯤은 아무도 없는 당신의 궁성에서 모든 궁녀를 물리치시고 홀로 울고 게시리라. 어마마마께서 원나라를 싫어하시는 이유를 알겠다.

언제인가 며느님 되시는 현 충혜왕의 비(妃) 역련진반(亦憐眞班) 공주 때문에 몹시 심기를 다치신 듯했던 일이 있었다. 그때 어린 대군은 어머니께 그와 비슷한 질문을 했던 일이 있었다. 그때 어마마마께서는 슬픈 얼굴을 하시고 혼잣소리처럼 말씀하셨다.

'이 다음에, 이 다음에…… 우리 대군이 큰사람 큰어른 되시면 그때에나 가서 이야기를 할 수 있을까……그 안에 내가 죽으면, 그때, 어느 공정한 사람이 나타나서 이 고통스러운 정황에 대해 말씀해 들려줄 것이오. 언제인가는…….'

그것은 어마마마의 비밀인 듯했다. 어마마마의 비밀도 그 뿌리가 원나라에 있었던가. 그런데 그 비밀은 얼마나 고통스럽고 슬픈 것이기에 어마마마를 저렇도록 힘들게 하는가. 어마마마는 그 말씀을 하시면서 몹시 괴로워하시지 않았던가.

'원나라…… 원나라……, 원나라…… 황실…… 순황제…….'

어린 공자는 원나라를 향해 하염없이 이끌려가고 있으면서, 원나라에 대한 가지가지 의문이 점점 커져가는 것을 혼자서 곰곰 되새겨 보았다. 고려 왕자 기(琪)를 수행하는, 삼십여 수종자(隨從者)들 가운데는, 정승 채하중, 전첨의평리(前僉議評理) 손기(孫琦), 박인간(朴仁幹) 등 궁중에서 자주 볼 수 있던 대신들이 많았지만, 자상하게 굴어줄 사람은 찾을 수가 없었고, 또 함부로 아무것이나 물을 수도 없는 일이어서 이 생각 저 생각을 가슴속에서만 혼자 되짚어 볼 수밖에 없었다.

수종자들 가운데서 정승 채하중은 많은 것을 알고 있으리라. 그는 지지난해에 아바마마인 상감 충숙왕이 원나라로 끌려가고 난 뒤, 어마마마께 위로의 향연을 베풀어 드리려다 준절한 나무람을 듣기도 했으려니와, 그 겨울을 보낸 다음해에 원나라까지 직접 다녀온 사람이다. 왕자 기의 아바마마며 고려의 상감께서, 형부(刑部)에까지 간혀 있어, 황제께 탄원을 드리려 갔던 재상이다. 탈탈대부(脫脫大夫)가 황제께 상주(上奏)하여 복위케 만든 희보(喜報)를 가지고 고려로 돌아온 것이 그해 삼월이던가.

길이 험해지고 고르지 않아, 어린 대군은 흔들리는 말에서 수레 위의 가마로 옮겼다. 어린 대군은 흔들리는 수레 위에서 장막을 잠시 걷고 밖을 내다보았다. 아직 고려 땅이다. 오월의 따가운 햇살 속에서 마을들이 졸고 있는 듯 조용하다. 보리이삭 영그는 풀향기가 훈풍을 타고 가득히 안겨오는가 하면, 채마밭의 소채들이 뿌드득뿌드득 자라 오르는 소리가 들릴 것도 같았다. 평화스럽다. 나른하리만큼 움직임이 없는 평화가 잠잠하게 가라앉은 풍경, 고국의 풍경이다. '그런데 이렇게 평화롭고 조용한 고국의 마을을 뒤에 두고, 나는 어디로 왜 가고 있는가. 고려 땅을 떠나, 이들 낯선 사람들하고 연경으로 가서 어떻게 될 것인가.' 대군의 가슴이 울울 답답하다. 가고 오고, 또 오고 가고, 원나라 연경과 고려의 개경 사이에는 사신들 내왕의 발길이 끊일 날이 없는데…… 그것도…… 한 이레나 걸리는 가까운 곳이라면 또 모른다. 개경에서 의주가 천여 리 길, 의주에서 심양(瀋陽)이 또 천여 리 길 그리고 심양으로부터 연경(燕京)은 일천 리의 몇 곱이나 되는 머나먼 거리란다. 가고 오는 길에 홀몸으로 나다니나, 물건을 끌고 지고 사람들은 무리로 떼를 지어서 보행길 오천여 리를 걷고 또 걸어야 하니……도대체 무엇 때문에 이 어려운 길을 그렇도록 연락부절로 오고가야 하는 것일까.

*

하루 이틀……, 떠나온 개경이 점점 멀어져간다. 개경이 멀어질수

록 미칠 듯 어마마마가 그립다. 덜그럭덜그럭 뒤흔들리는 수레에서
내다보는 고국의 풍경은 갈수록 거칠다. 가도 가도 이어지는 길. 밤
이 맞도록 기껏 달려도 길은 마냥 앞으로 뻗쳐 있었다. 그 끝날 것
같지도 않은 길을 얼마나 가야 연경이라는 곳이 될는지, 그 길은 영
영 끝나는 데가 있을 것 같지 않다는 느낌이 들었다. 어마마마께서
며칠 낮 며칠 밤을 두고, 다지고 또 다져주시던 모든 말씀이 점점 희
미해져 가면서 소년은 그저 불현듯 돌쳐서서 개경으로 돌아가고만
싶었다. 낯선 마을 낯선 집, 어느 때는 허술한 주막거리에서 밤을 지
새우기도 하면서, 설고 불편한 잠자리에서 눈만 뜨면 배를 채우고,
또 길을 가는 것이니, 산다는 노릇이 길을 가는 것으로 만 끝이 날
듯, 어린 공자로서는 꿈도 꾸어본 일이 없는, 험한 노정이 숨 막혔
다.

하룻길 칠십 리에서 백 리. 점심을 먹기 위해 쉬는 일 외에는 종일
길을 가야 한다. 흔들리는 수레 위에서 콩 까불리듯 흔들대는 작은
몸. 밤에 잠자리에 누워도 몸은 계속 흔들리는 것만 같았다. 수레도
흔들리고 몸도 흔들리고 따라서 차일(遮日) 겸 둘러진 천포(天布)도
계속해서 너울거린다. 그 속에 얹힌 작은 몸은 전신이 갈래갈래 흩
어지고 말 것처럼 들볶인다. 팔, 다리, 동체, 목, 머리, 입안의 혀도
흔들리고 나중에는 치열(齒列)이 허물어져 흩어져버리고 말 것처럼
모든 것이 흔들리던 한 달.

*

일행은 심양을 거쳐 연경을 바라보고 계속 달렸다. 이제는 그 다
정하던 고려의 풍경조차 멀어졌다. 조용하고 평화롭기만 하던 고려

의 산천도 볼 수가 없다. 펼쳐져 있으니 대평원이요, 끝도 없이 아득한 지평선이다. 그 막막한 들판을 푸른빛 한 빛으로 휘적거려 칠해놓은 듯한 것은 그것이 전부가 수수밭이라 했다. 수백 리 길 아득하게 이어진 그 수수밭 위로 희뿌연 하늘빛이 탁하게 걸쳐져 있음은 그것이 사진(沙塵)의 탓이라 했다. 날이면 날마다 모래바람으로 천지가 흙빛이었다. 이제는 흔들리는 괴로움 위에 계속 쫓아오는 사진(沙塵)으로 하여 숨쉬기조차 어려운 고통까지 겹쳐졌다. 날씨는 갈수록 더웠다. 점점 지쳐가기 시작하는 이 일행을 휘덮어 오는 흙먼지는 더욱 진하고 무거웠다. 누우런 빛깔의 목마른 구름. 전신에 겹겹으로 내려 쌓이는 찰흙먼지. 몸을 한번 움직이면 켜켜로 앉았던 흙먼지가 스르륵 흘러내린다. 눈썹은 부우옇게 희어지고, 다물고 있는 입안으로도 지걱거리는 흙이 한입이다. 그 흙먼지 속에서, 생각도 몸도 가루가 되고야 말 것 같은 길은 계속 이어졌다.

어린 공자에게 이제는 생각도 그리움도 실체가 없었다. 그저 모든 것이 얼얼했다. 몸도 얼얼했고 생각들도 얼얼했다. 무섭게 흔들리고 뒤채는 길에서 모든 것이 조각조각 부서져서 온전한 것이 남아 있을 것 같지 않았다.

그러나 밤이 되면 베개에 얼굴을 묻고 눈물이 흘렀다. 그리고 오래간만에 어마마마에 대한 그리움이 어마마마와 함께 기거하던 궁중의 모든 것이 생생하게 살아났다. 원나라와 고려의 중신들 눈을 피해 몰래 달아날까도 생각했다. 고려, 어마마마 그리고 다정하고 아리따운 나인들, 포근하고 편안하던 대궐의 이곳저곳, 고려 음식, 어디를 둘러보나 마음을 즐겁게 해주던 고려의 풍광. 그 모든 것을 다시는 만날 수 없을 것만 같아 어린 공자는 공포로 전신을 떨었다.

심양을 거쳐서도 며칠. 갈수록 풍경은 낯설고 메말랐다. 싯누런 들판이거나 아득한 지평선 아니면, 사람 그림자 하나 없이 끝 간 데를 모르게 이어진 수수밭뿐. 고려는 점점 멀어져가고 마침내 고려는 꿈속이었다. 골짜기에 옹기종기 모여 살던 마을, 둔덕 위에서 해바라기하던 마을, 밭 갈고 논 갈던 것도 그 모습이 다정하기만 하던 농토. 욕심스럽지 않은 땅 고려. 그러나 자기네들 살고 있는 터전에 든든하게 뿌리를 내리며 살고 있는 고국의 사람들. 소년의 머릿속에는 지금까지는 그려볼 수 없었던 생각들이 차곡차곡 쌓여가기 시작했다.

계속 이어지는 길은 아득하고 고단했다. 어느 때는 그 행려(行旅)가 머물 곳을 못 찾고 궁려(窮廬)에 머물 때조차 있었다. 궁려는 북방 사람들이 살아가는 천막이다. 2대고 3대고 가족이면 모두가 한 처소에서들 살고 있었다. 머물 지붕이 없으면 그런 궁려를 빌렸다. 처음으로 만나는 기이한 풍습이나 사는 모습에, 고려의 어린 귀공자는 놀라서 잠을 이루지 못했다. 사람들이 이렇게도 살아가는가. 지붕 없는 천막에서 3대 4대가 한 공간에서 우굴거리다니…… 그렇게 살아가는 그들이 불쌍해 보였지만, 막상 그들은 맺힌데 없이 자유롭고 편안했다. 세상이라는 데가 개경 같기만 하지는 않구나. 높고 넓은 궁궐. 웅장한 대궐에서만 살았던 왕자. 궁터는 넓고 어느 곳에 서서 둘러보아도 모든 것이 조화롭고 알뜰하게 가꾸어져 있는 곳이 개경의 궁궐이었다. 그런데…… 사람들이 이렇게들도 살고 있구나……

그날 밤 궁려 속에 머물던 공자는 잠을 이루지 못하고 궁려에서 살고 있는 사람들의 운명을 생각했다. 그들이 그렇게 살고 싶어 그리 살겠는가. 어디서 어떻게 태어나는가는 운명이다. 어린 공자는 궁려의 지붕을 삼은 수숫대 사이로 밤하늘을 바라보았다. 영롱한 별

빛이 흘러내렸다. '저 하늘을 따라가면 개경에 이를까. 지금쯤 어마
마마께서도 이 하늘을 바라보고 계실까.' 널판자 침상 위로 흙냄새
가 물씬물씬 솟구쳤다. '저 별빛을 따라 가다보면 개경에 이를까. 차
라리 지금이라도 연경으로 가지 말고 여기에서 도망쳐버릴까……'
연경으로 가는 것보다는 그쪽이 가까울 것 같았다. 그리고 아무리
고생스러워도 연경으로 가는 것보다는 자유스러울 것 같았다. 그곳
이 어디가 되었건 연경으로 가는 것보다는 자유로울 것 같았다. '하
지만…… 하지만 내가 그렇게 하면 왕이신 형님이 또 붙잡혀 가시겠
지…… 또 형부(刑部)에까지 갇히게 되실는지 모르고…… 그리고 어
마마마께서는, 어마마마께서는……' 생각이 어마마마께 이르자 공
자는 어둠 속에서 몸을 움츠리며 눈을 감아버렸다.

  '나는 고려인. 고려의 왕자. 나는 고려 때문에 원나라로 가고 있는
것. 고려를 위해서 연경으로 가는 것이다. 원나라를 위해서 가는 것
이 아니라 고려를 위해서 가는 것이다.' 고려를 생각하며 이를 악물
었다.

몽고(蒙古)의 그늘 백년

    고려관(高麗館)이자, 그동안 부마(駙馬)들이 거처하던 이궁(離宮)에 도착했다. 고려의 강릉대군에게는 백안첩목아(伯顔帖木兒)라는 몽고 식의 이름과 입조숙위의 명분으로 대원자(大元子)라는 칭호가 내렸 다. 연경이지만 그동안 부마들이 거처하던 고려관이라 아주 낯설지 는 않았다. 원나라의 대도(大都) 연경에 첫걸음을 들여놓으면서부터, 어린 공자는 주눅이 들었다. 얼마나 어마어마하던 거리인가. 고려의 개경과는 우선 그 규모가 달랐다. 장대하고 웅장하고, 어둠침침한가 하면 묵중한 건물들이 즐비했고, 골목골목은 그 건물로 그늘져서 침 침하고 무거웠다.

    밝고 화사하고 아기자기하던 고려의 궁궐이나 민가에 비하여, 너 무 크고 깊숙하고 무겁고 어두운 건물들이 소년의 마음을 무겁게 짓 눌렀다. 더러는 신기하고 더러는 겁이 났다. 어느 것은 재미있었고 어느 것은 이상하고 기이했다 .

    처음 보는 짐승도 있었다. 몇 개의 산봉우리처럼 등뼈가 울툭울툭

나와 있고, 길고 긴 다리 위에 몸집이 높직하게 올라앉은 짐승이 건들건들 걷고 있는가 하면, 눈이 부시게 흰 건물들이 꼭지 달린 둥근 모자를 받쳐 쓴 모습으로 높직이 솟아 있기도 했다. 연경을 둘러보기 위해 수레를 타고 고려관을 떠난 왕자는 장막 속에서 궁금증을 참다못하여 수종하고 있던 채 정승에게 물었다.

"나라마다 사는 모습들이 다르기야 하다지만, 저 짐승은 참 괴상하게 생겼는데, 저 하얀 집은 낯설기는 하지만 참 아름답습니다 그려."

몇 번 다녀간 일이 있는 정승은 공자의 궁금증을 자상하게 풀어주었다.

"저 짐승은 낙타(駱駝)라고 부르는 짐승입니다. 모양은 좀 괴이쩍게 생겼지만 짐도 나르고 사람을 태우고 다니기도 합니다. 아주 순하디 순한 짐승이지요. 말처럼 빠르지는 못해도 유순하고 견딜 힘이 강해서 사람들을 많이 돕는 짐승입니다. 몽고가 연경을 중도(中都)로 정했을 때부터 이곳으로 들어온 짐승이 아닌가 합니다. 원나라의 쿠빌라이(忽必烈) 세조(世祖)께서 그 할아버지 테무진(鐵木眞) 성길사한(成吉思汗)의 뜻을 받들어 세상천지를 한꺼번에 손 안에 넣으셨으니, 세상에 나와 있는 좋은 것이란 좋은 것, 귀한 것이라는 귀한 것은 모두가 연경에 모여 있다 해도 과언이 아닙니다. 몽고는 막북(漠北)에서 시작하여 우선은 몽고를 통일하고 중국의 본토를 휩쓸고 서장(西藏)을 지나서 안남(安南) 쟈바까지 쳐내려간 뒤에도, 원정군(遠征軍)의 힘은 오히려 몇 배로 늘어나 구라파(歐羅巴) 전체를 굴복시키고 모스크바 흉아리(匈牙利)까지를 손 안에 넣었으니 그 여러 나라가 지켜온 몇천 년의 역사와 문화유물을 원나라가 모조리 소화를 시키기에는 백 년이라는 기간이 오히려 짧은 세월이었습니다. 지금의 연경은 그

호화로움을 기껏 누리고 있는 원나라 문화의 극치라고 이를만합니다. 아까 물으신 저 흰 집의 탑들은 서장(西藏)에서 들어온 불교(佛敎) 라마교(喇嘛敎)를 모시는 사원(寺院), 라마사원의 라마백답(喇嘛白塔)입니다. 이제 대군께서 연경생활을 하시다 보면 자연히 아시게 될 일이고, 또 원나라 궁중의식을 아니 따를 수 없이 되실 것입니다. 원나라의 귀족들은 모두가 라마교 신자입니다. 궁중 전체가 라마교 분위기 속에서 운영되고 있는 형편이지요. 홀필렬 세조께서 중원을 통일하시면서 서장을 순리로 다스리려는 뜻이었던지, 서장불교를 손수 불러들이셨습니다. 그때 서장불교에서 숭앙받고 있던 파크바(八思巴)를 모셔다가 몽고의 석교총통(釋敎總統)까지 삼고 그 위에 대보법왕(大寶法王)을 봉하고 옥인새(玉印璽)까지 내리셨답니다. 그러니 자연 라마교는 우선 몽고 왕실의 종교가 되고 따라서 백성 전부가 이에 따르게 되니 이제 라마교는 서장불교에서 한 걸음 더 나아가 몽고의 국교(國敎)가 되어 있습니다. 공자께서도 연경에 머무르실 동안 라마교를 깊이 이해하실 때가 올 것입니다."

정승 채하중의 자세한 설명을 들으면서 소년은 앞날의 일들이 버겁게 느껴졌다. 무슨…… 남의 나라, 아니 내 나라를 짓누르고 있는 원나라 종교까지 익혀야 할 일이 있겠는가. 몽고가 백 년을 훨씬 넘겨 고려를 짓누르고 있는 힘이 무겁고 답답했다. 과연 원나라는 크구나. 그리고 힘이 막강하구나. 이렇듯 크나큰 원나라의 그늘에서 고려는 숨도 크게 쉬지 못하고 있는 것이로구나.

이런 정황에서 고려의 정승이라는 사람은 어찌 저리 태평한가. 이제는 체념인가. 어떻게 해볼 도리가 없다는 말인가. 연경에서 부른다고 고려의 왕자 왕기를 앞세워 연경으로 들어온 고려의 중신들이 저렇게 무골충들처럼 어정거리다가 돌아갈 것인가.

연경 풍경을 둘러보고 고려관으로 돌아가는 노상(路上)에서, 왕자는 어마어마한 거리 풍경에 가슴이 서늘했다. 앞으로 기나긴 세월을 두고 보게 될 대도(大都). 잠시 풀이 꺾였지만, 고려관에 이르자 기분이 가벼워졌다. 고려관은 고려의 한 모퉁이를 옮겨다가 놓은 듯했다. 시비(侍婢)중에는 몽고의 여자들도 섞여 있었지만 고려의 여인들이 더 많았다. 고려의 왕자 강릉대군이 도착하는 날부터 특별히 고려의 복색으로 단장한 궁녀들이 뜰에 늘어서서 마중했다. 원나라 대도 연경이지만 원나라 안에 있는 고려였다.

소년 대군은 우선 마음을 가라앉혔다. 고려 여인들을 볼 수 있는 것만으로도 가슴이 푸근해졌다. 원나라로 들어서면 어느 곳에서도 고려를 볼 수 없이 전혀 낯설고 서먹서먹한 이국만을 보게 될 줄 알았는데, 고려관은 연경 안의 고도(孤島)처럼 왕자 기를 기다리고 있었다. 그리고 왕자 기와 함께 머물러 줄 고려의 신하들도 적지 않았다. 한참 장년(壯年)의 김득배(金得培), 정세운(鄭世雲)등 든든한 신하들이 있는가 하면, 젊은 혈기의 김용(金鏞), 강중경(姜中卿)등도 수종하기로 되어 있고, 목인길(睦仁吉), 김임(金琳), 유숙(柳淑) 등의 신하들도 있었다. 이제 고려에서 아득하게 떨어져 있는 원나라 대도 연경의 고려관은 열두 살 어린 나이의 강릉대군을 주인으로 맞이했다.

*

순제(順帝)를 알현한 뒤, 대원자(大元子)의 칭호를 받고 돌아온 어린 대군은 한동안 견딜 수 없을 만큼 허전했다. 채 정승 이하 수종하고 왔던 모든 사람들도 돌아갔다. 고려 왕자 왕기를 앞세워 연경으로 들어와, 고려의 왕자를 원 황제 앞에 진상(進上)한 뒤, 정승 일행은 할 일을 마쳤다는 듯 가볍게 발길을 돌렸다. 왕자는 그들이 돌아가는 뒷모습을 바라보며 한숨지었다. '원나라가 크기로서니…… 원나라가 힘이 세기로서니…… 고려에는 원을 이길만한 사람이 이렇게도 없었다는 말인가. 한두 해도 아니고, 백여 년을 두고, 원(元)의 조정(朝廷), 원의 황제가 부르면, 금방 죽는 시늉으로 달려오고, 원 황실이 명하는 대로 고려 왕실의 왕자며 상감이 될 왕자를 끌어다 바치고, 자기들은 할 일 다했다는 듯 훌훌 고국으로 돌아가다니…… 이렇게 나는 고국인 고려로부터 연경에 버림받고 홀로 되었구나…… 이러고도 고려가 나라인가? 도대체 언제까지 이 지경을 겪어야 한다는 말인가' 대군 도착 이후 환영일색으로 들끓던 고려관도 이제는 쓸쓸한 일상으로 돌아갔다. 공자는 틈만 있으면 뜰로 내려선다. 그리고 고려 쪽의 하늘을 하염없이 바라보며 가슴을 쳤다.

"대군아기씨 어디를 그리 하염없이 바라보고 계시옵니까."

어느 틈엔가 안 상궁(安尙宮)이 공자의 뒤에서 시립해 서 있다. 소년은 앙증맞은 두 손으로 뒷짐을 지고 서서 뒤돌아보지도 않고 대답했다.

"음…… 지금쯤 채하중 정승 일행은 어디쯤을 지나고 있을까…… 통주(通州)쯤 갔을까…… 아니, 갈 길을 서둘렀으면 계현(薊縣)을 지나갔을 게야…… 오는 길이 아니라 가는 길이니 발길도 훨씬 가볍겠지."

목소리가 구슬펐다. 조금은 떨리고도 있었다. 대군의 조그마한 뒷모습을 지켜보고 섰던 안 상궁의 눈시울이 젖는다. 그러나 안 상궁은 목소리를 가다듬었다.

"대군아기씨, 대군아기씨께서는 장차 큰어른이 되실 분이십니다. 그렇게 상심하시지 마십시오. 이곳 연경도 차츰 정들이시면 지내실

만하신 곳이 될 것이옵니다."

"나는 큰사람도 싫어. 그저 고려에서 살던 것처럼 살고 싶은걸."

"대군아기씨, 그러시면 아니 되십니다."

"그저…… 길이라도 가까워서 이따금 다녀올 수만 있어도……."

"아기씨, 고려에서는 사람들을 연락부절로 보내옵니다. 아기씨 젓수실 음식도, 입으실 의복도, 태후마마의 말씀도 계속해서 들어올 겝니다. 이제 그만 안으로 드시지요, 아기씨."

"안 상궁, 고려 쪽의 하늘만 보고 있는 것도 안 되는 일인가?"

"아니 될 일이라서가 아니라 이제 그만 듭시었으면 해서입니다."

"이제 조금만 더 섰다가 들어갈게. 그런데 연경의 하늘빛은 고려의 하늘빛처럼 깨끗한 것 같지를 않네. 고려의 하늘빛은 무한 천공이 맑고 푸른데, 이곳의 하늘빛은 늘상 탁한 것 같지?"

"그런 것 같습니다. 고려는 모든 것이 아담하고 원나라는 모든 규모가 장중합니다. 대군마마 장중한 것도 품으실 만큼 어른이 되시오소서."

"연경은 모든 것이 너무 크고 커서 다정하지가 않아, 그렇지? 안상궁."

그제야 하늘을 바라보고 섰던 소년은 몸을 돌려 안 상궁을 바라본다. 안 상궁은 대군의 영특함에 속으로 혀를 내둘렀다. '어쩌면 저리도 음전할까. 이쁘기는 천하일색이 너무 놀라 뒷걸음질 칠 정도요, 속이 깊기는 어른 같으시니 참으로 범상한 애기씨가 아니시로구나.' 안 상궁은 어린 대군을 간곡하게 달래서 안으로 들게 했다. 안 상궁의 마음은 오로지 어린 대군을 어떻게 안위시켜 마음 편히 지내게 할 수 있을까만 일념이었다.

"대군아기씨, 지난번 황제폐하께 폐현(陛見)가셨을 때 고려의 기

(奇)황후 마마도 함께 뵈이셨지요?"

"뵈었소."

"황후마마께서 무척 반기시지요?"

"반기십디다."

"무어라 말씀이 없으셨습니까."

"그저 잠깐 반기시는 듯했어."

무슨 일 때문인지 어린 대군은 토막난 말만을 마지못해 대꾸했다.

"대군아기씨, 이곳 원나라에는 고려 사람들이 많이 있습니다. 더구나 고려에서 오신 황후마마가 계시온데 얼마나 좋습니까. 어마마마께서 계시는 개경의 궁성만은 못하시겠지만 너무 적적해 말으십시오. 그리고 제가 이렇게 밤낮으로 대군아기씨를 뫼시고 있을 겝니다."

안 상궁은 서른 남짓, 아직 늙었다 할 수는 없지만 개경 궁궐에서 오고 가던, 방금 피어오르는 꽃처럼 눈부시던 궁녀들에 비하면 어딘 듯 그늘진 데가 있었다. 차분하게 가라앉은 데에 슬픔이 비껴 있는 것 같은가 하면, 푸근하여 어머니처럼 느껴지기도 하는 나이든 고려의 궁녀였다.

"아기씨, 기 황후마마에 대하여 잘 아시고 계시지요?"

"글쎄……."

"총부산랑(摠部散郞)을 지냈고 나중에 선주(宣州)를 지키던 기자오(奇子敖)님의 따님이 아닙니까. 아기씨께서 고려에 계실 때 그 오라버니 되시는 기철(奇轍) 행성참지정사(行省參知政事)를 보신 일도 있으실 겝니다. 지난해 사월에 기마마께서 제이 황후의 자리에 앉으신 뒤, 원 황실에서 그 아버님은 영안왕(榮安王) 또 그 어머님은 영안왕대부인(榮安王大夫人)을 삼으시니 지금 그 댁의 영화는 하늘이 손바닥만 하게 보일 정도입지요. 더구나 황후께서 황태자(愛猷識理達臘)를 낳으셨으니 그 댁의 앞길은 눈이 부십니다. 순황제께서 기 황후마마를 얼마나 고이시는지 다른 황후들께서 기 황후마마 앞에서…… 기를 펴지 못할 정도로…… 그러한 분이 이곳 원나라의 황후 되어 계신데 대군아기씨 모시는 일에 추호라도 허술한 데가 있겠습니까."

"그러면……" 소년은 무엇을 생각하고 있는지 한동안 입을 다물고 있더니 얕은 한숨과 함께 말을 이었다. "지금 우리네 고려의 상감 되시는 분보다도 기씨네 힘이 더 크겠구료."

안 상궁은 당황했다.

"아스시오소서, 대군아기씨. 그러한 뜻이 아니옵니다. 상감께오서는 고려의 으뜸이시고 그 다음을 꼽을 사람이 따로 없는 법입니다. 그러한 뜻이 아니옵니다. 다만…… 원나라와 고려는 그렇게 시스러운 사이가 아니라는 것을 말씀드리려 했을 뿐입니다. 아기씨께서 연경생활을 안심하고 하실 수 있기를 바라는 마음에서 쇤네가 드린 말씀일 뿐이옵니다. 부디…… 달리 생각 말으소서."

어린 대군은 그렇도록 안타까워하는 안 상궁을 물끄러미 바라볼 뿐 대답하지 않았다. 진땀을 흘려가며 변명을 하던 안 상궁은 그러한 대군의 모습에서 어른스러운 면모를 보았다. 그것도 심지가 아주 깊고 궁리가 깊은. '가엾으신 대군…… 저 어리신 나이에. 생각인들 오죽이나 하겠으며 참으시려면 얼마나 고달프실까. 아직도 어머님 품에 계실 나이에.' 안 상궁은 이 자존심이 강한 어린 대군을 어떻게 모시는 것이 가장 잘 모시는 길일까를 고심하지 않을 수 없었다. 강한 자존심 위에 이미 상처가 깊게 나, 아픈 곳을 지니고 있는 고려의 어린 왕자를—

고려관에서의 대군의 생활은 원 황실의 한 끝이었다. 이름도 고려 이름을 쓸 수 없었다. 원 황실에서 내려준 이름, 빠이엔티무로(伯顔帖木兒)였다. 얼마 후 충목왕(忠穆王)의 즉위를 계기로 강릉대군(江陵大君)에 봉해졌지만 원의 황실에서는 모두가 공자 왕기를 몽골 이름으로 불렀다. 간단없이 몽고말을 배워야 했고 몽고 글자를 익혀야 했다. 일백삼십여 년 전, 몽고를 통일함으로 알란하반(斡難河畔)에서의 테무진 즉위가 이루어진 것을 비롯하여 세조 쿠빌라이의 중원통일에 대한 역사를 배웠다. 몽고 글자를 익히면서 고려의 왕자는 한숨을 지었다. 몽고의 글자가 생긴 것은 겨우 80년 전. 그것도 서장(西藏)의 라마승 파크바(八思巴)가 만들어준 것이 아닌가. 몽고는 파크바를 시켜 몽고 글자를 만들게 한 뒤, 파크바를 대보법왕(大寶法王)으로까지 봉해주고, 한편으로는 서장을 어룹쓰다듬고 한편으로는 법이 높은 파크바의 지혜를 기껏 활용했다. 공자 왕기는 차츰 소년의 티를 벗어나면서 우울해했다. 누구와도 이야기를 나눌 수 없는, 답답한 정치 상황, 가슴 저린 향수(鄕愁). 고국 고려의 미래에 대한 궁리를 홀로 이리저리 더듬어 볼 수밖에 없었다.

　우선 몽고의 문자를 배우기 싫었다. 어려워서도 아니고 귀찮아서도 아니었다. 계속해 배우면서 '이것을 이렇게 애써 배울 필요가 있을까? 앞으로 이 글자를 계속 쓸 일이 있을 것인가? 이 문자를 귀하게 써볼 날이 있을까? 이것이 글자로서의 역할을 계속해낼 수가 있을까?' 점점 공자로 하여금 흥미를 잃게 만들었다. 유럽을 휩쓸고, 중국을 점령한 테무진, 쿠빌라이의 무용담이 아무리 원(元)을 눈부시게 만들었다 하여도, 원의 미래가 얼마를 갈 것인지, 어린 공자는 원나라의 미래에 기대를 걸지 않았다. 연경으로 올 때, 중간지점에서 궁려(窮廬)에 머물며, 인간이 어디에서 태어나느냐에 따라 결정되는 운명을, 무엇으로도 거스를 수 없다는 것을 알았던 경험이, 어린 소년에게, 인간이 이어가는 역사라는 것이 영구하지 않을 것이라는 것을 가르쳤기 때문이다. 그렇게 회의와 비밀한 항심(恒心)으로 공자는 사춘기를 맞이했다.

*

강릉대군의 형님 충혜왕의 장자 왕흔(王昕)이 여덟 살의 어린 나이로 고려의 29대 충목왕(忠穆王)이 되었다. 원 황실에서는 충혜왕의 왕비, 왕흔의 어머니인 덕녕공주(德寧公主)가 섭정을 맡게 만들고 충혜왕을 내려앉혔다. 공자 왕기는 어린 조카 왕흔의 충목왕(忠穆王) 즉위를 계기로 강릉대군으로 봉해져, 고려의 공자 왕기(王祺)는 이제 고려의 왕기가 아니라 대원자 빠이엔티무로(백안첩목아)로 성장해야만 된다. 변발(辮髮)의 지시가 내렸다. "변발하고 호복(胡服)을 입으라." 황실의 지엄한 명령이었다. 원나라에게 굴복한 뒤, 고려의 역대 상감들도 연경에서 변발 호복을 입고 지냈다는 것을 왕기는 잘 알고 있었다. 어느 영이라고 거역하랴. 왕기의 상심은 깊었다. 모르고 있었던 것은 아니었으나 막상 닥친 현실은 고려의 공자에게는 참을 수 없는 압박이었다. 안 상궁이 상심하는 왕자를 위로했다.

"마마, 이제는 어른이십니다. 현실을 받아들이십시오, 어느 때쯤 고려로 돌아가시게 되는 날, 머리는 다시 기르시면 됩니다. 호복도 벗으시고 고려 왕실의 왕복을 입으시면 됩니다." 사춘기의 왕자는 뒤끓는 속을 감추지 못했다.

"그날이 언제 올는지…… 원나라 사람들은 왜 자기네 옷을 남에게 강제로 입게 하는지, 우선 너무 볼품없고 흉하잖아? 머리 꼴은 그게 무어고, 옷이란 게…… 무슨 꼴이 그런지……."

"아기씨, 아니 마마, 참으십시오. 참고 견디십시오. 그러시면 그런 대로 견딜만한 힘도 생깁니다. 이제는 원나라 말도 많이 익히셨고, 글도 누구보다 잘 아시는데…… 연경에서 배우실 것이 많습니다. 고려관에서만 지내시지 마시고 연경 큰 거리에도 자주 나들이를 나가십시오. 그리하셔야 합니다. 마마."

변발을 하던 날, 왕자 왕기는 아무 말 없이 원나라 내시에게 머리를 내어 맡겼지만, 숱 많던 머리가 뭉텅뭉텅 잘려나갈 때는 목이 아프도록 눈물을 머금었다. 앞머리를 밀어내고 돼지꼬리처럼 뒤통수에 매달린 머리가 보기 싫어, 변발당한 날은 종일 방안에서 고려의 보자기를 뒤집어쓰고 엎드려 있었다. '어머니, 어마마마, 제 꼴이 이리 되었습니다……' 왕기는 아무도 몰래 울었다. 어머니는 몽고식의 모든 풍속을 몹시 싫어하시지 않았던가. 옷도 음식도 물건도…… 왜 그렇게 천하고 볼품없는지…… 그것에 비해 고려의 것이 얼마나 아름답고 점잖은 것이더냐고 늘 칭찬해 일러주시지 않으셨던가. 그러나 공자 왕기는 모든 것을 참아야 했다. 참지 않을 수 없었다. 참고, 견디고 또 참으면서 지내야 했다. 몽고식의 이름, 몽고식의 옷, 몽고풍의 머리 모양, 몽고풍의 예절 그리고 몽고의 말을 써야만 했다. 그렇게 세월이 흘렀다. 시간이 약이라는 말은 정말 약이었다. 모든 것을 참고 계속해서 참다가 보니, 참는 일에 힘도 들지 않았고, 힘이 들지 않다가 보니 참을 일이 따로 없어졌다.

원나라 황실의 그늘 속에 자리 잡은, 섬나라 같은 고려관에서 자라고 있던 고려의 공자 왕기는 그렇게 참는 일에 숙달되어 가면서, 원나라와 얽힌 고려의 백여 년 역사가 어떤 것이었던지 차츰 뚜렷한 윤곽을 아로새겨갔다.

*

　인정미(人情味)의 나라 고려. 사람들이 순박하며 모든 것이 푸근한 나라 고려. 순하디 순하면서 때가 되면 어느 나라 사람보다도 용감하고 참을성 많으며, 오순도순 슬기롭게 살아가는 백성의 나라 고려. 그 고려 땅에 몽고라는 원나라의 검은 구름이 덮여 있는 지 벌써 백 년이 넘는다. 몽고가 금(金)을 손아귀에 넣고, 만주(滿洲)와 화북(華北)을 점령했을 때, 고려는 이미 몽고가 딛고 넘으려는 징검다리의 운명에 놓여 있었다. 금(金), 만주, 화북을 점령한 몽고로서는 남송(南宋)과 일본이 구미에 바짝 당겼다. 그리고 그 둘을 정벌하기 위해서는 고려의 땅이 없어서는 안될 전진 기지(基地)가 될 수밖에 없었다.

　몽골에게는 무서울 것이 없었다. 오로지 말을 채찍질하여 시베리아를 거쳐 유럽을 휩쓸고 중원을 점령한 그들에게, 저 나름 이름을 가진 나라들은 간단한 먹잇감이었다. 일본을 점령할 일에 고려쯤은 잠깐 딛고 건너갈 징검다리였다. 고려 고종(高宗) 18년. 몽골이 파죽지세로 밀려들었을 때, 고려의 운명은 풍전등화였다. 고대광실(高臺廣室) 주지육림(酒池肉林)에 파묻혀 떵떵거리고 살던 고관대작들은 주섬주섬 저 살길 찾아 달아나고, 오로지 마을마다 백성이 한 덩어리가 되어 몽고군과 맞섰다. 귀족관리들이 달아나버린 뒤에도 백성들은 나라를 버리지 않았다. 백성들은 피투성이가 되어 의연하게 마을과 성을 지켜 싸우며 버텼다. 관악산(冠岳山)을 근거지로 도적질을 일삼던 초적(草賊)떼도 나라를 위해 목숨을 버렸고, 충주(忠州)의 노예군(奴隷軍)은 지광수(池光守) 장군을 앞세우고 끝까지 항쟁했다. 그때 고려의 혼(魂)은 귀주성(龜州城) 하늘 위에서 얼마나 맹렬하고 뜨겹게 나부꼈던가. 몽고의 호랑이 살리타이(撒禮塔)의 발길조차 돌리게 만들었다. 병마사(兵馬使) 박서(朴犀) 장군과 김경손(金慶孫) 장군의 꿋꿋했던 항전(抗戰). 현종(顯宗) 때에 바로 그 자리, 거란(契丹)의 대군을 통쾌하게 섬멸했던 장군 강감찬(姜邯贊)의 넋은 몽고군의 발길 앞에서 또 한 번 눈을 부릅뜬 것이다. 구주(龜州)는 고려의 땅. 멀리 북방을 내어다보며, 남쪽의 땅을 지키는 데에 절대적인 고려 땅이었다. 고려는 만만찮았다. 살리타이의 후퇴를 겪으면서 원나라는 고려를 다시 보았다. 언제고 머지않아 원의 손에 들어올 나라지만……홑으로 볼 나라가 아니었다.

그렇게 밀고 밀리다가 구주(龜州)를 비켜 서경(西京)으로, 다시 서경을 꺾지 못하고 개경까지 돌아서 들이닥쳤을 때, 고려는 몽고군 앞에, 강화(講和)를 쟁반에 받쳐 올릴 수밖에 없었다. 그러지 않아도 몽고의 수공사(受貢使)들은 콧대가 높고 손아귀 힘이 강했다. 이 나라 저 나라에서 바치게 되어 있는 조공을 점잖게 앉아 기다릴 줄 모르고 조공걷이를 하러 다니던 몽고의 수공사들은 길 닦아 놓은 도적떼였다. 첫 싸움에서 강화(講和)를 얻어낸 몽고는 고려에 대해서도 야금야금 재미 붙여 먹어들기 시작했다.

몽골은 점령국(占領國)의 진압관(鎭壓官)으로 다루하치(達魯花赤)를 두어 고려의 지배를 시작했다. 서북면(西北面) 여러 곳에 자리 잡은 다루하치들의 내정간섭은 치사하고 혹독했다. 고려의 동남(童男) 동녀(童女)를 색출, 몽골로 끌어가는 일이 시작되었다. 몽골 군인들의 눈에 고려의 동남동녀들은 선남(善男) 선녀(仙女)였다. 그들의 눈에, 살결 곱고 나긋나긋한 고려의 처녀들은 정복(征服)선물 1호였다. 몽골군에게 짓밟히기 시작한 고려 땅의 처녀들은 눈에 띄는 대로 잡혀갔다. 무지막지한 초토화, 반항도 저항도 소용없는 무자비한 납치였다. 몽골 땅으로 끌려가는 여자들은 눈물도 마르고, 혀를 깨물고 자결할 힘도 없었다. 머나먼 길, 끝이 없는 길, 몽골 군인들은 고려 여인들을 북으로, 북으로 끌고 가다가, 대중없이 겁탈했다. 병들어 걷지 못하면 그 자리에서 죽여 동댕이치고 갔다. 처참 처절, 그래도 혀를 깨물고 죽지 못하는 여자들은 오로지, 고향에 남아있는 부모 형제를 꿈에라도 만나볼 희망 한 가닥에 목숨을 걸었다. 모질고 모진 목숨 밟고 그들이 도착한 땅은 몽골의 변경이거나 연경 한복판이었다.

몽골은 여자들만 끌어간 것이 아니었다. 몇만 필의 말(馬)과 비단 수달피 등 심지어는 몽고 병졸들의 옷까지 만들어 바쳐야 하는 수작업이 태산이었다. 치욕이었지만 치욕보다 급한 것은 백성들의 입이었다. 추수를 싹쓸이, 가재도구도 몰아갔다. 무슨 수를 써야만 할 절체절명— 그렇게 시작된 항몽(抗蒙)결의는 바다 가운데의 섬 강화(江華)로 천도(遷都)하기에 이르렀다. '하, 너희가 우리하고 싸워보겠다?' 살리타이는 고려의 항몽 태세에 눈을 부릅떴다. 살리타이는 다시 대군을 이끌고 의기양양 쳐들어왔다. '중원을 통일한 몽골이다. 고려쯤…… 한입거리가……' 그렇게 쳐들어온 살리타이는 평양, 황해도, 개성을 거쳐 파죽지세로 고려의 남쪽을 유린했다.

고려의 전토가 다시 초토화되어가고 있을 즈음, 처인성(處仁城＝龍仁)에서 한 장수가 일어났다. 백현원(白峴院)의 스님이 칼을 들었다. 김윤후(金允侯) 스님, 스님이 승복 위에 투구를 쓰고 칼과 활을 들고 앞장섰다. 하늘이 무심치 않았다. 속수무책이었던 고려의 하늘이 장수 하나를 일으켜 세웠다. 살리타이는 그해를 못 넘기고 김윤후(金允侯) 장군의 손에 죽었다. 그러나 이후 28년, 고종 19년 6월, 강화천도 이후 30년 가까이 몽고는 여섯 차례, 메뚜기 떼처럼 고려 전토를 휩쓸었었다. 땅은 숨쉬기를 그쳤고 백성은 연명이 어려웠다. 숨이 멎은 땅 위에서 시신(屍身)들은 눈을 부릅뜨고, 야만의 함성으로 불 타버린 자리에는 저주의 침묵이 어둡게 머물러 있을 뿐. 살아있는 사람을 볼 수가 없었다.

고종 41년. 몽고의 차라다이(車羅大)가 침입하였을 때는 남녀 포로 만 20여만 명에 사살된 사람의 수는 헤아릴 수 없었다. 땅이 시들고 사람들이 죽은 뒤에 고려의 혼이 될 만한 것도 모두가 소실되고 말 았다. 황룡사(皇龍寺)의 구층탑은 신라 때 세워진 국보였건만 불에 탔고, 현종조(顯宗朝)에 조판(彫板)했던 부인사 소장의 대장경도 허무 하게 재가 되고 말았다.

눈물도 말랐다. 한숨도 꺼졌다. 통곡할 기력도 스러졌다. 나라는 나라가 아니었다. 단 한 치 앞도 보이지 않았다.

*

고종 46년 드디어 태자 전(太子=倎)을 몽고에 입조시켜 항복의 뜻 을 전했다. 고려가 몽골에게 시련을 겪은 지 스물아홉 해. 몽고는 중 원통일을 이루고 쿠빌라이가 개평(開平)에서 즉위를 준비하고 있을 무렵이었다. 고려로서는 간단한 항복이 아니라, 다시는 몽고와 맞서 지 않겠다는 증거로 강도(江都)의 성곽을 스스로 부숴버린 뒤였다.

고려는 그동안 몇 번이나 사신을 보내어 몽고에게 강화를 청했지 만, 몽고인을 믿을 수가 없었다. 사신을 보낸 뒤에도 몽골의 하회를 기다리지 않고 강화(江華)를 굳게 지켜온 터였다. 몽골은 강화가 눈 엣가시였다. '이 쬐끄만 고려가…… 강화라는 섬으로 들어가 끝까 지 저항(抵抗)하겠다고? 강화도라야 그까짓 강 한 폭쯤 되는 섬에서 얼마나 버티겠다고……' 몽골은 별로 부심치 않고 강화를 공격했다. 그러나 뜻밖에…… 난공불락(難攻不落), 몽골로서는 어이가 없었다. '열 번 찍어 안 넘어가는 나무가 있겠나?' 몽골은 강화 하나쯤 쳐내지 못하는 상황이 스스로 불쾌했다. 몇 번이고 강화도를 무너뜨리려고 갖은 수단을 다 부려보았으나 30년이 걸렸지만 무너지지 않았다. 그러나 강화도로 천도(遷都)한 고려 조정은 백성의 살길을 열지 못했다. 고려의 부녀자들이 몽골로 납치당해 가는 것은 예사였고, 먹고 입을 것이 없어, 겨울이면 얼어 죽는 백성이 길에 널렸다. 30년 전쟁에 농토는 폐허가 되었고, 겨우겨우 거둔 곡식 몇 알도 몽골 군사에게 빼앗겨, 가족이 고스란히 굶어 죽었다. 강화(江華)로 오그라든 고려 조정(朝廷)도 더는 버틸 힘이 없었다. 그 상황을 더 이어가다가는 백성이 남아 남지 못하고 고려는 저절로 없어질 지경에 이르렀다. '차라리…… 라리…… 복한 뒤에 백성이 먹을 수 있게라도 하자, 항복이 살길이라면 항복할 수밖에……'

*

몽고 조정에 항복의 뜻을 표하고 돌아온 태자 전은 다음해에 부왕(父王) 고종에 이어 즉위(卽位)했다. 그리고 원나라 원종(元宗) 원년(元年)에야 폐허 개경(開京)에는 새로운 궁궐 신축이 시작되었다. 개경 천도는 그러고도 10년 후에야 이루어졌고 원나라와의 강화(講和)가 마무리되었다. 원나라와의 강화는 고려의 조정을 조금씩 그리고 천천히 무력하게 만들어갔다. 강화(講和)가 이루어진 다음해부터 원의 조정에서는 고려의 국왕이 원나라 공주와 혼인하도록 서둘렀다.

원의 조정은 세자 왕심(王諶)을 원제(元帝＝忽必烈)의 딸 홀도로게리미실(忽都魯揭里迷失)공주와 혼약(婚約)하도록 서둘렀다. 세자 심은 이미 전해 4월에 입조하여 몽고에 대한 고려의 첫 질자(質子) 독로화(禿魯花)의 처지였다. 세자의 나이 이미 서른도 반을 넘은 나이였으니 고려에는 아내가 있었다. 심의 아내는 종실(宗室) 시안공(始安公) 인(絪)의 따님 정화궁주(貞和宮主)였다.

인질로 잡혀가 있던 세자는 원나라 조정의 강제혼인을 거절할 힘이 없었다. 고국에 남아 있는 아내 생각에 밤이면 잠을 이루지 못했다. '원나라 공주와의 혼인 소식을 알게 되면 아내는 얼마나 고통과 상심에 빠질까.' 세자 심의 가슴은 찢어졌다. 그러나 세자의 어깨에는 장차 이끌고 가야 할 고려가 있었다. 그러한 세자에게 시집을 오겠다는 원나라의 공주는, 고려에게 있어서는 하나의 안전판(安全瓣)과도 같은 존재였다. 고려 조정에서는 세자에게 공주를 안겨주는 원 조정의 대접이 반갑고 고마웠다. 고려의 왕은 속국의 신하였지만, 그래도 고려는 고려라는 나라 이름으로 아직은 세워져있지 않은가. 고려는, 그나마 후일을 기약할 수 있는 절호의 기회일는지도 모른다는 속된 희망을 가졌다. 그로부터 고려왕조가 원나라의 공주 몽고 여자에게 장가들기 몇 대조가 이어진다.

원종 12년, 세자 심이 고려로 돌아올 때, 그는 변발 호복 차림이었다. 2월 추운 겨울이었건만 그 소문은 민가에 퍼져, 너도 나도 그 모양새를 구경코자 백성들이 길가로 달려 나왔다. 세자의 변발 호복은 겉모양새의 변화였지만 원나라의 공주, 그것도 원 세조의 따님이 고려 궁중에 들어앉고 난 뒤부터는 새로운 기운이 고려 조정을 휘감았다. 원나라 세력의 끈이 고려의 안방을 차지하고 앉은 셈이었다.

홀도로게리미실 공주에게 장가들고, 부왕에 이어 즉위한 충렬왕께서는 공주의 내주장(內主張) 밑에서 꼼짝을 못했다. 첫 장가들어

첫정으로 깊었던 사랑의 여인인 정화궁주를 마음대로 만날 수도 없었다. 원나라 공주의 조치로 정화궁주를 끝내 별궁(別宮)에 내친 뒤, 자유롭게 만나지도 못하게 했다. 원나라 공주의 질투는 도를 넘었다. 공주가 아들은 낳아, 조정과 왕궁이 축하연으로 떠들썩할 때, 정화궁주는 원나라 공주의 생남(生男)을 축하하는 잔치를 베풀었다. 거만하게 그 자리에 참석했던 홀도로게리미실 공주는 눈을 새파랗게 뜨고 트집을 잡아 생난리를 벌렸다. 원나라 여자의 눈에 비친 정화궁주는, 나이 훨씬 젊은 공주 자기보다 우아하고 아름다웠다. 원나라 공주는 그것을 참을 수가 없었다. 아들까지 낳아 상감보다 세력이 강해진 공주는, 다루하치가 고자질하던 이간질에, 정화궁주를 나장(螺匠)의 집에 가두고 오랫동안 놓아주지 않았다.

원나라에서 고려로 시집온 원나라 공주들은 세도(勢道) 위에 질투가 독 묻힌 칼이었다. 정화궁주를 나장의 집에 가두었던 사건은, 그나마 고려국 내에서 벌어졌던 일로 오히려 단순하다면 단순했다. 충렬왕 다음 대, 충선왕(忠宣王)대에서 있었던, 보탑실련(寶塔實憐) 공주의 황음(荒淫)과 투기(妬忌)는 고려 왕실을 몇 번씩 뒤집어 놓았다.

충선왕은 보탑실련 공주에게 장가들기 4년 전에, 평양군(平壤君) 조인규(趙仁規)의 따님 조비(趙妃)를 맞아들였다. 여인에게 사랑은 본능이자 생명이었고, 아무리 눈부신 권세라 할지라도, 권세가 사랑을 쟁취한다는 보장은 없었다. 보탑실련 공주는 자기의 등 뒤에서 그 권세를 뒷받침해주는 원나라의 위세가 그토록 충천해 있었건만, 그 권세를 믿지 못했다. 보탑실련 공주는 상감인 남편의 사랑을 독차지하기 위해, 어머니인 원나라 황태후에게 끔찍한 고자질을 만들어 보냈다. "어마마마 평양군 조인규의 딸 조비(趙妃)가 원나라 공주인 보탑실련인 나를 저주하여, 고려왕인 남편의 사랑을 받지 못하도록 저

주하고 있습니다. 조비의 저주를 막아주십시오." 엉뚱한 고자질이었
다. 끔찍한 질투가 어마어마한 사건을 만들어냈다.

*

　기이한 익명서(匿名書)가 궁문(宮門)에 나붙었다. '조비(趙妃)의 아
비 조인규의 처(妻)가 신(神)과 무당을 섬기면서, 보탑실련 공주를 저
주하여 왕으로 하여금 공주를 사랑하지 못하게 만들고, 그 딸 조비
만을 사랑하도록 만들고 있다'는 익명서였다.
　보탑실련 공주의 질투가 조비의 부모에게 독화살이 되어 날아갔
다. 궁문(宮門)의 익명서 사건은 조인규와 그 아내를 옥에 가두는 사
건으로 시작되었다. 그것으로도 모자라서 조인규의 아들들과 사위
까지 그리고 그 아내들까지, 삼족을 잡아들여 가두는 사태로까지 커
졌다. 보탑실련의 투기는 나라를 뒤집어놓고도 바닥이 나지 않았다.
드디어 원(元)의 조정이 들고 나섰다. '조인규를 국문(鞫問)하라! 황
제의 황명으로 원의 사신(史臣) 백여 명이 고려로 달려들었다.
　그들은 조인규와 그 아내를 밤낮 가리지 않고 참혹하게 국문했다.
형틀에 묶여 애만 태장을 맞는 조인규 내외는 하늘을 우러렀다. 사
랑스러운 딸이 세자책봉이 된 세자의 세자빈이 되었을 때, 세상은
그 가정의 꽃밭이었다. '그런데 나라가 몽골에 굴복을 하고나니, 상
감도 백성도 팔자가 뒤바뀌고 죽는 것만도 못한 수모를 당하는구
나……' 조비의 어머니, 조인규의 아내는, 딸의 목숨만이라도 구해
야 했다. 간단없이 이어지는 국문(鞫問) 앞에, 원나라 조정이 원하는
무복(誣服), 거짓 자백을 하기에 이르렀다. 백여 명의 원나라 사신들
은 고려 궁궐을 휘젓고 다니며, 무슨 핑계로라도 고려의 벼슬아치들

을 끌어가려고 눈을 부라렸다. 질탕치듯 먹고 마시고 떠드는 그들로
해서 궁궐은 아수라장이 되었다. 그들은 조인규를 원나라로 끌어갔
다. 그리고 뒤 미쳐 달려든 원나라 사신들은, 조비(趙妃)와 환자(宦者)
이온(李溫)을 잡아끌고 갔다. 그러고도 일은 그 정도에서 끝나지 않
았다. 그들은 보탑실련 공주를 사랑하지 않았다는 죄명을 씌워 충선
왕을 내치고, 내선(內禪)하여 일수왕(逸壽王)으로 태상왕(太上王)자리
에 물러앉으셨던 충렬왕을 복위시켰다. 부왕께서 다시 상감의 자리
에 앉으시고 충선왕께서는 고려 여인을 사랑했다는 죄로 원나라로
끌려갔다. 보탑실련의 질투로 고려의 조정이 뒤집어졌으나. 달리 할
수 있는 일이 없었다.

*

충렬왕이 다시 복위하시는 길로, 아드님 충선왕과 보탑실련 공주
는 함께 원나라를 향해 떠났다. 보탑실련 공주의 투기소동은 충선왕
즉위 다섯 달 만이고, 왕의 자리를 다시 태상왕의 자리로 돌려 드린
것은 충선왕 즉위 여덟 달 만의 일이었다. 한 여자의 투기가 원나라
와 고려 양쪽 조정을 온통 뒤집어놓고, 남편인 충선왕을 왕좌(王座)
에서 끌어내려 고향인 원나라로 끌고 간 보탑실련 공주는 희대의 투
기(妬忌)로 세상을 뒤엎은 여자였다.
보탑실련 공주도 공주이려니와, 한 나라의 국왕으로 즉위했던 지
존이신 왕이 그 내자(內子) 하나로 인하여, 사랑하던 비(妃)와 그 비
의 부모들까지 몹쓸 고초를 겪게 한 뒤에, 왕위까지 내어놓고 원나라
여자 아내를 따라 고국을 떠났다. '국권(國權)을 빼앗긴다는 것이 이
런 것이로구나. 나는 어쩌다가 왕족으로 태어나 사랑하는 아내를 지

키지도 못하고, 정략(政略)으로 맺은 아내에게 이끌려 왕의 자리를 내어놓고, 죄수처럼 고국을 떠나는가…… 무슨 세상에 이런 일도 있는가.' 충선왕은 보탑실련과 잠자리를 함께하게 될 일이 소름끼쳤다. 보탑실련의 황음(荒淫)을 비켜갈 방법이 있으면 죽고만 싶었다.

몽고 공주 보탑실련에게 장가들기 4년 전 세자로 책봉이 되면서 세자빈으로 맞아들인 조비를 만난 나이, 세자 나이 열여덟, 아기자기한 첫사랑이었고, 순수한 부부지정(夫婦之情)이 무르익으면서 청년이 되었다. 충선의 어머니도 원나라 공주였으니 충선에게는 원나라가 외가였다. 세자 장(璋)으로 외가(外家)의 나라로 가서, 별로 탐탁찮은 공주를 정략적으로 맞아들이지 않을 수 없었으니, 젊은 세자는 첫정 깊이 들었던 고려의 아내를 잊을 수가 없었다.

그렇기로서니 보탑실련은 그래도 고려 상감의 아내인 왕비였다. 왕비의 자리에 앉은 여자가 속국(屬國)의 나라 왕, 자기 남편을 없수이 여기고 난리를 쳤으니, 그런 아내에게 목을 매고 원나라로 끌려가는 충선왕의 심정은 지옥이었다. 겨우 즉위 팔 개월 만에 왕위에서 끄들려 내려온 것은 몽골 아내의 황음과 투기 때문이었다. 상감이 된 지 여덟 달…… 다시 아바마마께 왕위를 내어드리고 원나라로 가고 있으나, 앞이 보이지 않았다.

*

남편을 왕위에서 끌어내려 목을 매듯 잡아끌고 고향으로 돌아온 보탑실련 공주의 행보는 요란했다. 충선왕은 이미 남편이 아니었다. 보탑실련은 고려인들의 눈치를 볼 일도, 원나라 조정의 눈치를 볼 일도 없이, 원나라 공주라는 세력 하나로, 누구의 눈치를 보는 일도 없이 내료(內僚) 여럿을 교대로 품었다. 보탑실련의 황음은 원 왕실에다 누린내를 풍겼지만 아무도 그것을 말리지 못했다. 첫사랑 고려 아내를 사랑했다는 죄로 왕위를 내려놓고 연경으로 끌려간 충선왕은, 눈앞에다 아내 보탑실련 공주를 두고도 불시에 홀아비가 되었다. 왕위만 잃은 것이 아니라. 고려 아내도 잃고 원나라 아내도 멀건이 보면서, 그 아내가 밤마다 다른 사내를 품는 것을 보면서 홀아비로 살았다.

충선왕의 형편이 개성의 부왕에게 전해졌다. 충렬왕께는 아드님의 불행이 국권과 이어져 통분하고, 또 통분했다. 남편을 팽개치고 원나라 남정네들을 갈아댄다는 며느리를 두고 볼 수 없었다. 시아버님 되시는 충렬왕께서 차라리 며느리 보탑실련에게 다른 짝을 채워주는 것이 어떨까 궁리하시기에 이르렀다. 보탑실련에게 새 남편이 생기면 아드님 충선왕의 귀국이 가능하지 않을까…… 때마침 질자(質子)로 원나라에 붙잡혀있던 서흥후(瑞興侯) 전(琠)을 점찍었다. 그래서 도첨의사사(都僉議使司) 민훤(閔萱)에게 간곡한 글을 써서 연경으로 보냈다. 서한의 내용은 공주의 개가(改嫁)에 관한 것. 충렬왕께서 고민 끝에 민훤을 골라 원의 황실로 글을 띄웠으나. 황실 눈치만 보던 민훤은, 감히 글월을 원실(元室)에 올리지 못하고 귀국하고 말았다.

서흥후 전(琠)은 제20대 신종(神宗)의 둘째 아들인 양양공의 현손(玄孫)으로 용모가 준수한 공자로 보는 이마다 탐을 내는 신랑감이었다. 보탑실련이 만나기만 하면 단번에 반할만한 인물이어서 충렬왕께서는 단념하지 않고 계속 기회를 엿보았다. 그런 충렬왕의 뜻을 눈치로 간파한 왕유소(王惟紹), 송방영(宋邦英), 오잠(吳潛) 등은 어떻게든 서흥후를 보탑실련에게 장가보내 득세해보려는 궁리를 하며 기회를 노리고 있었지만 뜻을 이루지 못했다. 보탑실련 공주는 그 서슬 시퍼렇던 투기와 한을 안고 주변 모든 사람을 괴롭히다가, 충숙왕(忠肅王)때 친정엘 다니러 간 길에 병을 얻어 세상을 떠났다. 유난히 시끄럽고 복잡하던, 영원히 죽지 않고 얼마든지 멋대로 세도를 부려가며 살겠다던 원나라 공주도 그렇게 세상을 떠났다.

*

대군 왕기(王祺)는 모후이신 어마마마께서 이따금 조심스럽게 들려주시던 원나라 이야기가 점차 현실로 알려지면서, 원나라와 고려의 관계가 언제까지 이렇게 얽혀 돌아가는지 가슴이 무거웠다. 그리고……, 자기만은 어떻게 해서든지 원나라 공주에게 장가드는 길을 피하겠다고 단단히 스스로에게 다짐했다. 대군 왕기는, 보탑실련 공주의 부마가 되어 고려의 왕위를 계승받았던 할아버지 되시는 충선왕(忠宣王)의 그 파란 많던 운명을 마음속에 깊이 새겨두었다.

고려의 첫 아내를 사랑했다는 죄로, 원나라 공주 보탑실련 공주에게 시달리던 할아버지 충선왕께서는 선비 중 선비로 글을 좋아하셨고, 정치권력하고는 뜻이 멀었던 분이었다. 보탑실련 공주의 투기와 황음, 처가(妻家)인 원나라로부터 말할 수 없는 핍박을 받았어도, 고려의 상감으로 왕위를 지킬 수 있었던 것은, 어질고 차분했던 성품의 덕이었다. 재위 5년에 둘째 아드님 도(燾)에게 전위(傳位)를 결행한 것도, 세상 권세에 뜻을 두지 않으셨던 그분만이 하실 수 있었던 결정이었다. 보탑실련 공주가 저지르는 끊임없는 소란에다, 공주를 바라보며 세력을 형성하려고 숙덕거리던 고려 조정의 정객들 등쌀에 환멸을 느끼시고 왕위에서 떠나셨을 것이다.

할아버지께서는 상감의 자리를 미련 없이 내어놓으신 뒤, 처가인 연경으로 가셨다. 그리고 연경에다 만권당(萬卷堂)을 세우셨다. 아내였던 보탑실련 공주의 갖가지 추문과 푸대접을 겪었던 처가의 나라였지만, 충선왕의 뜻은 어질고 깊었다. 고려와 원나라의 문예(文藝)가 만권당에서 만나 새로운 꽃을 피울 수 있기를 바라면서 세운 만권당이었다. 얼굴을 들 수 없도록 추문을 만들고 남편인 충선왕을 모욕하던 보탑실련이 떠난 뒤라면, 원나라를 돌아다볼 마음도 없었을 형편에서, 할아버지는 두 나라의 정신문화(精神文化)를 일으켜 세우기 위해 만권당을 세우신 것이다. 만권당(萬卷堂). 할아버지 충선왕의 깊은 뜻이 심겨진, 고려의 얼이었다. 원나라에서는 어떤 학자들이 있어 만권당에서 학문의 업적을 남겼는지 알려지지 않았지만, 고려의 이제현(李齊賢)이 만권당에서 집필한 문헌이 남았고, 원에서는 조맹부(趙孟頫)의 이름이 남아있었다.

*

왕자 왕기(王祺)에게 그 출생에 대한 내력을 세세하게 알려준 분은 왕기의 모후인 덕비(德妃)였다. 충렬(忠烈), 충선(忠宣)……그리고 왕기의 아버지 충숙(忠肅)에 이르기까지, 고려의 왕들은 원나라 황실의 목줄에 꿰어, 한도 끝도 없이 끌려다녔다. 원의 황실에서 오라하면, 개경에서 5천 리 길을 허위허위 가야 했고, 원의 황실에서, '이제는 돌아가도 좋다' 하면 그 길로 개경을 향해 다시 5천 리 길을 돌아오기를 몇 행보씩…… 더러는 고려왕의 아내가 된 원나라 공주의 이간질로, 원나라로 끌려간 고려왕이 연경에서 수천 리 떨어진 감옥으로 끌려가 몇 년씩 수형 생활을 하다가 돌아온 경우도 있었다.

고려 왕실에는 이미 원나라의 피가 섞여 흘러내려왔다. 고려의 왕들은 원나라가 외가(外家)였다. 어쩔 수 없이 원나라 황실이 맺어주는 원나라 공주와의 혼인에 묶여 고려왕들은 원의 혼혈이었고, 그렇게 대대로 내려오면서 고려 왕실에는 원의 피가 섞여 흘렀다. 원의 황실에서는 고려의 왕위를 이을 왕자를 '입조숙위' 명목으로 데려다가 몇 년씩, 원나라의 정치, 문물, 전통, 풍습까지 익혀, 원나라 인물을 만들지 않고서는 왕으로 세워주지 않았다.

　　고려의 왕자 왕기에게도 원나라의 피는 이미 섞여 있었다. 그러나 왕기의 모후는 고려인이었다. 왕기의 부왕 충숙왕(忠肅王)은 즉위하던 즉시, 고려 여인 중 후덕한 여성을 간택하여 왕비로 책봉하는 용기를 냈다. 입궁 덕비(德妃)로 책봉된 분이 왕기의 모후였다. 아바마마의 손수 간택 책봉되신 분이다. 입궁하신 다음해에 현재의 왕이신 장자(長子) 정(禎)을 낳으셨으니 당당한 왕후마마이셨다.

　　그런데 아바마마께서는 아드님 정(禎)까지 얻으신 다음해에, 원 황실의 명령을 따라 원나라로 들어가셨다. 그리고 이미 아내가 있는 상감이었는 데도, 원나라의 영왕(營王) 야선첩목아(也先帖木兒)의 따님인 역련진팔라(亦憐眞八喇)와 결혼했다. 원 황실에서 고려 상감이 간택하여 아들까지 얻은 고려왕을 용서하지 않았다. 상감 당신 스스로 간택하여 입궁 책봉한 아내와 아들까지 낳은 고려왕은, 꼭두각시처럼 원나라 공주 앞의 신랑이 되었다. 원나라 여인이라고 보는 눈, 여자의 느낌이 없었겠는가. 사랑 없이 억지로 끌려온 고려왕의 왕비가 되었으나 공주는 분심 가득한 신부였다. 역련진팔라 공주는 아바마마 충숙왕께 시집와서 고려 궁중으로 들어서면서부터 어마마마인 덕비를 죽일 듯이 미워했다. 역련진팔라 공주는 이미 돌아간 지 오

래되어 지난해에 복국장공주(複國長公主)로 추봉(追封)된 보탑실련 공
주보다 못하지 않은 질투의 화신이었다.

 어마마마 덕비는 아바마마의 사랑을 받는 엄연한 정비(正妃)였다.
또 왕위를 이으실 아드님까지 낳으신 분으로 어느 한 곳 꿀릴 데라
고는 없는, 남편에게 사랑받는 아내였음에도, 역련진팔라 공주가 고
려 왕실로 들어서면서부터 심한 핍박을 받기 시작했다. 역련진팔라
공주는 덕비부터 쫓아냈다. 덕비는 끝내 궁 안에 계실 수 없어 궁 밖
정안공(定安公)의 집으로 쫓겨가셨다. 충숙왕 아바마마께서는 덕비
를 잊을 수가 없었다. 덕비 안 계신 왕궁이 빈집 같았다. 하룻밤 날
이 새면, 왕은 아내가 쫓겨가 있는 정안공의 집 쪽을 하염없이 바라
보다가, 밤이 깊어지면 위험을 무릅쓰고 미복하고 아내를 찾아갔다.
 역련진팔라 공주도 여자였다. 여자의 직감이 없었겠는가. 공주는
상감이신 왕께 달려들어 따지고 괴롭혔다. 견디다 못한 상감은 원나
라 공주고 무엇이고 한계에 이르렀다. 원나라고 무엇이고, 왕이 아
니라 한 남자로, 극한의 투기꾼인 여자에게 손이 올라갔다. '차라리
원나라로 끌려가 죽는 것이 옳지, 이 노릇을 언제까지 겪어야 하
나?' 공주에게 손찌검하는 상감의 분노에 대해 모두들 쉬쉬하던 사
건이었지만, 아바마마께서 역련진팔라 공주에게 두 번이나 손찌검
을 하셨다는 것은 사실인 것 같았다. 아바마마께서, 어마마마 덕비
를 연경궁(延慶宮)에서 친근히 하셨다는 것을 트집 잡아, 공주는 아
바마마께 안하무인으로 들이대었고, 시도 때도 없이 들들 볶아쳐 궁
궐을 어지럽히는 공주의 투기를 더 이상은 참을 수가 없으셨던 모양
이다. 상감이신 남편만 들볶는 것이 아니라, 궁녀들이며 대신들까지
트집 잡아 못살게 굴었다. 역련진팔라 공주의 투기는 고려 왕실과

조정을 질흙밭으로 만들었다.

　그해 8월에 이어 다음달 9월. 묘련사(妙蓮寺)행차 때에도 무슨 일로인가 아바마마께서는 공주에게 다시 손찌검을 하셨다고들 수군거렸다. 역련진팔라 공주는 그렇도록 투기하고 그렇도록 등 뒤의 세력을 마음껏 휘둘러보았지만, 그 극성을 3년 이상 이어가지 못하고 세상을 떠났다. 어쩌면 남편에게 사랑받지 못한 원한이 스스로를 주검으로 몰고 갔는지도 모를 일이었다. 비운의 공주는 고려의 상감과 왕실을 원망할 것이 아니라, 원나라 황실을 원망했어야 옳았다. 역련진팔라 공주는 지난해에 복국장공주로 추봉(追封)되어 그렇게 옛날 사람이 되었다.
　그러나 공주가 세상을 떠났다고 조용해진 것은 아니었다. 공주가 돌아간 이듬해, 원나라의 중서성(中書省)이 선사(宣使) 이상지(李常志)를 고려 개경으로 보냈다. 이상지는 개경으로 들어서자마자 역려진팔라 공주의 거처였던 공주궁의 궁녀와 옹인(饔人) 한만복을 불문곡직 잡아들였다. 그리고 '그간 있었던 일을 정직하게 고하지 않으면 목숨을 부지하지 못할 줄 알라!' 엄포에 겁박하며 초달하니, 한만복은 그 전해 8월에 공주가 왕께 얻어맞아 코피를 흘렸던 일과, 묘련사 행차 때에 손찌검당한 일 등을 고했고, 이상지는 그 길로 분기탱천, 궁녀와 한만복을 앞세워 원으로 돌아갔다.
　공주의 죽음은 죽음으로 끝난 것이 아니라 원혼(冤魂)이 되어 고려 조정을 뒤집어 놓았다. 그중에도 권한공(權漢功), 유청신(柳淸臣) 등은 상왕인 충선왕으로부터 심양의 왕위를 물려받은 충선왕의 장질(長姪) 호(暠)를 앞세워, 왕기의 부왕인 충숙왕을 퇴위시키려고 모의를 계속했다. 겁 없는 역모였다. 그들은 고려인이었던가? 심지어 그들은 원제(元帝)께 상서, 고려의 국호를 폐하고 고려를 원나라의 한 성(省)으로 만들기를 원한다고까지 원나라에 아첨했다. 극한 혼란, 고려 조정은 내내 어지럽고 위태로운 상황에서 벗어날 길이 없었다. 적(敵)은 원나라가 아니라, 국내 고려의 대신들이었다. 친원파(親元派)가 늘며 고려를 원에게 통째 받치려 들었다. 고려의 원수는 원이 아니라 친원파 대신들이었다. 그래도 고려 조정에는 곧은 인물 이제현 등이 있어 그들을 한사코 대적해, 그들이 더 이상 준동하지 못하도록 막아낸 덕으로 한동안 술렁대던 그 일은 좌절되고 말았다.

왕위를 세자 도(燾＝忠肅王)에게 전위하시고 연경에 만권당을 지으신 할아버지 충선왕께서는 심왕(瀋王)의 자리마저 장질인 호에게 물려주시고, 태위왕(太尉王)이 되시어 학문만을 보람으로 하시다가, 더러는 남유(南遊)하시며 종신(從臣)을 시켜 행록(行錄)을 짓게 하시면서 유유자적 지내셨다. 그러나 그 자유로움과 평화는 얼마 못가 끝이 났다. 원 황실은 충선왕의 유유자적, 원의 귀족들인 자기들과 너무도 다른 가치관과 고매함에 비위가 상했다. '어디 네가 더 유유자적할 수 있는가 보자!' 원 황실은 심왕(瀋王)의 왕좌도 거절한 충선왕을 수레에 실어 멀고 먼 토번(吐蕃)으로 귀양보냈다. 연경에서 일 년 가까이 걸리는 머나먼 거리였다. 아무런 죄 없이, 그저 권좌를 멀리하고 조용하게 사는 선비의 꼴을 볼 수 없다고, 아니꼬워하던 원 황실은 상감이었던 고려왕을 그렇게 귀양보냈다.

고려왕의 자리는 원나라 종실의 기분에 따라 아무 때나 들까불려졌으니, 기실은 그 어느 상감도 지긋하게 정사(政事)를 돌볼 수가 없었다. 왕위에 오르라 하여, 뜻에도 없이 상왕을 태상왕으로 모시고 즉위를 했는가 하면, 별로 대단할 것도 없는 일을 추썩거려 도로 왕위를 내놓으라 하여 상왕 복위를 명령하기 몇 차례. 충렬왕 때에도 충선왕 때에도 그리고 아바마마이시던 충숙왕 때에도 그 왕위 뒤집기는 아무 때고 들이닥치던 벼락이었다. 원수가 따로 있는가. 원나라는 원수의 나라였다. 원나라의 공주들은 고려 왕실로 시집왔지만, 세도는 하늘 같아도 남편 왕의 사랑을 얻지 못해 분노로 펄펄뛰며 지내다가, 친정 황실에 고자질과 이간질로 고려 왕실은 뒤집어놓기 예사였고, 그렇게 남편 상감을 마음대로 짓밟았고, 원나라 종실은 왕의 자리를 기분 따라 주었다가 빼앗았다가, 다시 주었다가 요두전목(搖頭顚目)을 일삼았다. 벌써 4대째, 이제는 그 짓은 고려 왕가의 풍습처럼 되풀이되어 왔다. 몽고가 고려에 첫발을 들여 침략을 했을 때로부터는 일백십 년이 넘었고, 고려가 몽고에게 정식으로 항복을 한 때로부터는 80년이 넘었다. 그동안 고려는 원나라의 부마국으로 원나라의 데릴사위 구실을 해오고 있었으니, 이제 고려는 고려의 혼이나 제대로 지켜지고 있을지…… 고려 왕실은 홀로 설 수 있는 다리의 힘을 잃고 마냥 비틀거리고 있는 형편이다.

그런데 왕기의 형님이신 상감 충혜왕(忠惠王)의 행보가 목불인견이다. 그가 미쳤는가, 아니면 원나라의 횡포에 대한 반발인가. 반발이라면 반발답게 그리고 고려의 상감답게 일을 꾀할 일이지…… 어쩌자고……아니면, 상스러운 원나라 피를 받은 그 혼혈의 미친 부작용이었던가. 형님 충혜왕의 행보는 왕으로서만 아니라, 평민이었다 하더라도 도저히 용서받지 못할 짓만 골라가며 저질렀다.

*

공자 왕기가 머물고 있는 연경으로 들려오는, 고려 현왕 충혜왕에 대한 소문은 소년 왕기의 가슴을 천근 무게의 돌덩어리로 만들었다.

도대체 어쩌자고…… 무엇을 더 어떻게 하겠다고 왕위에 앉은 사람이 저럴 수가 있는지. 정사(政事)는 뒷전이고, 고려 궁실(宮室)을 차마 믿을 수 없는 온갖 음흉 음란한 소문으로 매대기를 치고 있으니…… 미구에 무슨 일이 터져도 크게 터질 것이 뻔했다. 그저 왕의 모든 음행(淫行)이 악취를 풍기며 떠돌아왔다. 아바마마께서 돌아가시고 복위하게 된 형님 정(禎)은 조금도 정침(停寢)하는 기색 없이 여색만 탐닉하고 있다는 소문이다.

　말할 것도 없다. 형님 정이 복위하던 첫해에는 외삼촌 되는 홍융(洪戎)의 계실(繼室) 곧 외숙모인 황(黃)씨를 범한 것이 탄로나 안팎을 어지럽게 만들었다. 외삼촌의 계실이라도 엄연히 외숙모다. 외숙모를 범했다. 그러더니 이어서 서모(庶母)인 수비(壽妃) 권씨(權氏)를 또 폭행했다. 서모면 아버지의 아내요, 척수로는 어머니다. 정은 돌아가며 어머니와 숙모를 범한 것이다. 차라리 그때쯤 정(禎)을 처단해 끝을 냈어야 했다. 그의 황음은 거기서 끝나지 않고 또 다른 계모인 경화공주(慶華公主)를 끝내 증(烝)하기에 이르렀다. 그 사건은 젊은 왕 혼자서 저지른 것이 아니라 대신들이 합세한 사건이었다. 송명리(宋明理)등이 경화공주의 침소로 쳐들어가 공주의 입을 틀어막고, 팔다리를 붙잡아 매는 등 꼼짝 못하게 만들고, 왕이 겁탈하게 만든 사건이었다. 경화공주는 원나라 공주였다. 역련진팔라 공주가 아바마마 충숙왕 앞에서 세상 떠난 뒤, 원 황실은 충숙왕을 그냥 두지 않고 또 연경으로 끌어갔다. 원나라는 고려 왕실에 반드시 공주를 앉혀야 했다. 원 황실은 원나라 공주인, 금동(金童=元 順帝의 子 魏王 阿木哥의 딸. 曹國長公主)과 결혼시켰고, 금동공주께서는 9년 전에 돌아가, 충숙왕께서는 세 번째로 원나라 공주를 맞이하는 원나라의 포로였다. 그렇게 원나라 공주를 세 번째로 맞이한 아내였으니, 현왕 정에게는 그 또한 계모인 어머니였다. 그런 분을 대신들에게 붙잡고 있으라 이르고 겁간한 패륜을 저질렀다. 제정신인가, 도대체 나중 일을 어떻게 감당하려고…… 현왕이, 고려의 상감들이 원나라 공주에게 시달린 한풀이를 하겠다는 것이었는지, 어떻던 계모를 겁간한 패륜은 무사할 리 없었다. 차마 입에 올리기도 끔찍한 폭행을 당한 경화공주께서는, 다음날 원으로 돌아갈 결심을 하고, 타고 갈 말을 구해달라고 궁녀에게 일렀다. 그러자 그 소식을 들은 충혜왕은 이엄(李儼), 윤계종(尹繼宗) 등을 시켜 말 시장(馬市場)을 휩쓸어 문을 닫게 만들고 일시에 거래를 중단시키는 술수를 썼다.

상감이 저지른 일들이 낱낱이 신하 조적(曹頔)에게까지 알려졌다. 조적은 의흥군(義興郡) 역리(驛吏)를 거쳐 충렬왕 때에 내관이 되면서 권세가 중외까지 이르렀던 신하로, 충선왕 즉위 후 우상시(右常侍)가 되었고, 다음 충숙조(忠肅朝)에는 밀직(密直)에 들어가 선부전서(選部典書)로 옮겨갔던, 대대로 권세를 누려온 인물이다. 한때 참소사건으로 피신까지 했었고, 그때 채하중과 함께 심왕(瀋王) 호(暠)를 가까이 섬기면서 나라의 틈을 엿보아 왕위를 빼앗을 계략을 꾸몄던 위인으로, 내리 5대의 왕조를 훑어 내려온 권세 당당한 신하였다.

혀를 깨물어 죽고 싶을 만큼 치욕에 치를 떨며 친정 원나라로 돌아가고자 했던 경화공주가, 자식뻘 되는 상감의 짓궂은 길 막음에 좌절을 당하자, 의논의 상대로 고른 것이 조적이었다. 조적은 우선 상감을 뵙고자 왕궁으로 갔으나, 조적의 뜻을 지레 짐작했던 군사가 궁궐 문을 막았다. 도저히 뚫고 들어갈 것 같지 않아 돌아와 버린 조적을, 상감은 곧 뒤쫓아 불렀지만 조적은 듣지 않고 경화공주 거처 궁인 영안궁(永安宮)으로 들어갔다. 그렇게 하여 영안궁을 본거지로 한 조적의 본격적인 반란이 시작되었다.

상감 측에서는 '조적이 심왕의 신복(臣僕)이 되어 몰래 다른 뜻을 길러오다가, 이제 심왕을 위하여 왕위를 빼앗으려 한다'고 하였고, 조적 측에서 말하기는 '내가 정승이 되어 왕의 황음무도한 행동을 보고도 조정(朝廷)에 주문(奏聞)하지 않는다면 그 죄는 누구의 것이겠는가. 왕이 비록 나를 죽이고자 하나 나는 두려워하지 않는다.'고 맞섰다. 왕 충혜는 다급해졌다. 군사를 동원하여 영안궁으로 몰았다. 조적은 영안궁까지 쳐들어간 왕당파의 화살에 맞아죽었다. 그러나 원나라 황실이 그 소문을 모르고 있었을 리 없었다. 조적을 죽여 사건을 무마했다고 안심하고 있던 석 달 만에, 원 황실에서 사신이 들이닥쳤다. 불문곡직, 원나라 사신 두린(頭麟)은 충혜왕을 묶었다. 충혜왕은 그렇게 붙잡혀 원나라로 끌려갔고 형부(刑部)에 갇히는 몸이 되었다.

저지른 일은 그런 벌을 받고도 남을 일이었지만, 아무리 고려가 항복국이었기로서니, 아무리 고려가 원나라 앞에 무릎을 꿇었기로서니, 한 나라의 지존을 그렇게 끌어다가 형부에 가두다니…… 하기야 태상이셨던 충선왕께서는 귀양까지 가시지 않았었던가. 왕위를 놓고, 어린애 장난감 주었다 빼앗았다가 하듯 놀림감을 삼았던 일이 몇 번이었던가. 항복국으로서 부마의 나라가 되어 원실의 공주 떠맡기 몇 대를 내리 했던가. 그리고 고려는 그 원나라 공주의 치마폭 속에서 온갖 치욕으로 휘둘려 오지 않았는가. 시달림이 왕실에만 있었던 것은 아니었다.

충렬(忠烈) 할아버지께서 세자로 계시면서 원나라의 홀도로게리미실(忽都魯揭里迷失)공주와 혼인하신 지 3년 만이었다. 고려에는 결혼도감(結婚都監)이라는, 들어본 일도 본 일도 없던 새 기관이 설치되었다. 원 조정에서는, 몽고군 중에서도 강병(强兵)으로, 남송인(南宋人)

들이 주로 모여서 이루어진 만자군(蠻子軍)들에게 줄 고려 여자가 필요했다. 몽고는 당당하게 고려에 정식으로 매빙사(媒聘使)를 파견했다. 비단 1천6백40닷(段)을 납폐물(納幣物)로 들여보내며 신붓감 140명을 골라내라고 윽박질렀다. 갑자기 신붓감 140명을 어디서 어떻게 데려오는가. 어이없고 기막힌 일이었지만, 못한다고 할 수 없는 명령이었다.

고려 조정에서는 부랴사랴 결혼도감이라는 것을 설치했다. 사생아나 파계승의 딸, 역적의 처첩 등을 골라내 억지로 잡아서 그 수를 채울 수밖에 없었다. 곡성(哭聲)과 원망이 하늘 끝을 흔들었다. 강제로 끌려나온 신붓감에게는 자장료(資粧料)라 하여 비단 열두 필씩이 배당되었다. 결혼도감뿐이 아니었다. 과부처녀추고별감(寡婦處女推考別監)이라는, 세상에, 둘도 없을 도감이 곁들여 생기고, 그 이름으로 계속 공녀(貢女)를 징발했다. 이것은 고려가 몽고에게 항복을 하던 때부터 비롯된 일. 항복 조건의 하나로 동남동녀(童男童女)를 5백 명, 1천 명씩 잡아 데려간 것에서부터 이어져 내려온 비극이었다.

*

강릉대군 왕기에게 그것은 선대(先代)에서 끝나는 이야기가 아니었다. 물론 내 나라 고려가 겪어온 뼈아픈 수모이기도 했거니와, 이제 소년의 티를 벗기 시작한 공자의 기억 속에 선명하게 남아 있는 사건이 또 한 가지가 있었다. 외조부(外祖父) 홍규(洪奎) 할아버지가 겪으셨던 일이다. 그것은 어마마마이신 태후께서 조심스럽게 드문드문 일러주신 일들이었다. 충렬왕께 시집온 홀도로게리미실 공주가 근친을 가게 되었을 때의 일이다. 충렬왕 13년. 홀도로게리미실 공주는 인물도 없었지만 성품이 유난히 거칠어, 지아비이시면서 상감이신 남편을 한시도 평안히 모시는 일이 없었다. 원의 황실은 공주들이 그렇게 할 수 있도록 고려왕에게 공주를 떠안겼으니 공주들의 행패는 당연지사였고, 상감과 고려 조정이 겪는 고통은 항복국의 몫이었다. 시집온 공주들은 자주 친정 나들이를 갔다. 그럴 때마다 친정으로 가져갈 선물에 대해 욋전 노릇이 하늘을 찔렀다. 갖가지 귀금속, 수달피, 말, 필, 육 등 이것저것 닥치는 대로 훑어가려고 서둘렀다. 이제 원 황실에는 공주들이 친정 나들이로 가져가는 고려 명품들이 산처럼 쌓여, 이제는 새롭고 신기할 것이 없을 지경이었다. 이제까지 바쳐오던 공녀(貢女)는 양반가의 딸들이 드물었는데, 그것을 눈치챈 공주들은 친정인 원나라를 얕잡아본 증거라며 공주들은 황실에다 이간질을 계속했다. 공주들에게는 더는 참을 일이 아니었다. 홀도로게리미실 공주는 이번에야말로 제대로 된 여자, 양갓집의 규수들만 뽑아서 데려가야겠다고 결심했다. 양가(良家), 그중에서도 벼슬 높은 집안의 딸들을 뽑아낼 것이라고 상감께 장담까지 했다. 상감께서는 기가 막혔지만 막아낼 길이 없었다. 속이 타 붙을 대로 타 붙어도 너그러운 모양새로 공주를 달래볼 수밖에 없었다. "굳이 그렇게까지 뒷말이 남을 일을 도모할 일은 아니니 그만두는 게 어떻겠소." 만류해 보셨더란다. 그러자 공주는 수그러지기는커녕 더욱 기승기승 상감께 들이대며 설쳐댔다는 것이다. 그러지 않아도 공주는 고려 땅으로 들어서는 순간부터, 만사 닥치는 대로 엄포를 놓아가며 휘두르고 닥치는 대로 궁녀들을 때리기까지 서슴지 않던 몽고여자였다. 공주는 연경에서 혼례를 치르고, 친정을 떠나 개경의 고려 왕실궁으로 들어와 보니, 상감께는 이미 고려 여인 아내가 있었다. 모르고 한 결혼은 아니었다. 그러나 막상 눈앞에 있는 상감의 아내를 보니 눈에서는 불이 났다. 아무려나! 사실상 혼인을 먼저하고 궁중에 들어온 고려의 정처(正妻)를 궁주(宮主)로 강격(降格)시켜 내 쫓았다. 그리고 고려 왕후께서 공주의 득남을 축하해 드리는 잔치 자리에서까지 트집을 잡아 잔칫상을 뒤엎는 행패를 부렸다. 그리고 다루하치에게 뒤로 투서를 들이밀고, 정화궁주의 죄를 만들어 잡아 가두고도, 질투의 불길을 다스리지 못하던, 사납기 맹수 같은 몽고 여자였다.

*

양반가의 딸들을 공녀로 뽑아가려는 공주를 달래던 상감의 만류는, 공주의 의기에 불을 질렀다. "아니? 고려 조정에서 벼슬하는 사람들의 딸이라고 다른 여자들하고 다를 게 무어야? 그들도 그저 여자들인데 왜 데려갈 수 없다는 것이오?" 공주는 상감의 만류를 초개처럼 여기고 원의 군사 홀적(忽赤)들을 동원했다. "양가의 처녀들을 무조건 납치해 오너라!" "불문곡직이다!" 홀적이란 궁을 지키던 숙위병(宿衛兵)이다. 홀지(忽只), 화리적(火里赤), 역홀지(亦忽只)라고도 불렀고, 그 명칭들은 몽고로부터 이름 붙어 내려온 것들이다. 모두가 충렬왕 원년에 원나라에 인질로 잡혀갔다가 돌아온 사람들 중에서 뽑은 군사들인데, 그중에는 몽고인도 드문드문 섞여 있었다. 모두들 몽고식 교육을 철두철미하게 받아 고려인이라기보다는 몽고인에 가까운 군인들이었다. 그들은 공주의 명령에 신바람을 냈다. 원수는 적진(敵陣)에 있는 것이 아니라 나라 안에 있었다. 양갓집 규수, 양반집 딸들을 잡아들이기 위하여 그들은 고려 신하의 집들을 마구 짓밟았다. 규중 깊숙이 쳐들어가 금지옥엽 곱게 자라던 처녀들을 마구잡이로 끌어냈다. 그중에는 서원후영(西原侯瑛)의 딸, 대장군 김지서(金之瑞)의 딸, 시랑 곽번(郭蕃)의 딸, 별장 이덕수(李德守)의 딸도 섞여 있었으니, 공주의 심술과 위세는 적국(敵國) 점령군의 장수였다. 그때 끌려나왔던 규수 중에서 서원후영의 딸은, 세자(世子=後에 忠宣王)의 눈에 이미 들은 바 있어 구출이 된, 뒤에 훗날 정비(靜妃)가 되었지만, 나머지는 가차 없이 원나라로 끌려갔다. 그중에서도 이중의 비극을 겪어야 했던 집안은 강릉대군 왕기의 외가(外家) 쪽이었다. 외조부 되시는 홍규(洪奎)는 성품이 대쪽같이 곧고 의기가 강한 분이었다. 좌부승선(左副承宣) 벼슬에서 사퇴할 때도 벼슬아치들이 나랏일을 돌보기보다 상감께 아첨만 일삼는 것을 좌시할 수 없다 하시여 벼슬을 박차고 나온 분이었다. 후에 다시 추밀원부사(樞密院副使)에 임명되었을 때에도 굳이 사양하고 나아가지 않았던 분이다.

홍규 외조부께 애지중지 따님이 하나 있었다. 왕자 강릉대군에게는 이모님이 되시는 분이다. 외조부의 노여움은 충천이었다. 고려의 처녀들을 원나라로 끌고 가는 공녀(貢女)의 문제만도 용납할 수 없는 일이었거늘, 이제는 한술 더 떠서 양반집 벼슬 높은 집안의 규수들만 골라 뽑다니. 몽고의 만족(蠻族)들. 양반의 콧김조차 쐬어본 일 없는 상것들이 감히 어디라고 고려의 양반가 처녀들을 끌어간다는 말인가. 제아무리 힘이 장사여서 싸움으로 이겼다고는 하나, 몽고는 몽고인인 것. 기운만 뻗쳐오른 야만스러운 종족이 어쩌다가 지배권을 휘어잡았기로서니……

어느 날, 외조부는 따님의 머리를 삭발해버렸다. 삼단 같던 처녀의 탐스러운 머리를 빡빡 깎아내렸다. 홀적들이 쳐들어왔을 때에는 이미 이모의 머리 삭발이 끝난 뒤였다. 그리고 결과는 자명했다. 원 황실이 그 소식을 듣고 가만 있을 리 없었다. 외조부는 곧장 형부(刑

部)에 갇혔고, 삭발한 처녀는 추상같은 불호령 속에서 공주 앞으로 끌려나갔다. 그리고 이모는 끝끝내, 삭발은 자기 혼자의 뜻에 의해 자기 손으로 된 것이며, 아버지가 아시는 일이 아니라고 우겼다. '마마께서는 우리 고려의 양반 풍속을 아직도 잘 이해하시지 못하는 것 같사옵니다. 우리 고려에서는 웃어른 되시는 남자분이시더라도 아녀자의 몸에는 손끝도 대지 못하는 법이 지켜지고 있사옵니다. 저는 오로지 고려 땅을 떠나고 싶지 않아 제 머리를 스스로 잘랐을 뿐이옵니다.' 홍 처녀의 침착한 언동과, 원나라를 상놈의 나라로 취급하는 듯한 그 말뜻에 공주의 노여움이 폭발했다. 공주는 맨발로 뛰어내려가, 삭발한 처녀를 쇠 채찍으로 후려치기 시작했고, 단근질까지 하면서 화풀이를 계속했다. 눈을 뒤집고 손수 매질하는 꼴은 사람이 아니었다. 더구나 여자가 아닌 맹수였다.

원나라에게 딸을 빼앗기지 않으려고 딸의 머리를 삭발까지 했던 외조부 홍규는 먼 섬으로 귀양을 가게 되었고, 가산은 적몰되었으며, 지조와 정절이 하늘같던 규수는 원나라 사신에게 끌려가는 비극으로 끝이 났다. 나라가 망했다는 것은 하늘 무너지는 처참이었다. 소년 공자 왕기는 이모의 처절한 비극을 잊지 않았다.

*

고려가 몽고의 풍진(風塵)에 휩쓸린 지 일백십 년이 넘었고, 정식으로 항복한 지는 80년이 넘는다. 그동안…… 고려는 빛을 잃었지…… 제 빛이 스러진 게야…… 어린 공자 강릉대군 기는 그런 상념에 빠져 한없이 깊은 객수(客愁)에 젖었다. 고려 소식에 늘 목마른 강릉대군 기는 사신들이 들고 날 때마다 한 마디라도 더 듣고 한 마디라도 더 전하고 싶어 애를 태웠다. 그것은 어마마마에 대한 그리움만은 아니었다. 고려, 내 나라에 대한 근심이 숙성해지기 시작한 것이다. 어마마마께 대한 문후에 앞서 상감의 문후부터 여쭈었고, 조정의 되어 돌아가는 일들을 조심조심 물었다. 고려 측 사신들의 대답은 들쑥날쑥 이어서 종잡기는 어려웠으나 형님 충혜왕 상감의 소식은 대군을 깊은 근심에 빠트렸다.

"유렵(遊獵)으로 소일하실 따름입니다."

"만수무강하시어서 오히려 사냥 가시는 길을 따라다니는 종자(從者)들이 헐떡일 정도입니다."

형님이신 상감이 호협한 바람을 일으키며, 정사(政事)는 뒷전이고 날이면 날마다 정사(政事)를 작폐하고 사냥길에 나선다. 그러나 그뿐이 아니었다. 들려오는 소식들은 갈수록 듣기 거북하고 믿어지지 않는 적폐(積弊)들이었다. 상감이…… 고려의 왕이…… 봄날 동교(東郊) 들판에 행차하셨을 때, 행차를 뵈옵는다고 백성이 구름처럼 모였는데…… 나랏님을 뵈옵는다는 기쁨으로 들뜬 백성들이었다. 그런데 그 백성을 둘러보던 상감이 갑자기 백성들을 향해 활을 마구 쏘아붙이기 시작했다. 상감이 아니라 미친 인간이었다. 혼비백산한 백성이 놀라 흩어지는 모습을 바라보며 상감은 호쾌하게 웃어 젖혔단다. 미친 짓! 사람이 아닌, 짐승만도 못한……밤이면 미복(微服)으로 자주 납시었고, 어느 날은 민천사(旻天寺)의 누각에 올라 비둘기를 잡다가 실화(失火), 누각을 전부 태웠다고 했다. 개경에서는 한때 흉흉한 소문이 돌기를 '임금이 새 궁궐을 짓는데, 그 주춧돌 밑에 백성의 아이들을 수십 명씩 묻는단다.' 끔찍한 내용이었다. 집집마다 아이들을 안고 도망치거나, 모두가 살던 마을을 떠나는 사품에 도둑질이 자행되는 등 국정 혼란이 끝없이 벌어지고 있다는 것이다. 어느 날 밤에는 상호군(上護軍) 송명리(宋明理)의 집에서 잔치를 하던 중, 폐신(嬖臣) 최원(崔遠)이 상감께 달콤하게 속삭였다. '진사정동(進士井洞)에 절색의 처녀가 있사옵니다.' 황음하기 이를 바 없는 상감이었다. 미색(美色)에 촉각을 세워 친소귀천(親疏貴賤)없이 모두 끌어들이니, 후궁의 수효는 계속 불어나고 있던 중이다. 최원은 아첨의 기회를 그렇게 노렸다. 그러나 바로 그 밤에 상감이 최원을 이끌고 그 집에 쳐들어가 찾아보았어도 처녀는 보이지 않았다. 할멈 하나가 나와서 우리집에는 원래 딸이라고는 없었다고 하자, 상감은 최원과 할멈을 그 자리에서 척살(刺殺)하더라는 것이다. 형님 충혜왕이 외숙모를 겁간하고 상왕의 후비를 욕보인 일로 원나라로 끌려가 옥살이를 했던 쓰라림을 벌써 잊었다는 말인가. 죽어 마땅한 죄를 몇 년 옥살이로 마감한 뒤 복위(復位)한 일을 잊었더란 말인가. 국정을 팽개치고 백성을 도륙하는, 포식자 상감이 되었으니 고려의 앞날이 어찌 될는지 한없이 두려웠다.

형님 충혜왕의 소식과 소문은 강릉대군 왕기를 슬픔과 두려움에 빠뜨려 밤잠을 잃게 만들고 입맛도 잃게 만들었다. 풍문에 풍문이 흘러올 때마다 혼자서 떨고 떨었다. 이역(異域) 수천 리. 하늘빛도 다르고 눈에 뜨이는 모든 것이 낯설고 이상한 것들 뿐인데, 오직 믿을 수 있는 고국 고려의 상감이 그런 짓을 일삼아 저지르고 있다니 기가 막혔다. 어느 곳을 둘러보아야 정붙일 데라고는 없는 연경. 화려 번화하기로 천하제일이라는 연경도 공자에게는 쓸쓸하기만 했다. 그 어느 구석에서도 온기(溫氣)를 얻을 수가 없었다. 아무리 호화롭고 신기한 것을 만나도 기쁨도 즐거움도 일지 않았다. 아득한 곳에 고려를 남겨두고, 멀리멀리 떨어져 온 후에, 가을을 맞고 겨울을 겪으면서 왕기는 외로움 속에서 자랐다. 다시 고려를 떠나오던 때의 봄을 맞이하고 또 가을이 오고……

강릉대군 왕기는 그렇게 세월을 보내면서 해 떨어지는 일모(日暮)의 시간이 무섭고 싫었다. 고향 생각에 가슴 저렸고, 이어서 고국으로 돌아갈 수 없다는 좌절감을 더욱 깊게 만들어, 그 좌절감은 고려가 얼마나 비참한 나라인가를 거듭 생각나게 만들었다. 그날도 대군은 문설주에 기대어 서서, 어둠에 물드는 하늘을 바라보며 몰래 눈물짓고 있었다. 어느 틈엔가 안 상궁이 소리도 없이 시립해 송구스러워 어쩔 줄을 몰라 하고 있었다.

"대군마마, 그렇도록 상심하시는 것 참으로 뵈옵기 민망하옵니다." 안 상궁의 목소리도 눈물에 젖어 있었다. 그 목소리를 듣자 눈물은 더욱 뜨겁게 흘렀다. "대군마마, 흔(昕)아기씨를 생각하십시오. 이제 겨우 일곱 살. 아바마마 어마마마를 떨어져 이렇게 저희들과 함께 계시지를 않사옵니까."

흔(昕)은 고려 상감 충혜왕의 장자(長子)로 역련진반(亦憐眞班)공주의 아들이다. 왕기에게는 장조카다. 세자는 으레 원나라에 들어 숙위(宿衛)하다가 대를 잇게 되어 있어, 일곱 살밖에 안된 어린 흔도 원에 들어와 있는 형편이다. 안 상궁의 말에 대군은 더욱 흐느꼈다.

"그러기에 내가 우는 거야. 왜 우리는, 우리는 왜 이런 길을 가지 않으면 안 되는 것인지. 언제까지, 언제까지인 줄도 모르고…… 그 일이 막막해서 눈물이 나는 게요."

"대군마마…… 그건…… 그것은 아직 어리신 대군께서 가슴 조이시면서 생각하실 일이 아니신 줄 아옵니다. 그건…… 지금의 고려가 겪는 일들이 대군아기씨의 탓이 아니니까요…… 나라, 고려가 힘을 얻으면 제대로 된 나라를 찾을 수 있는 일들이지요."

"탓이야 누구를 탓하겠는가마는." 말을 잠깐 끊었던 대군은 한숨을 깊이 몰아쉬면서 목소리를 낮추었다. "임금이 어질고 상감이 현철하시면 나라가 커지고 힘이 생겨 이런 일 겪지 않아도 되는 것 아니겠나."

"아스시오소서, 대군마마. 대군마마 제발 그런 말씀은 거두소서."

안 상궁의 황망한 소리에 대군은 눈물 얼룩진 얼굴을 돌려 안 상궁을 바라보면서 쓸쓸하게 웃었다. 그리고 다시 먼 하늘을 바라보며 혼잣말처럼 중얼거렸다.

"생각도 못하랄 수야 없지 않은가. 그건 그저 내 생각일세. 생각이야. 내 혼자만의 생각일 뿐이라고……."

"대군마마, 원나라는 아주 남의 나라랄 수도 없지 않습니까. 외가 나라와 같은 곳인데 기왕에 오셨으니 외가의 풍습 풍속 등 익히시면서 마음 편하게 보존하시옵소서. 원나라의 풍습이며, 원나라 여인네들 중에도 아름다운 분들이 있으니 신기하지 않습니까."

"신기한 것도 한때요, 신기해서 재미나는 것도 마음 편할 때의 얘기인 게야. 이렇게 답답한 데 신기할 게 무에 있으며, 또 설혹 조금은 신기하다 해도 그게 무슨 안위거리가 되겠는가?"

"대군마마, 마음을 옹글게 지니셔야 하옵니다. 부디 마음 든든히 잡숫고 고려 사람 고려의 대군되시어야 합니다. 이제 그만 고정하시오소서."

하지만 그 어느 무엇도 대군의 심란한 마음을 달래줄 수 있는 것이 없었다. 더구나 그 무렵, 원나라 조정 한 옆에서는 엉뚱한 일이 벌어지고 있었다. 때마침 원나라에 들어와 있던 기황후(奇皇后)의 오라버니 기철(奇轍)은 조익청(曺益淸), 이운(李芸) 등과 더불어 고려 충혜왕의 탐음부도(貪淫不道)함을 들추어 원 황실에 일일이 고해바치는 일로 영일 없을 지경이었다. '고려국의 형편이 왕을 비롯해 제대로 나라 구실을 할 수 없게 생겼으니, 고려 안에다 원의 성(省)을 세워, 원 황실이 다스리시어, 고려 백성을 편안케 해 주시옵소서'. 원(元)나라 조정에 상서(上書)하기에 이르렀다. 기황후 일족은, 고려의 상감만을 없애자는 것이 아니라 고려라는 나라마저 아주 지워버리자는 충동질을 하고 있었다. 일이 이 지경에 이르렀건만, 고려의 상감은 아랑곳없이 망나니짓만 계속하고 있으니 하늘 무너지는 소식들뿐이었다. 충혜왕은 미색(美色)을 찾기 위해 장님과 무당들을 동원해 가며 못살게 굴었고, 사냥할 때의 종자들은, 상감이 쓰는 매(鷹) 먹이를 한다고, 양민들의 닭이나 개를 함부로 잡아 노략질을 일삼는다는 소문만 낭자했다. 오밤중에 미행(微行)을 하여, 성 안에서 노닐다가 어느 집 가노(家奴)에게 들켜 호통을 맞던 끝에, 임금임을 밝히고 그 종을 매질하여 거의 죽게 한 일이며, 내주(內廚)에서 만두(饅頭) 먹던 사람을 도둑이라 하여 잡아 죽인 일이며, 강간(强姦)한 죄수 셋을 돌로 압살(壓殺)하게 만들고, 상감이 그것을 재미로 지켜본 일 등은 아무리 고쳐 생각을 해보아도 사람의 형국은 아니었다.

"안 상궁."

"예."

대군은 흐르는 눈물을 손등으로 밀어지우며, 깊은 한숨을 짓는다.

"말씀하십시오, 대군마마."

"나는……" 대군은 운을 떼다가 말고 또다시 한숨을 몰아쉬었다. 그리고도 한참만에야 다시 말을 이었다. "나는 형님 되시는 충혜왕 상감마마의 일이 정말 무섭고 걱정스럽소."

"별일이야 있으실라구요 대군마마. 아직 상감마마께오서는 춘추 한창이시어 사냥도 즐기시고 하옵지만, 그래도 고려의 국왕이신 것을 잘 아시고 계실 것이옵니다."

"안 상궁, 그렇게 간단히 위로하고 넘길 일이 아니야. 그리 간단한 일 같지는 않아. 더구나 엊그제 있었던 중서성(中書省) 상서 문제 같은 것은 더구나 간단한 일일 수가 없지."

안 상궁은 위엄 있는 대군의 태도에 그만 말문이 막히고 말았다.

"안 상궁."

"예."

"우리 충혜왕 상감이 요즘 하시는 일들은 그 모두가 성품이실까? 아니면 다른 어떤 뜻이 있어 당신의 뜻을 펴실 수 없는 데서 생긴 심화(心火)일까." 안 상궁은 당황할 뿐 선뜻 대답할 엄두를 내지 못하고 읍해서 서 있었다. "안 상궁…… 내, 하도 답답해서 안 상궁을 붙들고 이야기하는 게요. 안 상궁은 알고 있겠지, 어마마마께서 어떤 분이신지를. 어마마마께서는 한 여인네이시기 전에 한 분 고려의 어른이시라는 것을. 고려 왕가(王家)의 체통을 버텨주시는 기둥 같으신 분이지. 그러한 어마마마를 모신 상감께서…… 형님께서……."

"대군마마."

안 상궁은 그렇게 불러만 놓고 소리 없이 눈물을 흘렸다. 아직 어리신 대군이다. 나라 생각이 저 조그마한 가슴속을 저렇도록 태우고 있는가 생각하니 안쓰러웠다. 어린 대군의 노심초사하는 모습이 애처롭고 가엾었다.

"하늘이 고려를 지켜주실 것이옵니다."

"하늘이 고려국을 거저 지켜주시겠는가…… 고려 사람들이 스스로 지키려고 마음먹어야 하늘도 도와주시겠지."

"고려는 대군마마 같으신 분을 모시고 있지 않사옵니까."

"나는…… 나는 그렇게 큰사람이 못돼…… 내가 알지, 내가 나를 알 수 있어."

"그런 말씀 마옵소서. 고려 사랑하시는 마음 그렇도록 깊으신데 그 사랑 지니고 계신 대군마마 한 분이 고려에게는 크고 또 큰 분이 아니겠사옵니까."

강릉대군은 힘없이 눈을 감으며 고개를 천천히 가로젓는다. 무엇을 뜻하는 것인지 명확하게는 알 수 없었지만 그 모습은 너무도 애처로웠다.

*

고려의 공자 강릉대군 기(祺)의 나이 이제 열네 살. 고려를 떠나온 지 햇수로 3년. 정확하게 헤아리면 2년 반. 연경의 생활에도 익숙해지고 몽고어도 얼마만큼 배워 익혔지만 강릉대군은 좀체 활달해지지 않았다. 강릉대군을 데려다 놓고 관심을 가졌던 원나라 황실에서는 그것이 강릉대군의 타고난 기질이거니 하고 심상해 하였지만, 어린 공자를 모시고 있는 안 상궁으로서는 적잖이 불안했다. 백 년을 넘어 걸쳐 내려오고 있는 원과 고려의 관계, 원 황실 앞에서 한시도 오금을 못 펴는 고려, 원나라에서 고려 왕실로 시집간 공주들의 시끄러움 등 어린 대군이 생각하고 있는 모든 일들이 안 상궁에게는 근심거리가 아닐 수 없었다. 대군은 몽고말을 배우기는 하면서도 시답잖아 하는 태도가 역력했다. '상것들. 상스러운 것들. 문화(文化)도 정신(精神)도 없는 야만인들이. 나는 힘이 없어 여길 왔고, 힘이 모자라니까 이 소용도 없는 말을 억지로 배운다.' 어린 대군의 가슴에 깊은 반감이 서려있는 것을 안 상궁은 알고 있었다. 대군은 사람들과 섞이는 것을 싫어했다. 더구나 원나라 사람들이 있는 자리에서는 말하는 것도 꺼려했다. 누구의 말을 듣는 것도 귀찮아 했다. 방안에 혼자 있는 시간을 그중 편안해 했다. 혼자서 붓글씨를 쓰거나 화보(畵譜) 화첩(畵帖)을 들여다보는 시간만은 그 얼굴이 수심에서 벗어나 편안해지고는 했다.

어느 날 안 상궁은 대군 처소에서 몽고녀 시비(侍婢)에게 먹을 갈게 하며 대군의 글씨 쓰는 모습을 보고 있었다. 이제는 퍽 어른스러워진 모습이 대견했다. 반듯한 이마에 쪽 고른 콧날, 옥판선지에 떨어지는 붓끝을 지켜보는 눈과 단정한 입매. '곱게도 생기셨어라. 그리고 한 3년 만에 얼마나 의젓해지셨는고. 태후께서는 이 아드님을 얼마나 보고지어 하시겠으며, 이 대군아기씨께서는 그 어머님을 얼마나 그리워하고 계실까.' 문득 처연해지려는 마음을 가다듬기 위하여 안 상궁은 적막을 깨뜨렸다.

"대군마마께서는 연경에 오신 뒤로 더욱 명필이 되셨고 몽고말도 참 잘하신다고들 하십니다."

"그것이 안 상궁의 말이오?"

대군은 얼굴을 들지도 않고 그저 담담하게 묻는다. 잠깐 벼루 위에서 미끄러지는 먹물 소리만이 엷게 번졌다.

"제 생각만이 아니오라 이 고려관에 드나드는 원나라 양반들이며, 우리 고려에서 들고나는 사신들이 모두 그렇다고들 하십니다."

"글쎄…… 내 글씨가 정녕 명필이라면 무엇이 내 글씨를 명필되게 하였는지를 그 사람들이 한번이나 생각해 보았을까."

안 상궁은 아차 싶어서 화제를 서둘러 바꾸기로 했다.

"몽고어도 배우신 기간에 비하면 썩 잘하신다고들 말합니다."

"배워서 못할 사람이 있을라구."

공자는 안 상궁에게 대꾸를 하기 위해서인지 잠깐 붓을 놓고 고개를 들었다.

"그렇게 잘하시면서 왜 몽고말을 통 쓰시려 하질 않으십니까."

대군은 그저 빙긋 웃더니 먹을 갈고 앉아 있는 시비를 흘깃 보았다. 비록 고려말로 대화를 하고는 있지만, 몽고 사람을 앉혀놓고 몽고 흉을 볼 수야 없지 않으냐 하는 눈길이었다. 안 상궁은 그러한 대군을 대견해 하는 눈으로 바라보면서 우스갯소리를 했다.

"그러시다가 대군마마께오서도, 할아버님 아버님처럼 몽고의 공주님을 비(妃)마마로 모시게 되오시면 어떻게 하시렵니까."

대군은 한동안 깊은 생각에 빠지는 듯하더니 한숨 섞여 대답했다.

"이제쯤…… 나까지 원나라 공주와 혼인해야 할 일은 없겠지. 왕좌에 오르는 분들은 어쩔 수 없었으니까 그랬겠지만. 나는 왕의 자리에 앉지 않기 바라네."

대군은 그동안 듣고 보고 겪칠었던 원나라 공주들의 그 거칠고 못된 내주장(內主張)을 떠올리며 속으로 몸서리를 쳤다. 그리고 몽고 여자들에 대한 염증이 깊어갔다. '몽고 여자들은 모두가 아귀다. 욕심꾼들이고, 예절을 한 치도 모르고 뻐기는 대장이요, 강새암꾼들이요, 어거지꾼들이다. 고려로 시집왔던 여자들 태반이 그러하지 않았던가. 생각만 해도 지긋지긋한 일들이 아니었던가. 정말, 정말 나더러 몽고 공주에게 장가들라 하면 나는 백 리 천 리 도망칠 것이다. 절대로 절대로 그런 일은 없을 것이다.'

"대군마마께서는 원나라 여인이 아주 싫으신 가 봅니다."

"나는 고려의 왕자야. 고려 여인의 아름다움을 알고 있는 고려의 왕자라고!"

대군은 그렇게 대답하면서 눈을 감는다. 어마마마의 모습, 고려궁인들의 모습, 고려의 아낙네들, 얼마나 조신하고 아름답던가. 얼마나 부드럽고 따뜻하던가. 겸양을 알고 참을성을 지녀 후덕하기 이를 바 없는 여인네들……

"몽고녀들이라고 해서 모두가 다 거세기만 하지는 않습니다, 대군마마."

"그야…… 겪어본 일 없으니 믿을 길이 없지."

대군은 안 상궁이 무슨 말을 더 할까보아 겁이 나는 듯 문갑을 열더니 화보(畵譜)와 그림 몇 폭을 꺼내 놓는다. 그리고 지필묵을 치우게 하더니 그림을 차근차근 들여다보기 시작했다. 얼마 후 지필묵이 치워지고, 다기(茶器)에 향기로운 차가 마련되어져 대군 앞에 놓인다.

대군은 휘종(徽宗＝후이충)이 편찬한 선화화보(宣和畵譜)와 선화서보(宣和書譜)를 홀린 듯이 들여다본다. 북송(北宋)때의 황제 화가 휘종은 나라를 다스리는 일에는 실패했지만 글씨와 그림에 있어서는 그 이름이 영원히 죽지 않을 명인으로 남았다. 불행하게도 휘종은 거란족에게 끌려가서 만주에서 그 생애를 마칠 때까지 25년간 재위에 있으면서, 그가 오로지 한 일은 화원(畵院)을 발전시킨 일이요, 이 선화화보와 선화서보를 편찬한 일이다.

"안 상궁, 이 책들이 얼마나 귀중한 것인지 알 수 있겠나?"

"어떠한 책입니까?"

"참으로 귀한 책이지. 황실 궁 안에 있는 것을 가까스로 빌려왔어."

"저희 같은 것은 그 값을 헤아릴 길이 없사옵니다."

"그림을 사랑할 줄 몰라서 그러는 거야."

"그림이 무에 그리 좋다 하십니까. 그저 비단 폭 아니면 종이 위에 그려진 것을. 산수(山水) 아니면 화조(花鳥), 아니면 인물이나 사군자(四君子) 아니겠습니까. 사람들이 살고 있는 곳 어디에서나 보고 싶으면 볼 수 있는 것들이지요. 보다 더 생생하게 살아 있는 것을 볼 수 있는 쪽이 더 좋지 않겠습니까. 소인 생각은 그러하옵니다."

"아니지……" 대군은 의젓하게 머리를 젓고 말을 이었다. "화품 (畵品)은 인품이랬어. 그림은 그냥 그림이 아닌 게야. 겉으로 나타난 형상을 그리면서 안으로 품은 정취를 표달(表達)하는 천인합일(天人合 一)의 정신을 보여주는 게 그림이니까."

"대군마마, 제게는 참으로 어렵습니다."

"하하, 내가 고만 며칠 전에 귀동냥했던 것을 너무 성급하게 써먹었나 보군. 하지만 연경에 온 나를 가장 반겨주는 듯하고, 외톨박이 나를 기쁘게 하는 것은 역대의 많은 그림을 볼 수 있는 일이야. 나는 이제부터는 그림을 배울 참이지."

대군의 얼굴은 보기 드물게 상기해 있었다.

"그렇게도 그림이 좋으십니까. 사람보다도 그림이 더 좋으십니까. 그래도 사람이 낫지 않겠습니까. 말씀으로 위로도 드릴 수 있고 말씀을 나누실 수도 있고요."

안 상궁의 말을 대군은 자신 있게 막는다.

"그림에는 언어라는 말이 없어서 좋은 거지. 고려말 원나라말, 말이 따로 필요가 없네. 그냥 보고, 바라보고 있으면 훤하게 통한다네."

대군은 자기가 알고 있는 그림의 세계가 퍽 자랑스러운 듯 열을 올렸다. 그림에 대한 그의 열의는 걷잡을 수 없이 활활 타오르는가 하면, 그윽한 한 세계의 방향(芳香)을 홀로 음미하듯 차츰 자기 혼자의 세계에 뿌리를 내리기 시작했다. 당대(唐代) 왕유(王維)의 그림도 좋았다. 그가 그린 설계도(雪溪圖)의 푹신한 적막이나, 강산설제도(江山雪霽圖)의 거침없는 시원함이 좋았다. 화미(華美)를 창조한 세필(細

筆)의 주방(周肪)이 그린 잠화사녀도(簪花仕女圖)는 사춘기로 접어든 대군의 가슴을 울렁거리게 만들었다. 그러나 수당(隋唐)시대의 낙관적이면서도 호화찬란했던 그림보다는, 5대 양송(兩宋) 때의 깊고도 맑으면서 지극히 내성적이던 그림들이 대군에게는 훨씬 인상적이었다. 당말(唐末) 전란(戰亂)을 피하여 화북(華北)지방의 산에 묻혀 살면서 산수화(山水畵)를 그렸던 형호(荊浩)의 광려도(匡廬圖)가 가르친 산수화의 기·운·사·경·필·묵(氣·韻·思·景·筆·墨)의 육요(六要)에 대한 필법기(筆法記)도 놀라운 것이었고, 고려에서도 이미 이름을 듣고 그림도 구경할 수 있었던 곽희(郭熙)를 재확인한 것은 더할 수 없이 반가운 일이었다.

이공린(李公麟)의 섬세하면서도 힘찬 인물화나 북송 말년의 사회민속파의 대표적인 화가 장택단(張擇端)의 그림들도 혹할 만했고, 대산대수(大山大水)의 전경(全景)을 그리는 것이 아니라 산천기수(山川奇秀)의 한쪽만을 확대하여 생생하고 힘차게 그린 이당(李唐)의 그림도 좋았다. 그러나 어느 누구의 무엇보다도 좋았던 것은 마원(馬遠)의 그림들이었다. 남송(南宋) 4대 화가 중의 한 사람이라고 하나, 그가 이름난 대가(大家)라서가 아니었다. 간결한듯하면서도 힘차고 비어 있는 듯하면서도 가득 찬 화폭의 생명감은 겸손하면서 어김이 없었다. 효설산행도(曉雪山行圖)나 대월도(對月圖)의 화폭은 대군에게 새로운 희망과 활기를 안겨주었다. 마원의 아들인 마린(馬麟)의 멋스러움, 사실적(寫實的)인 그림에 뛰어났던 이적(李廸) 등 모두가 반하지 않고는 견딜 수 없는 화가들이었다. 고려의 서화계(書畵界)에까지 깊은 영향을 주었던 조맹부(趙孟頫)는 이미 고인이 되었지만, 그 글씨와 그림을 익히 알다가 다시 만나게 된 작화추색도(鵲華秋色圖)를 대했을 때는, 살아 있는 사람을 만나듯 반갑고 기뻤다.

공자는 황실 편에 부탁하여 당대(當代)의 명인들이던 화가 오진(吳鎭)선생과, 대치도인(大癡道人) 황공망(黃公望)선생을 모실 수 있었다. 매화도인(梅花道人) 오 선생도 육십을 몇 년 넘긴 노인이었고, 황대치(黃大癡)선생은 그보다 더 고령으로 칠십을 반이나 넘은 백발노인이었다. 운림(雲林) 예찬(倪瓚)선생도 만나보았으나 이제 불혹의 연대에 와 있던 운림 선생은 대치 선생이나 매화도인이 이룩해 놓은 경지까지 이르기에는 먼 듯해 보였다. 대치 선생과 매화도인 두 분을 뵈었을 때, 대군은 바로 이분이 신선(神仙)이요, 도인(道人)이구나 싶었다. 대군이 지금까지 보아왔던 사람들과는 전혀 다른 세계에 살고 있는 분들이었다.

대군이 몸담고 자랐던 고려의 왕궁을 에워싸고 있던 사람들이나, 이곳 연경에 온 뒤로 고려관과 황실 주변에서 비벼대야 했던 사람들, 그들은 왕족 아니면 벼슬아치들, 한 치 앞길을 다투어 밀고 밀리기를 밤낮없이 줄다리기하듯 하던 사람들이었다. 끈적끈적한 욕심, 곤죽과도 같은 야심 속에 함께 빠져 허우적거리던 사람들뿐이었다. 그런데 이분들에게는 애당초 그러한 것을 숨에 담아본 일조차 없는 분들이었다. 대군이 그들에게서 느낀 것은 맑은 것, 깨끗한 것 그리고 거침없이 홀가분했던 기상(氣像)이었다. 당당하면서도 내세우는 것이 아무것도 없던 그 편안함. 거침이 없으면서도 휘젓는 것 없이 가라앉아 있던 그 고요함. '이분들은 세상을 어떻게 태어나서 어떻게 살아온 분들일까. 어떻게 살면 이분들처럼 이렇듯 편안하고 고요할 수 있을까.' 대치도인을 두 번째 뵈었을 때 왕기는 용기를 내어서 물었다.

"대치 선생님, 어떻게 하면 선생님의 그 고요와 평안을 조금이라도 배울 수가 있겠습니까."

대치도인은 고려의 이 어린 소년 왕자를 그윽한 시선으로 한참을 굽어보더니 빙그레 웃으셨다.

"나는 바보일세. 천하에 둘도 없는 천치인 게야. 그래서 큰 바보 대치라고."

어린 대군은 너무도 아득해져 그만 눈물이 글썽해졌다.

"선생님, 저는 생각이 너무 복잡하고, 밉고 고운 것이 너무 많고, 하고 지운 것이 하도 많사옵니다. 어떻게 하면 벗어날 수 있겠습니까."

이번에도 선생은 앞가슴까지 내려온 흰 수염 속에서 빙긋이 웃음 짓더니, 고려 왕자의 조그마한 손을 가만히 잡으셨다.

"왕궁에 태어난 인연이 무겁구먼. 왕궁은 명산(名山)에 비하면 좁고 답답하지. 갇힌 형국이지. 갇혀 있으니 갖고 싶은 것, 해보고 싶은 게 자꾸자꾸 생기는 게야. 나는 그저 우산(虞山)과 부춘산(富春山)에서 평생을 어름거렸으니 지닌 게 아무것도 없고, 지닌 게 아무것도 없는데 욕심낼 끄트럭이 있을 리가 없는 거지."

"선생님, 왕궁에 태어나면 아예 선생님이 가신 길은 갈 수가 없는 것입니까."

"글쎄에…… 길이야 자기의 마음이 먼저 가는 것이 기야 하지만, 마음을 앞세우고도 몸이 못 쫓아가는 경우도 많지."

"그것은 왜 그러합니까."

대치 선생은 지금까지 건네주던 웃음을 거두셨다. 그리고 그 형형한 눈빛으로 왕자를 꿰뚫듯이 바라보시며 조금 침울한 어조로 입을 떼신다.

"게으르고 못난 사람이면 그렇게 되어 버린다네. 마음은 앞세우고 몸은 세속의 끈에 매여 지축지축 엉뚱한 길로 끌려가는 것이야."

대군은 그날, 대치 선생의 그림을 한 폭 받아왔다. 대치 선생이 사시던 부춘산(富春山)을 그린 웅위(雄偉)하고도 맑은 그 그림을. 대군은 그 그림을 한번 들여다보기 시작하면 하루 종일이라도 그림 앞을 떠나지 않고 앉아 있고는 하였다. 그 담일(淡逸)한 화폭 속에서 대치 선생의 모습이, 음성이 그리고 선생의 뜻이 모두 담겨 있기 때문이었다. '나도 그림을 그릴 테다. 왕궁에 태어난 무거운 인연을 스스로가 벗어 버릴 테다. 명산을 찾아 살면서 한 그루의 나무처럼 한 덩이의 돌처럼 그렇게 살 테다. 게으르고 못나서 마음을 앞세우고 몸이 못 따라가는 그런 어리석음에 묶이지 않도록 부지런히 나를 키울 테다. 벼슬자리를 놓고 밀고 당기는 그런 짓거리를 바라보면서 살고 싶지 않구나. 힘이나 기운 다툼으로 서로 지배하려고 버둥거리는 좁은 세속을 살고 싶지 않구나. 나도 할 수만 있다면 기꺼이 큰 바보 되었으면 좋으련만, 그 길이 얼마나 어렵고 아득한 길일까.' 대군의 가슴속에서는 자아의 맑은 눈이 서서히 뜨이기 시작했다. 그림의 세계에 대한 대군 기(祺)의 정열과 기쁨은 고려에 대한 그리움도, 어마마마에 대한 애틋함도, 형님 되시는 상감께 향했던 근심도 어느 만큼 잊게 해주었다. 춥고 지루한 연경의 겨울이 닥쳐오고 있었지만 별로 두려울 것이 없었다.

*

　그러나 정작 모진 바람은 고려 쪽으로부터 불어닥쳤다. 원의 황실에서 자정원사(資政院使) 고용보(高龍普)와 대감(大監) 박첩목아불화(朴帖木兒不花)를 고려에 보낸 지 얼마 되지도 않았는데, 무슨 일로 그들이 고려의 왕을 잡아 묶어 끌고 온다는 소문이 불길처럼 날아들었다. 대군은 겨울의 기나긴 밤을 뜬눈으로 밝혔다. 누구에게 상세한 것을 물을 수도 없었고, 그렇다고 설마 낭설이거니 하고 안심할 수도 없는 분위기였다. 심약한 대군은 우선 두려움이 앞섰다. 초조하고 불안하고 무서웠다. 그리고 그렇게 떨어야 하는 자기 자신이 불쌍해지면서 자신의 처지가 그지없이 싫고 슬펐다. '고려의 충혜왕이신 형님, 정(禎)이 묶여 끌려오신다고?'

"대군마마, 너무 상심 말으소서. 설마 흘깃 들은 소문대로이기야 하겠습니까."

안 상궁도 일을 당하고야 말았다는 생각과 각오는 이미 하였으면서도, 파랗게 질려 있는 대군을 위로하기 위해서는 그렇게 말할 수밖에 없었다.

"공연한 헛소문은 아닐 게야…… 무슨 일이 났어도 크게 난 것 같아."

"설마하니 먼저 번과 같은 일이 또 되풀이 되지는 아니 하올 것입니다."

먼저 번에 고려 상감이 원나라까지 잡혀와 형부에 갇혔던 일을 두고 하는 말이다. 그러나 그것은 헛소문이 아니었다. 지금 고려의 상감은 원나라 사신들에게 이끌려서 죄수처럼 겨울 길 북행(北行)을 계속하고 있다는 것이다.

원의 황실에서는, 들에서 천지를 제사 지내고 고교(告郊)로, 죄수들을 풀어놓을 것을 반포(頒布)하겠다면서, 대경(大卿) 타적(朶赤)과 낭중(郎中) 별실가(別失哥) 등 여섯 사람을 고려로 보냈다 한다. 그러나 응당 그들을 마중하러 나왔어야 할 고려의 상감이 칭병하고 나오려 하지 않으니, 이미 가 있던 자정원사 고용보가 상감께 간곡하게 말씀드리기를 '황제께서 늘 말씀하시기를 고려왕이 불경하다 하셨는데, 만일 이번에도 출영치 않으면 황제의 의심이 더욱 깊어지실 것입니다. 그러니 일어나셔서 출영 준비를 하십시오.' 출영을 권했더란다. 그 말에 상감께서는 마지못해 조복(朝服)으로 백관을 거느리고 들로 나가, 원나라의 사신들을 맞았다는 것. 그런데 정동성(征東省)에서 모두가 조서(詔書)를 듣던 중, 해괴한 일이 벌어졌다. 사신 중 타적(朶赤) 내주(乃住)등이 갑자기 상감에게 달려들어 고려의 상감을 걷어차 넘어뜨렸고, 그 길로 상감을 오라로 묶었다. 삽시간에 벼락 치듯 일어난 일이었다. 사건은 급작스러웠지만, 원(元)에서는, 이미 고려왕에 대해 어찌할 것인가를 치밀하게 준비하고 있었던 것 같았다. 충혜왕을 두고두고 보자 하니, 불경하기 이를 바 없었고, 원나라 조정이나 황실도 두려워하는 것 같지 않을 만큼 방자한 것을 용납할 수 없었을 것. 미리 계획된 추포였다.

충혜왕은 악몽 속에서 버둥거렸다. 어떻게 해야 할는지 막막했다. 눈에 띄는 고원사(高院使)를 불러 애원했다. 그러나 고용보는 추상같이 상감을 꾸짖었고, 둘러있던 원의 사자(使者)들은 칼을 빼었다. 그리고 원의 사신들은 상감 주변에 있던 백관들을 마구잡이로 들이치니, 원나라 사신들을 맞으려던 들판은 순식간에 피바다가 되면서 아수라장이 되었다. 창에 맞고 칼에 찔려 죽은 사람의 시신이 들판에 널렸다. 조복을 입은 채 온몸을 결박당한 충혜왕은 짐짝처럼 말에 실려 그 자리를 떠났다. 지각(知覺)없는 왕. 원나라가 얼마든지 호령 추국할 수 있는 일을 저지른 패륜아의 말로였다.

*

상감이 처참한 꼴로 묶여, 짐짝처럼 말에 얹혀 떠나는 것을 바라본 고려의 조정은 어떻게 되었을까. 상감 아드님을 그렇게 떠나보낸 태후마마께오서는 어떻게 하고 계실까. 좌우사랑중(左右司郎中) 김영후(金永煦), 만호(萬戶), 강호례(姜好禮), 밀직부사(密直副使) 최안우(崔安祐) 등, 그나마 고려 조정을 운행할 수 있던 대신들은 창에 맞아 상(傷)하고, 또 몇몇은 칼에 찔려 죽었다. 한편 만호 권겸(權謙)과 나영걸(羅英傑)은, 원나라 사신의 명령으로, 고려 임금을 압송하는 압령관(押領官)이 되어, 방금까지 섬기던 상감을 묶어 싣고 떠나야 했으니, 고려의 비극은 막바지에 이르렀다.

전신을 결박당해 끌려가는 북행길. 삭풍(朔風)은 하늘을 찢고 얼음 튕겨지는 소리는 땅을 파고들었다. 고려의 상감은 중죄인 되어, 짐승 취급당하며 끌려 북쪽 길을 가고 있으니 추위를 막을 옷인들 변변했으랴. 모진 추위를 뚫고 고려의 상감이, 그래도 죽지 않고 연경에 닿은 것은 섣달로 접어들고도 며칠이 지난 뒤였다.

고려관은 초상난 집이었다. 하지만 어느 누구도 상감을 만나 뵐 수조차 없었다. 대군 왕기는 첩첩 닫힌 방안에 홀로 앉아 울었다. 고려가 힘없이 몽고 앞에 무릎을 꿇고 백 년 가까이 온갖 간섭을 받는 것만도 원통한 일이거늘, 상감께서 현군(賢君) 못되시어 이러한 수모를 치러야 하다니 그것이 더욱 부끄럽고 원통했다. 부끄러움과 원통함도 그러려니와 우선은 형님의 비참한 처지가 너무도 가엾었다. 도대체 어쩌자고…… 어쩌려고 왕좌에 앉아 그런 짓을 저질렀을까. 맨정신이 아니었으리. 맨정신으로야 그 온갖 패륜을…… 이제 장차 앞으로 어떻게 될 일인지…… 안 상궁도 눈물이 채 마르지 않은 얼굴로 대군의 방을 찾았다.

"대군마마."

무슨 말로라도 위로를 하려고 들어왔던 안 상궁은 그렇게 한마디 부르다 말고 설움이 복받쳐 목메어 섰다.

"안 상궁, 세상에 이런 모진 일이 또 있더란 말인가."

"대군마마."

두 사람의 흐느낌이 고즈넉한 방안에 무겁게 가라앉는다.

"안 상궁, 세상 인심이 어떻게 이리도 무섭더란 말인가. 우리 상감께서 숙주(肅州)에 당도하셨을 때, 날씨는 하도 춥고 바람을 막을 것이라고는 아무것도 없어, 주수(州守)인 안균(安鈞)에게 덮을 이불을 달라 하셨다네. 그랬더니 안균하는 짓이, 원나라 사신 붙들고 일러바치기를 '왕이 탐음(貪淫)으로써 깊은 죄를 얻어 끌려가면서도 뉘우치는 기색 없이 또다시 나의 이불을 빼앗고자 하니 어찌하면 좋겠습니까, 했더라네."

"세상에…… 세상에." 안 상궁은 흐느끼던 끝에 주먹을 부르쥐며 이를 악물었다. "그래서 그 다음에 어찌되었다 하더이까."

"상감을 뫼셔 오던 원나라의 타적(朶赤)이 안균의 그 말을 듣고는, 그래도 양심은 있었던지 치를 떨면서 철척(鐵尺)으로 안균을 쳐서 거의 죽게 했더라네. 아무리 황실의 명령으로 고려 상감을 무엄하게 뫼시기는 했지만, 그도 사람이었던지라 안균의 의리 없는 소행이 괘씸했던 모양이지. '너에게 이 고을을 다스리게 한 사람이 누구더냐. 누가 너를 시켜 이 고을을 다스리게 하였더냐. 너의 상감께서 이 모진 추위에 이불 한쪽을 얻으려 하시는데, 네가 그것을 선뜻 내어 들이지 않고 오히려 원나라 사람인 나에게 그 사실을 고해바치고 있으니 인신(人臣)의 의리가 이럴 수 있더란 말이냐. 너도 사람이냐'면서 철척으로 마구 쳤다는 게야."

두 사람은 그 이야기를 하면서 다시 울음을 터뜨렸다. 이번에는 먼저 번처럼 그렇게 쉽게 일이 풀려줄 것 같지 않은 예감이 들었다.

무슨 길이 없을까. 무슨 방도가 없을까. 방법을 모색하기보다는 차라리 빨리 체념하는 편이 나을 것 같은 형편이었다. 원나라 황제의 절대적인 명령을 누가 감히 되돌릴 수 있을 것인가. 고려의 재상과 국로(國老)들이 원나라 중서성(中書省)에 상서하여 고려왕의 죄를 사해줄 것을 간곡하게 청하였으나 헛일이었다.

대군은 혼자 별의별 궁리를 다 해보았다. 황제께 매달려 울며 간청해 볼 것인가. 같은 고려 사람인 기황후께 의논을 해볼 것인가. 대군은 형님에 대하여 불쌍한 생각과 미운 생각이 걷잡을 수 없이 겹쳐져 괴로웠다. 그렇게 도리 없는 궁리와 생각에 묻혀 있는 동안 원 황제는 또다시 추상같은 결정을 내렸다.

고려왕이었던 왕정(王禎)을 게양현(揭陽縣)에 당장 유배(流配)시키라! 게양현은 연경에서 2만여 리. 몇 달 걸리는 상거(相距)였다. 이 엄동설한에 죄수가 타고 가는 함거(檻車)에 실려 그 머나먼 길을 떠나야만 했다. 원 황제인 순제의 노여움은 기세등등했다.

"너 왕정(王禎)은 한 나라의 임금 되어, 백성 사랑하기를 자식같이 하여도 부족함이 남거늘, 처음부터 끝까지 백성의 것을 박탈해 오면서 추호도 뉘우치는 기색 없이 날이 갈수록 심해지기만 하였으니 천하의 개들을 시켜 너의 피를 다 먹여도 부족할 지경이다. 그러나 짐(朕)은 죽이는 것을 원치 않으니 너를 게양으로 유배시킬 수밖에 없이 되었다. 너의 행적을 돌이켜 나를 원망하지 말고 떠나거라."

틀린 말씀은 아니었다. 왕정 충혜왕이 저지른 일들은 일일이 처들어 말하기 부끄러운 것들뿐. 사람이, 아니 더구나 임금이 해서는 안 될, 끔찍한 일만 골라가며 저질렀으니 황제의 엄명에 변명할 말은 한마디도 없었다. 순황제는 고려의 상감이었던 왕정에게 그 말만을 남기고 다시는 그 사건에 관한 것을 재론하지 않았다.

대군 왕기는 빈방에서 홀로 통곡했다. 체면이고 무엇이고 없었다. 아무리 미운 짓을 했던 형님이기로서니 이 추위에 2만 리 길을 혼자서 떠나보내야 하다니. 하늘이 무너져 내리듯 캄캄할 뿐이었다.

"대군마마, 대군아기씨 정신을 차리시오소서. 대군아기씨, 설마 이로써 모든 일이 끝나기야 하겠습니까 세월이 약이지요……."

안 상궁은 대군을 부여잡고 함께 울면서도 몇 날 며칠째 먹지도 않고 잠도 들지 못하는 대군이 염려스러워 그것만이 걱정이었다.

"대군마마, 원자(元子)아기씨를 생각하시어야 합니다. 충혜마마의 원자아기씨가 이곳에 계시지 않습니까."

일곱 살짜리 원자. 형님 충혜왕의 장자(長子) 흔(昕)이 숙위해 있는 중이다. 강릉대군 왕기에게는 일곱 살짜리 장조카다. 원 황실에서는 충혜의 황음 패륜과 죄를 이미 알고, 대안으로 일곱 살 어린 흔을 입조숙위케 했을 것이다.

"안 상궁, 안 상궁, 나이 어린 흔이 가엾어서 어떻게 하면 좋단 말인가. 그 어린 것의 앞일이 정녕 걱정이구료."

대군은 몸부림쳐 울다가 안 상궁을 대동하고 원자 흔을 찾아갔다. 원자는 얼마 전에 사부(師傅)를 잃었다. 판밀직사사(判密直司事) 박인간(朴仁幹)이 원자의 사부로 원나라에 와 있다가 세상을 떠났던 것이다. 나이 어린 원자는 죽음이 무엇인지, 아버지의 귀양길이 무엇인지 자세하게는 알 수가 없었으나, 그 두 가지가 각기 다른 내용인 채, 가장 불행한 일이라는 것을 느낌으로 아는 듯 슬픈 얼굴로 침울하게 앉아 있었다. 나이 어린 대군은 저보다 어린 조카의 손을 잡고 말을 잃는다. 귀양길로 떠나는 아버지를 뵙게 해 줄 리도 만무였지만, 만나 뵐 것을 허락해준다 하여도 그러한 참상을 이 어린 원자에게는 보일 수가 없는 일이었다. 하지만 이제 떠나면 언제 돌아올는지 알 수 없는 길. 그러니 아바마마를 뵙지 않는다면 깊디깊은 여한이 되지 않을까. 조카는 막연한 불안에 들뜬 눈으로 어린 숙부를 바라보았다.

"아바마마 떠나시는 길에 요긴히 쓰실 물건을 마련해야지 않겠소."

대군은 복받쳐 오르는 울음을 삼키며 조카에게 일렀다. 조카는 무슨 말인지를 몰라 눈만 동그랗게 떴다가 곧 시리쳐 감으며 나직한 목소리로 무엇을 마련할 것인지를 물었다.

"따뜻한 옷도 있어야 되고, 추위를 막아드릴 이불도 필요하실 게요."

그 말을 해놓고 대군은 끝내 외면하며 다시 눈물을 흘렸다. 아직 젖도 떼지 않은 일곱 살짜리에게, 귀양 떠나는 아버지에게 이불을 마련해드리는 말뜻을 알아듣기나 하겠는지, 어린 아이가 무엇을 어떻게 하겠는가…… 그리도 충혜왕이 떠나는 길에, 그래도 아들이 보냈다며 솜이불이라도 건네면 마음이라도 훈훈해질까…… 정 깊은 강릉대군의 처사였다. 안 상궁을 시켜 솜옷이며 이불을 마련하며 왕기는 계속 고개를 돌리고 울었다.

*

형님 정(禎)에게 무슨 원혼이 씌었던가. 임금이 되는 왕도(王道)를 가르칠 부모도 스승도 없었던가. 상감이 되어 왕좌에 앉아서도, 유협(遊俠)한 성격으로 놀기 좋아하여 사냥을 일삼던 나날. 주색(酒色)에도 전혀 도(度)가 없어 황음이 끝도 없더니, 재물에도 욕심 커서 백성들의 논밭과 노비를 강제로 빼앗다가 보흥고(寶興庫)에 집어

넣고, 힘세고 잘생긴 좋은 말이란 말은 눈에 띄는 대로 무조건 채어오고, 새로 궁전을 지을 때 몸소 담에 올라서서 독려(督勵)를 했는가 하면, 단청 칠을 구하기 위해 고을마다 뒤지고, 단청용(丹靑用) 단확(丹雘)을 운반케 하되, 기한에 늦는 사람은 몇 배를 더 바치게 몰아치니 나라 편할 날이 없었다고 했다. 이제 그러한 영화(榮華)의 뒷전에 다섯 명이 넘는 후궁을 버려둔 채, 이 지각없던 임금은 아무도 따르는 사람 없이 2만 리 길 귀양길을 떠나야만 한다. 임금이었던 왕정이 저지른 일들로 따지자면 당해 싸다고들 뒷말을 하게 생겼다. 그러나 어린 아들, 원자가 보내드린 옷 보따리를 손수 들고, 수종하는 사람 하나 없이 고려의 상감이었던 왕정(王禎)그 사람은 그렇게 연경을 떠나 2만 리 저쪽의 귀양처로 향했다.

*

악몽 같은 사건으로 뒤범벅이 되었던 해가 바뀌었다. 고려 조정은 주인을 잃고 갈피를 못 잡고 허둥거리는데, 귀양길의 함거는 모진 추위 속을 채찍질당하며 끝도 없이 달렸다. 재촉하고 또 재촉하여 서두르는 길 위에서, 죄수를 실은 죄수우리 수레는 부서져 버릴 것처럼 뒤흔들렸다. 아무리 모질게 채찍질을 하였으나 그 귀양길은 중도의 악양현(岳陽縣)에서 끊어지고 말았다. 귀양길을 어지럽게 끌려가던 고려의 상감 왕정이 고초를 견디지 못하고 세상을 떠난 것이다. 강릉대군 왕기는 이미 예측하고 있던 일이었지만, 막상 일을 당하고 나니 또다시 눈앞이 캄캄했다. 더욱 기가 막히는 것은 어느 누구도, 왕정이 어떻게 하다가 돌아갔는지 알고 있는 사람이 없는 일이었다. 사인(死因)을 알아낸다 한들 별다른 수가 생기는 것도 아니요, 사인을 알아낸다고 비극성(悲劇性)이 줄어드는 것도 아니겠지만, 혼(魂)마저 위로할 길을 잃은 듯한 느낌이 들었기 때문에 더욱 애절했다. 조복 차림의 왕이 느닷없이 결박되어, 그길로 개경을 떠나 연경까지 5천 리 길에 구박자심하게 시달렸으니, 충혜왕은 이미 그 길에서 반죽음의 신세였다. 그런 몸으로 곧장 귀양길에 올랐으니 무슨 힘으로 목숨을 부지할 수 있었으랴. 돌이켜 생각하면 2만 리 밖 게양현에 이르러 언제 끝날는지 알 수 없는 귀양살이를 하는 것보다, 차라리 중간에 생을 마감한 것이 낳았다는 생각도 들었지만, 고려상감의 마지막이 너무 한스러웠다.

환희천상(歡喜天像)

　한 가지 비극의 종지부 뒤에서 새 역사는 열리는가. 고려는 충혜 왕의 참극 뒷전에서 새로운 국왕을 모시지 않을 수 없었다. 원나라 는 여덟 살짜리의 원자 흔을 고려의 국왕으로 책봉했다. 충혜왕은 어질지 못해 부끄럽게 생을 마쳤지만, 그래도 그의 아들 흔은 원자 였다. 언제나 그랬듯이 고려왕의 즉위는 원 황실에서 주관했다. 강 릉대군 기에게는 장조카요, 이제는 섬겨 뫼셔야 하는 상감이시다. 강릉대군은 즉위식에 나아가기 위하여 의대(衣帶) 준비를 서두르면 서 나직이 한숨지었다.

　"원자아기씨께서 아직 너무 어리시어서……."

　강릉대군의 의대를 돕던 안 상궁이 구시렁거렸다.

　"어리셔도 이제는 우리의 상감, 고려의 상감이시오."

　대군은 엄격하게 안 상궁의 말을 받았다. 안 상궁은 대군의 옷매 무새를 다시 다독거리면서 애틋한 혼잣말을 중얼거렸다.

　"그저 대군마마 연세라도 되셨더라면…… 그 위에 대군마마 생각하심 만큼 속이 깊으시다면 우리 고려를 위해서 작히나 다행이었겠습니까."

"무슨 그런 무엄한 말을 함부로 하는가."

대군은 노기를 띠고 안 상궁을 돌아본다. 그러나 안 상궁은 송구스럽기보다 대군의 그 모습이 그지없이 자랑스럽기만 하다. 이제 강릉대군의 나이 열다섯. 아직도 소년이기는 하나 저 노기 띤 얼굴의 위엄을 보라. 생각이 그리 섬세하면서도 깊고, 만사에 그리도 예민하면서 꿋꿋하고자 스스로 힘쓰고 있으니 얼마나 자랑스러운 왕자(王子)인가. 안 상궁은 대군의 눈총 앞에 고개를 숙여 그 질책의 시선을 받고 있으면서도, 오직 한 가닥 생각은 줄기차게 줄달음질치는 것을 어쩔 수가 없었다. '저 여덟 살짜리 어리신 원자께서 어떻게 고려를 홀로 짊어지신다는 말인가. 원자아기씨이고, 또 아기씨의 모후(母后)이신 역련진반(亦憐眞班) 공주의 몸에서 태어난 후광(後光)의 힘이 크다고는 하겠지만, 여덟 살의 상감으로서는 어려우신 일이고말고. 원자아기씨에 비한다면 우리 대군아기씨, 아니 이제는 당당하신 대군전하라면 해내시고도 남으실 텐데……' 원자 흔은 원나라 공주의 몸에서 태어난 아들이요, 강릉대군은 고려 여인에게서 태어났으니 한 치 건너 두 치라는 것에서 안 상궁의 마음은 움츠러들었다. 안 상궁을 한참이나 마땅찮아 하는 눈으로 쏘아보던 강릉대군은 타이르듯 말투를 누그러뜨렸다.

"상감께서 어리시어도 뛰어나게 총혜(聰慧)하시고, 또 어리신 상감이시기에 고려 사람 모두가 마음을 합쳐 보필(輔弼)을 하여야만 고려가 고려로 크게 세워질 수 있을게 아닌가."

안 상궁은 움츠러들지 않을 수 없었다. 위엄 있게 맺고 끊는 태도도 그러했거니와, 그 생각의 깊이가 존경스러웠다.

"대군마마의 말씀 지당하시옵니다. 명심하여 그 뜻을 받들어 뫼시도록 하겠습니다."

안 상궁은 공손하게 사과를 드리기에 이르렀다. 강릉대군은 고려관을 나와 대궐을 향하는 길에 고려의 앞날을 생각하며 마음이 적이 무거웠다. 지나온 백 년과 지금의 형편으로 보아 다시 한 번 힘주어 일어나 오직 혼자만의 힘으로 고려가 고려되기에는 선뜻 희망이 보이지 않으니 답답한 노릇이었다.

혼의 왕위 즉위식을 준비하고 있는 대궐은, 원나라 황실 측 신하들과 고려의 사신들로 북적거렸다. 곤룡포(袞龍袍) 면류관(冕旒冠)의 여덟 살짜리 어리신 상감의 모습은 다시 강릉대군의 눈시울을 적셨다. 귀양길의 아바마마가 세상을 떠났다는 소식을 듣고도 어리둥절하기만 했던 어린 혼. 만조백관이 늘어선 것을 내려다보는 단상에서 외할아버지 순황제 앞에 앉아, 무심한 눈으로 만조백관을 내려다보는 어린 조카 혼. 묵묵하게 즉위 절차를 지켜보고 있던 대군의 가슴이 메어졌다. 그리고 부지불식간에 '저 어리신 상감께서 무사히 오래오래 고려를 지켜주실 것인가' 불안하기도 했다. 강릉대군은 그 불길한 생각을 떠올린 자신을 질책했다. 그러나 굵직굵직한 장년 아니면 수염이 허어연 만조백관들 사이를 아장아장 걸어서 황제 앞에 나아갔던 그 어리신 상감을 다시 한 번 바라보았을 때 강릉대군의 눈에는 어쩔 수 없이 물기가 서려 올랐다. 대군은 즉위식에 참석하러 대궐로 들어갈 때보다 더욱 무거워진 가슴을 안고 돌아오는 길에, 수레 위에서 무연(憮然)히 흔들리며 연경의 거리를 내다보았다. 이제는 신기할 것도 없는 거리. 이제는 장해보일 것도 없는 거리. 그 거리가 그날은 더욱 시들했다. 언제까지 머물게 될는지 알 수 없는 연경 거리가 지루해보였다.

그렇게 무연하게 거리를 바라보던 대군의 눈에, 어느 순간 갑자기 불이 켜졌다. 갑자기 천지가 눈부시도록 밝아졌다. 우주공간에 떠돌고 있던 어떤 신비한 빛에 사로잡힌 순간이었다. 닿는데 없이 외롭고 슬프던 대군의 혼을 어떤 자비(慈悲)의 불빛이 감싸 준 듯― 대군은 자신도 모르게 앉음새를 고쳤다. 무엇을 본 것일까. 대군의 눈이 빛났다. 수레는 계속 움직이고 있었지만, 대군의 시선은 한 곳에 못 박혀 움직일 줄을 모른다.

절터 앞. 라마백탑(喇嘛白塔)이 눈부시게 솟아 오른 라마교의 건물 앞이었다. 이제 막 절에서 몰려나온 듯, 한 떼의 부인네들이 수레며 사인교 앞에서 서로 인사를 나누고 있었고, 그중에서도 가장 웃어른 되는 집안의 부인인 듯한 여인이 모든 부인네들의 인사를 받으며, 한 소녀를 앞세우고 수레에 오르려는 참이었다.

대군의 눈길은 그 소녀에게 날아갔다. 열너덧 살쯤 되었을까. 어쩌면 대군 자기보다 한두 살 더 되었을 수도 있는 소녀였다. 복색이며 시종꾼들이 옹위하고 있는 것으로 보아 원나라 왕족의 따님임에 틀림없었다. 흑발(黑髮)에 갸름한 얼굴, 더욱 가슴을 뜨끔하게 만들어주던 것은 그 소녀의 눈이었다. 부인네들과의 인사가 끝난 뒤 수레에 오르던 소녀는, 그때 앞을 지나가고 있던 대군의 수레에 무심한 눈길을 건넸다. 그리고 그 순간 두 사람의 시선은 잠깐 부딪쳐 스쳤다. 지극히 짧은 한순간이었다. 실감할 수 없는 찰나였다. 맑고 서늘하던 눈. 순량(純良)해 보이던 눈, 그러면서도 섬약하지 않고 곧은 데가 있어 보이던 맑은 눈이었다. 아아, 그리고 서늘한 콧날과 단정한 입매. 수레 위에서 흔들리던 대군은 불현듯 뒤를 돌아보았다. 그러나 소녀는 이미 장막이 내리워진 수레 위에 오른 뒤였다. 대군의 심중을 알 리 없는, 대군을 태운 수레는 야속할 만큼 빠른 속도로,

소녀가 탄 수레를 뒤로 하고 멀리멀리 달리고 있었다.

*

고려관으로 돌아온 대군의 얼굴은 홍조(紅潮)에 물들어 있었다. 안 상궁은 대군의 의대를 끄르면서 공손하게 그러나 약간 의아한 느낌을 곁들여 물었다.

"고려의 새 상감마마를 뵙고 오시니 기쁘신가 보옵니다."

"응, 아니…… 저……."

대군으로서는 일찍이 그래 본 일이 없던 난삽한 표정으로 얼굴을 더욱 붉히며 대답을 흐렸다.

"오시다가 무슨 일이 있으셨사옵니까."

"아니 그런 게 아니고……."

공자는 열었던 말문을 다시 닫아버리고 벗은 의대를 들여다보는 채…… 입을 다물었다.

"정녕 무슨 기꺼운 일이 있으셨사온 듯합니다."

그러자 대군은 정색으로 얼굴을 바로 들어 어렵스레 입을 열었다.

"별일 아니었다고…… 더 묻지 말아요."

안 상궁은 궁금했다. 그러나 지금 대군의 심기가 어둡거나 무거운 것이 아닌 따뜻하고 밝은 그 무엇에 얹혀 있는 것만은 틀림없어 보였다. 그것만이 다행스러웠다. 그래서 얼른 그 자리를 물러났다.

방안에 혼자 남겨진 왕기는 소녀의 환상을 떠올리며 얼굴을 붉혔다. 맑은 눈, 고운 입매가 금방 떠오른 듯하다가는 잡힐 듯 잡힐 듯 잡히지를 않는다. 안타깝다. 눈이나 입매를 따로 그리며 눈을 감아 본다. 소녀의 무심한 듯하던 맑고 화안한 얼굴이 동실 떠오르려 한다. 그러나 그것은 한순간을 스쳐가던 환상의 번쩍임이었던 것처럼 이미 현실감을 잃었다.

한없이 칙칙하기만 하던 연경에 그렇게 맑고 환한 소녀가 있었다니! 소년 공자를 그렇듯 무겁게 짓누르고 있던 고려왕조의 비극도 가뭇없이 사라지게 만든 소녀의 환상(幻像)—

왕기는 다시 그 절터 앞으로 달려가고 싶었다. 묘응사(妙應寺). 즉위식을 끝내고 고려관으로 돌아오던 길에 수종꾼들에게 물어서 알아낸 절 이름이다.

"묘응사…… 묘응사……."

그는 그 사원(寺院)의 이름이 소녀의 이름이기나 한 듯 사원의 이름을 입에 담았다. '뉘댁의 소저(小姐)일까. 이름은 무엇일까. 몇 살이나 되었을까. 몽고 여자일시 분명한데 어쩌면 그리도 기품이 있어 보이던가.' 계속해서 그 환영은 잡혀줄 듯하면서 가물가물 애를 태웠다. 그날부터 강릉대군의 밤은 이전처럼 답답하지 않았다. 무겁고 지루하고 답답하던 밤. 고려 왕궁의 꿈과 어마마마에 대한 그리움으로 어수선하기만 하던 잠자리. 아득하고 아득하여 돌아갈 수 있을 것 같지 않다는 생각에서 몰려오던 막막함. 원나라의 기세등등한 그늘에서 시들어져가고 말 것 같은 고려. 그 고려가 갈 길이 어느 길인가를 생각지 않을 수 없던 두려움. 그런데 그 모든 근심과 두려움이 한 소녀의 채운(彩雲)과 같은 환영 위에서 스러져갔다. 공자의 몸은 꽃구름 위에 있었다. 몸이 따뜻하고 포근한 구름에 얹혀 둥둥 날고 있었다. 그런가 하면 어느 틈엔가 그 구름은 묘응사 앞에서 보았던 소저의 모습이 되었다. 무심하던 그 얼굴이 따뜻하게 웃고, 맑고 깊던 눈동자가 영롱하게 빛난다.

꿈에서 깨어 아침이 되어도 그 소저에 대한 환영은 스러지지 않았다. 아침을 들 때에도, 책을 마주하고 있을 때에도 그 환영은 계속 떠올랐다. 그 환영은 숫제 소년 공자와 겸상을 했고 책상을 마주하고 앉았고 찻상(茶床)을 사이에 두고 다소곳이 앉아 있었다. '내가 왜 이럴까. 그 여자는 몽고 여자가 아닌가. 나는 몽고 여자는 싫다. 싫어했어도 몹시 싫어했다. 거칠고 억세고 야(野)하고 도무지 길들여질 것 같지 않은 여자들이어서 눈길 한번 준 일 없이 싫어했다. 그런데 한순간 스쳐간 소저가 왜 이리 끈질기게 떠오르는 걸까. 나는 고려 여인이 좋다. 곱고 연하면서, 강인하며 지혜로운…… 아리따운 고려 여인. 내가 사랑하는 것은 고려 그리고 고려 여인이다. 이 무슨 갑자기 돌변한 변덕이란 말인가.' 스스로를 달래던 생각은 가까스로 잠깐 멈추었다가 사라졌다. 소년 공자의 전신에 지금까지 만난 일 없던 열기(熱氣)가 깊이깊이 스며들고 있었다.

소년 공자의 나이 이제 열여섯.

지금까지 원나라와 고국 고려를 안고 갈등하고, 두렵고 답답해하고, 무겁고 지루하던 것들이 갑자기 열기(熱氣)에 휘말려 어지럽고 혼란스러워졌다. 불쾌하거나 불안하지 않은 열기…… 어떤 새로운 세계로 이끌어가고 있다는 것을 알았다. 그 열기의 본원(本源)은 묘응사 앞에서 보았던 그 소저라는 것도 부정할 수 없었다.

*

주춤주춤 더디 오던 연경의 봄도 삼월에 이르자 성안까지 나붓이 문안을 왔다. 대군은 방안이 갑갑했다. 방안에서 화창한 밖을 내어다보면 까닭 없이 가슴이 두근거렸고, 그래서 밖으로 나서면 걷잡을 수 없이 설렜다. 먹을 갈고 글씨를 쓰거나 그림을 그려도 좀체 그전처럼 차분해지지 않았다. 부귀라는 것도 걸리적거리고 공명(功名)도 번거로운 것. 왕후장상(王侯將相) 어느 모양으로 살더라도, 앞뒤 옆과 주변을 의식해야 하는 삶. 글 읽고 글씨 쓰며, 한 옆으로 그림에나 묻혀 살았으면 하던 그의 생각에 흔들림이 왔다. 그것은 대군 스스로가 생각해낸 그럴듯한 한 세계 그 자체가 흔들린 것이 아니다. 유유자적 그 세계에 누구인가 함께할 한 사람이 있어야겠다는 생각이었다. 하늘과 산수(山水) 속에서 스승을 뫼시고 벗이 있으면 그로써 족하겠다던 생각을 정정(訂正)하고 싶어졌다. 하늘과 산수와 스승과 벗 그리고 그 위에 사랑하는 사람을 곁에 둔다면 더 바랄 나위가 없을 것만 같았다.

연경 주변에는 산수(山水)가 없다. 당장 이산 저산 자유롭게 찾아다닐 수 없는 공자는, 마원(馬遠)이나 조맹부의 그림을 놓고 그림만으로 산을 바라보며, 복사하는 그림밖에 그릴 수가 없었지만, 언제인가 때에 이르면 마음에 맞는 산을 찾아 산을 의탁하고 살리라는 생각이 큰 위안이었다. 그런데 그 위에 한 가지 더 얹어 함께하고 싶은 소원이 생긴 것이다. '가인(佳人)과 더불어 산에 살 수는 없는 일일까. 가인과 더불어 신선될 수는 없는 일일까.' 소망은 그렇게 하면서도 그것은 역시 썩 어울리는 일이 아니라는 것을 스스로도 알 수가 있었기에 그의 가슴은 그리움과 갈등으로 타 붙기 시작했다.

*

글씨도 그림도 손에 잡히지 않아 밖으로 나서 본다. 겨우내 삭풍에 시달리던 잿빛 나뭇가지에 봉긋봉긋 잎들이 부풀어 올라 있다. 꽃눈에 솜털이 일어나고 햇살이 그 솜털 속에서 다시 부푼다. 그것을 가만히 들여다보고 있노라니 대군의 가슴도 터질 것처럼 부풀면서 마구잡이로 뒤설렌다. 얼굴이 달아오르고 팔다리가 떨리며 나른해진다. 방으로 들기도 싫고 그 자리에 그렇게 서 있기도 싫다. 그는 섰던 자리에서 마음을 다지고 외출을 결심했다. 그리고 갑자기 나갈 채비를 시켰다. 대군은 급한 볼일이나 있는 사람처럼, 약속이나 있는 것처럼 수레를 곧장 묘응사로 몰고 갔다.

봄빛이 넘실거리는 연경. 대군의 눈에 비치는 연경은 이전의 연경이 아니었다. 활기차고 다정했다. 봄빛도 처음 대하는 봄빛이었고, 연경이 이렇도록 활기찬 곳이던가 싶었다. 거리에서 만나는 사람들이 다정해 보였다. 길을 걷는 어느 누구라도 붙들고 이야기를 건넬 수 있을 것 같았다.

드디어 묘응사에 이르렀다.

그날 이래로 밤낮없이 꿈속에까지 그리던 묘응사. 무르익어 가는 봄볕 속에 장중하게 서 있는 건물. 백탑은 포근한 봄 하늘을 배경으로 눈부시게 빛나고, 웅장한 건물은 깊은 그늘을 늘이고 있었다. 전에는 우중충하게만 느껴지던 건물이었다. 여름에는 우중충하고 겨울에는 음산하고, 늘 귀기(鬼氣)가 서려 있는 듯이 느껴져 자세하게 바라볼 엄두조차 나지 않던 건물이었다. 그런데 이 건물이 이제는 장엄해 보인다. 미덥고 든든하여 의탁해 보고 싶은 마음이 절로 솟는다. 지은 지 얼마 되지 않는 건물이어서 해묵은 맛은 없었지만 크고도 섬세한 솜씨가 옷깃을 여미도록 만들었다. 대군은 사원 문 앞에서 한동안 머물렀다. 그때의 장면을 그려본다. 여러 귀부인들의 인사를 받으며 수레에 오르던 소저의 모습. 티 없이 맑고 무심하던 얼굴. 그것은 환영이었던가, 현실이었던가, 현실이었다면 그 얼굴을 다시 볼 길이 있을까. 세상에 태어난 모든 것은 인연법(因緣法)에 의

해 생겨진 것이라는데, 직접적이든 간접적이든 그 인연 따라 만나고 헤어지는 것이 아닌가. 그렇게 떴다 가라앉았다, 만났다 헤어졌다…… 인연이란 이 세간(世間)에 얼비치는 그림자에 불과한 것이니 세상에 있는 그 어느 것도 참모습 그대로의 실체(實體)가 아니라지 않는가. 소저, 소저. 그저 한순간 스쳐 지나가는 인연뿐이었을까. 그 한순간의 얼비침을 위해 인연 따라 그 시간 그 자리까지 왔다가 슬쩍 얼비치고 스러진 것이라는 말인가. 하지만 그렇게 슬쩍 얼비친 인연뿐이라면 무엇 때문에 그 환영은 이렇게도 질기게 떠나지 않는가.

인연, 인연, 그 한순간의 인연. 그것이 무엇을 뜻하는 것인지 대군은 골똘하게 생각하지 않을 수 없었다. 인연이 얼비쳤던 한순간과, 고집스러운 환영의 관계를. 그리고 이 생각이 또 무슨 반연(絆緣)이 될 것인지를. 그는 불현듯 부처님께 발원(發願)을 드리고 싶어졌다.

종자들을 남겨두고 절 건물 안으로 들어섰다. 향내 그윽한 속에 촛불이 곳곳에서 너울거릴 뿐 사람이 보이지 않았다. 화사한 봄볕 속을 거쳐온 때문일까. 당내(堂內)는 음산하고 어두웠다. 아득하도록 높은 천장으로부터 한기(寒氣)가 맴돌아 내려오고, 무거운 정적(靜寂)이 촛불 끝에서 조금씩 흔들렸다. 깊고 넓은 공간이면서도 밀폐된 듯한 느낌이 드는 것은 삼면(三面)이 두꺼운 벽으로 둘러지고 문이 없었기 때문이었다. 문이라고는 정면으로 들어서던 문뿐, 광선이 들어올 데가 없었다.

고려에서 자랄 때도 어마마마를 따라서 불당(佛堂)엘 자주 다녔기에 별로 낯선 곳은 아니었지만 어쩐지 서먹해졌다. 그 서먹함 때문에 얼른 오체투지(五體投地) 못하고, 조금은 서먹한 기분으로 휑뎅그런 절 내부를 찬찬히 둘러보았다. 불상(佛像)이 달랐다. 빛깔도 형태도 고려의 것과는 달랐다. 좌세(座勢), 팔과 손의 모양, 옷의 주름 등 모두가 달랐다. 얼굴 윤곽도 표정도 전혀 달랐다. 연경으로 온 뒤에 라마교의 불당을 처음 구경하는 것은 아니다. 황실 행사나 진연(進宴)때 더러는 절에서 지냈던 일은 있었다. 그러나 고려의 불교와는 무언가 다르다 싶었을 뿐 색다른 관심을 가져본 일 없었으니, 분위기의 차이만을 막연하게 느꼈고 무엇이 어떻게 다른 것인지를 알고 싶지도 않았다. 이제, 자기의 가슴 깊은 곳에서 싹트기 시작한 생각을 따라 발원을 드려보고자 하는 터에, 들어선 이곳이 어떤 곳인가를 알기 위해 그는 정신을 집중하지 않을 수 없었다.

그러자 공자의 시선이 한 곳에서 찔린 듯이 움찔했다. 그 순간 그의 몸이 굳어졌다. 아니 그것은 그냥 굳어진 것이 아니라 갑작스런 긴장으로 움츠러들었다.

'저것이 무엇일까?'

대군은 눈을 비비고 다시 보았다. 그리고 한 발 두 발 가까이 다가갔다. 그것은 남신(男神)과 여신(女神)의 교합상(交合像)이었다. 남녀가 한 덩어리로 포옹하고 있는 쌍신체(雙身體)였다. 들이켰던 숨을 내어 쉬지도 못하고 대군은 얼어붙었다. 흔들거리는 촛불 빛을 받으면서 그 쌍신체는 조금씩 움직였다. 미끄럽게 율동적으로…… 소년의 전신은 무어라 이름할 수 없는 뜨거움에 휩싸여 활활 불붙기 시작했다. 그렇게 선 채 미동도 할 수 없었다. 기이한 세상이었다. 시선을 돌릴 수도 없었지만 그대로 바라보고만 있을 수도 없는, 느글느글한 현장이었다.

그때, 누구인가 대군의 어깨에 부드러운 손을 살며시 얹는 사람이 있었다. 들켜서는 안될 무엇을 들킨 것처럼 소스라쳐 뒤를 돌아보았다. 어쩐지 부끄럽고 비밀스럽던 현장이 공포로 와해(瓦解)되는 순간이었다. 수염을 하얗게 늘인 스님 하나가 서 있었다. 불콰한 얼굴에 훈훈한 웃음을 띠고, 형형한 눈빛으로 소년을 계속 굽어보고 있었다. 소년은 얼굴이 닳아 올랐다. 가슴이 활랑거리고 다리가 후둘 거렸다. 눈 둘 바를 몰라 노스님을 마주보지 못하고 쩔쩔맸다.

"환희불(歡喜佛)이지…… 환희로세……."

공자에게는 부드러운 음성만 들렸다. 무슨 뜻인지를 알 수가 없었다. 푸근하고도 깊은 목소리를 의식했고 무엇을 말하는지 뜻을 알아내지 못했다.

"환희불이라는 게야. 환희라는 말은 알고 있겠구먼. 그 환희, 환희불이란 말이여!"

목소리에 묘한 위력이 있었다. 노스님의 목소리를 듣고 있는 동안 소년의 어지럽던 마음이 차츰 가라앉았다. 소년은 조심스럽게 눈길을 들어 노스님을 바라보았다. 허연 수염 속에서 입과 눈이 여전히 웃음을 띠고 있다. 그러나 그 눈길과 마주치는 순간 소년은 무언가 섬뜩했다. 모든 것을 꿰뚫어보고 있는 듯 형형한 눈. 두려웠다. 그러나 피하거나 달아나고 싶은 생각이 들게 하지 않는 것이 이상했다.

"허어, 귀공자시로구먼. 고려의 귀공자여……."

노인은 수염을 풀석거리면서 말을 건넸다. 원나라풍의 승복(僧服)을 입고 있었으나 몽고인 같지는 않았고, 송나라 사람이 아닐까 싶었다. 머리도 수염도 허연 스님은 광선을 차단한 덩그런 공중에 둥실 떠 있는 신선이었다.

"이 불상을 보고 몹시 놀랐던 모양이구먼. 그리 기이하고 놀랍던가?"

"이것도 불상입니까."

공자 왕기는 처음으로 자연스럽게 말문이 열렸다. 아니 이상스러운 힘에 이끌려 벌써 오래전부터 함께 지냈던 사람처럼 느껴져, 의지하고 싶어지는 심정으로 그렇게 물었다.

"환희불이라고 말하지 않았나."

"저는 도무지 처음 보는 형상입니다. 사람들의 이런 모습을 본 일이 없습니다. 게다가 이 장부(丈夫)쪽은 잔뜩 상을 찌푸리고 있습니다. 어떻게 이런 괴로운 표정에 환희가 깃들 수 있겠습니까. 환희불의 남신(男神)얼굴이 일그러져 있습니다."

"차츰 알게 되겠지…… 환희란…… 참뜻의 종점(終點) 같은 게야. 참뜻이란 괴로움을 완전히 정복한 정상(頂上) 같은 것이니, 환희의 본질을 헤아려보면 저 표정의 뜻과도 통하게 되겠지…… 고려의 공자가 아직은 어려서……."

"그러면 이 환희불이 부처님이라는 뜻입니까."

"그렇고말고!"

'말이 되는가. 세상에 이런 부처가 어디 있담. 이 노스님이 날 놀리는가 보다……' 도저히 믿어지지 않아 난처해하는 왕기를 바라보면서 노스님은 웃음기를 거두고 입을 열었다.

"지금 우리 두 사람이 이렇게 마주보고 서서, 서로 보고 이야기하고 듣고 하는 것은 무엇인가." 공자가 얼른 대답을 못하자 노스님은 엄숙한 표정으로 다시 물었다. "우리는 지금 살아 있는가 죽어 있는가."

"살아있습니다."

"살아있다는 건 무언가."

"숨을 쉬는 생명체라는 뜻입니다."

"생명은 어디로부터 왔는가." 소년의 대답이 또다시 막히자 스님은 희미한 촛불 빛 속에서 흔들리고 있는 교합상(交合像)의 환희불을 가리킨다. "지금 저기서 참 생명이 태어나고 있는 걸세."

스님은 왕기의 손을 잡아 이끌고 불상 앞으로 가까이 갔다.

"이것은 생명의 연대(連帶)야. 이 생명 연대의 원점에서 또 생명이 이어지는 거지. 새 생명이 나고 스러지면 또 이어지고……" 스님은 왕기의 얼굴을 정면으로 들여다보며 이야기를 이었다. "우리는 지금 숨을 쉬고 있네. 이것은 생명이야. 그런데 이 생명은 어디로부터 오는 것인지 알겠나? 물론 아버지 어머니로부터 받은 것이지. 하지만 그 이전, 부모의 힘과 뜻이 합쳐지기 이전에 우리의 생명은 어디에 있었겠나. 허공에 있었지. 그것은 공(空)이렸다. 공은 공인데 공 속에서 떠돌던 기(氣)가 환희를 만나, 길을 찾은 뒤 어머니 뱃속으로 들어간 것이라네. 환희불은 그 생명이 생명으로서 절정을 찾는 순간, 즉 생명을 표현하는 순간을 보여주는 것이라네."

공자는 계속 혼란스러웠다. 처음으로 대하게 되는 이 오묘한 뜻. 알아야만 할 것 같기도 하고, 피해야 옳을 것 같기도 한― 그러면서 알듯도 하고, 알려고 하면 할수록 종을 잡을 수가 없어지는 이 이야기를― 공자는 용기를 다했다.

"그러면 이 세상을 살아가는 부부(夫婦)는 모두가 환희불이 될 수 있습니까."

"아니지…… 그렇지는 않지……" 스님은 천천히 고개를 저으면서 왕기의 총명한 얼굴을 유심히 들여다본다. "그것은…… 마음과 마음이 허락된, 혼(魂)과 혼이 맺힌 교합이 아니고는 안 되는 게야."

공자의 막막한 느낌이 갈피를 잡지 못했다. 혼과 혼이 맺어지는 것…… 마음과 마음이 허락되는 것…… 무슨 수로 어떻게 그 소저(小姐)를 만나서…… 소년의 심정이 애달파진다. 용기의 끄트럭을 어디에서 어떻게 잡는다는 말인가. 소년은 고개를 숙이고 가까스로 묻는다.

"스님, 혼과 혼이 맺어지는 것은 한쪽에서만 원해도 맺어질 수 있겠습니까. 간절히 간절하게 원하는 것이라면 이루어질 수 있겠습니까."

"모이고 흩어지는 것은 인연 따라 되는 게야."

"인연을 마음 따라 스스로가 엮어낼 수는 없는 것입니까."

"반연(絆緣)이라 했어."

"반연이라니요? 스님 어떻게 빌면 제가 원하는 혼과 맺어질 수 있겠습니까."

"반연을 기다리면 되는 게야. 때에 이르며 제절로 되는 걸……."

"인연이 있겠습니까, 그 소저와……."

소년은 그렇게 말해놓고 깜짝 놀랐다. '그 소저……' '그 소저……' 도대체 이 노인이 그 소저의 이야기를 어떻게 아시리라고 선뜻 그렇게 말을 해버렸더란 말인가. 그러나 노인은 벌써부터 고려의 왕자 왕기의 타오르고 있는 마음을 알고 있었던 듯 의미 깊은 표정으로 고개를 끄떡이고 있는 게 아닌가.

"있지, 있어……." 노인은 고개를 깊이 끄떡이면서도 무엇인가 석연치 않은 듯 표정이 어두워진다. "있지만…… 연분이 있지만……."

"연분이 있지만 어떻다는 것인지요, 예? 스님, 연분이 있어도 좋지는 않다는 뜻입니까, 스님?"

"그 인연 따라서 받아들인다면 크게 얻고 또 크게 잃겠네."

"크게 얻고 또 크게 잃는다 함은 무엇을 뜻하는 것입니까. 스님."

"그 인연은 공자에게 왕관을 씌워주게 되지. 하지만 그 왕관은 공자의 뒷날을 어둡게 만들겠는걸."

"스님, 저는 왕(王) 같은 건 원치 않습니다. 생각조차 해본 일이 없습니다. 그리고 제게는 그런 길이 열려있지도 않습니다. 정말이지 저는 왕 노릇 같은 것을 할 생각이 추호도 없습니다."

노인은 그 형형한 눈으로 왕기를 묵묵히 바라보았다. 그러다가 얕은 한숨을 쉬는 듯, 연민의 정이 어린 눈으로 이윽히 바라보았다. 그리고 혼잣말처럼 중얼거렸다.

"하지만 그 반연을 피해갈 수 있을까."

"스님, 인연이라는 것을 피해갈 수도 있는 것입니까."

"반연(絆緣)을 끊을 수도 있기는 하지. 이를테면 지금 공자가 마음 가득히 부둥켜안고 있는 어느 소저에 대한 생각을 끊고, 불문(佛門)에 들어 불제자(佛弟子)가 된다거나 한다면, 따라오며 얽혀드는 반연들을 끊을 수도 있는 게여."

소저와 맺어질 인연은 벌써부터 생긴 것. 소저와 맺어지면 왕관이 공자에게로 가져온다? 그 아름다운 소저는 왕관을 안고 오는 귀인인 셈이다. 반연을 물리치지 않는다면 소저와 왕관을 한꺼번에 얻는다. 그것은 세상 사람들이 일러, 완전한 행복, 더 바랄 것 없는 영화라고 부러워하는 인연이다. 그러나 그렇게 크게 얻고, 크게 얻는 것만큼 크게 잃는다? 왕기 자기의 뒷날이 어둡게 된다고? 그것이 무엇을 뜻하는 것일까.

"스님, 저는 가인(佳人)을 얻어 산(山)으로 들어가 살고 싶습니다. 그것만이 저의 간절한 소망입니다. 그 발원을 빌고자 오늘 이곳엘 온 것입니다."

"사파에 태어난 사람은 반연줄 끌려가든가, 아니면 끊는 길뿐이야."

"스님, 스님, 제가 인연을 끊을 수 없을 때에 오는 뒷날의 어두움이란 무엇을 뜻하는 것입니까." 무슨 일인지 스님은 대답 없이 썰렁하게 높은 당내(堂內) 천장을 올려다볼 뿐이다. "그렇다면 저 스스로가 그 어둠을 막아낼 길은 없겠습니까."

촛불 빛이 밍밍하게 번져 오르는 어두컴컴한 천장을 향한 채 스님은 중얼거렸다.

"기(氣)를 길러야…… 생명의 기를 높이 길러야 하지…… 하지만……"

스님은 무엇이 그리도 꺼림칙한지, 하지만…… 끝에 입을 다물더니 다시금 왕기의 얼굴을 묵묵하게 바라보았다. 소년의 가슴이 답답하다.

"스님." 간절하게 불러보았으나 노인은 대답 없이 바람을 일으키며 뒤도 돌아보지 않고 휘적휘적 그 자리를 떠났다.

"스님!……"

공자의 애처로운 목소리가 높은 천장을 서늘하게 휘돌다 스러질 뿐 스님은 뒤돌아보는 일 없이 스러졌다. 공자는 하릴없이 그 자리에 남아 덩그러니 서 있었다. 한동안이 지난 뒤에 그는 다시 환희불을 돌아보았다. 남녀 교합의 뜨거운 쌍신체(雙身體)가 촛불 빛을 받으며 어둡게 타오르고 있다. '……인연이 있어 그 소저를 만날 수 있게 된단다. 그 소저는 나에게 왕관을 가져다준단다. 그리고 우리는 혼과 혼을 맺을 수도 있는 사이가 된단다. 그러나 나는 크게 얻고 그리고 크게 잃는단다. 훗날 어둠이 나를 망친단다. 그것을 피하려면 세속 인연을 끊고 불가(佛家)로 들어가야 한단다.' 그렇게 피하려면 피할 수도 있다는 게야. 그런데…… 나는 그 훗날의 어둠이 무서워서 소저를 단념해야 하는가?'

공자 왕기는 깊이 신음했다. '아아 세속 인연에서 소저를 빼앗아, 우리가 살고 싶은 어느 산속으로 함께 가서 그림이나 그리며 살아갈 수는 없는 일이라는 말인가.' 인연을 기다려 맞이해야 하는가, 아니면 그것을 피하여 속진(俗塵)을 묻히는 일 없이 산속으로 달아나 호젓이 살 것인가. 한동안이 지난 뒤에 대군은 정신을 수습했다. 꿈을 꾼 것이 아니었던가. 머리털과 수염이 하얗던 노스님을 만난 것이 정녕 생시였던가.

그러나 환희불은 엄연히 그 자리에 있었다. 대군은 환희불을 바라보면 바라볼수록 머릿속이 너무도 뜨거워 그 자리를 피하듯이 빠져나왔다.

묘응사 앞에서 한순간 보았던 소저. 소저에 대한 그리움 따라서 왔다가 만난 환희불. 환희불 앞에서 만난 노스님. 노스님이 일러준 몇 갈래의 길.

공자 왕기는 열에 들떠 열병을 앓는 사람처럼 되어 돌아왔다.

*

그해, 연경(燕京)의 봄은 유난히 난만했다. 묘응사를 다녀온 뒤로 왕기는 집심(執心)을 할 수가 없었다. 글도 읽히지 않았고 글씨도 쓸 수가 없었다. 그림을 보는 것도 답답하기만 했고 더구나 화필은 잡히지 않았다. 혈기에 들뜬 잠자리는 괴롭기만 했고 끼니마다 대하는 밥상은 부담이 지나쳐서 역증을 일으켰다.

"대군마마, 무엇이 마마의 심기를 그렇도록 산란하게 해드리는지 안타깝사옵니다."

조심에 조심을 더하던 안 상궁은 단단히 각오를 한 듯 드디어 그렇게 입을 열어 물었다. 그러나 예상했던 대로 왕기는 입을 꼭 다물고 대답을 피했다. 무엇을 눈치채인 듯하여 마음만 더욱 움츠러들었다.

"편안치 않으신 데가 있으시면 전의(典醫)를 불러봄이 어떠하시겠습니까."

"아픈 데는 없소."

"그러시면 무엇 맛있는 별식을 따로 장만해볼까 합니다."

공자 왕기는 미간을 찌푸렸다.

"별일 아니야. 남에게 말할 거리도 못되고…… 그저 혼자 있고 싶으니 물러가 있어."

왕기는 무르녹은 봄을 내어다보면서 한숨지었다. 울적했다. 갈피를 잡을 수 없는 마음이 도대체 무엇인지, 그래서 속이 뒤끓었다. '보고지운 이 마음은 무엇에서 비롯되는 것일까. 이렇도록 간절하게 보고지운데 어찌해서 마음대로 볼 수가 없다는 말인가.' 묘응사에서 만났던 노승(老僧)은 때를 기다리면 만난다 했는데 그때는 언제일까. 왕기는 그 노승을 다시 만나고 싶어졌다. 이번에 만나면 좀 더 분명한 무엇을 집어낼 수 있을 것 같은 생각이 들었다. 그는 뒤숭숭한 생각을 훌훌 떨쳐버리고 묘응사를 향해서 나섰다.

그러나 휘휘한 절간에는 젊은 스님네들 몇 사람이 예불을 끝내고 돌아가는 길이었고, 휘휘한 공간에서 촛불이 조용히 흔들리고 있을 뿐이었다. 여전히 환희불은 그 자리에 있었다.

'꿈이었던가? 소저를 보았던 것도, 노승을 만나서 이야기를 들었던 것도 모두가 꿈이었던가? 그렇다면…… 지금 그 꿈을 떠올리면서 이렇게 서 있는 이것은 무엇이란 말인가?' 소년은 그렇게 서 있는 자신의 실체(實體)는 도대체 무엇인지, 삶을 실감할 수가 없었다. '헛것이로구나, 헛것이다. 이것 또한 꿈이 아니라고 어떻게 장담할 수 있겠느냐.' 모두가 꿈같은 것. 그리움도 꿈, 미래를 더듬어보던 것도 꿈이다. 환희불이 낳아준다는 생명 또한 꿈이다. 이렇게 막연한 것을 찾아서 헤매는 것도 꿈, 앞으로 살 일도 꿈이다. 만사가 속절없었다. 그저 허전하고 허전해져서 아무런 생각 없이 환희불 앞으로 다가갔다. 그리고 다음 순간 그는 전혀 예기치 않았던 짓을 저지르고야 말았다. 그 자리에 오체투지, 바닥에 전신을 던지고 이마를 조아렸다. '훗날 어둠을 겪더라도, 어둠에 빠지더라도…… 소저를 만나게 해 주소서. 소저와 맺어 주시옵소서. 소저를 위해 모든 것을 바치렵니다. 오직 소저만을 위해 살렵니다.' 불빛에 흔들리는 환희천불(歡喜天佛)이 미소를 짓고 따뜻하게 살아 움직였다.

*

공자 왕기는 라마교에 사로잡혔다. 자신도 모르게 오체투지, 발원(發願)한 발원을 이루어줄 신(神)을 믿었다. 라마교는 남신(男神)과 여신(女神)의 교합상을 모시는 서장(西藏)불교다. 정통 불교와는 다른 밀교(密教)로 현교(顯教)와는 대칭이다. 빛도 없고 형상도 없고, 말을 빌릴 수도 없는 현교의 법리(法理)에 반하여, 밀교는 보고 듣고 감촉하는 것으로 우주의 삼라만상이 지닌 참뜻을 밝혀 말할 수 있음을 보여주는 종교다. 일종의 만물귀일(萬物歸一) 사상이다. 우주 본체인 절대자 범(梵)과 인간 본체인 나(我)는 하나다. 그러니 인간이 '참나'를 볼 때에 절대자인 우주와 하나가 된다고 믿는다. 즉 범아일여(梵我一如)가 근본원리다. 밀교 중에서도 우도(右道) 밀교는 밀교의 이론을 추구하고 있지만, 좌도(左道) 밀교는 표면에 드러나는 사물현상을 있는 그대로 받아들이며, 그 속에 들어 있는 진실을 찾아 그것과 이어지는 것을 목적으로 하고 있는 것이 다르다.

라마교의 개조(開祖)는 연화생(蓮華生). 인도 서북방 사람이었다. 6백 년 전 사람으로 어떻게 하다가 서장왕(西藏王)의 왕사(王師)가 되어 서장으로 들어갔다. 왕사의 자격을 얻을 만큼 훌륭한 데도 있었지만, 일단 왕사의 자리에 오른 그는 그 힘으로 나름의 새로운 교의(敎義)를 과감하게 펼친 것이다. 그는 해탈(解脫)의 경지를, 남녀 교접(交撚)의 절정에다 연결시켰다. 쾌락의 극치는 무념무상, 열반(涅槃)의 법역(法域), 신통무애(神通無礙)로 이어진다고 믿었다. 6백여 년을 거쳐 내려오는 동안, 라마 밀교의 경전(經典)은 소승현교(小乘顯敎)종파의 모든 경전을 능가할 만큼 다채로워졌다. 이러한 내력의 라마교가 몽고와 인연을 맺은 것은 불과 백 년 남짓한 일. 라마교가 원나라 궁중에 첫선을 보인 것은 태종(太宗) 때였고, 본격적인 포교(布敎)에 들어간 것은 헌종(憲宗) 때였으니, 나마대사(那麻大師)가 천하석교총통(天下釋敎總統)이 되어 원나라에 라마교를 펴기 시작한 지 90년 남짓한 일이다. 그동안 아시아와 구라파 전역을 휘어잡고 온 세상의 문물을 여한 없이 끌어들인 연경을 중심으로 한 원나라는 호화로운 생활에다 밀교를 결부시켜, 모두가 호화환락의 극치를 다투어 달리고들 있었다.

*

밀교를 따라 깊이 들어가면 갈수록 공자 왕기는 산란해지기만 했다. 지극한 사랑을 일으켜 상대세계(相對世界)에 완전히 조화됨으로써 진리에 닿는다는 것…… 그러나 그 사랑은 그저 달콤하거나 부드럽기만 한 것이 아닌 극히 엄격한 것으로, 생명의 참다운 통찰에서 얻어지는 한없는 자비라고 했다. 공자 왕기는 우선 경문(經文)을 연구했다. 밀교가 진리(眞理)라면 닿는 데가 있을 것이다. 지금까지 자신을 다스리며, 우선은 자기 한 몸만이 해탈을 얻어 현세에 나한(羅漢)이 되기를 바라는 소극적인 소승불교(小乘佛敎)보다는, 중생제도(衆生濟度)를 서원하는 대승(大乘) 쪽을 향해가고 있었지만, 이제 새로 만난, 보다 적극적인 인간 환희를 진리라고 주장하는 밀교에 대해서는 아무래도 낯설었다. 그러면서도 한편 마음이 끌리는 것이 무슨 까닭인지 알 길 없었다.

공자 왕기의 어지럽던 심신은 봄이 기울면서 차츰 바로 잡혀갔다. 아직 원나라에 머물고 있던 고려의 어린 조카 상감은 그 숙부(叔父)되는 강릉대군을 강릉부원대군(江陵府院大君)으로 봉작(封爵)한 뒤 고려를 향해 떠났다. 비극도 슬픔도 세월이가면 엷어진다. 형님 충혜왕의 처참한 주검도 그렇게 서서히 엷어져갔다. 이제 회오리 파란이 지나가고 다시 평온이 찾아와줄 것 같았다. 형님 정(禎)이 잡혀오시던 일. 상감이시던 그분이 귀양길에서 돌아가신 일. 조카 흔이 상감으로 즉위하신 일. 그날 고려관으로 돌아오던 길에 잠간 스쳤던 잊히지 않는 소저의 모습. 묘응사. 묘응사에서 만난 환희천불에 대한 놀라움. 노승을 만났던 일. 밀교에 대한 관심.

*

초여름이 시작되는 절기를 맞아, 공자 왕기는 모든 것을 훌훌 털어버리고 산을 찾아 연경을 떠났다. 이산 저산 찾아 헤매는 동안에 꿈속에서도 산을 찾는 꿈만이 가장 순결하고 당당하며 아무런 뒤탈 없는 맑음 꿈이라는 것을 깨달았다. 산을 찾던 중에도 이따금 묘응사 앞의 소저 생각을 떠올리고는 했지만, 늙은 중이 들려주던 이야기며 밀교에 관한 이야기는 서서히 흐려졌다. 공자 왕기는 산과 스승을 찾아 두루 돌아다녔고, 점차로 그림의 세계로 다시 돌아가기 시작했다. 그 무렵, 원(元)황실은 고려 공자 왕기의 그러한 방랑에 대하여 짐짓 모르는 체 하는 것 같았다. 그러나 날이 가고 달이 쌓여 해를 넘기자 황실에서는 직접적인 간섭을 시작했다.

"대원자(大元子) 왕기는 입조숙위 사명을 버리고 방랑을 일삼으니, 대원자로서의 본분을 저버린 짓이다. 이로부터 근신하기를 이르노니 마땅히 그 할 도리를 찾아 지키라!" 엄명이었다. 지엄한 명령이었다. 거슬릴 수 없는 영이었다. 공자 왕기는 어쩔 수 없이 하산(下山)했다. 산향(山香)을 듬뿍 물들여 가지고 고려관으로 돌아왔다. 이제는 더할 나위 없이 어른스러웠다. 기골이 약하고 얼굴이 예쁘기만 하여, 수파련(水波蓮)으로 보일 우려가 있었던 어렸을 때에 비하여 미덥고 든든한 장부가 되었다.

"부원대군마마, 산이 그리도 좋으셨습니까?"

안 상궁은 황실에서 내린 꾸중이 송구스러운 대로 이제는 왕기가 차분히 고려관을 지키게 된 것이 한편 다행스러워 즐겁기 그지없었다.

"그렇더구면. 이 세상에서 산보다 더 미덥고 진실한 게 또 있을까. 산에 머물면 내가 사람이라 믿어지네."

"연경에는 아기자기하고 재미나는 일이 너무도 많습니다. 굳이 피하시기만 할 일도 아닌 줄로 알고 있습니다."

"재미가 있어 보아야 마음에 얼마 동안이나 남겠는가."

"아직 부원대군마마께서는 한 번도 겪어보시지도 않으셨던 일들인데, 겪어보시지도 않으시고 외면을 하시렵니까?" 공자 왕기의 남성적인 면이 소(疏)한 채, 세상사를 외면하려는 것이 아닌가 하는 생각에 안 상궁은 가슴이 섬뜩했다. "부원대군마마, 황궁(皇宮)에서도 칙령을 따로 내리신 것은 부원대군마마를 미워하시어 그리 하신 것이 결코 아닌 줄 압니다. 그 많은 진연(進宴) 때에도 부원대군마마의 모습을 뵐 수 없으시어 섭섭해 하셔서 그리하신 게 아닌가 합니다. 진연 때마다 황제께서 부원대군마마를 찾으셨다 합니다."

"진연이라야 늘 똑같은 것. 음식이 지천이고 사람들이 지천이고, 사람들의 호사가 지천인 것. 그 똑같은 것을 매번 보면서 그 자리에 앉아있으라니 나한테는 곤욕이고 고역입디다."

"대군마마, 원 황실의 공주아기씨들이 호사를 하고 나오시는 모습들이 어여쁘지 않으십니까?"

"어여쁘다 해야 몽고 여자들……."

무심결에 그렇게 대답하던 왕기는 소스라치게 놀라 입을 다물었다. 원나라 어느 왕실의 공주임에 틀림없을 그 소저…… 그 몽고 여자…… 자기는 그 소저를 그리워하기 몇 년째인가. 산에서 산으로 헤매며 화필만을 당겼던 것도 어쩌면 그 걷잡을 수 없는 그리움을 억누르기 위함이었는지도 모를 일이었다. 안 상궁은 왕기의 내심을 알길 없어 조심스레 웃는다.

"부원대군마마께서 보다 큰일을 하시려면 앞으로 어차피 원나라 여인을 아내로 맞으실 수밖에 없으십니다. 마마의 증조할아버님부터 해오시던 일입니다."

"내 사랑은 전부가 고려야. 나는 반드시 고려 여인을 찾아 아내 삼기로 작정한 지 오래되었네. 내가 왕이 될 일도 없고…… 그래서 원 황실에서 나에게 원나라 공주를 억지로 시집보낼 일도 없을 걸세, 고려 왕실에서 누가 나서서 이제부터라도 고려의 혈통을 맑게 만들어줄 사람이 꼭 있어야 하지 않겠나? 도대체 언제까지, 언제까지 고려의 왕이 원나라 공주에게 장가들어, 고려의 혈통을 어지럽게 만들 것인가. 나, 혼자서라도 시작해볼 일 아니겠나. 나는 무슨 일이 있어도 고려 여인을 아내로 맞을 것이야…… 아니면 장가들지 않을 생각일세."

대군공자 왕기가 스스로에게 다짐하듯 거듭거듭 고려 여인 아니고는 장가들지 않겠다고 다짐하는 내면은 속으로 흔들리고 있었다. 얼마 전까지도 고려관에 머물러 고국인 고려를 지키듯, 음식이며, 옷이며 일습을 고려 것으로만 즐겨 먹고 즐겨 입으며 지켜왔지만, 원 황실의 간섭이 구체적으로 껄끄러워지고, 문득문득 떠오르는 환영(幻影)이 그의 내면을 흔들고 있었다.

"부원대군마마, 몽고 여자들이라고 모두가 억세고 거칠지는 않습니다. 황궁에 모여드는 공주들 중에는 곱고 착하신 분들도 많다고 들었습니다."

"하기사 그들도 사람이고 여자들인데…… 하지만 이상한 것은 그들이 고려로 시집만 오고나면 사나와진다 하니 알 수 없는 일이지. 안 상궁도 모르는가? 충렬왕이신 증조할아버지 때부터 개경으로 시집오신 원나라 공주 할머니들께서 어떤 일을 만들어 내셨는지…… 잊었는가? 못 들었는가?"

안 상궁은 민망해서 웃었다. '이 마음 여리신 대군께서 원나라 여인에게 겁을 내고 계신 모양이네……' 대군은 스스로 다짐했던 말을 놓고 잠깐 돌이켜 보았다. '만일, 만일…… 원의 황실에서 굳이 원나라 여인에게 장가들라며 강압해올 때는? 고국 고려로 돌아가지 못하고 연경에 묶여 그런 상황이 온다면? 얼마든지 있을 수 있는, 닥칠 수 있는 상황이 아닌가.' 문득 떠오른 얼굴 하나. 가슴이 흔들렸다. 만일…… 만에 하나…… 그 소저를 아내로 맞이한다면……

그 소저도 지금까지 고려로 시집왔던 몽고 여자들처럼 그리 억세고 거칠어질까?' 대군은 머리를 흔들었다. '아니다, 아니야, 그녀는 그럴 사람이 결코 아닐 게야!'

안 상궁은 웃음을 참지 못했다.

"대군마마, 무슨 생각을 하고 계신지…… 그리도 골똘하게……."

"응? 아니……."

대군은 붉어지는 얼굴을 감추지 못했다. 묘응사 앞에서 소저를 처음 본지 이제 3년이 넘는다. 세 번째의 봄이 지나고 또 절기는 가을로 기울어지고 있다. '나는 고려의 왕자! 고려의 왕자다' 스스로를 갈무리하려고 다짐에 다짐을 해가며, 그 환영 하나를 지워보려고, 이산 저산, 산을 찾아다니며 추스르려 해왔건만. 이따금 느닷없이 떠오르는 얼굴 하나…… 아직도 남아있었다.

*

팔월 한가위가 지난 며칠 후. 대군 왕기는 황궁으로 불려갔다. 황실 잔치였다. 아침 일찍부터 열린 잔치는 하루 온종일 질탕치게 휘돌고도, 해가 지기 시작하면서 오히려 새로운 흥을 돋우었다. 황제와 황후께 조하(朝賀)를 드리고 난 뒤의 하루는 왕기에게는 지루하기 이를 바 없는 자리였다. 하루 종일 먹어대는 음식에도 질리고 하루 종일 들어야 하는 풍악에도 골치가 아팠다. 고려의 아악(雅樂)하고는 너무도 다른 악기들이 질러대는 소리에 머리가 흔들렸다. 하루 종일 마주쳐 웃고 이야기하고, 또 말거리를 만들어 그들과 어울려야 하는 왕공(王公) 대신들도 내심 짜증스러웠다. 그들이 흥청거리면 흥청거릴수록, 대군 왕기의 흥은 깨졌다. 그렇다고 진연이 미처 파하기도 전에 그 자리를 빠져나갈 수는 없는 일이었다. 안 상궁이 간곡하게 일러주던 말을 생각하여 원나라 왕족간의 공주들이 모여 있는 곳을 둘러보았지만, 전신을 치렁치렁하도록 걸친 패물이며 진한 화장의 얼굴이며, 눈에 보이는 모든 것이 민망했다. 몰래…… 혹시…… 그 소저를 만날 수 있을는지…… 잠깐 설렘이 지나갔으나 대군 왕기의 눈에 띄는 것은 원색의 어지러운 옷 빛과 화관(花冠)과 노리개에서 반짝이는 구슬들뿐, 여인들의 얼굴은 식별되지 않았다. 그러나 잔치에 참여한 여인들은 거의 조심성 없이 나풀나풀 옮겨 다니며 잔치를 즐기고 있었다. 원나라 여자들은 워낙 활달해서 별로 내외가 없다. '그 소저는 원나라 왕가(王家)의 공주는 아니었던가……' 이 많은 몽고 여자들이 다투어 꾸미고 모여들었는데 어찌해 그 소저는 이 자리에 보이지 않는지…… 대군 왕기는 지루해하다 못해 지치기 시작했다. 진연이 한창인 누각에서 내려와 슬그머니 뒤뜰로 갔다.

만월(滿月)에서 자칫 이지러진 달이 느지막이 떠오르고 있었다. 오동잎이 발끝에 채이고 귀뚜라미가 달빛을 흔들었다. 그는 달빛에 젖어 달빛 속을 천천히 걸었다. 누각 쪽에서는 풍악이 흘러나오고, 가까이서 계속 들을 때는 골치가 아프더니 멀리 떨어져 들리는 풍악은 조금 구슬펐다. 가슴이 흔들리고 눈시울이 뜨거워졌다. 고려를 떠나온 지 여덟 해. 그동안 한 번도 개경을 찾아가지 못했다. 원 황실 알현, 들러가는 고려의 사신들을 통해 어마마마의 소식을 듣고 서한을 들려 보냈지만, 이제는 어머니의 음성도 아득해졌다. 열한 살 어린 나이에 연경으로 끌려온 지 팔 년. 이제 고려에 대한 그리움이 쌓이고 쌓여 애틋하던 마음이 차라리 둔해졌다. 발에 밟히는 낙엽이 가슴 저리게 만들고, 만단 회포가 고개 들어 달빛은 눈물 어룽지게 만들었다. 대군공자는 그 깊은 물속 같은 달빛 속을 계속 걸었다.

어디쯤에서인지 문득 청아한 비파 소리가 발끝에 감겨왔다. 달빛 물든 비파 소리. 그것은 들리는가 하더니 이내 끊기고, 다시 이어졌다가 도란도란 이야기 소리가 밀려온다. 대군 왕기는 꿈결인 듯 그 소리에 이끌려 다가갔다. 정각(亭閣)이 나타나고, 달빛에 반쯤 물든 정각 안에 두 여인이 나란히 앉아 도란거리고 있는 것이 보였다. 그런데, 물속 같은 달빛 속으로 잔잔하게 떠오른 얼굴 하나…… 대군 왕기는 숨을 삼켰다. 숨이 이어지지 않았다. 환영(幻影)인가. 이 밤에 달빛 속에서 그 얼굴이 떠오르다니! 묘응사! 묘응사! 라마교 사원 앞의 그 얼굴! 꿈인가…… 눈을 의심했다. '환상이 아닐까. 이것은 꿈이다. 꿈일 것이다.' 그는 숨을 들이키며 뒷걸음질쳤다. 그러다가 다시 멈추어 섰다. '안 된다. 그럴 수는 없다. 꿈이라면 깨어야 하고 현실이라면 말없이 지나갈 수는 없다.' 그러나 무슨 말을 하랴. 어떻게 다가가랴. 하지만 그의 발길은 무엇에 이끌리듯 전각 앞으로 다가갔다.

"혹시…… 방해가 되지 않는다면……."

자신의 입에서 나오는 말이 무슨 말이었는지 공자 자신도 알지 못했다. 달빛 물속으로 걸어 들어가듯 그렇게 다가가며 입을 열었을 뿐. 소저가 비파를 들고 앉아 있다. 비파 소리는 소저의 손끝에서 흘러나온 소리였다. 아, 미소를 다물고 있는 너. 너는 묘응사 앞에서 스쳐갈 때, 내 마음을 훔쳐갔던 너. 몇 번의 봄과 가을과 겨울을 보내며 지우려고, 지우려고 안간힘을 썼던 너…… 가슴이 요동쳤다. 다리가 떨렸다. 무엇이라고 다시 입을 열어야 했지만 입이 얼어붙었다. 두려웠다. 사람을 잘못 알아보고, 감히 외간 사내가 원나라 공주 앞에 다가가 수작을 걸었다는 사실이 무서웠다. 대군 왕기는 눈을 감고 허리를 굽혔다. 무례를 범했던 용서를 빌고 그 자리를 떠나야 할 형편이었다.

"그만…… 달빛에 이끌려 무례를 범했습니다……."

대군 왕기는 부끄러움 때문에 캄캄해진 눈을 꾹 감고 간신히 그렇게 용서를 빈 뒤 서둘러 돌아섰다. 그런데 비파를 들고 앉았던 소저가 홀연히 자리에서 일어선다.

"고려 나라의 공자전하(殿下)시지요." 소저의 목소리가 낭랑하게 들렸다. 이 무슨 기적인가? 소저는 달빛 속으로 한 걸음 두 걸음 왕기 가까이로 다가왔다. "저는 보탑실리(寶塔失里). 종실의 위왕(魏王)이신 패라첩목아(孛羅帖木兒)님의 딸이옵니다. 저하……."

음성이 낭랑하면서도 부드럽고 깊다. 포근하게 가라앉아, 들뜨지 않은 목소리였다. 공주의 반듯한 이마 전에 달빛이 차분히 내려앉는다. 맑은 눈빛이 왕기를 사로잡는다. 황홀했다. 대군이 황급하게 조금 떨면서 입을 열었다.

"소저…… 소저께서 저를 어떻게 알아보십니까."

달빛이 흔들리며 어지럼증이다. 소저의 얼굴이 떠올랐다 가라앉았다. 눈앞에서 부유(浮遊)한다.

"저하…… 저는 저하를 잘 알고 있습니다. 오래전부터…… 오늘 이곳에 오신 연유도, 사람의 뜻이 아니었습니다. 그렇게 서 계신 채 제 이야기를 다 들으시겠습니까?." 보탑실리는 시비(侍婢)를 불러 비파를 넘겨주었다. "너는 공주를 모시고 집으로 가 있거라. 여기는 걱정 말고……."

시비는 비파를 들고 건너편 전각으로 가서 한 여인을 모시고 궁궐 쪽으로 갔다. 달빛으로 충충한 주위는 물속처럼 깊었다.

"저하, 정각 안으로 오르십시오." 보탑실리는 씩씩하게 대군을 전각 안으로 안내했다. 전각에 자리 잡고 앉은 뒤, 보탑실리의 얼굴은 차가운 달빛 속에서 닳아 올랐다. "방금 떠난 이는 저의 사촌 여동생이었습니다. 대군께서도 저의 이런 행동에 놀라셨겠지만, 오늘 이 일은 사람이 만든 일이 아니라는 것을 저는 알고 있기에……"

대군 왕기는 소저의 권유를 따라 전각으로 올라섰다. 그리고 소저가 권하는 대로, 떨리는 몸으로 소저의 옆에 앉았다. 달빛 속에서 소저의 향훈이 흘러왔다. 소저를 덜 거북하게 만들려면 무슨 말이든 해야 한다고 생각했으면서도 입이 열리지 않았다. 그저 황홀하고 그저 꿈같았고, 그저 무엇인가 또 두려웠다. 보탑실리도 그렇게 대군을 전각으로 모셔왔지만, 그때부터 정작 수줍어 몸 둘 바를 몰랐다. 두 사람 사이의 침묵이 달빛으로 찰랑거렸다. 한참만에 보탑실리가 조심스럽게 입을 열었다.

"저하, 저도 아까 저하께서 이리로 오시는 것을 뵙고 너무 놀랐습니다. 이 밤에 어떻게 이런 일이 제게 일어났는가, 꿈같았습니다. 혹여 제가 사람을 잘못 본 것은 아닌가. 두려웠는데, 저하께서 말씀을 하시어, 전하임을 확인했고 용기를 냈습니다. 오늘 밤을 그냥 보내면 다시 만나 뵈옵기 쉬울 것 같지가 않아서 이렇게 황망히도 부끄러움을 무릅썼습니다. 허물치 말아 주옵소서."

대군 앞으로 나설 때와는 달리 목소리가 끊일 듯 떨리고 있었다. 대군 왕기는 어쩌자고 보탑실리의 두 손을 덥석 잡았다. 다시 꿈인지 생시인지……

"소저, 고맙소. 나를 알아보시다니 진정 고마울 뿐이오."

가슴이 활활 타오르고 있다. 대군 왕기의 손에 잡힌 보탑실리의 손이 떨리고 있다. 궁금한 일 투성이다. 도대체 보탑실리는 언제부터 대군 왕기를 알고 있었다는 것인지. 그렇게 알고 있었으면서 왜 지금까지 만날 수가 없었는지, 이 밤에 대군을 알아보고 불러 세운 용기는 어디서 난 것인지. 보탑실리의 손이 뜨겁게 떨리고 있어 대군은 그 손을 더욱 힘주어 잡고 궁금증을 덮었다.

                                    *

원(元)종실의 위왕(魏王)의 집에서 열린 잔치에 왕기가 초대받은 것은 그로부터 두어 달이 지나서였다. 위왕은 친히 종자들을 보내어 대군 왕기의 거동에 불편 없도록 염려했다. 겨울이 사정없이 들이닥치던 철이었으나 대군공자 추운 줄 몰랐다. 잔치는 호화로웠고, 위왕의 초대가 무엇을 뜻하는지 잘 알고 있는 대군은 긴장하지 않을 수 없었다. 그리고 위왕의 따님이신 보탑실리를 만날 수 있을 것이라는 기대에 가슴을 부풀렸다. 위왕께서 대군을 부르시고 무엇부터 보실는지 조바심도 났다. 그런 대군 왕기의 내심을 아는지 모르는지 위왕은 하루 종일 대군을 놓아 주지 않았다. 이 이야기 저 이야기를 이어가기도 하고, 대화를 나누면서 술도 권해보고 그러다가는 한동안 아무 말 없이 묵묵하게 입을 다물고 대군을 바라보기만 할 때도 있었다. 그렇게 저녁나절까지 붙들고 있던 위왕께서 거의 어두워질 무렵에야 대군을 풀어주었다. '종일토록 붙잡고 계시다가 이대로 돌아가라 하시는가.' 섭섭했다. 그런데 대문을 나서기 전 별채의 시종이 대군 앞에 나타났다. "별채로 모시겠습니다." 시비는 대군을 별채로 안내했다. 별채 방에서 불빛이 흘러나왔다. 그리고 문이 열리며 보탑실리 공주가 대군을 맞이했다. 대군을 맞는 낭자의 눈이 촉촉하게 젖었다. 이제는 묘응사 앞에서 처음 보았을 때의 소저가 아니다. 오늘 하루 사이에 이루어지고 있는 일들이 꿈결이었다.

"낭자……어떻게……."

"우선 좌정하십시오. 저하, 오늘 하루 종일 아바마마 위왕 전하 앞에서 선을 뵈시느라고 얼마나 힘드셨습니까."

"낭자, 낭자의 지혜와 용기가 나를 구해주시었소. 아바마마께 어떻게 고해서 이 자리를 만들었는지를……"

대군이 자리에 앉자 보탑실리는 그 앞에 읍하고 서서 고래를 숙였다.

"저도……하루 종일 대군저하를 대하시는 아바마마의 심중이 어떠하실까 조마조마 마음을 졸였습니다. 제 아버님 위왕 전하께서는 얼마나 엄격하신지, 제가 거처하는 이 별궁에는 친오라비들도 얼씬거리지 못하게 하셨습니다. 그런데…… 아바마마께서 별채 시비를 부르시어 저에게 대군저하를 맞이할 준비를 하라, 하명하셨을 때, 얼마나 놀랐는지…… 그리고 오히려 대군께서 아바마마의 하명을 어찌 생각하실는지 그때부터는 그 일이 수줍고 두려웠습니다."

"나는……지금도 꿈을 꾸는 것 같소. 그저 이 자리가 꿈이 아니기만 바랄 뿐이오. 공주……고맙소, 나를 이렇게 맞이해주시는 공주께 감사드릴 뿐이오. 내가 입조숙위로 연경에 들어와 여러 해, 이렇게 기쁜 날이 있으리라고 기대한 일 없었건만……"

보탑실리는 대군이 나직나직 들려주는 이야기를 들으며 눈에서는 영롱한 눈물이 한 방울 볼을 타고 흘렀다. 보탑실리의 눈물이…… 왜 눈물이…… 대군 왕기는 가슴이 활활 타오르기 시작했다. '간절했던 것은 나만이 아니었던가. 보탑실리는 언제부터였는가…… 어디에서 어떻게 시작된……' 밖에서는 겨울바람이 벽을 때리고, 헐벗은 나뭇가지들의 울음이 허공을 맴도는데, 보탑실리의 거처방은 한없이 포근하고 따뜻했다.

"낭자, 낭자는 그날 그 밤중에 나를 어떻게 알아보시었단 말이요?. 나를 어떻게……."

"부끄럽지만, 고려의 왕자님은 그동안 원나라 안에서 너무도 유명하던걸요. 대대로 입조숙위해오던 어떤 왕자님보다도 빼어나신 분이라고요. 글과 그림을 너무 좋아하시어 문약(文弱)해지실까보아 그것만을 염려하실 뿐, 황제폐하께옵서도 무척 탐탁해하신다고 들었사옵니다."

보탑실리는 수줍음에 볼을 붉히고 조곤조곤 이야기를 풀었다. 어여쁘고 어여뻐라! 황홀하고 황홀하여라! 몇 년 삭힌 그리움이 꽃을 피우고 있다.

"낭자…… 벌써 오래전부터 멀리서 바라보았기로서니 그날 밤, 달빛 아래서 어찌 나를 단번에 알아보았단 말씀이요."

"제가 당돌했습니다. 실은 왕공대신들뿐만 아니라 궁성의 귀부인네들 간에도 잘 알려져 계십니다. 그 왕기저하의 인품은 원나라의 어느 왕공대신들도 따르기 어렵다고들 입들을 모으고 있습니다. 그래서 저는 어떻게 해서든 한번 뵈옵고자 안달을 했었지요. 재작년이든가 봄에, 황궁에서 진연이 있었을 때 저는 만단 무릅쓰고, 조하(朝賀)들어오시는 저하를 뵌 일이 있었습니다. 대공저하께서는 저하를 애타게 바라보는 저를 한 눈도 주시지 않고, 무심히, 아주 무심하게, 지나가시더이다. 그 후로 저하께서는 산으로 산으로만 다니시어 좀체 멀리서나마 뵈올 길이 없었던 것입니다. 한번 뵈온 이후로……" 보탑실리는 다음 말을 어떻게 이어가야 자신의 심중을 전달할 수 있을까 애타는 표정으로 대군을 살피다가 귓부리부터 빨갛게 물이 들었다. "대군저하, 그동안 제가 어떻게 했는지 말씀 올릴까요? 저는…… 거의 매일 부처님께 기도드렸습니다. 왕기 대군저하를 만나 뵙게 해 주옵소서 하고요."

그랬던가. 그리했던가. 세월에 기대어 안타까운 환영을 지워보려고, 지워보려고 그리 고된 세월을 보내고 있던 동안, 보탑실리는 보탑실리대로 애를 태웠다니……

"낭자, 그대가 거의 매일 발원했다는 곳이 어디였소?"

"궁금하십니까? 저는 아무도 몰래 그 사원(寺院)으로 발원하러 갈 때마다, 혹여 대군저하께서 무심결에라도 그곳에 들리시는 일은 없을까. 기다리는 마음으로 오래오래 머물고는 했습니다만…… 사원 묘응사였습니다. 저의 집에서는 모든 행사를 그곳에서 하고 있어서 저는 틈만 나면 그곳 환희천불(歡喜天佛) 앞에 빌고 빌었습니다. 그러다가 하도 세월이 덧없이 흐르기에 환희천불은 조금치도 영험한 분이 아니로구나 낙담하던 무렵이었습니다. 그래서 그날 황궁의 진연에도 늦게 나아갔고, 사람들이 북적대는 곳이 싫어서, 사촌 동생을 데리고 뒤뜰 정자에 나가 앉아 있었네요."

"그리 하셨소? 묘응사에서…… 묘응사에서…… 바로 그곳에서…… 참으로 기이한 일이었구료."

이승의 이심전심은 그렇게도 서로 이어지는가? 신비스러웠다.

"부끄럽지만, 짝사랑으로 끝나는 줄 알았습니다. 대군저하께서는 참 황실 진연(進宴)에 오셨을 때도, 그 많은 여자들에게 눈길 한 번 주시지 않는 대군저하의 기품(氣品)에 저는 그만 주눅이 들어 몰래 애를 태웠지요. 제가 기댈 곳은 묘응사의 환희천불뿐이었습니다. 그렇게 발원하면서도 오늘까지 또 얼마나 혼자서 근심해 왔는지를……"

"무엇을 그리 근심하였소?"

"대군저하께서 우리 몽고 여자를 싫어하시는 것이나 아닐까…… 저도 고려왕전하께 시집가신 할머니나 고모나 이모들의 이야기를

대강 알고 있거든요. 그분들이 얼마나 억세게 일을 저지르셨는지
도……제 좁은 소견으로는 그분들이 왜 그렇게 지혜롭지 못하셨는
지 안타까웠습니다. 애정을 얻는 길에는 술수나 권력이 전혀 소용없
다는 것을 그분들은 왜 모르셨는지, 딱하고 가여운 분들이었지요.
그래서 저는 더욱 애가 탔습니다. 대군저하께서 원나라 여자들의 여
자답지 못함을 얼마나 싫어하실까…… 해서였습니다. 고려 여인들
의 다소곳함과 예절 바른 몸매며, 비록 공녀(貢女)로 잡혀왔던 고려
여인들에게서도 저는 원나라 여자들에게는 없는 아리따움을 몰래
지켜보고는 했습니다. 우선 기황후(奇皇后)께서도 고려 사람이시지
요. 그리고 황궁에 있는 궁녀 중에도 고려의 궁녀들이 건성드뭇하
고, 고려관에 있다는 궁녀들도 먼 빛으로 보았습니다. 모두가 맑고
단정하고 그리고 부드러웠습니다. 원나라 여자들하고는 퍽 달랐습
니다."

보탑실리 공주의 사려 깊은 이야기에, 대군공자는 감동했다. '저
렇게 생각 깊은 여인이 원나라 공주라니. 얼마나 고려 남자에 대한
그리움이 깊었으면, 그동안 저렇게 생각이 깊었을까. 지혜로운 여인
이로구나……'

"낭자, 무슨 생각을 그리 오래도록 깊게 하였소? 이제 나도 그대
를 통하여 원나라 여인들을 선입견 없이 새로 보리다."

공자 왕기의 위로에도 보탑실리 공주는 할 말이 남았던 모양이다.

"저는 그동안 고려와 원나라의 역사를 공부했습니다. 고려의 고통
과 슬픔을 저는 알고 있습니다. 더욱 마음이 아팠던 일은 고려로 시
집갔던 원나라 공주들의 시집살이였습니다. 그런데…… 제국대장공
주님을 비롯하여 이후에 모든 분들이 원 황실의 권위를 업고 고려
궁궐을 뒤집어엎다시피 하셨던 불행한 사건들을 잘 알고 있지요. 사

랑을 힘으로 얻으려 했던 불행한 공주들이었습니다. 그렇게 사랑에 목말라, 목말라…… 몸부림치다가 끝내 외롭게 돌아가신 공주들의 생애가 너무 애달팠습니다. 그래서…… 고려를 치세(治世)하려고, 강제로 공주를 고려 왕실로 시집보내신 원 황실이 잘못 되었다는 것도 알고 있었습니다."

"원나라 공주님들의 불행을 그리 가슴 아파 하시다니……."

"아무도…… 그중에서 단 한 분도 진정한 사랑을 받으셨던 분이 아니 계셨습니다. 고려의 상감님은 원나라 공주와 혼인을 하신 뒤에도, 마음속으로는 고려의 아내를 사랑하시지 않으셨습니까. 원나라 공주와의 정책결혼에 얼마나 치가 떨렸으면, 결혼하여 아내가 된 원나라 여인들을 그리 멀리 하셨겠어요? 원나라 공주로 고려왕의 왕비가 되고도…… 남편 품에 들지 못했던 공주들도 불행했지만, 원나라 여자가 마음에 들지 않아 독수공방을 이어가던 상감께서, 고려 아내를 찾아 밤이면 미복하고 아내를 찾아다닌 상감께서도…… 가여우신 분들이었지요. 상감이신 남편을 기다리다 못해, 원나라 공주는 고려 왕비를 궁에서 쫓아내며 투기로 난리를 치고 고려 상감께서 고려의 아내를 잊지 못하시는 그 마음을 왜 모르겠습니까. 나라와 나라 사이에 먹고 먹히던 힘의 균형이 깨어지면서 생긴 왕실 비극이었지요. 비극……."

대군은 이 총명한 여인의 한(恨)을 간단히 풀 수 없다는 것을 알았다.

"낭자…… 낭자는 어찌 그리 옛날 일까지 상세하게 기억하고 있는지, 고려 왕실로 시집오셨던 원나라 공주의 불행을 너무 슬퍼 마시오. 그분들은 고려의 상감에게 홀대를 당한 몇 곱절 앙가품도 하셨소. 그분들은 불행했지만 고려 왕실의 수치스러운 역사는 또 어떤 정도였는지 아시겠소?"

"대군저하, 고려 왕실의 수치를 왜 제가 모르겠습니까, 오직하면 제가 고려 왕실로 시집가서 그동안 쌓였던 상처를 싸매고, 원나라 여자가 어떤 여자인지 보여드리고 싶다는 염원을 했겠습니까. 대군 저하를 멀리 사모하며 그런 꿈을 꾸었습니다. 옛날 고려 왕실을 뒤집어 놓았던, 다듬어지지 않았던, 공주들의 투기를 씻어내고…… 강새암꾼들의 투기를…… 씻어내고 사랑받는 아내가 되고 싶은 염원을……."

보탑실리 공주의 볼이 다시 눈물에 젖었다. 대군공자는 고개를 숙였다.

"낭자, 그대의 발원이 이루어지기를 나 또한 발원하겠소, 약속하리다. 나라와 나라 사이의 역사를 개인이 어떻게 바꾸어 나갈 수 있겠소 만은, 낭자는 참으로 지혜로운 분이시오. 슬픔과 고통을 깊이 겪고 있는…… 아름다운 낭자답지 않게 슬픔이 깊은…… 너무 슬퍼 마시오. 우리는 지금 이렇게 슬픔을 나누고 있지만, 이 나눔이 우리에게 어떤 복이 되는지도 모르는 일이잖소? 낭자, 너무 상심 마시오." 원나라에, 몽골에서 내어난 여자 중에 이런 여인이 있었던가. 오늘의 이 만남이 무슨 열매를 맺어줄는지…… 대군공자는 보탑실리를 당장 품에 안고 싶은 것을, 숨을 들이켜며 참았다. "할바마마 되시는 충령왕전하 때부터 시작된 원나라 공주전하들이 개경 고려 궁에서 어떻게 지내셨는지 전설처럼 계속 들어왔고, 형님 되시는 충혜왕께서 원 황실의 부마로 상감이 되시고도 왜 그렇게 왕도(王道)에서 벗어난 패륜을 저지르셨는지, 그 비극 비참을 내 나름으로 짚어 보았소. 형님의 타고난 성정 탓만이 아니라. 어쩌면…… 원나라 공주와의 혼인 때문이 아니었나 싶었소. 원 공주 역련진반 공주에게서 아들 흔(昕)을 얻고도 형님의 영혼은 헛헛해서 어찌할 바를 몰랐던 게 아닌가 싶소. 원나라 속국이 된 고려는 백여 년간 시달리면서 고려혼(高麗魂)이 흐려진 것이오."

대군공자의 처연한 말에 보탑실리는 금방 얼굴이 어두워졌다.

"공자저하…… 그러하오시다면 저는…… 저는 어떻게 하여야 하옵니까?"

"보탑실리, 우리는…… 달라요. 우리는 정녕 그분들과 다르지 않소? 또 달라야만 하오."

대군은 조심스럽게, 그러나 보탑실리의 두 손을 단단히 잡았다. '우리는 다르다. 우리는 정책의 끈에 묶여온 것도 아니요, 나에게 고려의 아내가 있는 것도 아니다. 우리는 서로가 그리움을 키워가며 발원했던 사이다. 보탑실리, 보탑실리, 나는 그대를 위해서라면 무슨 일이라도 하겠소. 그대가 원하는 것이라면 어떤 일이라도 하겠소.' 보탑실리에게만 거는 맹세가 아니라 스스로에게도 다짐한 맹세였다.

*

연경의 겨울이 막바지에 치달을 무렵, 고려에는 국상(國喪)이 났다. 여덟 살에 즉위하셨던 상감 흔(昕)이 재위(在位) 4년 만에 승하하신 것이다. 고려 왕실에는 왕사(王嗣)가 끊겼다. 승하하신 상감 흔은 대행왕(大行王) 정(禎)의 적자(嫡子)로 역련진반(亦憐眞班)공주와의 사이에 태어난 장자(長子)였지만 그 수(壽)가 12세였다. 이제 대행왕의 서자(庶子)로, 희비(禧妃) 윤씨(尹氏)와의 사이에 태어난 저(眂)왕자가 있으나 이제 나이 겨우 열두 살이다. 어리신 상감의 국정 운영이 얼마나 많은 후유증을 감추고 있는지 대신들 모두가 알고 있다. 충신(忠臣) 열 명이 간신 하나를 이길 수 없는 것이 권력 싸움이었다. 백년 넘도록 원나라 섭정 그늘에서 연명해온 고려에, 이제 왕사까지 끊어진 형편에, 고려 조정에서는 원 황실의 하회만 기다리는 형편이었다. 충혜(忠惠)대행왕의 모제(母弟)로, 정(禎)의 아우가 일찍이 원나라 조정인 천정(天庭)에 입시하고 있는 왕기(王祺)가 있으니, 나이 열아홉이다. 원 황실에서는, 혼에 이어 또다시 희비에게서 태어난 어린 서자 저를 왕으로 세워야 하는지 선뜻 결정하기 쉽지 않은 눈치였다. 고려 조정은 뒤숭숭했다. 원의 황실이 어떤 결정을 내릴는지, 하회를 기다리며 눈치만 보다가 새해가 되었다.

새해 들어 원 황실로 세배드리러 가는 길에, 고려 사신들은 황실의 결정적인 하회 내리기만 바랐다. 첨의평리(僉議評理) 손홍량(孫洪亮)과 밀직부사(密直副使) 김인호(金仁浩)의 뒤를 이어 고려왕의 간택 문제를 들고 뒤따라온 사람은 판삼사사(判三司事) 곧고 바른 이제현이었다. 하지만 고려의 왕좌는 자리가 비어있는 채 얼른 그 주인이 정해지지 않았다. 물망에 올라 있는 사람이 둘이라는 것은 고려 조정에서도 원나라의 조정에서도 훤하게 알고 있는 터였지만, 황실에서도 낙점이 쉽지 않다는 것을 눈치로 알았다.

대행왕 충혜의 서자 저와, 대행왕의 친동생인 기(祺). 대행왕의 서자이기는 하나, 그의 나이 열둘이요, 대행왕의 아우는 열아홉이었다. 나이도 나이려니와, 원의 황실에서도 그동안 원 황실에서 시집보낸 공주와의 갈등이 얼마나 심각한 것이었는지를 알고 있는 터에, 고려의 새 임금을 결정하는 일은 그리 간단치 않은 문제였다. 황실에서는 입조숙위로 연경에서 성장한 왕기(王祺)의 인품을 눈여겨보던 중이다.

황제폐하의 덕음(德音)이 내려지기만 고대하며 고려관에 머물고 있던 참의평리 손홍량, 밀직부사 김인호와 판삼사사 이제현은 초조했다. 공자 왕기는 황실 공주의 아들이 아니다. 충혜대행왕의 서자이기는 하지만 왕자 저는 원 황실 공주의 핏줄이니 황실의 의중(意中)이 그리 기울기 쉽다는 것을 알고 있었기 때문이다. 표문(表文)을 가지고 와서 황제에게 올린 노대신(老大臣) 이제현은 고려관에 머물던 동안 강릉부원대군 왕기와 여러 번 독대했다. 노대신 이제현의 눈에는 왕기가, 역대 어느 왕보다 출중해 보였다. 그런데 정작 당사자는 왕권(王權)에 대해 초연(超然)이다. 꾸밈없이 고려를 근심했고, 고국에 대한 향수(鄕愁)가 눈물겨울 정도면서 내색하지 않는 인내심이 남다른 품위를 갖추고 있음도 보였다. '아, 바로 이런 분이 상감이 되신다면…… 그런데 왜 이 대군께서는 이렇게 왕권에 대해 관심 없으신가. 비록 변발에 호복을 하고 계시지만 이분은 뼛속까지 고려의 왕자다!' 이제현은 안타까웠다.

　　현재 고려 조정은 어지럽다. 그동안 어리신 선왕(先王)이 계실 때, 모후이신 역련진반 공주께서 당연히 수렴청정(垂簾聽政)하셨다. 고려의 왕비였으나 원나라 공주였다. 사사건건 대신들과 의견이 엇갈렸다. 조정이 조용할 날이 없었는데, 이제 앞으로 어떻게 돌아갈는지 불안하고 막막했다. 이제현은 충렬왕 27년에 나이 열다섯으로 성균시(成均試)에 장원하고, 또 병과(丙科)에 합격한 것으로부터 시작하여 내리 5대 왕조를 섬겨오던 재상으로, 높은 덕과 학식으로 오로지 곧은 길을 걸어왔지만, 혼자의 힘으로는 이 기우뚱거리는 고려를 지탱할 방법이 없음을 통절해하고 있었다. 그런데 노대신 이제현이 바라보는 왕기는 냉정하게 느껴질 만큼 담담 초연했다. 고려의 현실이 답답하다는 것은 대군 왕기도 통감하고 있는 일이었지만, 뾰족한 수가 없었다. 원나라 앞에 부복한 지 백 년…… 그 후의 고려 왕실에서는 아들이 아버지를, 혹은 아버지가 아들을 원나라 황실에 모함해 바치면서 고려의 왕의 자리가 공깃돌 놀듯이 튀기를 여러 번이었다. 그러던 끝에, 끝내는 형님 정(禎)같은 왕이 생겨, 한 나라의 임금이 귀양길에서 거리 죽음을 한 것이다. 답답하고 기막힌 일이기는 했지만, 공자 왕기는 그 미란(靡爛)한 왕정(王政)의 내부를 자세히 들여다보기조차 싫었고 왕이라는 말조차 입에 올리기 꺼려했다.

고려의 왕자 기(祺)에게 울분은 깊었지만 패기(覇氣)는 없었다.

고려왕에게서 아들이 태어날 때마다, 얼마나 밝고 희망찬, 아름다운 이름을 지어 올렸는가. 충혜왕 정(禎)의 이름은 '상서(祥瑞), 복(福), 바르고 곧다'는 뜻이었고, 아우 기(祺)의 이름은 그 글자의 뜻이 '복(福), 즐거움, 길조(吉兆), 마음 편한 모양'이었고, 충혜대행왕의 아들 흔(昕)은 아침, 해 돋을 무렵, 밝은 모양이었고, 서자 저는 태양, 해, 라는 거창한 뜻으로, 고려 왕자마다 그 앞날의 복을 한없이 넓혀, 나라를 크게 다스릴 왕이 되기를 빌어 지은 이름들이었다. 그런데 이름값도 얻지 못하고, 평민이 누리는 평안도 얻지 못한 고려의 불행한 왕이 되어 떠나갔다. 노대신은 밤에 잠을 이루지 못했다. 나랏일이 한없이 안타까웠다. 강릉부원대군 왕기에게 패기가 조금만 있었더라면…… 5대조를 섬겨온 늙은 재상의 가슴이 타 붙었다.

*

며칠 후 보탑실리의 아버지 위왕이 고려관으로, 고려왕 흔(昕)의 문상(問喪)을 왔다. 문상을 끝내고 위왕은 돌아갔으나 사람 하나를 남겨두고 갔다. 아버지 위왕의 뒤를 그림자처럼 따르던 딸 보탑실리였다. 보탑실리는 조용하게 공자 왕기의 사저(私邸)로 스며들었다. 공자 왕기는 보탑실리의 출현에 당황할 만큼 놀랐다. 여자들의 문상이 허락되지 않는 원 황실 예법을 어기고 나타난 보탑실리가 반갑기도 했지만 두렵기도 했다. 하지만 답답하던 차에 반갑기 그지없었다. 보탑실리는 상제(喪制)께 드리는 예(禮)를 깍듯이 다하고도 물러가려는 기색이 없었다.

"망극지통(罔極之痛)하오나, 전혀 심기를 바로 하옵시고, 고려의 앞날을 생각하소서."

강릉부원군 왕기는 보탑실리의 그 뜻을 얼른 알아차리지 못했다. 만날 때마다 새롭고, 볼수록 신기하고, 빛으로 감싸인 듯 지혜로운 이 한 사람…… 이 어여쁜 공주를, 이 슬기롭고 착하고 야무진 여인을 보내주시는 분이 환희천상으로 믿는 마음으로 합장을 드렸다. 보탑실리가 현신하자, 고려의 국상이고 고려의 장래 문제고 별로 심각할 것이 없었다. 그런데 오늘 보탑실리의 표정은 냉엄한 기운이 돌만큼 근엄하다.

"저하, 저는 오늘 저하를 사모하는 여자로서가 아니라, 참모(參謀)로서 뵈오러 왔습니다. 부디 용납 감안하소서."

"아니, 갑자기 무슨…… 그리 중엄한 말씀이오."

"상감이 떠나신 고려는 지금 어지럽고 힘이 없습니다. 주인이 당장 필요합니다. 이런 상황을 방관만 하고 계실 것이 오니까."

"낭자, 보탑실리! 갑자기 무슨 말씀을 하는 게요?"

공자 왕기는 보탑실리의 당돌함에 당황하여 낯을 붉혔다. 그러나 보탑실리는 주저하지 않고 양보할 기색도 없었다.

"저도 들어 잘 알고 있습니다. 저의 고모뻘 되시는 역련진반 공주께서는 수렴청정하신다면서 신하들과 놀아나…… 고려 왕실에 음란한 기운이 들이차고…… 죄송합니다. 사실을 사실대로 아셔야만 합니다. 고관대작들은 이리저리 이름 붙여 토색질이 자심하다 합니다. 얼마 전 고려가 친정이신 기황후께서 고려로 사신까지 보내시어 특별히 엄명하신 것을 전하께서도 알고 계실 것입니다. 기황후 당신의 친척들이 세(勢)를 믿고 백성의 밭이나 종(奴)을 빼앗는 일이 있으면 엄히 다스리겠다 하시지 않았습니까. 실상이 얼마나 심각했으면, 기황후께서 직접 그런 엄명을 내리셨겠습니까. 고려가…… 저하께서 사랑하시는 고국 고려가…… 기울고 있습니다. 아시겠습니까? 공자 저하께서는 어려서 고려를 떠나오신 이래로, 너무 오래 외지에 계시어 그 절실함이 덜하실는지 모르오나, 지금 고려는 기우뚱기우뚱 흔들리고 있사옵니다. 저하……."

막상 원나라 공주가 고려를 이리 심각하게 근심하고 있다니…… 공자 왕기는 보탑실리의 심각한 이야기에 정신이 아뜩해졌다. '아니, 이 어여쁜 공주는 나에게 무얼 어떻게 하라고 이러는가. 나에게 고려로 돌아가 왕이 되라고? 왕이 되라고? 그렇게 자기는 왕비가 되겠다고?…… 이런…… 이런……' 공자 왕기는 황망해 하며 낯을 붉히고 얼굴을 들었다.

"낭자, 보탑실리, 나에게 야심을 가지라는 뜻이오?"

"저하, 심기를 편히 하소서. 제발 심기를 편히 하시고 제 말씀을 새겨들으소서. 야심이 아니옵니다. 고려를 위해서 하시어야 될 일들이 있습니다."

보탑실리의 아름다운 얼굴은 다른 때와 달리 결의로 굳어져 있다. 반듯한 이마에는 찬 기운이 서리고 눈매는 날카로웠다. 그리고 그렇도록 화사하던 입매가 야무져 보였다.

"보탑실리, 나를 험한 곳으로 몰고 가려하지 마시오. 나는 그저 산수 좋은 곳에서 그림이나 그리며 한평생을 편히 지내고 싶소. 정말, 정말, 내 타고난 기질은 권좌하고는 인연 없습니다. 나는 왕도(王道)나 왕좌(王座)권력이 얼마나 무상한 것인지를 두고두고 배워온 사람이오. 공주, 나를 들레게 하지 말아주시오 제발. 왕 아니라 왕보다 백배 더한 권력을 쥐어준다 해도 나는 반갑지 않소, 다만 허락된다면 보탑실리 당신과 함께 여생을 유유자적 보내고 싶소."

강릉부원군 왕기는 어떻게 하면 자기의 절실한 뜻을 전할 수 있을까 안타까웠다. '보탑실리는 누구에게 무슨 말을 들었기에, 무엇을 기대하고 나를 고려로 끌고 가려하는 것일까. 나는……어떤 세력에도 결코 끌려가지 않을 것이다. 왕이 되라고 끌어간다면 결코 끌려가지 않을 것이다' 공자 왕기의 내심을 읽고 있던 보탑실리는 단정하게 앉은 자세를 다시 한 번 꼿꼿하게 추스르며 말을 가다듬는다.

"대군저하께서는 장부(丈夫)로 태어나셨습니다. 그 위에 고려의 왕자의 몸이십니다. 굳이 은둔하려하심은 장부다우신 뜻이 아닌 줄로 압니다. 저는 저하께서 산수를 찾아가신다 하면 결코 저하를 따르지 아니할 것입니다."

"낭자, 보탑실리, 그대는 왕실에 태어나 권력의 통쾌한 그늘에서만 살아온 사람이요. 그러니 자연의 거침없고 담백한 맛을 잘 알 수 없을 게요. 누구를 만나 혼인을 하던 자연을 배우시오. 이제부터 자연을 배우시오. 부디."

"저하, 저의 뜻은 그런 데에 있지 않습니다. 운명입니다. 오로지 저하 한 분 뜻있게 살아가심을 뵈옵고 싶어서입니다."

"낭자, 글쎄 우리가 하잔다고 내가 곧 임금이 되는 것도 아니지 않소."

보탑실리는 잠깐 고개를 숙이더니, 새로운 것을 결의하듯 얼굴을 들었다.

"대군저하, 우선 저를 데려와 주십시오. 부끄럽지만 저를 저하의 아내로 불러주십시오. 하루빨리 그리하셔야 합니다. 운명이라 하지 않습니까. 제가 저하를 섬기도록 허락해 주십시오."

보탑실리의 얼굴은 두견 빛으로 물들었다. 처녀가 그리운 사람의 품에 빨리 안기게 해 주시라는 요구를 당당하게 하다가 갑자기 스스로 너무 부끄러워진 것이다.

*

어린 왕 흔(昕)이 떠난 두 달 후. 원의 황실에서는 어쩔 수 없이 열세 살 왕저(王㫖)를 입조케 하라는 영을 내렸다. 역시 충혜대행왕에게서 서자로 태어난 저를 택한 것이다. 이어서 5월이 되자 원 황실에서는 원자 저가 왕위를 이어 고려 국왕이 될 것을 명했다. 역시 어린 상감이었고, 친모는 아니지만 역련진반 공주의 수렴청정은 계속 이어질 형편이었다. 고려 조정은 계속 원 황실 그늘에서 이리저리 흔들릴 형편을 면치 못했다.

고려의 강릉부원대군 왕기와 위왕 패라첩목아의 딸 보탑실리의 정혼(定婚)이 이루어진 것은 그 무렵이었다. 준비된 정혼이었다. 원의 황실도 고려관에서도 즐겁고 기쁜 기운이 넘쳐흘렀다. 고려의 어린 상감은 입조 석 달 만에 왕위 계승을 허락받고, 그 머나먼 5천 리 길을, 개경으로 되돌아가야 했다. 입조 3개월은, 연경으로 오던 길 5천 리의 객고가 미처 풀리지도 않은 기간이다. 어린 상감은 다시 그 무시무시한 5천 리 길을 돌아가 고려의 왕이 되어야 했다.

원나라 황궁(皇宮)에서는 고려 상감을 떠나보내는 잔치가 크게 열렸다. 이제는 약혼을 공표한 왕기와 보탑실리도 기쁜 마음으로 진연에 나아갔다. 한낮이 이운 시간에 두 사람은 그들이 처음으로 만났던 뒤뜰의 정자를 찾아갔다. 나뭇잎이 지고 달빛이 차갑던, 그 소소(蕭蕭)하던 밤에 비하여, 지금은 초여름 저녁의 미풍이 두 사람을 마중했다.

"저하, 후련하시겠습니다. 그렇도록 겁내고 싫어하시던 일을, 그 어린 조카님이 맡으셨으니 퍽이나 안심이 되시겠습니다."

보탑실리는 조금은 비꼬듯, 조금은 실망한 듯, 눈빛 팽팽하게 왕기의 심중을 떠보았다.

"순리대로 된 것 아니겠소. 모두가 다 부처님의 공덕이시오."

"그렇게 보이십니까? 그렇지 않습니다. 안심하시지 마시오소서. 이렇게 되어 돌아가는 일이 잘되는 일이라고 어떻게 보장할 수 있겠습니까. 나중에 맡으실 분에게 짐이 더 무겁고 커질 뿐이오이다."

공자 왕기는 정색을 했다.

"어찌하여 그대는 이렇듯 편하고 좋은 인생을 두고, 하필이면 그 무거운 짐을 질 생각을 계속한다는 말이오. 그렇듯 무겁고 어려운 일에 왜 집착을 하는지 모르겠소. 보시오, 이 저녁을. 해가 뜨면 뜨는 대로 아름답고, 봄이 오면 오는 대로 아름답고, 또 해가 지면 지는 대로, 별이 뜨면 뜨는 대로 이렇듯 자연은 순하고 아름다우니 즐겁지 아니하오? 왜 굳이 이런 것을 외면하려하오? 낭자는 왜 그렇듯 어려운 일에 마음을 붙들어 매고 있소. 무엇 때문이오?"

정자 안 탑(榻) 위에 나란히 앉았던 보탑실리는 왕기의 옆을 떠나

살며시 일어나더니 맨바닥에 무릎을 꿇었다. 그리고 약혼자의 무릎 위에 두 손을 얹었다. 비단옷 미끄러지던 소리에 이어 보탑실리의 영롱한 두 눈이 물기를 머금고 간절하게 사랑하는 사람을 바라본다.

"저하, 저는 저하를 뵙게 해줄 것을 부처님께 빌어왔습니다. 저하를 뵈어 그 지어미 되고 사랑받으며 세세토록 섬기고 살게 해 주십사고 빌어왔습니다. 그러나 제가 원하는 일만을 빌면 저의 욕심이 미움을 받을 것 같아 서원(誓願)을 따로 했습니다. 저하를 뵙고 저의 소원이 이루어지면, 저는 보다 많은 사람들의 복락(福樂)을 위해 살겠다고 맹세를 했습니다. 저 한 몸뿐이 아니라 저하까지도 그렇게 사실 수 있도록 제가 길을 닦겠다고 거듭거듭 맹세를 했습니다. 제가 여러 번 운명이라 하지 않았습니까." 보탑실리는 공자 왕기의 무릎에 얼굴을 묻었다. 그리고 조용하게 다시 한 번 되풀이했다. "저는 그 맹세를 저버릴 수가 없어서입니다. 그 맹세가 저하를 제게 인도(引導)했느니라 생각하면 저는 그 맹세를 저버려서는 안 되겠기에…… 두려워서…… 입니다."

보탑실리의 머리에서 올라오는 향기로 젊은 공자는 현기증이 일었다. 왕기는 그 순간 그 여인을 위해서라면, 아니 그가 원하는 것이라면 무슨 일이라도 해야만 한다고 생각했다. 이승에 이런 생(生)이 있었다니, 이러한 선물이 이승에 있었다니…… 그 선물을 이렇게 벅차게 받은 사람이 무슨 일인들 못해내랴. 공자 왕기는 허리를 굽혀 보탑실리를 안아 올렸다.

*

초겨울 햇살이 쌀쌀한 바람 사이를 은빛으로 빗기던 날. 고려의 강릉부원대군 왕기(王祺)와 원나라 위왕(魏王)의 딸 보탑실리(寶塔失里)는 결혼식을 올렸다. 혼례를 올리는 묘응사에는 원나라의 왕공대신(王公大臣)은 물론, 고려의 중신들도 모여들어 자못 성대한 분위기가 거리에까지 넘쳐흘렀다. 모두들 즐겁고 들뜬 기분으로 결혼식을 지켜보았고, 예식을 주관하던 묘응사 측에서도 왕공들의 혼례를 치르는 것이 처음이 아니었으니 또 한 번의 경사를 맡아 해주는 것으로 자부했다. 하지만 왕기와 보탑실리에게 숨겨진 묘응사의 인연을 알 수 있는 사람은 없었다. 신랑 왕기는 가슴이 터지도록 벅찼다. 어린 나이에 고려를 벗어나 연경살이를 한 지 9년. 그 십 년 가까운 세월이 조금도 억울하지 않았고 아깝지 않았다. 그저 모든 것이 대견했다. 이 세상에 있는 모든 것이 고맙고 대견하고 예쁘고 아름다웠다. 부처님이 무슨 값으로 이렇게도 귀하고 알뜰한 인연을 내게 주셨던고…… 싶었다. 이 값으로 내가 해야 할 일이 무엇인가. 겁이 날 지경이다. 큰 거리에까지 내뻗친 의장(儀仗), 왕공대신들의 성장(盛裝)한 모습. 기골 찬 말들이 끄는 화려한 혼례 수레들. 드디어 보탑실리의 팔보화련(八寶花輦)이 묘응사 앞에 당도했을 때, 연경 장안은 그 아름다운 신부를 향해 모두가 숨을 죽였다.

옥판(玉板)과 화잠(花簪)으로 장식한 큰 머리에, 모란꽃을 수놓은 붉은 비단 활옷을 입은 보탑실리는 연에서 내려 라마법사(喇嘛法師)와 신랑 왕기가 기다리고 있는 전각 쪽으로 걸어 들어오면서 살포시 눈을 들어 신랑 왕기를 바라본다.

두 사람의 눈길이 마주쳤다.

온 세상이 그 속에 있었다. 둘이 하나가 되는 완전한 생명이 꽃피는 순간이었다. 생명의 연대(連帶)에서 꽃핀, 그리고 열매 맺은 원점이 그 안에 있었다. 두 사람의 생명이 합쳐진 데서 이루어진 새로운 세계, 그 으리으리한 전각도, 라마법사도, 왕공대신들의 하객도, 두 사람에게는 보이지 않았다. 아니 이 세상의 모든 것을 그 세계는 완전하게 포용해 녹인 순간이었다.

묘응사에서 예식을 끝낸 두 사람은 원순제(元順帝)와 기황후가 기다리고 있는 대궐 정전(正殿)으로 들어갔다. 두 사람이 부부가 되었음을 고할 때, 순황제께서는 대단히 흐뭇해하시는 표정이 역력했다. 고려 황비 기황후께서도 강릉대군 내외를 후하게 대했다. 그리고 황실에서는 보탑실리를 승의공주(承懿公主)로 봉했다. 정전에서 다시 벌어진 진연은 온 대궐을 기름지게 만들었다. 신랑 신부에게 내려진 다담상을 비롯하여 대궐 구석구석까지 골고루 나뉘어진 사찬상에는 온갖 산해진미가 고루 갖추어졌다. 신랑 왕기에게는 대궐의 그 모든 법도와 계급과 치레가 번거롭게 느껴지기 시작했다. '산수 맑은 곳에 단 둘이 있었으면……' 그러나 어느 사이에 승의공주 보탑실리는 신랑의 그런 기분을 알아차리고 가만히 속삭였다.

"저하, 지루하시지요?" 공주는 따뜻한 미소를 띠고 조심스럽게 나직이 속삭였다. "저하, 모두가 우리 내외를 위해 기뻐해주고 있지 않습니까. 사람이 살아간다는 것 중에는 이런 기쁨을 서로 나누는 일보다 귀중한 일이 흔치않습니다. 마음을 열어놓으시고 즐거워하십시오. 오늘의 신부인 저를 위해서라도 그리해주소서."

공주는 아직도 무거운 예장(禮裝)을 갖춘 채 신랑을 위로했다. 머리끝부터 발끝까지 원나라 풍습대로 신부에게 치장한 예장은 어마어마했다. 무거워 보였으나 공주는 조금도 지친 기색 없이 음전하게 앉아서 신랑을 위로했다. 신랑 왕기는 열적게 웃는다.

"이제 나는 야단이 났소. 시집살이가 보통이 아니겠구료. 나는 공주저하 앞에서는 어린아이가 되고 마니…… 참 딱한 일이 시작되었소."

공주는 낯을 붉히고 고개를 숙이며 웃음을 감추었다.

신랑 신부는 날이 어두워져서야 고려관 북정(北庭)으로 돌아왔다. 그곳은 두 사람의 신혼을 위하여 지어진 새집이었다. 그 집은 처음에 공자 왕기의 뜻으로 짓기 시작한 것이었지만, 내부를 수장(修粧)하기 시작하면서부터는 승의공주가 몸소 드나들면서 내장공사를 총찰했고, 공주는 신랑 될 왕기에게 결혼 첫날밤까지 금족령을 내렸다. 집 짓는 근처엘 오지도 못하게 했고 까닭도 묻지 못하게 했다. 안 상궁만은 그 까닭을 알고 있을 것 같아, 강릉대군은 공주가 신랑을 새집 근처로 못 오게 하는 이유가 무엇이냐고 졸라 물었으나 웃기만 하고 끝내 대답을 피했다.

"안 상궁까지 벌써부터 내 편을 들지 않으려 하는구료." 섭섭한 뜻을 비추었으나 여전했다. "무슨 몽고 특유의 미신이 있는 게요?"

그래도 대답이 없기는 마찬가지였다. 혼례가 끝난 날, 밤늦게, 그렇듯 궁금증에 달뜨게 하던 고려관 북정 새집에 당도했다. 우선 대청으로 오르던 대군 왕기는 소스라쳤다. 대들보에서부터 마루청을 고려식으로 꾸민 것은 처음부터 계획된 일이었으나, 대청마루에 놓인 집기들이 너무도 그리운 고려 살림의 낯익은 것들이었다. 어찌된 일인가. 놀라서 서 있을 수도 없어 공자의 거처방인 서온돌(西溫堗)로 드는데, 그곳에는 더욱 놀라운 일들이 기다리고 있었다. 문갑, 사방 탁자, 책장 등 낯익은 것들, 아니 어려서 공자와 함께 살던 것들이 와 있었다. 그러고 보니 대청에 놓여 있는 뒤주며 꽃 항아리들도 어마마마이신 태후궁에서 낯익힌 물건들이었다. 눈물이 솟았다. 불현듯 다가가서 모든 집기(什器)에 뺨을 대어보고 싶었다. 도대체 어찌된 일이란 말인가. 감격에 겨워 눈시울을 적시고 있는데, 시비가 동온돌(東溫埃) 공주의 방에서 준비가 다 되었음을 알려왔다.

신랑이 첫날밤을 치르기 위하여 신부의 방으로 가야 할 차례다. 고려식 문살의 동온돌 영창으로 불빛이 따뜻했다. 문을 여니 아련한 향기가 떠돌고, 대례복 차림 그대로의 공주가 다소곳이 앉아 기다리고 있었다. 신랑은 한달음에 공주 앞으로 가서 마주 앉았다. 대례복 원삼받침 겹겹이 감추어진 손을 더듬어 잡았다. 그리고 공주의 거처방인 동온돌 실내를 둘러보았다. 이층장 삼층장, 이 또한 정든 물건들. 태후궁의 어마마마 거처방에서 보던 물건들이다. 그리고 손때가 묻지 않은, 전혀 새로 만든 의장들까지가 전부 고려 것 그대로였으니 공주의 마음 씀씀이가 여기에까지 미친 것이다. 신랑의 가슴이 터질 듯했다. '아! 하늘이 보내준 아내로다. 이렇게……이렇게…… 아름답고 지혜로운 여인이 내 아내라니! 보탑실리는 전생서부터 내 아내였구나……'

"공주, 공주! 개경의 궁전을 몽땅 떠 왔구료."

"어마마마께 청을 드려 나누어 주십사 하였습니다. 그리고 몇 가지는 몽고의 목수를 시켜서 그린 듯이 짜낸 것입니다."

어마마마란 시어머님 되시는 고려의 태후를 가리킴이다. '그랬었구나…… 그리 하느라고 나에게 금족령을 내렸었구나. 이 끝없이 영리하면서도 돌출하는 바 없고 순하면서 지혜로운 여인을 하늘이 보내주셨구나!'

"공주, 공주, 그대의 이 마음은 어디로부터 온 것이오? 빛나면서 따뜻하기 이를 바 없는 이 심정을 누구에게서 받아온 것이오?"

공주는 아미를 숙이고 신랑에게 잡힌 손에 가만히 힘을 실었다. 공주의 손을 잡고 있는 대군은 공주의 대답이 그 손에 있는 것 같아

가슴에 품었다.

"저하와 한마음을 이룬 사랑, 그 뜻일 뿐입니다. 연모(戀慕)를 혼사(婚事)로까지 이어주신 환희천불께서 주신 마음입니다. 저하."

대홍촉(大紅燭) 촛불은 향기롭게 타오르고, 그 불빛 속 공주의 얼굴은 달아오른 꽃이었다. 살쩍에서 공주의 체취가 살며시 풍겨 올랐다.

"공주, 이제 그만 이 무거운 대례복을 벗으십시다. 무거운 머리도 내리십시다. 종일토록 얼마나 힘이 드셨소? 내 가슴이 아리도록 미안하오."

신랑 왕기의 목소리가 살짝 떨렸다. 첫날밤의 시작이다. 가슴에서는 새로운 불길이 활활 타오르고 손끝은 허둥거려졌지만, 신랑은 신부의 대례복을 벗기기 시작했다. 화려한 대례복 속의 원삼받침은 다홍치마에 노랑저고리. 고려 신부의 옷이었다. 어느 한구석 허술한 데 없이 일습을 고려의 격식대로 찾아 맞춘 정성이 떨리도록 고맙고 고마웠다. '이 지혜롭고 아름다운 여인이 정녕 내 아내, 고려의 아내, 고려의 며느리, 고려의 어미가 되겠다는 의지가 이렇듯 뜨겁다니……'

"공주, 인연이란 어디에서부터 비롯되는 것일까…… 그리고 그 인연은 어디까지 가는 걸일까."

화관과 큰 머리를 벗고 대례복 또한 벗어난 공주는 보얀 경선(經線)을 가볍게 드러낸 몸으로 미소를 머금고, 수줍고 수줍어 고개를 숙였다.

"저하, 부부 인연은 팔천세(八千世)를 거쳐 만나게 되는 것이라 하였습니다. 저는…… 연모하는 마음이 다하지 않는 한, 세상 끝나는 날까지 인연도 다하지 않으리라 믿고 있습니다. 아니…… 어느 쪽이 먼저 세상을 떠나든 세상을 떠난 뒤에도 연모의 정은 떠나지 않을 것으로 믿고 있습니다."

"서로 연모가 이어지면 내세(來世)에서도 또 만날 수 있을까."

"저는 그렇게 믿고 있습니다. 저하. 그런데…… 이 밤에…… 제가 내세를 떠올리시게 하여……"

숙이고 있던 공주가 얼굴을 들었다. 볼을 타고 흐르는 눈물이 불빛 속에서 영롱한 보석이었다. 맑고 깊은 눈이 두 사람의 운명을 확인하듯 신랑을 바라본다. 가슴 설레게 만드는 빛나는 눈, 눈이 부셔도 끝없이 지켜보고 싶은 눈. 왕기 자신의 운명 위에 얹힌 아름다운 얼굴을 신랑은 하염없이 바라보았다. 신랑 왕기의 떨리는 손이 공주의 자줏빛 옷고름을 풀다가 말고 촛불 쪽을 바라보았다. 밝은 불빛 속에서 공주를 안기에는 너무도 벅찼다. 공주의 갸름한 속눈썹이 볼 아래로 그늘질 때, 신랑은 등촉의 불을 껐다. 그리고 불이 스러지던 순간, 신랑에게 묘응사에서 만났던 환희천상(歡喜天像)이 떠올랐다. 전신이 타올랐다. 불이었다. 남신(男神) 여신(女神)의 교합(交合). 남녀가 한 덩어리로 얽힌 쌍신체(雙身體). 묘응사의 환희천상은 이 순간을 위하여 나타났던가. 신부를 품는 순간, 비로소 쌍신체의 뜨거움을 실감하며 신랑은 신부를 안았고, 환희불(歡喜佛)이 된 신부에게 전신을 던졌다.

*

다음날부터 고려관 북정(北庭)은 바쁘고도 활기차게 돌아갔다. 강릉부원대군의 음식범절이며 의대(衣帶), 서온돌 내부의 시중까지가 고려의 격식에서 조금도 어긋남이 없도록 승의공주의 총찰로 이루어져 갔고, 공주 자신도 고려의 풍습, 고려의 말을 배우기에 영일이 없었다.

"공주, 공주는 그리도 고려가 좋소?"

대군공자는 공주가 하는 일들이 대견하여, 하루는 마주 앉아 진지하게 그렇게 물었다.

"저는 이제 고려의 아내입니다. 이제는 고려가 싫고 좋고가 아니라 고려인이 되겠습니다."

"언제 갈 수 있는 곳인지…… 한 번도 가본 일이 없는 나라인데도?"

"머지않아 갈 수 있습니다."

공주의 믿음이었다. 너무 애를 쓰는 것 같아, 대군은 공주가 안쓰러웠다.

"너무 서둘지 않는 게 좋겠소. 그러다가 싫증이 날까 두렵소."

"저하, 저는 저하를 따라 고려로 가기 전에, 이곳에서 고려의 모든 것을 완전히 익히려 합니다. 그리하겠습니다."

공주는 결의를 굳히듯 그렇게 말하며 아미를 숙였다. 쪽 곧은 콧날이 상아를 다듬어 놓은 듯 예뻤지만, 결의를 굳힌 듯한 입매는 여물었다.

"욕심이 대단하네. 고려관의 고려 여인네들보다 더 고려 여인의 태가 나겠소."

"고려 왕실에 시집갔던 원나라 공주들은 끝내 고려의 아내가 되지 못하고 원나라 공주로 일생을 마쳤습니다. 그분들은 고려 여인들에게 사랑을 빼앗기고, 그 사랑을 회복하지 못하고 외롭고 슬픈 일생을 살았습니다. 고려가 대원제국의 속국이었기 때문에, 공주들의 친정이 힘센 나라였기 때문에 남편 사랑을 얻지 못한 것이지요. 원나라 공주이기를 고집했기 때문입니다. 고려 여인이 되고자 하지 않았기 때문이지요."

승의공주 보탑실리는 한스러운 역사를 슬퍼하며 눈시울을 붉혔다.

"공주, 그대는 나를…… 고려 여인에게 빼앗길까 두렵지 않소?"

승의공주는 선뜻 대답을 못하고 남편을 그윽한 시선으로 바라만 보았다. 애달픈 표정이 되면서 눈시울을 적셨다. 공자는 얼른 승의공주를 가슴에 품었다.

"내, 한번 쓸데없는 농담을 했는데, 별 걱정을 다하는구료."

"저는 벌써부터 알고 있습니다. 저하께서 얼마나 몽고 여자를 싫어하시는지를, 또 몽고에 대해서도 한(恨)이 깊으심도 알고 있습니다. 왜 아니 그러시겠습니까. 제가 원나라 공주로 저하의 아내가 된 것이, 운명치고는 너무 고달프다는 생각을 버릴 수가 없는걸요. 저하와의 결혼을 두고 고려에서는 모두들 내심 그러실 겝니다. '그 것 보라고, 결국은 대군 왕기도 원나라 여자에게 장가들고 말았지.' 그렇게들 치부하고 계시다는 것을요. 그동안 고려 왕실로 시집가셨던 몽고의 공주들이 얼마나 억세고 소란스럽고 뻐기기장이었고, 그 위에 강새암꾼들이었는지 고려에서는 원나라 공주라면 속으로 머리를 흔들고 치를 떨고 있다는 것을 저는 너무 잘 알고 있습니다. 번번이 고려 조정을 뒤집어놓기 한두 번이었던가요. 그렇게 쌓인 역사를 어떻게 단번에 지워버릴 수 있겠습니까. 저는 그래서 시름이 깊습니다."

"공주, 우리는 팔천세를 거쳐 만난 인연이라고 하지 않았소. 그렇게 자신 있던 공주가 웬 장탄식이오?"

"혹여, 혹여…… 짝사랑 연모가 되지나 않을까……."

"내가 그대를 두고 고려 아내를 얻을 것 같소? 꿈에라도 그럴 것 같소? 내가 공주만을 지키다가 공주 앞에서 죽을 테니…… 그런 생각 마시오."

공주가 갑자기 깜짝 놀라 벌떡 일어나더니 문지도리를 탕탕 치면서 눈을 감는다. 지금까지 처연하게 이야기를 이어가던 공주의 뜻밖의 동작에 더욱 놀란 것은 대군이었다.

"아니, 아니 왜 그러시오? 갑자기 이 무슨 짓이요?"

공주는 대군 앞에 주저앉으며 창백해진 얼굴로 서둘러 입을 열었다.

"저하, 저하, 죽음을 입에 담지 마소서. 죽음을…… 저승으로는 제가 먼저 가겠습니다. 저는 저하보다 먼저 떠나, 죽은 뒤까지도 저하의 사랑을 독차지하는 호강을 하렵니다."

"허, 대단한 욕심이구료. 하지만…… 나를 두고 떠나다니, 무슨 그런 인사가……"

"세상 제일가는 욕심장이가 되렵니다."

"좀 전에 이야기를 하다말고 급히 일어나 문지도리를 친 것은 왜 그랬소?"

"너무 급했어요. 저하께서 죽음을 입에 담으셔서…… 귀하신 분이 죽음을 입에 담으시면 아니 됩니다. 그러시면 정말 명을 깎는 일이 됩니다. 그래서 예방을 하느라고 그랬습니다."

"문지도리를 치면 예방이 되요?"

"실수로 죽음이라는 말을 입에 담았을 때, 죽음하고 상관없는 문지도리를 두드려 깨워서, 그 주력(呪力)을 전달해주어 버리는 거예요."

"공주, 공주는 세상 떠난 뒤에까지도 사랑을 혼자서 독차지하고 싶을 만큼 그렇도록 간절하오?"

"팔천세를 거쳐 만난 인연이니 팔천세를 더 두고 간절해 한다 해도 그것이 못된 욕심이겠습니까, 저하."

대군공자는 다시 공주를 품에 안았다. 이 사랑을 위해 무엇을 어떻게 지켜가야 할 것인가. 오직, 아내를 품을 때 세상에 둘도 없는 뜨거움으로 품어 주는 사랑을 이어가겠다…… 대군의 합궁(合宮)은 때마다 환희불의 쌍신체였다. 공주는 대군의 뜨거움에 전신을 불태웠다. '이런 세상이 있었다니! 묘응사에서 고려의 왕기 왕자를 만나게 해 주십사, 몇 년을 발원하던 발원은 이렇게 불로 타오르는 영험(靈驗)이었던가.' 합궁은 공주의 생명 절정이었다. 연모를 이렇게 이루어지게 만들어 주신 묘응사의 환희천불께 한없는 감사를 드렸다. 묘응사, 묘응사……, 묘응사는 대군과 공주의 합궁에 불을 붙여준 신전(神殿)이었다.

공자 왕기는 승의공주를 맞이한 이후로 하루하루가 안타까웠다. 언제 하루해가 저물고 어느새 한 순(旬) 두 순이 흘러가는지 알 수 없었다. 겨울은 겨울대로 둘이서 첩첩 방문 속의 포근함이었고, 봄은 봄대로 둘만의 꽃구경 달구경이 하염없었다. 칠석(七夕)에는 견우직녀(牽牛織女) 별에게 내세의 부부인연(夫婦因緣)을 빌면서 술잔을 나누었고, 가을에는 명인들의 시와 그림을 나누어 보면서 흐뭇했다.

"그저 더도 덜도 말고 이렇게만 한평생을 살고 싶구료."

공자 왕기의 행복은 절정이었다. 그러나 태평하기만 한 공자에 비하여 승의공주의 내심은 초조했다.

"저하, 금년 들어 고려에는 왜구(倭寇) 왜적(倭賊)이 창궐(猖獗)한다지요. 지난 12월에는 거제(巨濟), 합포(合浦) 쪽으로 왜구들이 쳐들어왔다더니, 여름 들어서면서 계속 순천부(順天府) 장흥부(長興府)로 들이 밀리는데 왜선(倭船)들이 자그마치 6~70척씩 한꺼번에 온다 합니다. 고려가 전란에 휩쌓였습니다, 큰일입니다."

"아, 공주는 어떻게 그런 일까지 그리 상세하게 아시었소?"

"저하, 고려의 일이옵니다. 고려의 어지러움은 그뿐이 아니라 합니다. 저하께서 알고 계시면서도 말씀 아니 하시고 계신지는 모르겠습니다만, 벌써 두 번째 어리신 상감께서 즉위하신 지 3년째로 접어들었습니다. 어리신 상감께서는 철없이 밤낮 뛰어 노니시고, 안으로는 대비이신 역련진반 공주와 상감의 모후이신 희비(喜妃) 윤씨께서 각기 챙길 것만 챙기시고…… 궁궐 밖으로는 외척(外戚)들이 조심성이 없다 하니, 이 일이 장차 고려를 어디로 끌고 갈 일인지 앞이 캄캄합니다."

"공주, 공주가 왜 고려 걱정을 도맡아 하시는 게요? 고려 조정에도 사람들이 가득하고, 일 당하는 사람들이 대처하겠지요. 멀리 있는 우리가 무엇을 어떻게 도울 수 있겠소? 우리는 이런대로 그저 조용히 지내십시다."

공주의 진지한 근심이 대군공자에게는 버거웠다. 이제쯤 강릉대군 왕기에게는 고국 고려가 아득했다. 달려가 무엇을 도울 수도 없는 일. 어쩌라고? 연경에서 뼈가 굵어 가는데 어쩌라고? 아내 공주가 고려를 근심하는 상황이 오히려 갈등이었다. 두 사람만으로 충분히 행복하여 평화로움을 빼앗기기 싫었다. 어쩔 수 없는 일 아닌가. 그러나 공주는 여전히 심각한 표정으로 고개를 숙였다.

"저하, 우리의, 우리만의 복락이 길어지면 그 복락은 무력해집니다. 곧 권태로워지고 그렇게 되면 연모도 식어집니다. 행복이란 보람 있고 뜻있는 일을 하시면서 잠깐씩 얻어지는 성취에 주어지는 만족입니다. 저하께서는 시간마다 글 읽으시고 글 쓰며 그림 그리시는 일보다 더 귀하고 값진 일을 하셔야 합니다. 나라 걱정을 하십시오. 저하께서 하실 막중한 일이 기다리고 있습니다."

"내게 막중한 일이라니? 내가 할 막중한 일이 기다리고 있다니……
공주가 나를 잡아끌고 가려고 하는 길 같소. 내게는 내키지 않는……."

대군공자는 농을 섞어 불평했다. 공주는 남편의 농담 섞인 불평을 웃음으로 받으며 공자 앞에 무릎걸음으로 다가앉았다. 그리고 신랑의 손을 두 손으로 받들었다.

"하셔야 할 일이 있습지요. 너무 많습니다. 꼭 저하께서 하셔야 할 일들입니다. 다른 사람에게 맡길 수도 없고 맡기셔도 안될 일들입니다. 저하, 고려를 위하여 일을 하시다 보면 그것이 곧 저하께서 새로운 인생을 살아가시게 되는 밝은 길이라고, 신첩은 감히 말씀 올리겠습니다."

"공주, 공주는 무엇을 그리 지레짐작으로 나를 자꾸만 밀고 가려 하시오? 어떤 역할이 자연스럽게 온다 해도 크게 반길 일이 아니거늘…… 하물며 지레 찾아 나설 일은 아니잖소?"

"저하, 마음의 준비를 하셔야 합니다. 저하는 고려의 왕자십니다. 고려가 저리 풍전등화인데 고려에는 진정 고려를 위해 고려의 운명을 짊어질 인물이 보이지 않습니다. 마음의 준비를 하십시오. 운명이 전하를 부르실 때, 사람으로 태어나게 해주신 고마운 인연에 보답하는 길을 가셔야 합니다. 저하…… 마음의 준비를 하십시오. 이승의공주는 저하를 모시고 목숨 다하여 보필하겠습니다."

"하아…… 너무 무거운 주문이오. 공주는 여인이 아니라 내 앞의 대장(大將)처럼 나타나 나를 이끌고 가려 하네." 공자는 한숨을 섞는다. "인간에게는 각기 사람의 크기에 따라, 타고나는 그릇의 크기라는 게 있을게요. 작은 그릇에 큰 것을 억지로 담다가는 깨어지고 마는 원리를 알아야 하지 않겠소?"

"저하, 아스시오소서, 그리 말씀 마시오소서. 제가 처녀의 몸으로 공자저하를 만나게 해 주십사 불전(佛前)에 발원 기도드릴 때, 제가 받은 연기(緣起)의 한 대목이 있었습니다. 저하께서는 곧 고려로 가시게 될 것입니다. 그리고 위대한 분의 역할이 시작될 것이옵니다. 믿어주시옵소서 저하."

아직 어리고 아름답기만 한 아내의 너무도 무겁고 진지한 이야기를 듣다가 공자는 눈을 감았다. 승의공주의 뜻이 무엇인지를 알 수는 있을 것 같으면서 선뜻 수긍할 수 없는, 수긍하기 두려운 앞날을 피해가고만 싶었다. 대군공자는 번거로운 인생사를 생각하며 막막해졌다.

"공주, 내 하소연 좀 할 테니 들어보시려오? 나는 정녕 부귀도 싫고 공명도 싫소. 왕실의 진연 때마다 그 흔전만전한 음식과 물건들이 내 양심을 쥐어지를 때가 더러 있었소. 궁 안의 법도며 벼슬자리들이 모두 번거롭게만 보였소. 나는 그저 조촐하게 줄여 사는 조용한 평민이고만 싶구료. 할 수만 있다면 명산에 살면서, 밭 일구고 그림 그리며 평생을 살고 싶구료. 솔바람 소리, 나뭇가지에 얹힌 달, 뜬구름에 새소리를 듣는 일……, 그보다 더 변치 않을 친구를 어디에서 찾겠소. 공주를 얻은 지금의 나로서는 정녕 더 바랄 것이 없소."

"저하, 저하께서는 고려를 떠나오신 지 너무 오랩니다. 고려를 무엇보다도 사랑하고 계시면서, 지금은 어찌하실 바를 알 수 없어 그리하시는 것뿐입니다. 고려 백성의 뜻이 어디에 있는지를 헤아리실 때가 되면 저하께서는 그들에게서 등을 돌리시지 못하십니다. 그리 아니 하시게 될 것입니다."

"공주, 하지만 지금부터 미리 무거운 걱정을 짐질 거야 없지 않소. 우리 오늘 저녁은 무얼 하고 지낼까…… 공주가 이 저녁의 흥을 찾아내 주시오."

"정자 옆 산홍도가 한창입니다. 오늘은 열사흘 달도 있습니다. 그래서 작년에 담갔던 두견주를 걸러 놓았습니다."

"공주는 병 주고 약 주는 빈틈없는 선지자 아니신가?"

공주는 슬핏 드러난 버선발을 남치마 폭으로 감싸 감추면서 새삼 수줍게 웃었다.

*

보탑실리 공주가 고려의 공자 왕기를 처음 본 것은, 공자 왕기가 황실 진연에 들었을 때, 왕기 혼자 쓸쓸하게 황궁 주랑(柱廊)에 무연하게 서 있던 모습이었다. 원 황실의 부인네들이 더러 고려관에 머물고 있는 고려 왕자 왕기에 대해 숙덕거리는 소문을 바람결처럼 듣기는 했어도, 공자의 실물을 처음 보았을 때, 보탑실리는 울렁거리는 가슴을 주체할 수 없어, 주랑 기둥 뒤에 숨어 오래도록 왕자를 훔쳐보았다. 그리고 황실 진연이 끝나 집으로 돌아온 뒤에도 공주는 잠을 이룰 수 없었다. '그분, 고려 왕자는 원나라 남자들하고 어찌 그리 다를까. 그리도 맑고 단아하던 모습……' 입조숙위로 들어오는 고려 왕실의 왕자들이나, 고려의 사신들과 고려관의 시비(侍婢)로 들어오는 여자들이며, 심지어 공녀(貢女)로 끌려온 여자들까지 원나라 사람들하고는 크게 달랐다. 오죽하면 대원제국의 남자들이 고려 여인 하나쯤 꿰차고 있어야 원제국 대신의 위신과 명문가로 행세가 되는 줄 알고, 하나같이 고려 여인을 거느리고 있는 실정이 아닌가. 보탑실리는, 순황제께서 기씨를 황후로 올려 앉히기까지 소용돌이를 겪던 내막까지 세세하게 알고 있었다. 대원제국 11대 황제 순황제께서 정비(正妃)인 타나실리 황후를 내치고 고려 여인 기씨를 황후로 올려 앉혔을 때, 누구도 그 부당함을 간(諫)할 사람은 없었지만, 순황제께서 기씨의 이간질에 넘어갔다는 것을 모르는 사람도 없었다. 심지어 기황후는 세상에! 어마어마한 황후의 자리에 오른 뒤, 아들을 낳자, 아들을 대원제국의 황제 자리에 앉힐 욕심으로, 세자였던 순황제의 사촌 앤티구스까지 모함하여 쫓아냈다. 기씨에 대한 순황제의 고임이 얼마나 깊었으면 한 치 의심 없이 정비 황후며 세자 아들까지 뒤돌아보는 일 없이 쫓아냈을까. 그렇다고 기황후에게 무슨 고려의 혼이 남달리 살아있어, 훗날의 고려를 염두에 두고 꾀한 일들은 아니었다. 오직 자기 한 몸, 오직 저 한 몸을 위한 일이면 어떤 악한 짓도 서슴지 않았다. 자신도 공녀로 끌려왔으면서, 후궁이 된 뒤로는 공녀들에게 혹독했고, 공녀 중에 인물을 골라 원나라 대신들에게 바쳐, 환심을 사고, 대신들을 후려 황실을 농락하는데 쓰기도 했다. 어느 해, 원나라 전역에 가뭄이 들어 곳곳이 기근에 시달릴 때, 기씨는 "황제 폐하, 고려 땅은 원나라 땅하고는 다르게 비옥하여 곡식 소출이 넉넉합니다. 고려 곡물을 공납품(貢納品)으로 넉넉하게 받으시면 기근 근심을 덜 수 있을 것이옵니다." 그렇게 원 조정이 고려로부터 곡물을 훑어가게 만들어, 고려 백성이 원나라 백성 대신 굶어죽게 만들기도 했다.

조신하고 사려 깊은 보탑실리 승의공주는, 대원제국이라는 나라가 저지르는 일들이며, 원나라 황실에서 벌어지는 은밀한 일까지, 그 모든 것이 예사롭지 않다는 것을 알았다. 오래오래 사모하던 강릉부원군 왕기의 아내가 되기는 했지만, 고려의 앞날도 안갯속이라는 것을 알고 있어 안타까웠다. 대원제국(大元帝國)이라 배를 내밀고 있지만, 시간에는 한계점이 있다는 것을 공주는 알고 있었다. 기황후의 횡포를 건너다보고 있는 승의공주는 그 권력횡포가 언제인가는 끝이 난다는 것도 알고 있었다. 어쩌면…… 순황제께서는 기씨를 황후로 앉힌 대가로 너무 큰 것을 잃을 수도 있으리라는 것을 내어다 보았다. 그런 변화가 닥칠 때, 승의공주는 자신의 운명과 친정 부모의 운명을 고려에 의탁하는 것이 안전할 것이라는 미래를 몰래 바라보기도 했다. 강릉부원군 왕기 왕자에게 일생을 의탁한 승의공주에게는, 아무도 모르게 다짐해온 몇 가지 단계의 발원이 있었다. 첫째로 공주는 왕기 공자를 만나게 하실 것을 부처님께 빌 때에, 공자의 아내 되어 주시게만 허락하신다면, 내외가 힘을 합쳐 중생을 건지는 길을 찾아 나서겠다고 서원했다. 둘째는 사모하던 지아비를 섬기는 지어미 되어 그 지아비가 만인을 위해 크게 쓰이는 사람이 되게 해 주십사 발원했다. 셋째로는 지금까지 고려로 시집갔던 몽고 여자들이 저지른 온갖 못난 짓, 남편의 사랑도 얻지 못한 주제에 친정 권세를 이용해 고려왕조를 벌컥벌컥 뒤집어 놓았던 과거를 씻을 수 있는 고려의 아내가 되기를 발원했다. '나 보탑실리는 지난날의 공주하고는 다르다. 부처님이 허락하신 인연, 그 인연에 감사하여 지아비를 만인을 위한 어지신 상감되게 만들고, 이 세상 어느 여자도 해낸 일 없는, 오직 하나뿐인 보필자가 되겠다!' 서원했다. 그리고 네 번째로, 원나라 속국으로 짓눌려 지낸 고려의 백 년, 고려는 힘을 잃고 비틀거리는 중에, 안에서 파먹고 밖에서 뜯어 먹혀, 시달릴 대로 시달려 쓰러질 위기에 놓여있다. '이 난국을 남편과 아내인 제가 지혜와 힘을 합쳐 건져내게 해 주십사' 간절하게 발원했다.

*

고려관 살림의 안주인이 된 승의공주는, 고려관에서 숙위하고 있는 대군공자의 수종자(隨從者)들 중에서 조일신(趙日新) 김보(金普) 등에게 이따금 자연스럽게 차를 대접했다. 그리고 그저 지나가는 일상의 대화처럼 부담 없이 고려에 관한 이야기를 하도록 만들었다. 아름다운 승공주의 초대가 고맙기도 했거니와, 조일신 김보 등은 승의공주의 차 대접이 무엇을 뜻하는지 알았다. 고려 정국(政局)을 궁금해 하다는 것을― 원제국 어느 가문의 어느 공주하고는 다른 승의공주를 두 대신도 존경하지 않을 수 없었다. 원나라와 고려는 사신들이 연락부절로 드나든다. 원에서 사신이 떠날 때마다 승의공주는 시어머님 되시는 태후께 원나라 비단이며 귀한 차를 들려보냈고, 그들이 돌아올 때는 고려에서 귀중한 인삼이며, 고려 가구까지 들고 오도록 하명했다. 승의공주에게는 고려와 강릉부원군 왕기가 생명이었다. 고려의 일로 순제(順帝)의 마음을 움직이도록 만드는 일에는 친정아버지 위왕을 동원했고, 기황후에게는 승의공주 자신이 직접 알현하여 신임을 얻었다. 고려 중신 이제현, 윤택(尹澤), 이승로(李承老)에게 부탁하여 중서성(中書省)에 계속 글을 올리도록 했다. 승의공주는 그것이 지금의 고려를 구할 수 있는 유일한 길이라 믿어 조금도 머뭇거리거나 눈치를 살피지 않고 묵묵하게 일을 진행시켰다. 아직도 어린 상감을 뒤에 앉히고 수렴청정을 해가며, 조정대신들을 침소로 불러들이는 황음을 저지르고, 정사(政事)가 무엇인지, 고려 백성은 안중에도 없는 역련진반 공주를 그대로 두었다가는 고려가 어느 방향으로 어떻게 무너질지 알 수 없었다. 어떻게든 막아야 했다. 승의공주는 이미 뒤에 숨어 있는 정객(政客)이었다. 남편 왕기는 왕위 계승에 관심도 없었고, 눈치채일 만큼 예민하지도 않았지만, 아내 보탑실리 승의공주에 대한 신뢰는 연모(戀慕)보다 깊었다.

*

　원 순제 지정(至正) 십일 년(1352). 고려왕에 대한 원 순제의 결단
이 내려졌다.

　고려의 강릉부원대군, 원나라에서는 대원자(大元子)인 왕전(王顓: 왕
기)에게 고려국왕을 봉한다는 칙령이 내렸다. 고려의 어린 임금 충
정왕(忠定王)을 폐위시키고 충혜왕(忠惠王)의 아우, 왕전을 왕위에 올
렸다.

　승의공주와 결혼한 지 만 이 년. 결혼 두 돌을 바라보던 며칠 전의
일이다. 원 황실에서는 공자 왕기를 고려의 국왕으로 봉해준 일뿐
아니라, 세세한 뒷수습까지 도맡았다. 원나라 조정에서 단사관(斷事
官) 완자불화(完者不花)를 고려로 보내, 국새(國璽)를 거두어온 뒤에,
고려의 새 상감 왕전에게 바쳤다. 국새만 가져온 것이 아니라, 어린
상감 충정왕 저를 강화도(江華島)로 유배시키기까지 마무리하고 돌
아왔다. 어린 저(貯)를 왕으로 옹립할 때는 언제였는데, 저가 역련진
팔라 공주의 아들이 아니라, 희빈 윤씨의 아들이라는 이유 때문이었
는가, 어린 것을 유배까지 보내는 원 조정의 처사가 새 상감의 심중
을 무겁게 만들었다.

　하지만 연경의 고려관에 새 바람이 일었다. 열한 살짜리 왕기가
고려 개경을 떠나 지친 몸으로 도착한 이래 십여 년. 그저 고려 사람
들의 거처라는 이름뿐, 고즈넉하기만 했던 곳에 꽃구름이 일고 봄바
람이 불었다. 그동안 고려는 내리, 나이 어린 상감이 이름만 임금으
로 왕 노릇을 이어왔다. 더구나 왕대비 역련진반 공주의 수렴청정이
너무 길었다. 충목왕은 여덟 살, 충정왕은 열두 살의 어린 임금들이

었다. 두 상감이 연경으로 와서 잠깐씩 숙위하다가 즉위한 이래, 고려관에는 경사를 치를 일이 없었다. 공자 왕기 강릉대군이 고려관에 머물기 십여 년. 어느덧 고려관은 공자 왕기가 주인이 되었고, 욕심 없는 선비로 알려져 고려관을 찾는 사람들에게는 문향(文香)의 고향 같은 곳이 되었다. 떠들썩한 것을 싫어하는 공자 왕기를 따라, 고려관은 늘 정결하고 조용했다. 묵향(墨香)과 난향(蘭香)만이 감도는 듯, 글 읽고 그림 그리는 그윽한 향기만 감돌던 곳이다. 왕후장상의 체취와는 거리가 먼 선비의 향훈으로 젖어있는 곳이기도 했다. 그러던 집에 경사의 꽃이 활짝 피었다. 상궁들이며 시비들의 치마폭에서 신바람이 일었고, 들고나는 구종별배들의 왁자지걸 소리까지 흥이 넘쳤다.

*

고려왕 책봉식을 올리기 위하여 원나라 황실 대궐로 들어가는 준비는 복잡했다. 사흘 낮 사흘 밤을 발끈 뒤집고서도 자정이 지나서야 준비가 거의 마무리가 되었다. 승의공주는 상감이 입으실 곤룡포와 면류관을 시종에게 받쳐 들게 하고 상감이 되신 남편의 서온돌을 찾았다. 공자 왕기는 눈을 감고 안석에 기대어 앉았다가 승의공주를 맞았다.

"상감마마." 승의공주는 나붓이 한쪽 무릎을 꿇어 두 손으로 장판을 짚으며 고개를 깊이 숙였다. "막중하시옵니다. 참으로 하늘이 맡기신 막중하신 왕좌이시옵니다. 이제 고려의 억조창생이 오로지 마마 한 분을 우러러 뫼시고 있사옵니다."

"공주, 갑자기 거북하오 그려. 우리 오늘 밤만이라도 왕기와 보탑실리로 지내면 안되겠소?"

"상감마마, 위의(威儀)를 갖추시오소서."

그동안 아무도 모르게 노심초사, 이 자리를 위하여 생명을 던졌던 공주는 피로한 기색도 없이 깍듯하다. 공자 왕기는 다시 안석에 기대며 눈을 감았다. 그리고 혼잣말처럼 중얼거렸다.

"억조창생…… 억조창생…… 나 왕관 쓰느라고 우선 철모르는 어린 조카를 뚝 떨어진 섬에 내쫓아 유배를 보내고…… 어떻든 그분은 어리시지만 고려의 상감이시었소. 엄연한, 엄연한……."

"상감마마, 큰일을 위하시어 작은 일은 잊어버리시어야 합니다."

"공주, 부처님의 자비에 크고 작은 목숨이 따로 있습디까. 이렇게 시작되는 노릇이…… 이제 내가 고려에 돌아가면서부터 조정을 둘러싸고 벌어지는 온갖 권모술수(權謀術數)를…… 그 역겨운 자들의 온갖 흑심과 검은 그림자 속에 던져진 것이오. 어린 조카를 내치고부터 시작되는 일이니 왕의 자리를 지키는 동안 밀고 당기고 할 일이 작히나 복잡하겠소. 일은…… 이렇게 시작되는구료. 공주. 나는 지레 피곤하오. 우리 내외가……그동안 그저 조용하게 지내던 이 고려관이 얼마나 그리울는지……."

승의공주는 얼굴을 들었다. 눈물 가득 고인 눈으로 공자를 애절하게 바라보았다.

"상감마마, 상감께서는 이제 상감이시옵니다."

공주의 가슴은 안타까움으로 타 붙었다. 기백(氣魄)이…… 이분에게 기백이 있어준다면…… 오직 이분에게 필요한 것을 어떻게 채워드릴 수 있을까.

고려왕 등극의 잔치는 내리 며칠을 두고 계속되었다. 고려관과 원나라 대궐 양쪽에서 다투어 벌어졌다. 공자 왕기가 고려왕이 된 것을 축하하는 잔치와, 고려의 상감을 전송하는 송별연이었다. 승의공주는 한 가닥 수심을 아무도 모르게 지녔어도, 왕후의 격식을 조용하고 알뜰하게 치러냈다. 아름답고 위엄 있는 왕비의 격식이었다. 대궐 진연 때에는 기황후로부터 술잔을 받았다.

"만 가지 뜻을 다 이루었으니 그대에게 축복이 가득하오."

"마마, 황공하여이다. 모든 일이 황후마마의 음덕이시옵니다."

승의공주가 치하한 대로 기황후의 공도 있었다. 그러나 승의공주의 가슴속에는 기황후가 모르는 경계와 방어 그리고 공격에 대비한 세 가지 무기가 이미 준비되어 있었다. 기황후와 기씨의 오라버니가 고려에서 저지르는 행패를 소상하게 보고받아 온 승의공주의 내심은 노여움과 날카로운 경계로 이미 날이 세워져 있었다.

기황후는 원 순제의 애정을 독차지한 고려 여인. 공녀(貢女)로 끌려온 그가 황후의 자리로까지 오르던 동안의 파란만장을 잘 알고 있는 승의공주로서는, 기황후를 고려 사람이라고 믿지 않은 지 오래되었다. 기황후는 정비 타나실리 황후를 몰아내고, 대원제국의 다음 황제가 될 앤티구스 세자까지 물리친 무시무시한 여인이라는 것을 익히 알고 있어, 기황후의 앞에서는 늘 가시방석이었다. 기씨는 행주(幸州) 사람 기자오의 딸로, 초년에 불행하여 공녀로 끌려올 때는, 그 인생이 거기서 끝인 줄 알았던, 그런 참담한 비극을 딛고, 순황제의 총애를 받는 황후의 자리에 올라 태자까지 낳아 바쳤으니, 천하가 모두 그의 손에 있다 해도 과언이 아닐 정도였다.

그러한 딸의 아비와 그러한 누이의 오라비들이 어떠한 영화를 누리며 그 세도가 고려 안에서 하늘을 찌르고도 남는 상황이라는 것을 승의공주는 소상히 알고 있었기에, 새 상감이 되신 남편이 치르게 될 갈등을 미리 짐작하고 있는 대면이었다.

　기황후의 아비와 오라비가 고려 전국을 누비며, 남의 땅, 남의 물건, 남의 종을 마구잡이로 빼앗는 일이 부지기수라는 소식을 듣고, 기황후도 지나치다 싶었는지 서둘러 원나라의 사신을 고려 땅으로 보내 기가네가 저지르는 일을 막는 사태까지 벌어졌었다. 그렇게 원나라와 고려 사이에 걸쳐 기황후의 세도 그늘이 깊고도 무거웠으니, 이제 고려의 상감이 되신 남편의 앞길이 순탄치 않으리라는 예감에, 기황후의 축하를 받는 승의공주의 가슴은 무거웠다. 승의공주는 고개를 들어 기황후에게 잔잔한 시선을 건넸다. 기황후의 눈에 승의공주는 어린애다. 승의공주도 원 종실에 태어난 딸이었지만, 절대 권력자인 순제 앞에서 그들은 숨을 제대로 쉬어본 일 없는 집안이요, 고려 공자 왕기와 혼인을 시킨 일이나, 이제 그 왕기에게 고려국왕의 왕관을 씌워준 일들은 모두가 순제의 기량 하에서 이루어진 것이어서, 위왕의 딸 보탑실리쯤…… 기황후에게는 어린애와의 대면이었다. 생사여탈권(生死與奪權)을 쥐고 있는 쪽으로서는 보다 여유 있게 굴어주는 것이 그럴듯한 법. 사특하고 영리한 기황후는 알고 있었다.

　"승의공주…… 이제 혼인한 지 3년째던가. 그런데 아직 태기가 없다면 걱정이로구먼."

　공주의 가슴을 찔러온 화살이었다.

　"차차 있겠지요. 황후마마, 그렇게 마음을 써주시니 몸 둘 바를 모르겠사옵니다만, 저는 아직 나이 있사옵고, 상감께서도 아직 소년이십니다."

　"하기야 아직은 그다지 급해할 것이 없을 것 같기는 하다만……."

　기황후는 태자를 낳은 뒤에 발판이 더욱 굳고 높아졌다. 그러나 기황후가 모국인 고려를 위해 고려를 염려하는 마음이 있는 것이 아니라는 것을 승의공주는 꿰뚫듯 알고 있었다. 기황후가 고려 왕실의 왕사(王嗣)까지를 염려할 리 만무했다. 기황후는, 원나라가 고려에서 색출한 수많은 고려 여자를 공녀(貢女: 1333)로 끌어올 때, 누구보다 고국 고려에 대한 원한을 깊이 악물고 끌려온 여자였다. '나라가 망해, 나라의 딸들을 보호해주지 못하고, 상놈의 나라 몽고에게 끌려가게 만들어? 이제부터 고려는 내 고국이 아니다.' 그 많은 공녀를 헤치고 어마어마한 대원제국 황제의 총애를 받기까지 무슨 짓인들 못했으랴. 공녀로 끌려온 지 열아홉 해 만에 지금 대원제국 황실의 황후가 된 사람이다. 앞으로 원 황실의 세도를 업고 고려에게 무슨 짓인들 못하겠는가. 승의공주는 기황후 앞에서 공손하게 고개를 숙이고 미소를 띠어 대답했으나 불안해하던 점을 바로 찔린 듯하여 마음이 편치 않았다. 기황후는 그러한 여자의 내심을 알아차린 듯 어조를 더욱 부드럽게 만들었다.

"두 사람의 정분이 너무 좋다고 들었다. 원앙이 무색하다 합디다. 내외 정분이 너무 깊어도 아이가 생기기 어렵다던가…… 하기는 그동안 공주는 일이 많아 바쁘기도 했었지…… 이제 상감을 뫼시고 중전이 되었으니 안심하고 왕세자를 가져도 되겠고…… 또 같은 값이면 고려 땅에서 태어나게 하는 것이 더욱 뜻이 있겠소 그려."

"황후마마의 음덕을 입어 모든 것이 뜻대로 되리라 믿사옵니다."

공주의 수삽해하는 태도는 연약하기 그지없었으나, 마음속에 얽힌 생각은 그렇게 단순치 만은 않았다. 승의공주는 기황후의 내력에 대해, 원 황실 주변에서 오래도록 숙덕대던 기황후의 모질고 독한 기행(奇行)을 낱낱이 알고 있었다.

환국(還國)

　고려 상감의 어가(御駕)가 연경을 떠난 것은 동짓달. 칼바람이 살을 훑고 흙먼지가 앞을 가리던 철이었다. 연경까지 이르러 고려의 중신들이 어가를 모신 것은 물론, 원 순제는 실독아태자(失禿兒太子)와 직성사인 아홀(直省舍人 牙忽)로 하여금 의장(儀仗)을 거느리고 호행(護行)하여 떠나도록 만들어 주었다. 앞으로 5천 리 길을 가고 또 갈, 장엄호화의 행렬이었다. 공단장막을 겹겹으로 둘러친 어가의 수레 앞뒤로, 일산(日傘) 보검(寶劍) 등이 줄 닿았고, 불길에 훨훨 타며 나부끼듯 하는 고자기(鼓字旗)하며, 갈기가 잘 손질된 준마들의 힘찬 말발굽 소리와 코 울림 소리가 십 리 앞뒤를 내뻗혔다. 군호가 떨어지면서 수레가 움직이기 시작했다.

　그 순간 고려의 임금이신 강릉대군 왕정의 가슴이 터질 것 같았다. 얼마만의 귀국인가. 얼마만의 환국인가. 더구나 어가(御駕)를 타고 고려 개경으로 돌아가고 있다니— 열한 살 어린 나이에 눈물 머금고 개경을 떠나, 5천 리 북향길을 거쳐 연경으로 들어와 볼모살이를 한 지 몇 년인가. 십여 년의 통한(痛恨)이 그제서 제대로 눈을 크게 뜨던 순간이었다. 전신을 치달던 피가 갑자기 끓어오르고, 한편 눈물이 쏟아지려 했다. 어렸을 때 울면서 왔던 길. 기약도 없이 끌려왔던 곳. 이제 그 길을 왕관을 쓰고 떠나간다. '그러나 누가 씌워준 왕관이란 말인가. 내가 원했던 것도 아닌, 내 차례가 자연스럽게 온 것도 아닌, 그렇다고 내가 내 힘으로 빼앗은 것도 아닌, 그런 왕관을 얻어 쓰고서 나는 이곳을 떠난다.' 상감은 흔들리는 수레 위에서 몸을 고쳐 앉았다. 등뼈에 힘이 갔다. 두 주먹이 옥죄어 왔다. 이 왕관을 쓰고 고국으로 돌아가, 나는 어떤 임금이 되어야 하는가. 내가 그렇도록 떠나기 싫었던 어마마마 곁 개경을 떠나 연경으로 질질 끌려온 것은 고려가 힘을 잃었기 때문이었다. 고려의 왕이었던 증조부, 또 그 윗대의 할아버지들이 힘이 없었기 때문이었다. 그런데 나도 이렇듯 힘없는 왕이 되어 원나라 황실이 얹어준 왕관을 엉거주춤 쓰고 흔들려 가고 있는가. 왕관을 얻어쓴 허수아비가 되어 번쩍거리는 금관을 흔들면서, 개경에 앉아 원나라를 향하여 절이나 꾸벅꾸벅 해대며 자리를 지켜야만 하는가. 그럴 수는 없는 일, 정녕 그럴 수는 없는 일이다. 비록 왕관은 집어다 주는 것을 썼을망정 나는 당당한 고려의 왕자였다. 나는 정녕 고려의 왕자였다. 어린 조카들이 지키지 못했던 왕의 자리, 나는 그 자리로 돌아가, 그 왕좌를 왕좌답게 제대로 지켜야만 한다. 자리를 제대로 지킨다는 것은 그 값을 제대로 해내어야 한다는 뜻이다. 나는 비록 원나라가 만들어다준 왕좌에 앉게 되었지만, 그리고 아무리 고려가 지금까지 칭신(稱臣)하여 원나라 앞에서 고개를 들지 못했지만, 이제 내가 돌아가는 고려는 적어도 이전의 고려와는 다른 고려를 만들지 않으면 안 된다. 뚤루게〈禿魯花〉볼모, 인질살이는 나로서 끝나야만 한다. 나의 자식을 인질로 보내는 그런 일을 되풀이하지는 않으리라! 결코! 결코! 기왕에 어쩔 수 없이 뒤집어쓴 왕관, 기왕에 들이차고 앉은 왕좌, 하지만 새로운 힘을 일으켜 세워야 한다. 당장 정면 대항이 어려우면 고려 나름의 자체 세력을 구축해 나가야 한다. 우선 원나라의 눈치를 보아가며 설설 기는 것부터 쓸어내야 한다. 원나라 원나라, 원나라가 무엇이기에…… 십 년 넘게 붙박혀 살아본 원나라, 아무리 깊이 들여다보아도 별것 아니던 원나라다. 몽고가 펄펄하던 때는 징기스칸에서 시작되어 중원통일을 이룬 쿠빌라이까지인 것. 갑자기 솟구쳤던 힘으로 휩쓸었던 몽고는 문화의 기초로 쌓아올릴 바탕도 없는 족속이었다. 거칠고 단순한 상놈들이었다. 그러한 몽고 앞에 백 년 가까이 허리를 굽혀온 고려. 이제는 그 허리를 펴지 않으면 안될 때가 온 것이다. 원나라의 손가락 끝에서 놀아나던 고려를 그 손끝에서 떼어놓아야 한다. 그런 뒤에 고려 백성을 고려인으로 다스려야 한다. 할아버지, 아버지, 형님들 같은 허수아비 노릇은 하지 말아야 한다.'

흔들리는 어가 안에서 고려의 새 상감은 주먹을 쥐었다. 어가 뒤에 보장(寶帳)가마를 타고 따라오는 승의공주가 든든했다. 아내는 스스로 원나라 여자이기를 버리겠다고 다짐했다. 개경에 도착하여 왕궁에 들면, 원 황실의 눈치를 볼 것 없이 변발부터 고치고 호복 일습을 버릴 것이다. 원나라 연호와 관제 일체를 폐할 것이다. 끈질기게 내정(內政)을 간섭하던 원나라의 정동행중서성이문소(征東行中書省理問所)부터 폐지할 것이다. 그리고…… 온갖 포학으로 순황제의 황후가 된 기가(奇家)네, 그 중에도 그 중 악랄한 기철(奇轍)일파를 처단할 것이다. 그들의 횡포는, 고려 왕실로 시집왔던 원나라 공주들보다 넘쳤다. 고려를 흔들고 고려를 좀먹고, 고려를 넘어뜨리고 말 기세다. 그들을 좌시했다가는 고려 왕실을 짓밟고, 고려를 망치고 말 것이다. 그리고…… 원나라의 쌍성총관부(雙城摠管府)가 차지했던 고려 영토를 찾을 것이다. 오래전에 원나라가 차지했던 요동(遼東)땅을 찾고, 동녕부(東寧府)를 쳐서 오로산성(五老山城)을 회복하리라. 잃었던 국토를 찾고, 백성들을 억울함에서 벗겨, 백성들이 빼앗겼던 땅이 있으면 찾아주고, 억울하게 노비가 된 가문이 있으면 가문을 찾아주고, 백성이 배곯는 일이 없도록 농토를 다스리겠다.

어가의 흔들림은 생동감으로 이어졌다. 수레바퀴 자국에서 고려의 피가 솟아나 새 상감께 고려의 피를 수혈하고 있었다. '하늘이 오늘의 나를 위해 승의공주를 주셨다. 아내와 의논하면 아내는 얼마나 기뻐할까. 고려왕의 왕비가 된 아내는, 이제부터 뼛속까지 고려인이 되겠다고 맹세하지 않았는가.' 아내 승의공주가 오래전부터 꿈꾸어 오던 환국의 길이다. 어린 나이에 연경으로 끌려가 있던 동안, 침전되었던 고려의 피가 용솟음치기 시작했다.

"대전마마, 무슨 생각을 그리 골똘히 하시옵니까."

연경을 떠나 며칠 밤을, 원나라 땅 여관에서 머물던 끝에, 승의공주가 원하여 상감의 수레에 동승한 공주가 공손하게 여쭈었다. 상감의 표정에 민감한 승의공주는, 수달피 모자 밑의 얼굴을 갸웃이 숙이며 조심스레 여쭙는다. 마구 흔들거리는 수레 속에서 공주의 얼굴은 하얀 옥구슬처럼 해사하다. 상감은 잊고 있었던 보물에 다시 눈이 간 듯 얼른 공주의 두 손을 잡는다.

"고려 사람한테 시집을 오니 이런 고생을 하는구료. 이제 몇십 일, 아니 자칫 하다가는 몇 달을 이렇게 춥게 가야 할 텐데 고생스러워서 어찌 하겠소. 내가 품에 안고 가리까?"

"저를 안으시면 수레가 한옆으로 기울어져서 가는 길이 더딜 것이

어요."

공주는 즐거워 못 견딘 듯 소리쳐 웃었다. 이렇도록 천진하기만한 여자의 어느 곳에 그런 지략이 숨겨져 있었던가. 소리도 그림자도 없이, 냄새도 바람결도 없이, 감쪽같이 일을 마무리지어낸 공주의 슬기로움이 이렇듯 신기하고 신비스러울 수가 없다.

"공주, 내 인질살이 십일 년을 결국 공주가 건져주었구료."

"대전마마, 농담에 가시를 두셨습니다."

"떠나는 길에야 비로소 감추어졌던 가시가 돋는구료."

"원나라는 외가이십니다. 아버님의 외가이시고 할아버지의 외가이십니다. 그리고 또…… 외가이면서 이제는 처가가 된 나라입니다. 그런데도 그리 절치부심하시렵니까."

공주는 웃음을 담고 슬쩍 떠보듯이 그렇게 말을 건네본다.

"외가이면서 그리고 처가인데도, 고려에게 계속 가시돋힌 일을 하고 있으니 낸들 어찌하겠소."

"전하……, 이제는 원나라 눈치를 보실 일이 없으십니다. 그 가시를 계속 굳게굳게 만드셔야 합니다. 저를 찌르시는 일만 빼고요."

연경의 고려관을 떠나던 순간부터 남편인 상감께서 무엇을 느끼며 생각하고 있는지를, 무슨 결심을 다져가고 있는지를 알고 있는 공주는, 강릉대군 시절의 대군 같지 않고 새로운 각오를 다짐하고 있는 기상이 엿보여 가슴이 뿌듯했다. 공주는 마음 놓고 상감에게 상체를 기대어 응석을 부렸다.

"공주, 드디어 공주가 이기셨소."

"무슨 말씀이오니까."

"나를 이 길로 떠나게 만들었으니, 이제 정녕 고려의 왕이 되겠소. 정녕 임금다운 임금이 되어 고려를 일으켜 세우겠소."

"상감마마."

공주의 눈시울이 젖는다. '고마우신지고, 고마우신지고. 아아, 내 연모의 지아비이신 분이 드디어 고려의 상감이 되어 고려를 다스리시겠다고 약속을 하신다. 너무 기쁘고 든든해서 눈물이 나는구나' 공주는 남편 상감의 가슴에 얼굴을 묻었다.

"하지만 조건이 하나 붙소. 공주가 내 편을 들어주고 내 옆을 지켜주는 한에서요."

"아무렴요, 마마. 아무렴 그리하지 않겠습니까. 하지요, 합니다. 무슨 일이라도 하렵니다."

공주의 뜨거운 눈물이 상감의 품을 적셨다.

"중전, 우리 두 사람 힘에다, 저 중신들의 충성을 합치면 겁날 일도 어려울 일도 없을게요."

어가를 받들고 가는 중신들 중에서도 김보(金普), 정환(鄭桓), 신소봉(申小鳳), 정세운(鄭世雲), 김득배(金得培), 김용(金鏞), 유숙(柳淑), 목인길(睦仁吉), 강중경(姜中卿), 조익청(曹益淸) 등은 연저(燕邸:연경의 고려관)에서 줄곧 상감을 섬겨오던 신하들이다. 그중에서도 승의공주의 뜻을 받들어 공주의 지시를 물샐 틈 없이 수행한 공신(功臣) 찬성사(贊成事) 조일신(趙日新)은, 어가보다 한 걸음 앞서서 상감께서 재가(裁可) 제수(除授)하신 비목(批目)을 가지고 고려로 들어갔다.

연경에서 한가로이 강릉대군을 숙위하던 신하들은 이제 더할 나위없는 활기를 한꺼번에 얻었다. 어가를 모신 걸음은 하늘을 기운차게 나는 솔개와도 같았다. 이제 돌아가면 그들은 고려 조정의 중신(重臣)들이 된다. 그들을 주축으로 고려의 조정은 새로운 기운으로 활기를 얻고 고려를 이끌어갈 것이다. 고려의 억조창생이 모두 그러하지만, 특히 이들 수종공신들에게 있어 새 상감은 특별한 지존이 아니실 수 없는 분이다. 새로운 뜻으로 더욱 귀하게 더욱 정성껏 모시고 섬기지 않을 수 없는 분이다.

"공주, 우리가 이 길을 돌아가는 것을 끝으로, 다시는 더 아무도 이 길을 나처럼 끌려가고 나처럼 오래오래 연경에서 외롭게 지내는 일이 되풀이되지 않도록 하십시다. 우리…… 우리 아들일랑 이 길을 결코 나처럼 끌려가는 일이 생기지 않도록 우리, 단단히 고려를 지킵시다. 그대의 지략과 용기가 정녕 필요하오."

상감은 공주의 얼어드는 두 손을 당신의 손 사이에 마주잡고 호호 불어 비벼 녹여주다가 가슴에 품었다.

*

고려 궁궐 강안전(康安殿)에서 새 상감의 즉위식을 올릴 때에, 만조백관은 저마다 새로운 감회에 혹은 눈시울을 적셨고, 혹은 가슴을 쓸어내렸고, 더러는 만만찮은 신음을 삼켰다.

며칠 있으면 정월 초하루.

연경을 떠나, 혹독한 겨울 길 오천 리를 줄곧 달려왔으니 여독을 달랠 시간이 필요했으련만, 상감은 조금도 지체하지 않고 강안전에서 즉위식 올릴 것을 하명했다. 하루가 급했다. 격식 따라 즉위식 용처(用處)에 돈 들 일을 금했다. 춘추 스물둘, 아직도 소년티가 남아 있는 젊으나 젊으신 상감마마이시다. 그러나 이제 새로운 결의가 확고한, 오천 리 환국(還國)길에서 몇 달을 다지고 다진 왕도(王道)를 엄하게 하명하신 결의를 받으며, 중신들은 상감의 용안을 우러러 뵈었다. 청백(淸白)한 충신들은 이제야 성군(聖君)이 나셨구나 안도의 숨을 내쉬었고, 권력을 마음껏 이용하던 고관들은 이제부터는 만만치 않을 것 같아 불안했다.

즉위 즉시, 유고(諭告)를 내린 데에서 상감은 고려경시(高麗更始)를 만백성에게 일깨우고자 했다. 새 임금님을 맞이하여 새 출발한 고려, 모든 것을 새로운 각오로 개혁하려는 고려, 군신(君臣)이 뜻을 합쳐 면목일신하는 고려를 만들겠다는 상감의 간절함은 고려의 전 국토가 뜨겁게 닳아 오르도록 만들었다.

상감께는 정월 명절도 없었다. 일사불란하게 정사(政事)만 보살펴 골몰했다. 우선 변발 호복을 없애기로 하고 대신들 뜻을 물었다. 더러는 원나라 황실이 어떤 반응을 할 것인지 두려워하는 대신들이 있었다. 감찰대부(監察大夫) 이연종(李衍宗)의, 너무 성급하게 시행할 일이 무슨 변을 불러오는지 근심하는 제안도 있었지만, 상감은 단호했다. "먹고 입고 쓰는 물건이 내 나라 것이 아니면…… 남의 풍습을 그대로 따라가는 백성이 달라지지 않는다면, 고려 혼이 힘을 잃었음을 말하는 것 아니겠소? 경들이 아직 그런 몰골로, 계속 변발에 호복을 하고 고려를 다스리시겠다는 것이오?" 연경에서 변발을 당할 때, 가슴 찢어지던 아픔을 되살려, 상감은 대신들을 나무랐다. 개경에 도착하자마자, 변발 꼬리를 자르고 호복을 벗은 뒤에, 고려 복을 입고 있는 상감의 꾸중에 대신들이 숨을 죽였다. 변발은 우선 상스럽다. 머리 모양을 만들려면 시간이 많이 걸린다. 그리고 그 꼴이 무어냐. 변발을 해서 어쩌자는 게냐. 원나라 뱃속엘 들어갔다가 나오질 못해 한이 되는 사람들처럼…… 그 위에 호복까지? 무엇이 그리 좋아서 그 점잖지 못한 옷을 계속 입겠다는 것인가. 속국살이 백여 년, 고려는 간데없어지고 고려 전토가 원나라로 바뀐 지 오래되었다. 다 벗어버리자. 깨끗하게 치워버리자. 고려, 새 고려를 우리 힘으로 일으켜 세우자, 그렇게 고려를 일으켜야 한다.

그리고 상감께는 무엇보다도 급한 일이 따로 있었다. 그것은 고려 조정에 오래도록 묵은 환부(患部)와도 같은 문제, 정방(政房)의 문제였다. 고려 역대 왕들의 금관(金冠)에서 빛을 잃게 만들고, 고려 왕좌에서 안정성을 빼앗아 기우뚱거리게 했던 것은, 원나라의 세력만 원인은 아니었다. 바로 그 정방이라는 것을 깔고 앉아서, 하고 싶은 짓을 마음대로 할 수 있었던 권문세족(權門世族)들의 야심과 횡포가 고려를 시들게 만든 원인이었다. 정방은 무인정권(武人正權)을 휘두르던 최씨 집권기(崔氏執權期)에 태어난 권력남용의 기형적 온상이었다. 무인권력의 세도가 하늘 높은 줄 모르고 드날리던 무렵, 가장 화려한 경력으로 만들어진 권문세도의 손잡이였다. 최충헌(崔忠獻)의 아들 최이(崔怡)는 정방을 자기 사가(私家)에 설치했다. 그리고 문무백관의 인사행정을 마음대로 쥐락펴락했다. 뿐만 아니라 나랏돈을 혼자 주물을 수 있는 전정(錢政)의 절대권력까지 장악할 수 있는 자리로 정방의 토대를 굳게 다졌다. 최가 일문은 대대로 정방 위에 올라앉아 한없이 세도를 누렸다. 최이의 아들 최항(崔沆)도, 또 항의 아들 최의(崔誼)도 그렇게 대대로 이어 수탈했다. 그렇게 누리고 또 누리다가 그들이 몰락해버린 뒤에도 정방(政房)은 그대로 남아서 대를 이었다. 세월이 이어지는 동안 권문세족들이 오로지 호시탐탐 노리던 것은 정방을 쥐고 흔들 수 있는 손잡이였다.

상감께서 즉위하셨을 무렵에도 정방에서는 여전히 악취가 풍겨나고 있었다. 대호군(大護軍) 성사달(成士達)은 정방을 깔고 앉아, 벼슬사십여 자리를 멋대로 요리했다. 젊으신 상감은 지체 않고 추상같이 성사달을 잡아들여 옥에 가두었다. 썩어가는 환부(患部)를 도려내는 데 망설이지 않았다. 새 상감님의 결단을 누구도 막을 수 없었다. 추상같고 절대적으로 옳은 길이었기 때문이다. 상감은 과감하게 정방에 손을 댔다. 그렇게 누구의 눈치도 보는 일 없이 단숨에 깨끗이 도려냈다. 왕실 주변 조정에는 함부로 굴러다니는 작위(爵位)와, 군(君)으로 봉해진 수많은 귀족들이 빈둥거리며 녹봉(祿俸)을 갉아먹고 있었다. 밖으로는 왜구들이 계속 집적대고, 안으로는 나라 창고가 비어있다시피 하였으나 별 무대책이었다. 정방을 도려낸 후에는 빈둥거리는 자들의 봉록도 과감하게 끊어버렸다.

개혁은 이십 중반의 젊으나 젊으신 상감이 감당할 만큼 수월하지 않았다. 정무(政務)를 마친 밤이면 혈색까지 창백해졌다. 아내 승의공주가 밤새워 상감 곁을 지켰다.

"전하마마, 참으로 제가 모시고 있던 분 같지 않으신 결단력에 제가 계속 몸이 떨립니다. 하지만 속력을 조금 줄이소서. 옥체 미령하실까 두렵고, 전하의 결단에 손해본다는 자들이 무슨 음해를 꾸미는지 두렵사옵니다."

"공주, 그런 것이 두려웠으면 내가 공주의 뜻에 이끌려 고려의 왕관을 쓸 때, 생각이나 결단 없이 받았겠소? 내가 아무리 문약(文弱)하다고 손가락질받던 왕자였지만 말이오. 우리는 힘을 합쳐 고려를 개혁하기로 약속하지 않았소? 그래서 공주께서는 원나라 친정 눈치보는 일 없이 원의 풍속을 쓸어내고 고려 왕비로 나를 돕고 계시지 않소? 내가, 그대의 지략 없이 이 힘겨운 일을 할 수 있었겠소? 그대는 고려의 만조백관을 모두 합친 것보다 더, 용기와 지혜로 나를 뒷받침하고 있는 나의 가장 힘센 대신(大臣)이오."

"전하, 팔천세의 인연되어 전하의 아내 된 저의 운명이라 하지 않았습니까. 저는 이제 꿈에도 원나라 여자가 아닌 고려의 왕비입니다. 전하께서 진행하시는 모든 개혁은 제가 목숨 바쳐 뒷받침되어 드리고, 전하께서 다스리시는 고려 백성의 지어미가 되도록 고려에 목숨을 드리겠습니다. 저의 운명, 전하를 사모하는 저의 영원한 연모(戀慕)입니다, 전하."

고려 옷 치마저고리를 입고 있는 승의공주의 볼이 눈물로 젖었다.

*

상감은 역대 선왕(先王)께는, 시호(諡號)를 올리고 사직제사를 극진히 할 일에서부터 사당을 수리하는 일까지 몸소 총찰했다. 그리고 사당 봉사(奉祀)하는 일까지 유고(諭告)로 뜻을 간추렸고, 선교사원(禪敎寺院)을 중수해 사용하게 하는 한편, 곳곳 산을 허물어 절을 짓는 불사를 함부로 하지 못하게 하고, 승려에게는 도첩(度牒)이라 하여 신분증을 만들어 민폐에 대비했다. 이렇게 왕실 주변을 정리하고 선조봉사(先祖奉祀)에 마음을 쓰며 불교 문제를 다스린 뒤에 백성들의 억울한 사건을 구석구석 보살폈다.

가난한 백성이 자식을 종으로 팔았을 때 삼 년이 지나도 놓아 보내지 않는 자를 엄하게 다스렸고, 부세(賦稅)를 낮추었다. 기일을 정하여 종사를 공평하고 정확하게 받들도록 했고, 권문호족들이 법의 테두리를 벗어나서 백성에게 가하는 형벌에 대하여도 신칙(申飭)했다. 백성을 향한 자애뿐만이 아니라 삼라만상 모든 것에게 골고루 닿을 자비로, 산림(山林)을 불사르지 말 것과 유충(幼蟲)과 알밴 것들을 죽이지 말 것과, 새끼 사슴을 죽이지 말 것을 공표했다. 따라서 봄과 여름에 불을 놓고 사냥하는 폐단을 전적으로 막았다.

*

기실 그동안 원 앞에 칭신(稱臣)하고 지내온 고려의 내정은 국가라고 할 수 없을 만큼 허술했다. 어느 것부터 손을 대어야 옳을지 선뜻 판단이 가지 않을 정도였다. 상감은 당신의 몸가짐에 대한 것에도 극력 조심했다. 첫째로 군주(君主)의 총명을 가로막는 폐행(嬖幸), 간신(奸臣)을 경계했다. 승의공주가 대신들을 면밀하게 살피는 대역을 맡아주어, 상감은 왕실에 자주 드나드는 대신을 경계했다. 그리고 대언(代言)의 상주(上奏)를 자주 받기로 했다. 그리고 서연(書筵)을 열어 시신(侍臣)을 늘 머물게 하고, 옛 성인들의 경서와 사기(史記)를 깊이 공부했다. 왕비 승의공주는 정사를 펴 나아가는 상감의 뒷전을 늘 면밀하게 살폈다. 공주는 활짝 열린 상감의 기개를 바라보며 부처님께 합장했다. 왕이 내전으로 들면 왕비의 따뜻한 반가움은 내전 전체에 꽃바람이 되었다.

"상감마마 듭시오."

시위 소리가 나면, 승의공주의 가슴은 언제나 설렜다. 이제는 연저(燕邸)에서 뵈옵던 남편이 아니다. 억조창생을 굽어보시는 오직 한 분, 그 한 분을 남편으로 섬기는 왕비, 영원한 연모로 섬김을 드릴 수 있는 왕비였다. 중전이 꽃 같은 궁녀들을 거느리고 전 밖에 부복해 있노라면, 공주의 가슴은 자랑과 기쁨으로 터질 듯 했고, 우러러 뵈면 처음 만남처럼 상감의 옥골(玉骨)이 눈부셨다. 상감께서도 승의 공주의 연모가 가슴으로 전해지는지, 지밀궁녀 내시들이 늘어서 있는 앞에서도 왕비의 손을 다정하게 잡고 안으로 드신다.

"중전, 오늘은 무엇으로 소일을 하시었소."

"종일 대전마마 돌아오시기만을 기다렸습니다."

"아무 일도 아니하고?"

"오늘은 대전께 드릴 연복(燕服)을 한 벌 끝마쳤사옵고, 수라간에서 대전께서 좋아하시는 음식 장만을 직접 지휘했습니다."

"한꺼번에 그렇게 많은 일을? 고단하시겠소."

"황공하옵니다. 어찌 대전마마께옵서 겪으시는 정사의 고달픔에 비길 수가 있겠습니까."

"내 일신의 고달픔으로 왕도(王道)가 이루어질 수 있는 것이라면 작히나 좋겠소. 윤리와 정치를 일환으로 하여 천하를 경륜하는 데에 뜻이 있다 하였는데, 공자(孔子)는 백성 다스림에 있어 정명(正名) 덕 치주의(德治主義)를 주장했고, 맹자는 한 걸음 더 나아가서 왕도사상을 설하였소. 왕이라는 글자의 뜻을 살펴보면 三획은 하늘, 땅, 사람의 삼재(三才)를 뜻하고, 내려 긋는 한 획이 三획을 일관한 것으로 왕(王)자가 이루어진다는 것이오. 왕은 인간 중에, 많은 백성 중에서 가장 뛰어난 인격자로서 우주와 인생의 진리를 파악한 자라야 하며, 그러한 인격자만이 억조창생의 사표(師表)가 될 수 있다고 하였소. 왕이 할 일이란 백성들이 편안히 먹고 마시게 해야 하고, 둘째로는 도의적인 교육을 시켜서 사람으로서 참다운 본의를 알고 살도록 이끌어 주는 일이라 하였소. 그리고 나라의 근본은 어디까지나 백성이요. 그 바탕이 튼튼해야 나라가 편안하다 하였소. 그런데 지금의 고려는 그 근본을 든든히 하려면 아직 어려운 고비를 여러 고비 견뎌야만 될 것 같으니 나의 힘만으로 미칠 수가 있겠는지…… 걱정이오."

중전은 은쟁반에 받쳐온 수정과 국물을 공손히 떠올리며, 머리를 숙였다.

"대전마마, 조급해하시지 마시옵소서. 대전마마께서 하시고자 하는 뜻만 세우셨다면 이제는 모든 일이 성사된 것이나 다를 바 없는 줄로 아옵니다. 다만 옥체 미령하시지 않을 만큼만 정사에 힘쓰시옵소서."

"중전, 그렇지만도 않은 것 같구료. 나라 다스리는 것이 나 하나와 백성 사이의 일이라면 모르거니와, 그 사이에는 조정이라는 것이 있게 마련이고, 그 조정을 이루고 있는 백관(百官)이 다 내 뜻을 알아 도와주는 것만은 아닌 것 같습디다."

"전하, 오직 대전마마께오서 강건하오셔야 합니다. 곧은 뜻 따르시어 당당하옵시고, 백성 사랑하시는 마음만 깊으시면 어떤 걱정거리도 근접하지 못할 줄로 믿사옵니다. 부처께서 그 깊으신 뜻을 도우신다 하셨습니다."

하지만 왕도는 가만히 앉아서 이루어지는 것은 아니었다. 백성 사랑하는 뜻만 지녀서 되는 일도 아니었다. 경륜하는 일은 사람을 써서 움직여야 하는 일이요, 사람과 사람이 어울려 일을 도모할 때, 뜻이 엇갈려 상처가 되는 사건이 어쩔 수 없이 생기는 것이 경륜이기도 했다.

상감께서 왕비를 그윽한 눈으로 바라보면서 가만히 속삭였다.

"다만…… 다만…… 짐에게 그대 있어, 오로지 유일한 의지처(依支處)요 고달픔을 쉴 수 있는 아늑한 처소로구료."

"전하 무슨 황공하온 말씀을…… 소첩의 목숨 전부가 전하를 위해 태어났음을 믿으시옵소서."

두 대를 거친 어린 임금들이 물러가고, 강릉부원군이 왕이 되어 승의공주와 함께 개경으로 돌아온 뒤, 개경의 고려 왕실은 모든 것이 새로워졌다. 대신들도 궁녀들도 활기를 찾았다. 새로운 중전의 거동을 눈부시게 바라보았다. 여러 대에 걸쳐 고려 상감께 시집왔던 원나라 공주가 아니었다. 고려 치마저고리를 입은 왕비의 모습은 원나라 여자가 아니었다. 시어머님 되시는 태후 앞에 꿇어앉아, 왕실 법도를 배우고, 아랫사람들을 거느릴 때, 왕비가 갖추어야 할 일들을 가르침 받을 때의 중전은, 그 모습만으로 궁녀들이 공경심을 절로 우러나게 만들었다. 왕비는 고려 음식을 손수 만들기 위해 수라간에 머물러 궁녀들에게 배웠다. 상감께서 승의공주 그 왕비께 유일한 의지처라고 고백하게 만들고도 남는 아내였다.

*

춘 3월에 전왕(前王) 저(眡), 상감의 조카가 강화에서 돌아갔다. 이제 나이 열다섯. 왕이 되고 싶어서 되었던 것도 아니고, 왕이 무엇을 해야 하는 것인지 알지 못하던 채 왕 노릇을 하다가, 열다섯 어린 나이에 쓸쓸한 섬에서 생을 마감해야 했던 어린 왕. 언제 그가 왕 노릇을 시켜달라고 했던가, 언제 그가 왕 노릇에 재미를 붙였던가. 영문도 모르던 어린애에게 왕관을 씌워주고 이제 그 왕관을 썼던 일을 책망해, 강화도로 쫓아 보내 죽은 어린 조카. 왕족으로 왕자로 태어나는 것은 재앙이던가. 어린 나이의 저에게 왕관을 씌워준 자가 누구인데— 그리고 또 하나의 조카 되는 석기(釋器)는, 강릉대군이 새 상감이 되어 원나라에서 돌아오기 직전에, 머리를 깎아 만덕사(萬德寺)로 등 밀듯 떠밀어 들여보내지 않았던가. 이렇게 하여 형님의 아들들인 세 조카는 모두 어린 나이에 평탄치 못한 길을 떠났다.

첫 조카 흔은 여덟 살에 등극, 4년 만에 홍하였고, 다음 조카 저는 열둘에 즉위한 후, 열다섯의 봄도 다 못 채우고 강화에서 생을 마쳤고, 은천옹주(銀川翁主)의 소생인 서자 석기는 머리 깎여 절간으로 보내진 것이다. 석기는 출중하게 잘생겼다 했다. 왕자다운 기상이 있었다 했다. 오히려 너무 잘생겨 왕자다웠다는 것이 석기 자신에게는 고달픈 삶이 되었더란 말인가. 상감은 핏줄 조카들이 쓸쓸하게 죽어간 일들을 떠올릴 때마다 가슴 쓰리고 적적하기 이를 바 없었다.

"공주, 내가 왕관을 쓰고 난 뒤에는 나로 인한 살상(殺傷)은 없기를 바라는데…… 그것이 내 뜻대로 되는 일이 아닌가 보오. 결국 형님의 아들들인 세 조카는 하나도 편안한 생을 이어가지 못하고 저리 처절무상하게 떠나는구료. 이것이 다 내가 덕(德)이 모자라 겪는 일은 아닌지. 더러 밤이면 꿈자리가 뒤숭숭하기까지…… 내 뜻이건, 나를 받드는 사람들의 뜻이건 나 앉아있는 이 왕좌가 위협받지 않게 하겠다는 뜻으로 이루어진 일들이니, 결국은 내가 있어, 그 어린 조카들이 그렇게 떠날 수밖에 없었다는 것이오. 왕이라는 것이 도대체 무엇이기에……."

"대전마마, 모두가 그들의 업(業)입니다. 그들이 지은 업 따라 인연 지어져 왔고, 그 인연 따라 업보를 치르는 것 아니겠습니까. 가엾고 안타깝지만 그저 그분들의 저승길을 빌어드릴밖에……."

'전하께서 저렇도록 여린 마음으로, 이 태산 같은 앞일을 어떻게 감당하시려고…… 어질고 다감하심이 보통 아낙네보다 더하시니……' 승의공주는 가슴이 아프기보다 이상한 두려움에 감싸였다. 아내인 공주가 힘이 되어드린다 하지만, 상감께서는 스스로 강인 용감하셔야만 한다. 원나라의 간섭만 아니라. 대신 중에는 늑대 같은 인간들이 적잖이 섞여 있었다. 상감께서는 아내의 근심 뒷 전에서 한숨이 깊었다.

"중전…… 그들 어린 왕자, 왕들의 업이 나의 대에서 다 치러진 것이라면, 나는 또 그들을 이어 나의 새로운 업이 시작되는 것 아니겠소."

'아, 상감께서는 벌써 그 일부터 생각에 담고 계시는가.' 승의공주는 당황했다. 언제인가. 결혼 초에, 신랑 강릉대군으로부터, 소년 시

절 환희천불 라마사원에서 만났던 노스님의 이야기를 들었던 기억
이 떠올랐다. 깊은 밤, 하늘도 땅도 모르게 상감과 공주가 합궁에 이
르면, 궁창(穹蒼)에다 신방(新房)을 차린 듯, 세상 근심도 걱정도 없어
지는 밤이 되지만, 새벽녘에 아내가 눈을 뜨면, 상감께서는 기침을
하시고도 눈을 뜨고 무연하게 천장을 바라보고 계셨다. '아 또 무슨
근심을 하시는 것일까. 다정다감이 전하의 심중을 얼마나 어지럽게
하시는지……' 중전은 누구보다 상감의 심성을 잘 알고 있었지만,
어쩐지 아내에게도 감추고 있는 무엇이 있는 것 같은 느낌이 들기
시작했다.

"누구보다 깊으신 전하의 세심 심중이, 억조창생을 다스리시는 일
에 부처께서 쓰시는 자비라는 것을 소첩은 잘 알고 있습니다. 그러
나 홀로 마음에 담아두시는 일은 없으셔야 하옵니다. 소첩에게 쏟아
놓으소서. 무슨 언짢은 일 있으시면…… 소첩에게 털어놓으소서. 대
전마마. 만일 그런 일을 담아두고 계시면 전하께서 하시고자 하는
일이 가로막히게 됩니다. 전하를 위해서나 백성을 위해서나, 또 고
려의 앞날을 가로막는 일이 될 것이옵니다. 소첩이 어리석지만, 소
첩이 무슨 큰일을 도울만한 그릇은 아니지만 이제 그만 소첩에게 일
러주시오소서."

"실은…… 마음에 걸리는 이가 또 한 사람 있소. 원으로 달아났다
는 덕흥군(德興君), 탑사첩목아(塔思帖木兒)는 내 삼촌이요. 그도 또한
원 황실의 명령으로 들머리를 깎아 절간으로 들여보냈지만, 그이가
절간에서 살 사람이겠소? 그러니 그의 한평생은 그가 다만 왕자로
태어났다는 이유 하나만으로 강제당하고 쫓겨 다니고, 그러다가 견
디지 못하고 도피할 길을 찾아 다시 도망치고…… 도피의 한평생을
살고 있는 것 아니겠소. 덕흥군은 원나라로 끌려가서 무얼 어떻게

하며 지내고 계시는지…….."

"대전마마, 화근(禍根)을 뽑아버리는 것은 더 큰 살생을 미리 막는 것일 수도 있사옵니다. 한 가지 일에 너무 진념하시지 마옵소서."

"나도 왕자로 태어났던 까닭으로 연경으로 끌려갔었소. 가서 십여 년, 무엇 하나 내 뜻대로 할 수 있는 일이 없었소. 그저 나 죽었소, 숨죽이고 살았어야 했소. 그러다가 나는 그대를 만나, 이렇게 돌아왔거니와, 이제 새 임금인 나로 인하여 또 곤경을 겪는 사람이 있다면, 그건 진정 내 원하는 바가 아니어서 심중이 심히 무겁소. 그래 자꾸만 이 얼굴 저 얼굴이 떠오르는구료. 수탈을 일삼던 자가, 새 상감 때문에 길이 막히자, 홀깃 상감인 나를 쏘아보는 눈에 살기가 있습디다. 그런 자가 한둘이겠소? 아무리 악심으로 백성을 수탈했어도 그들도 사람 아니오? 그러니 왜 나를 원망하지 않겠소?"

*

상감은 당신의 탄일(誕日)에도 상수(上壽)를 올리지 못하게 했다. 다만 내전(內殿)에서 사흘 동안 설법을 듣는 것으로 잔치를 대신했다. 대신 신료들이며 궁인들이 숨을 죽였다. 아직 젊으신 임금, 억조 창생의 머리되신다는 상감께서 이렇게까지 겸허하신가. 상감이 생일잔치를 한사코 거절한 뜻은 잔치를 차리려면 반드시 살생을 하게 되는 일이 싫다 하셨다. 소, 돼지, 양, 닭, 물고기…… 이루 헤아릴 수 없이 많은 생명이 한날 잔치를 위해 죽어갈 것이 싫다 하셨다. '하필이면 생일에 그런 것을 하고 싶지가 않다. 나 태어난 일을 두고, 태어난 것이 무엇 그리 장하다고…… 살생을 저지르고 싶지 않구나. 차라리 그 잔치 차릴 돈으로 스님들을 공양하여라' 새 상감의 뜻을 앞에 하고 백성이 합장했다. 상감의 뜻에 따라 스님 일천 명이 지장사(地藏寺)에서 공양을 받았다. 그리고 연경에서 강릉대군을 모셨던 신하들을 수종공신(隨從功臣)으로 하여, 새로 참리(參里)가 된 조일신(趙日新), 지밀직사사(知密直司事) 김보(金普) 이하 수십 명에게 농토를 하사했다.

상감은 젊다. 젊음 위에 용안 수려하여 바라만 보아도 누구나 설렌다. 그 위에 다감하여 누가 겪는 고통을 예사로 지나치지 못한다. 원나라 속국 되어 골고루 고통을 겪었으나, 강릉대군 같은 상감이 계시지 않았다. 노대신 이제현 같은 어른은 상감의 그런 기질을 몰래 근심했다. '참으로 아름다운 성정에 기품 또한 높은 분이시기는 하나, 상감되시어 나라와 백성 다스리시기에는 때로 감당키 어려운 일이 생기겠구나······.'

상감은 왕의 자리에서 옳고 그른 일을 누구보다 민감하게 밝혀냈다. 정사에 대신(大臣) 갈무리하는 일이 태산이었고, 조정공론이 하나로 모이는 일도 많지 않았다. 대신 백관이 상감보다 모두 나이 많은 자들이었고, 그들대로 따라가던 관례를 모두가 고집했다. 새 상감의 뜻을 따른다면, 지금까지 대신들이 손에 쥐었던 것들이 손가락 사이로 다 빠져나가게 되었기 때문이다.

하지만 상감은 대신들의 고집을 꺾겠다고 작심했다. 계속 유고(諭告)를 내리고, 대신들의 행태에 민감한 상감이 되셨다. 첨의(僉議), 감찰(監察), 전법사(典法司), 개성부(開城府), 선군도관(選軍都官)들에게는 그들이 결송(決訟)한 백성들의 송사(訟事)를 닷새 만에 한 번씩 주계(奏啓)하게 만들었다. 지금까지 원나라 황실의 비위를 맞추는 일 외에 느슨하기 짝이 없던 조정 대신들이 갑자기 정신 바짝 차려야 했다.

서연(書筵)을 연 지 여러 달, 김해부원군 이제현(金海府院君 李齊賢), 복창부원군 김영후(福昌府院君 金永煦), 한양부원군 한종유(漢陽府院君 韓宗愈), 연안부원군 인승단(延安府院君 印承旦) 등 열여섯 명에게 번갈아 시독(侍讀)하게 하고, 경사(經史)나 법언(法言)을 강론하게 하는 한편 권문세가들이 백성에게 빼앗은 농토나 집, 혹은 노비들을 되돌려주는 일과 오래된 송사, 억울한 옥사(獄事)는 하루빨리 공정하게 다스릴 것을 날마다 신칙하였다.

그러나 그러한 일들만 가지고도 무엇인가 아직 모자라는 것 같았다. 그리고 백성을 자식처럼 아끼는 마음만 가지고도 닿지 않는, 아직은 뚜렷하게 나타나지 않으나 미구에 불쑥 드러날 그 어떤 적(敵), 아니면 뛰어넘을 수 없는 무엇이 닥칠 것만 같은 막연한 불안이 상감을 괴롭혔다. 상감은 이따금 그러한 불안에 사로잡힐 때마다, '내게는 제왕(帝王)의 기개가 없는 것일까. 그렇도록 심약하다는 말인가. 무엇이 지금의 나를 이렇게 불안하게 만드는가. 능력이 모자라는 탓일까, 겁이 많은 탓일까.'

왕이 보살계(菩薩戒)를 받기로 결심한 것은 그런 불안 때문이었다. 아내 승의공주가 이따금 비밀을 캐려는 듯 묻고는 하는 것이 무엇인 줄을 상감은 알고 있으면서, 그 비밀에 대해 입을 열지 못했다. 팔천세의 인연으로 만나, 죽은 뒤에까지도 연모를 안고 가겠다는 왕비에게 차마 털어놓을 수 없는 혼자만의 비밀이었다. 묘응사였다. 라마교(喇嘛敎)사원, 라마백탑 아래 있던 한 소저를 스쳐보았던, 영혼에 불이 반짝 켜진 것 같았던 그 순간에 시작된…… 묘응사에서 맺힌 비밀이었다. 세상에서 처음 보는 남신 여신의, 남녀가 한 덩어리로 얽혀있는 쌍신불. 하도 기이하여 엉거주춤 서 있을 때, 홀연히 나타난 노스님. "환희불(歡喜佛)이지…… 환희불이란 말이여!" 남신 여신의 교합상(交合像)을 가리켜 환희불이라고 일러주던 노스님. 환희불은 라마의 부처, 그 위에 더는 없는 무상자(無上者)였다. 저러한 환희가 부처냐고 묻자, "……환희란 참뜻의 종점 같은 게여…… 고통 괴로움을 완전 정복한, 혼과 혼이 맺힌 교합만이 참 생명 환희에 이른다……" 거기까지가 왕기와 승의공주의 첫날밤을 쌍신체의 영상과 함께 환희불이 되게 만들었던 합궁이었다. 진정한 생명환희에 이르는 합궁이었다. 그러나…… 노인의 예언은 거기서 끝난 것이 아니었다. "반연(絆緣)이 공자가 애타게 찾는 소저를 만나게 만들어 주겠지만…… 인연 따라 크게 얻고 또 크게 잃겠구먼……" 그때 소년 왕기가 다급하게 묻자, 노인은 빙긋이 웃으면서 말을 이었다. "그 인연이 공자에게 왕관을 씌워주지만, 그 왕관은 공자의 뒷날을 어둡게 만들겠구먼……" 무서웠다. 뒷날의 어둠이라니…… 너무 무서워서 그 어둠을 피해갈 길을 다급하게 묻자, "반연을 피해가려면 세속의 연(緣)을 끊고 불자(佛子)가 되는 길밖에 없다……" 말한 뒤 사라진 늙은 중…… 꿈같기도 했지만, 이따금 떠오를 때면 불안이 되어 먹구름이 되고는 하던…… 그 몇 마디…… 정사(政事)는 때로 버거웠다. 대신들이 일사불란 나라를 위한 사람들이면 그럴 일도 아니었지만, 열 길 물속은 알아도 한 길 사람 속을 모른다는 속담 그대로, 속을 알 수 없는 대신 몇 사람이 늘 거슬렸다.

*

한 나라의 왕이 되어 억조창생을 다스려야 하는 자리에 앉은 왕이 반연(絆緣)을 털고 불자가 되는 길은 불가능했다. 상감이 보살계를 받지 않을 수 없었던 것은, 연경 묘응사에서 만났던 늙은 중이 남기고 떠난 뒷말이 지워지지 않은 까닭도 있었다. 즉위식을 가졌던 강안전에서 보살계를 받았다. 보살계를 받으면서 상감은 오체투지 부처께 빌었다. '왕으로 부르셨으니 부디 백성을 품는 왕으로 만들어 주소서. 나라를 강성하게 일으켜 백성이 재난을 만나는 일 없도록 다스리는 상감으로 지켜주소서. 국태민안(國泰民安)을 기껏 누릴 수 있도록 만드는 국왕이 되게 하여 주소서. 어떤 어려운 일이라도, 그것이 고려 백성을 괴롭히는 일이라면 왕 스스로가 그 짐을 짊어져 백성이 편안할 수 있도록 하여 주시고, 그 어려운 일을 상감의 힘으로 헤쳐나갈 수 있게 하여 주소서. 왕이 된 저의 마음을 밝게 닦아주시어 고려와 그 백성의 일들을 낱낱이 보는 마음의 눈을 열어주시고, 왕의 심지를 깊게 다져주시어 흔들리는 일 없이 곧고 바른 길을 갈 수 있도록 지켜주옵소서.' 오체투지 부처님께 그렇게 빌던 상감의 심경은 실로 간절하고 절실했다.

*

즉위 원년의 봄과 여름은 다채롭고도 분주하게 넘어갔다. 열한 해 만에 돌아온 고려. 어린 나이에 가기 싫던 길을 억지로 이끌려갔던 곳에서 왕관을 쓰고 환국했던 첫해. 금의환향. 일그러지고 씰그러진 정사(政事)를 바로잡느라고 여념이 없었던 몇 달. 원나라 황실이 영화롭게 열어준 길을 거쳐 돌아와서 고려 왕실의 주인이 되고, 만조백관을 거느려 제왕의 옥좌에서 내려다보던 감격이며, 어마마마를 뵙던 일, 그립던 궁성 이곳저곳에서 옛정을 찾아 만나던 일. 그 봄과 여름은 꿈결 같았다. 아드님이 왕관을 쓰시고 돌아오신, 그 아드님을 바라보시며, 고려의 새 상감을 맞으시며 태후의 기뻐하시던 모습. 그러면서도 만단회포(萬端懷抱)로 착잡한 심회를 홀로 감당하시던 엄격한 어마마마 앞에 상감은 깊이 머리를 조아렸다. 내리 5대의 왕조를 거쳐오신 태후마마. 남편 되시는 충숙왕 때는 몽고 여인의 등쌀로 궁중에서 쫓겨나는 수모까지 당하셔야 했고, 큰아드님 정이 상감이었을 때는, 왕이신 아드님이 두 차례씩 원나라로 붙잡혀가는 뒷전에서 가슴을 치셨던 분이다. 맏아드님이 귀양길에서 세상을 떠나, 큰아드님 다음으로, 두 손자의 임금 노릇을 지켜보시다가 작은 아드님의 환국을 맞으셨다. 가지가지 겪었던 풍상의 상처를 가슴에 켜켜로 앉힌 태후마마. 그것을 낱낱이 알고 있는 작은 아드님 상감은 그 어머니를 위해서라도 옳은 상감, 떳떳한 임금이 되어야 하느니라고 스스로에게 거듭 다짐 맹세했다.

"어마마마, 소자 어마마마만을 위해서라도 진정 새 임금 노릇 하겠사옵니다."

태후는 만단시름을 이겨낸 시름겹던 모습에 미소를 띠고 한동안을 아드님 얼굴만 그윽한 시선으로 지켜보셨다.

"고마운 말씀이오. 하나 상감은 한 어머니를 위한 임금이 아니오. 만백성의 어버이 임금임을 아셔야 합니다."

"그것도 명심하고 있습니다."

묵중한 침묵 끝에 태후는 천천히 말씀을 시작했다.

"쉬운 일이 아니지요. 정녕 수월한 노릇이 아닌 겝니다. 보필을 제대로 잘 받을 줄 아는 것도 힘이요, 옳게 믿는 내 뜻을 꿋꿋하게 밀고 나가는 것도 힘이지요. 허나 어느 쪽에도 치우치지 않고 흔들리는 일 없이 상감 자리를 지키는 것이 얼마나 어려운 일인지…… 그 많은 신하들의 말을 일일이 귀담아 들어내다가는 줏대 없는 임금이 되고, 또 내 뜻만을 너무 고집하다 보면 폭군 소리를 듣기 쉬운 법입니다. 부디 성군되시오. 고려를 다시 일으키는 명군 되시기만 바랄 뿐입니다."

태후는 믿음직한 청년이 되어 왕관을 쓰고 돌아온 아들을 대견하게 바라보았다. 갖가지 감회가 한데 얽힌 눈물이 뜨겁게 솟았다. 상감은 그러한 태후 어마마마를 자랑스러운 마음으로 마주 바라보았다. 고려의 어머니. 고려의 마음을 심어주신 고려의 태후. 그리고 이제 왕관을 쓰고 온 아들 뒤에서 묵묵히 지켜보고 계실 이 엄격한 어머님은, 이 아들을 사랑하시는 그만큼 기대도 클 것이요, 기대가 큰 것만큼 옳지 않은 일을 용서치 않으시리라. 상감은 그 어머님 앞에서 왕좌에 앉게 된 인연을 결코 욕되게 하지 않을 것을 자기 자신에게 거듭 다짐했다.

부처님의 뜻, 인연 따라서 고려의 왕이 되었으니 한껏 왕 노릇을 제대로 해 보리라던 맹세와 각오. 그렇듯 어지럽던 고려의 조정을 혼자의 힘으로 바로 잡아 보리라던 자신(自信). 그 자신을 다져보던 때에 솟아오르던 뜨거운 포부. 그리고 새로운 기개가 혈관 속을 맥맥하게 흐르고 있는 것까지를 실감할 수 있었다.

*

그러나 태산 같은 정무(政務), 환부(患部)를 수술하던 몇 달. 한여름이 이울면서 왕에게는 차츰 피로가 깃들기 시작했다. 단순한 피로가 아니라 고려가 겪어온 속국의 역사와, 속국의 신하되어 비굴하게 원 황실의 눈치만 보아가며, 눈치껏 자기 곡간을 채우던 몇몇 대신들을 치리할 수밖에 없던 일들이 상감을 지치게 만들었다.

"상감마마, 무슨 심기 괴로우신 일이라도 있으시옵니까."

불이 꺼진 지도 이미 오래되는 구중궁궐 깊디깊은 지밀에서, 중전 승의공주의 조심스러운 목소리가 도란도란 어둠을 흔들고 있다. 잠을 이루지 못하고 있던 상감은 중전의 말을 듣고도 한참이나 지나서 무거운 대꾸를 했다.

"아니…… 별것은 아니지만 잠이 편히 들어주질 않는구료."

"불을 켤까요."

"아니오, 그냥 두시오."

장지문 밖에서 귀뚜라미 소리가 들렸으나, 가을이 더욱 깊어지고 있음인가 그 청아하던 기운이 가냘프기만 했다.

"정사가 너무 무거우시지요, 전하, 하지만 그 무거운 것을 이제 거뜬하게 해내시는 데에 쾌감도 있으실 때가 이르지 않았사옵니까."

무슨 기미를 알아차렸는지 중전은 가슴속에 담겨진 무엇을 덮어두고 퍽 조심스럽게 이야기를 꺼낸다. 왕은 어둠 속에서 눈을 뜨고 오늘 있었던 일을 곰곰 되새겨본다. 중전의 목소리는 아득해지고 가슴속에서는 노여움이 지직, 지직, 타 붙기 시작했다.

"전하, 그렇게 심기를 홀로 괴롭히지 마시옵고 오늘 있었던 일을 소첩에게도 들려주시지 않으시겠습니까."

중전은 자리에서 살포시 일어나 앉았다. 비단 금침 자락이 어둠 속에 미끄럽게 흘러내린다.

중전은 조심조심 손수 등촉을 밝힌 뒤 상감 앞에 단정하게 정좌했다. 흰 속적삼 속의 동그스름한 어깨 한옆으로 칠흑같이 탐스러운 머릿 단이 차분하게 늘어져 있다. 상감도 중전을 따라 일어나 앉았다. 중전은 등촉 속 전하의 얼굴을 잠잠하게 바라보았다. 용안이 창백하시다. 무슨 일이시기에 저렇도록 괴로워하시는가. 그러나 중전은 미소를 띠며 무릎을 일으켜 세웠다.

"전하, 혹시 신첩의 하찮은 의견이라도 도움이 되시올지 모르오니 말씀 들려주시오소서."

"참리(參里)가……."

상감은 말머리를 끊고 또다시 한참을 생각에 잠겼다. 제왕의 체통으로 일개 신하와 있었던 이야기를 아녀자인 중전에게 해야 하는지를 다시 헤아리는 것 같았다.

"참리라면 어느 분, 조(趙)를 이르시는 말씀이오니까."

참리로 조일신과 조유(趙瑜)가 있다는 것, 그중 누구인가를 중전은 여쭙고 있었다.

"조일신이야기요. 조일신……."

조일신. 귀국 후 상감의 즉위식부터 내리 정신없을 만큼 영일 없던 가운데, 중전에게도 무엇인가 막연하게 께름하던 그 얼굴이 떠올랐다. 조일신이라면 승의공주의 손과 발 노릇을 했던, 연저(燕邸)의 수종공신이다. 연경에 머물던 신하들이 한둘이 아니었지만, 당차고 매서운 데가 있는 인물로 승의공주에게 스스로 접근해왔던 인물이었고 어떤 일이고 능히 해낼 만하다고 믿어 앞장을 세웠던 신하였다. 그런데 돌아온 뒤에 그 콧김을 제법 세차게 불어대는 기미를 중전은 이미 알고 있던 터였다.

"조일신이 갑자기 정방(政房)을 다시 세우라고 종주먹이구료."

정방이라니, 조일신이 일으키자고 종주먹 댄다는 정방은 원 황실이 고려의 내정(內政)을 철저하게 간섭하던 기구, 정동행중서성이문소(征東行中書省理問所)를 뜻한다. 이제 고려라는 나라가 고려의 역사를 새로 쓰기 시작할 만한 자리에 이르렀거늘, 갑자기 신하 조일신이 정방을 일으키다니, 더구나 연저에서 가장 가깝게 전하를 모시던 조일신이 왜 갑자기 정방을 일으키려고 서두는 것일까.

"전하, 무슨 이런 일이…… 조일신 혼자 꾀하는 일은 결코 아닐 것이옵니다. 감히, 무엄하게 전하께 그러한 일을 상주할 수 있다는 말씀이오니까." 중전이 파랗게 질린 모습을 상감도 처음 본다. 중전은 몸을 떨면서 말을 이었다. "전하께서 그 어려운 일을 단행하신 지 몇 달이나 된다고 또다시 그것을 복구하려고 합니까? 세상에, 조일신이 이 일을……조일신이……."

중전의 분노를 달래려는 듯 상감의 어조는 차분해졌다.

"이유는 조일신의 혼자만의 뜻이 아니오. 원조(元朝)의 신하 권행(權倖)이 그 척족들을 고려 조정에 심어 벼슬을 따주고 싶어 하는 권행의 욕심에 조일신이 편승한데서 비롯되었소. 그런데 현재의 이 제도로는 그 일이 쉽지 않고 귀찮은 일이 많다는 것이 이유라오. 하나는 권행이 내게도 청한 바 있고, 권행이 또 따로 하나를 조일신에게도 부탁을 했던 것을 알고는 있소. 그래서 전리군부(典理軍簿)로 하여금 전선(銓選)을 하게 했던 것인데, 조일신 참리의 말은 그렇게 맡겨놓으면 고려의 법문(法文)에 이렇게 저렇게 걸려서 권행의 뜻을 이루게 할 수 없으니, 정방을 되살려서 일을 쉽게 하라는 거였소."

중전이 부르르 떨었다.

"그래 전하께오서는 무엇이라 말씀하시었습니까."

"정방을 파한 지 몇 달, 이제 또 뒤집어 변개를 한다는 것이 있을 수 없는 일이니, 경(卿)이 부탁받은 것을 그대로 고해주면 내가 선사(選司)에게 이르겠다고 했소. 그 일이야 정방을 다시 세우지 않고 내 재량으로도 할 수 있는 일, 누가 감히 반대를 하겠소, 했더니 일신이 분연(憤然)히 낮을 붉혀 말하기를, 신(臣)의 말을 따르지 않으신다면 무슨 면목으로 다시 원의 사대부를 보시겠느냐 하며 거의 협박질이 질 않겠소? 그리고는 어이없게 사직(辭職)을 한 것이오. 사직으로 나를 겁박하려 합디다. 그러니 조일신의 속뜻은 권행이 부탁한 벼슬자리에 있는 것이 아니라, 정방 복구에 있었던 것이고, 정방을 제 손에 틀어쥐고 마음대로 휘둘고 싶었던 것 같소 그려."

중전의 가슴속에서 노여움이 타 붙기 시작했다. '괘씸한 놈, 지난번 화산(火山)돌이 때에도 제가 감히 상감이 기대어 계신 난간에 나란히 몸을 기대던 무엄함을 저지르더니…… 또, 헌사(憲司)에서 조일신의 종〈家奴〉을 가두었을 때도, 일신(日新)이 마음대로 옥문을 열고 그를 풀어 갔다 하지 않았던가.'

"상감마마, 본보기를 보이시어야 합니다. 일신의 무엄함을 단죄하시고, 그 일로 하여 더는 진념(軫念)하시지 마시오소서."

"단죄가 어디 쉽소. 조일신은 연경에서 과인을 지켜주던 신하요. 과인을 지켜주기 위하여 그 먼 곳에서 오랜 세월을 견딘 공신(功臣)이 아니겠소."

"하오나 이미 그 공을 내세워 무엄함을 저지르는 위인이라면, 더 이상 지난날의 일들을 염두에 두실 일이 아니옵니다. 화근을 미리 뽑는 일은 슬기로운 사람이 운영하는 길이요, 화근을 인정의 끈으로 매어두려 함은 약한 사람의 실패의 원인이 된다 하였습니다."

상감은 깊이 한숨지었다.

"그런 일을 마음대로 할 수 있는 자리가 왕의 자리인 것 같으면서, 또 왕의 자리이기 때문에 마음대로 할 수 없는 일이기도 하니 왕 노릇이 이리도 어렵구료."

"전하, 제왕은 억조창생의 어버이시기 때문에 억조창생에게 화가 되는 것은 과감히 끊으시지 않을 수 없습니다. 부디 유념하옵소서."

"글쎄…… 당분간 시일을 두고 지켜보아야 할 것 같소." 상감은 그렇게 말한 뒤에 중전을 물끄러미 오래도록 바라보았다. "중전…… 공주, 연경살이가 생각이 나오. 지금 생각하니 차라리 연경이 근심 없었던 평안한 세월이었소."

내 나라, 고려의 왕실로 돌아와 이런 일을 겪으리라고는 상상도 못했다. 더구나 가장 가까웠던 신하 조일신에게 겁박을 당하다니—중전은 왕의 심중을 헤아리고도 남았다. 오죽하면 연경을 향해 향수(鄕愁)를 일으키셨을까.

"전하, 연경에서 전하는 숨 답답해 하셨습니다. 그러하셨던 연경이 왜 이제 그리우신지…… 전하, 전하께서는 고려를 일으켜 세우시기 시작하셨습니다. 잠들었던 고려를 깊은 잠에서 깨우셨습니다. 전하, 지치시지 마시옵소서. 부디…… 조일신을 과감하게 벌하시옵소서. 과감하시어야 합니다!"

"공주를 만난 이후의 생활은 나를 다시 태어나게 해주었소. 이따금 그때가 그리운 것이오."

"전하…… 소첩을 만나신 연경이라면, 이제 개경에서는 소첩이 전하의 곁을 이렇게 한시도 떠나지 않고 지켜드리고 있지 않습니까. 정사(政事) 너무 태산이고, 못된 대신이 전하를 힘드시게 해서…… 정히 그러하시면 내일이라도 지필묵을 따로 준비하겠습니다. 예전에 다니셨던 산수(山水)를 그림에 살리시지요, 전하."

"중전…… 소저 승의공주를 만나게 해준 연경이 나에게 어떤 뜻인 줄 중전은 다 모르시는구료."

"아니옵니다. 전하께서 정이 너무도 두터우시어 이 한밤도 이렇게 앉아 밝히시는 것 아니옵니까. 전하, 당분간 그 정을 꽁꽁 숨겨 덮어두시면 어떠할까 합니다."

중전은 상감의 심사를 건드리면 깨질세라 불면 날세라 조심조심 다가갔다. 상감은 시종공신인 조일신을 단죄해서는 안 되겠다고 생각하면서도, 우선 불쾌하고 막연하게 불안했다. 그리고 그 불쾌감은 막연한 불안이 되어 상감을 짓눌렀다. 조일신은 그러한 상감의 심기를 알고도 남는 인간이었다. 그런데도 그의 행패는 계속 늘었다. 조일신이 저의 가노(家奴)를 마음대로 옥에서 데려내어 가더니, 다음에는 이문(理問) 배전(裵佺)의 종을 제가 나서서 빼어내 갔다. 그것도 부문(府門) 밖에 말을 세워놓고, 배전에게 종을 내어놓으라 하자, 옥리(獄吏)가 말을 듣지 않으니, 일신은 옥리를 포악하게 매질하고, 만호(萬戶) 홍유(洪裕)를 통하여 종을 빼어냈다. 뿐만 아니라 도평의녹사(都評議綠事) 김덕린(金德麟)을 마음대로 국문하여 제명(除名)하고, 그 자손들을 잡아 가두니 그 횡포가 하늘 높은 줄 모르는 지경에 이르렀다.

*

중전은 고려 조정에서 돌아가는 일들을 손살피처럼 상세히 알고 있었다. 도평의사사(都評議使司)는 몽고의 지배가 본격화되기 시작하던 무렵, 충렬왕조 때에 만들어진 고위관인(高位官人)들의 합좌기관(合坐機關)이다. 이전의 도병마사(都兵馬使)와 같은 기구라고 하지만 보다 강력하고 실제적인 기능을 발휘하던 기구로, 이 합좌제도(合坐制度)는 대신들이 기고만장, 고려 왕실의 기운을 흐려놓던 기구였다. 그러던 곳을 조일신은 혼자 틀어잡고 뒤흔들어볼 욕심으로 상감을 위협, 상감 앞에다 사직서를 내던지는 무엄함을 저질렀다.

중전은 무겁게 돌아가는 고려 조정의 분위기를 조용하게 살피면서, 상감께서 어떻게 처결하시려나 기다리다가, 조일신의 무엄한 횡포가 나날이 도를 더해가는 것을 보고 분연히 일어났다.

"전하, 전하…… 이제는 저 무엄한 일신을 더 이상 내버려 두시면

아니 되시옵니다. 결코 아니 됩니다. 저 못된 인간을 더 이상을 버려
두셨다가는 정작 더 큰 일을 당하시게 되십니다. 전하, 부디 결행하
옵소서."

상감은 울적한 얼굴을 감추려고도 하지 않았다.

"중전, 지금 조일신 그 한 신하만이 문제가 아니라는 것을 중전도
알고 계시지 않소. 중전이 잘 아시고 계신 일로, 기황후의 친정이 저
렇게 번성일로에 있고, 복안부원군(福安府院君) 권겸(權謙)이 그 딸을
태자에게 주어 대부감대감(大府監大監)이 제수(除授)된 것도 알고 계
시지 않으시오. 고려의 중신들은 모두들 딸을 팔아 영화를 사는 일
이 본이 되었는지, 경양부원대군(慶陽府院大君) 노책(盧頙)도 그 딸을
장차 원나라에 바칠 것이라 합디다. 그저 길만 있으면 원나라에 딸
들을 들이밀고자 하고, 딸을 보낸 뒤에는 원나라의 힘을 등에 업고
고려의 왕실 위에서 상감 위에 올라서려 하니…… 이게 어제 오늘
시작된 일이 아니오만 고려 왕실과 조정 앞에 장차 무엇을 들이댈는
지 예사로이 보이지를 않습니다."

고려의 왕권(王權)은 계속 위협을 받아왔다. 무인정권시대(武人政權
時代)에 최씨(崔氏)의 철저한 독재기관의 하나였던 정방(政房)이 그 하
나요, 고위층의 합좌기관이던 도평의사사(都評議使司)가 그 둘이었다.
그 위에 딸을 원나라에 바쳐 원나라 며느리로 만들고, 그렇게 원나
라의 세력을 직수입하고 있는 고려의 몇몇 집안들의 거드름이 고려
왕실의 기운(氣運)을 흐려놓고 있었다. 그러한 상황 속에서 조일신은
무엇을 노렸고 무슨 힘을 틀어쥐고 있었는지 횡포가 날로 더해갔다.

조일신이 사직서를 던진 이래로 상감의 심기가 편안치 않고 지칠
때가 잦았다. 조일신의 횡포는 무엇을 뜻하는 것인가. 첫째로는 그
자신이 모든 세력을 장악하고자 하는 것이겠지만, 그 욕심의 발단은

아직 젊은, 그리고 연경에서 모셔서 그 기질을 잘 알고 있는, 현재의 상감을 마음대로 조정할 수 있는 방법을 모색하고 있는 것이다. 상감께서는 아직 젊고, 중신들보다 나이 약관이었지만 그것이 무엇을 뜻하는 것인가를 상감은 알았다. 그리고 그것을 깨닫던 순간, 조일신에 대한 증오도 눈을 떴다. 그리고 그 증오가 상감 자신을 괴롭혔다.

조일신은 강릉대군을 모시던 연경에서부터 고려관에 머물며 공자의 일신을 돌보아드리며, 공자 강릉대군의 성품과 기질을 잘 알고 있는 위인이었다. 상감은 그런 조일신의 옛날을 버릴 수 없어, 조일신의 사직서를 돌려주고 직함을 올려주었다.

참리에서 판삼사사(判三司事)가 된 조일신은 더욱 기세등등, 안하무인이었다. 판삼사사는 고려 삼사(三司)의 으뜸가는 벼슬 자리다. 전곡(錢穀)의 출납과 회계를 맡아보던 관아로, 판삼사사는 그러한 삼사의 제일 높은 자리를 뜻한다. 그러한 조일신의 벼슬을 점점 높여 주고, 그 위에 수충분의동덕좌리공신호(輸忠奮義同德佐理功臣號)를 사(賜)한 상감의 처사에 대하여, 가장 큰 의문을 가졌던 사람은 중전 승의공주였다. '어찌하시려고 상감께서는 조일신을 저리 높여 주시기만 하시는가. 조일신의 행패에 질리실 때도 되셨으련만, 어찌하여 조일신의 벼슬을 나날이 높여만 주시는 것일까.' 상감은 중전의 기색을 알면서도 의문을 풀어주려고 하지 않았다. 상감은 누구의 의견도 묻는 일없이, 내심으로는 탐탁하지 않은 조일신에게, 연경에서의 수종(隨從)을 가상히 여겨 계속 달래고 눈치 보기를 이어갔다.

*

강릉대군께서 왕위에 오르신 뒤, 조일신이 앙앙불락, 가장 버거운 인물은 기황후의 오라비인 기철(奇轍)이었다. '어디 너희가 원의 황실을 믿고 고려를 온통 잡아 삼킬 듯 쥐락펴락이냐? 당장 눈앞의 세력은 내 것이다. 너희가 원 황실을 등에 업고, 고려 조정을 눈 아래 두고 내 갈 길을 막겠다고? 권불십년이라 했다.' 기황후의 일족인 아비로부터 오라비 그리고 그 인척들에 대한 조일신의 불편한 심기는, 상감 또한 조일신보다 더하면 더하셨지, 조일신의 불편한 심기 못지않았다. 강릉부원군의 왕위 계승 문제에, 기황후가 얼마만한 역할을 했는지 알 수는 없으나, 외형상 기황후의 입김이 닿았다는 것이 기정사실처럼 되어있어, 상감께서도 아직은 그 집안 일파의 드러내놓은 횡포도 건드릴 수 없는 처지였다. 상감께서는 기철에 대한 조일신의 앙심에 은근히 어떤 기대를 걸고 계시다는 내심을 중전은 눈치로 알고 있었다. 천하를 얻은 듯 고려 땅이 좁다 하고 행세를 하는 기철에 대해 조일신은 한시도 마음을 놓지 못했다. 기철 일파가 걷어가는 고려의 재물이, 마치 조일신 자기 것을 빼앗기는 듯한 고통에 이르렀다. 기철 일파가 걷어가는 재물은 조일신이 차지할 수 있는 재물이기도 했기 때문이다. 상감이 조일신에게 보다 더, 보다 더 높은 벼슬을 얹어주는 이면에는 상감 나름의 계산이 있었다. '조일신이 기철을 치게 만들어?' 위험한 도박이었다. 하지만 상감으로서는 한번 기다리며 써볼만한 도박이었다.

*

소슬하던 가을, 9월도 거의 다 떠난 어느 날 밤. 고려 궁궐 개경은 갑작스러운 소동에 발칵 뒤집혔다. 궁궐 안팎이 소란하고 뒤숭숭하기, 마치 전쟁이 일어난 것 같았으나, 상감께는 뜻밖의 일이 아니었다. 조심스럽게 예상했었던 일이고, 그래서 상감은 중전을 거느리고 성입동(星入洞) 이궁(離宮)에 미리 나가 계셨다. 예상했던 대로 소란은 조일신의 무리가 일으킨 것이었다. 환관이 황급하게 아뢰던 내용이 그다지 상세한 것은 아니었지만, 우선 급한 궁금증은 풀만 했다.

"아뢰옵기 황공하오나 판삼사사 조일신이 그 무리인 전 찬성사(贊成事) 정천기(鄭天起)와 최화상(崔和尙), 장승량(張升亮), 고충절(高忠節) 등 외에도 십여 명과 합세하여 기철의 형제와 고용보(高龍普), 박도라대(朴都羅大) 등을 베인다 하고 그들의 집을 일제히 쳐들어갔다 하옵니다."

상감은 놀라지 않았다. 그런가…… 조일신이…… 오히려 담담하고 담담했다.

"그래서 다음은 어떻게 되었다 하더냐."

"전하, 자세한 일은 아직 알 수 없사오나, 기철 댁은 모두 피신을 했고, 기철의 아우인 기원(奇轅)만이 죽임을 당했다 하옵니다."

"으음……."

뜻밖의 신음이었다. 난(亂)을 일으킨 조일신에 대한 노여움으로 간주될 수도 있었을 신음이었다. 그러나 중전은 그 신음의 뜻을 단번에 알아차렸다. 상감께서 조일신의 무엄함을 용케도 참고 견디시던 뜻을. 벼슬까지 계속 올려주시던 뜻을. 중전 승의공주는 상감의 내심 저 깊은 곳까지를 헤아려본 뒤에, 새삼 경외(敬畏)하는 시선으로 전하를 뵈옵지 않을 수 없었다. '바로 이것이다. 이것이었어. 이 젊으신 상감께서 패역 조일신의 벼슬을 계속 올려주신 것은 이런 지략(智略)에서 였구나……'

그러나 결과는 조일신보다 기(奇)가 일파가 빨랐다. 조일신의 공격은 경거망동이었다. 이미 기가네 일파는 그 친척과 심복들을 조정의 든든한 자리에 배치해, 대신들의 일거수일투족을 손살피처럼 꿰고 있었기 때문이다. 뿐만 아니라 기가 일파는 각처에서 병기(兵器)를 모아들이고 있어 사병(私兵)만도 수백 명이었다. 조일신이 기가네 일파를 쳐부수지 못했다면 그것은 운(運)의 탓이 아니었고, 조일신의 인물 됨됨이 모자랐던 탓이다. 준비, 지략, 담력, 치밀성이 모자랐고, 교만 방자한 처세 탓이었음이 뻔했다. 조일신의 난은 상감께 새로운 불안을 몰고 왔다. 앞으로 기철 일당은 조일신을 물리치고 상감을 노려보며 더욱 기세등등 온갖 횡포를 부릴 것이다. '아, 어찌 이 일이 이렇게 풀리는가. 전하께서 그 심중이 어떠하실까.' 중전은 안타까웠다. '조일신! 그 교만 방자함이 저지른 일이 이 지경에 이르다니. 앞으로 기철 일당의 횡포는 어디까지 갈까……' 상감의 실망과 상심이 창백하게 드러났다.

"전하 심중을 굳건히 하소서. 하늘이 전하의 깊은 뜻을 알고 계십니다. 전하…… 용안이 수심을 띠지 않도록 부디 굳건히 하소서."

중전 승의공주는 상감의 기색을 조심스레 살펴가며 운을 뗐다. 상감은 환관을 내어 보냈다. 그리고 핏기가 가신 창백한 얼굴로 눈을 감았다. 내심 실망과 노여움에 들볶이고 있었으나 중전에게까지도 의논할 수가 없었던 일. 그 노여움은 자기 자신에 대한 실망이었는지도 모를 일이었다. 상감 내외분이 피신한 이궁(離宮) 성입동 골짜기로 겨울을 재촉하는 칼바람이 휘몰아쳤다. 한 시각 한 시각 밤이 깊어가건만 그 뒷 소식은 좀체 오지 않았다.

"더는 바랄 것이 없는가 보오…… 과인의 덕이 그뿐이라면 할 수 없는 일……."

상감은 혼잣소리로 힘없이 중얼거렸다. 그래도, 그래도 혹시…… 다른 소식이 있기를 기다렸던 상감께서 낙담한 모습으로 고개를 숙였다. 중전은 너무 송구스러워 입을 다물고, 상감께서 빠져 계신 저 실의(失意)를 어떻게 벗겨드려야 할 것인가 막막해 했다.

"전하, 그러 하오시면 이제 조일신이 어떠한 태도를 취하게 될 것이라고 사려 되시는지요?"

"기가네에게 몰려 욕되게 되잡히고 말겠지."

"그렇게 간단히 끝을 볼 수 있겠습니까."

"남은 길이야 그밖에 더 있겠소."

그러나 상감의 실의를 동반한 계산과 예상은 바로 그 순간에 뒤집혀지고 있었다. 지밀상궁이 헐떡이며 환관의 입시를 알리고, 환관은 미처 분부를 내리기도 전에 달려들다시피 황황하게 아뢰었다.

"전하, 전하, 조일신의 무리들이 이궁을 포위하고, 이궁에 숙직하던 판밀직사사(判密直司事) 최덕림(崔德林)과 상호군(上護軍) 정환(鄭桓), 호군(護軍) 정을상(鄭乙祥)을 모조리 쳐죽였다 하옵니다. 그리하옵고 조일신의 입궁을 막으려는 위사(衛士)들을 뿌리치고 지금 이곳으로 들고 있다 하옵니다."

환관의 말이 끝나기도 전에 조일신은 환관을 밀치며 상감 앞으로 들어섰다. 상감의 면전에서…… 이렇게 왕실이 능멸을 당하다니, 조일신은 귀신같았다. '저것이 사람의 탈을 썼다고 입을 여는가.'

"신 조일신 아뢰오. 원나라 황실의 세력을 믿고 군병을 일으킬 기회를 노려오던 역적 기철의 도당을 소탕 중이오나 기철의 아우 기원을 제외하고 현재로서는 모두 도주한 줄로 아뢰오. 하오나 계속 수색 중이오니 밝은 날이면 모든 일이 상감마마께서 뜻하신 대로 끝나리라 믿사옵니다."

조일신은 일을 그르쳐놓고, 자신이 일으키고 실패한 난(亂)을 상감의 지시와 명령으로 몰아붙이고 있었다. 상감은 아직 나이 젊다. 능칠 수 있는 여유도 되짚어 따질 힘도 없었다. 더구나 심중에서는 면밀하게 포석(布石)하고 있었던 일, 스스로 명령을 내린 일은 없었으나, 이제 조일신이 자신의 실수를 감추려고 이렇게 쳐들어와 정면으로 걸고 들고 숨이 막혔다. '간교한 놈! 어찌 저런 놈이 연경에서 그 기나긴 세월을 함께 지냈더란 말인가.' 상감의 성품은 온유 유약하기 이를 바 없다. 다정다감, 여리고 부드럽기 때로 아낙네보다 더하다. 비록 자신이 예상하고 은근히 지원을 했던 일이기는 하나, 거사가 틀어졌을 때, 모든 책임을 신하에게만 뒤집어씌우고 불호령을 내릴 수 있는 기질은 처음부터 타고나지 않았다. 상감의 얼굴이 새빨갛게 닳아 올랐다. '이놈이 나를 능멸(凌蔑)하고 있구나. 이제 제가 실패한 일을 상감에게 뒤집어씌우고 있구나……' 상감은 부들부들 치를 떨었다. 일단 그렇게 노여움이 치솟고 떨리기 시작하자 이성을 잃었다. 무력(無力)함이었다. 천자(天姿), 아름답고 품성(稟性)이 인명(仁明)하던 젊은 상감은 그러한 때에 갖추어야 할 당신의 체모나 담력에 대해서 타고난 것이 없었다. 앉은 그대로 조일신에게 고스란히 당하고 있었다.

"상감마마, 거사는 이제 시작된 줄 아뢰오. 비록 기철의 도당들이 도주하고는 있사오나 밝는 날까지 추적이 끝날 것이옵고, 내일부터 그 잔당들을 단죄할 일이며, 할일이 너무도 많사옵니다. 그러하오니 신에게 모든 일을 맡겨주심이 가한 줄 아뢰오."

"모든 일을 맡긴다는 것은 무엇을 뜻하는 것이오?"

상감의 옥음은 이미 정상을 잃었다. 메마르고 떨리고 토막토막 끊기는 힘없는 음성이다.

"전하, 상감마마, 제수(除授)해주옵시오."

조일신은 두루마리를 상감 앞에 펼쳤다. 우정승(右政丞)에 조일신,

좌정승(佐政丞)에 정천기, 판삼사(判三司)에 이권(李權), 판밀직(判密直)에 나영걸(羅英傑) 등 주르러니 새 벼슬 자리에 제수(除授)를 강요하는 두루마리였다. 거사에 승산이 있던 없던, 조일신은 패거리를 대거 정승 자리에 끌어 올릴 작정을 앞서 해 두었다. 조일신이 상감으로부터 스스로 벼슬을 빼앗아 우정승에 올랐다. 기철을 치는데 실패했지만, 이 기회에, 조일신 일파가 정권을 잡겠다는 뜻이었다. '이럴 수가…… 이것들이 어느 사이에 작당모의 끝에 이런 파당을 만들었다는 말인가.' 조일신이 원(元)으로부터 인사발령의 비목(批目)을 가지고 돌아온 지 한 돌이 안 되는 이때에, 이제는 제 손으로 저의 일당들에게 벼슬을 주고, 저도 우정승의 감투를 쓰겠다고 덤벼들었다.

"경은 어째서 이런 판국에 당장 이 일을 성사시키겠다 하시오?"

상감은 말라붙은 목을 가까스로 축이며 간신히 그렇게 물었다.

"이렇게 하지 않으면 이 중차대한 거사가 수포로 돌아갑니다. 지금 어보(御寶)를 내주옵시오. 당장 어보를 내주시오소서."

그때 협실에 몸을 피했던 중전이 노기등천한 모습으로 나서며 소리쳤다.

"무엄한지고. 어느 앞이라고 감히 어보를 내놓으라 하는가? 네 이놈, 썩 물러가지 못할까? 이 무슨 천벌받을 역모(逆謀)인가? 하늘이 무섭지도 않다는 말인가?"

중전 승의공주의 눈에서는 푸른 불길이 타고 있었다. 조일신은 일순 흠칫 했으나 능청스레 웃으면서 중전 앞에 머리를 조아렸다.

"중전마마, 그리 허물치 마옵소서. 중전께서는 연도(燕都)에 계실 때에 저를 심복으로 부리시던 일들을 벌써 까맣게 잊으셨습니까. 신 조일신에게, 상께서 왕관을 쓰시는 일에 공이 컸다고 치하해 주시던 중전의 옥음이 아직도 귀에 쟁쟁합니다."

"그래서 너는 신하로서 감히 왕관을 쪼개어 쓰겠다고 떼를 쓰는 것이냐? 어디라고 감히 어보를 입에 올리는가?"

중전의 음성은 카랑카랑했다. 중전은 오래전부터 조일신을 수족처럼 부렸었다. 연경에서도 고려에 자주 내어보내 고려 조정의 돌아가는 일을 염탐도 시켰고, 조일신의 힘으로 사태 파악이 세밀하게 되는 것을 대견하게 여겼다. 그랬기로서니 제 마음대로 어보를 내라고? 이제 왕을 능멸하고 스스로 정권을 쥐어보겠다는 흑심을 본격적으로 들이대다니, 중전은 눈을 똑바로 뜨고 조일신을 노려보며 음성을 키웠다.

"게 아무도 없느냐, 이놈을 당장 끌어내 포박하거라! 어명이시다!"

그러나 지밀 밖에서는 아무런 반응도 없었다. 조일신의 도당들은 이미 피에 굶주린 야수들처럼 닥치는 대로 사람을 죽이고, 기세등등 가리는 것 없이 아무나 끌어다 연금한 뒤에 이궁을 점령하고 있었던 것이다. 새파랗게 날이 선 눈으로 조일신을 쏘아보던 중전은 몸소 몸을 일으켜 지밀문을 사납게 열어 젖혔다.

"상호군(上護軍) 김 장군(金將軍)을 당장 들라 일러라!"

응양군 상호군(應揚軍上護軍) 김용(金鏞)을 이르는 말이다. 김용은 방금 전까지 내전(內殿)에 있었다. 그가 조일신의 무리에게 죽어난 것이 아니라면, 응당 목숨을 내걸고 달려왔어야 옳았다. 그러나 밖에는 대전내관 외에 사람의 그림자 하나 얼씬거리지 않았다.

"조일신 네 이놈, 내전을 숙직하던 김 장군까지 없앴더란 말이냐?"

중전의 새파란 눈초리 앞에서도 조일신은 여유만만했다.

"중전마마, 악배(惡輩)들러리가 처치된 것은, 우선 최덕림, 정환, 정을상뿐이옵고 김용 장군은 무사한 줄 아뢰오."

"그렇다면 이 판국에 김용은 도대체 어디로 가고 얼굴조차 내어 밀지 않고 있다는 말인가? 김용을 내어놓아라. 어서, 김용 장수를 불러들여라."

김용은 상감께서 연도에 머물 때 조일신과 함께 숙위했던 신하였다. 상감은 김용의 젊은 패기를 유독 사랑하여 늘 가까운 곳, 곁에 머물게 하여 자주 불렀다. 그러했던 신하가 이 어려운 때에 나타나질 않는다. 장군의 신분으로 난입자와 싸워 죽었던가. 살아남아 있었다면 상감을 위하여 목숨을 내걸고 상감을 지켰어야 했을 인물이다. 담장 넘어 몇 겹 저쪽에서 간간이 들려오는 사람의 소리뿐 사위는 무겁게 가라앉아 있었다. 그렇다면…… 김용도 한 패거리였더란 말인가. 중전은 주먹을 부르쥐었다. 이럴 수가…… 도무지 어떻게 이럴 수가 있더란 말인가. 중전의 서슬은 그쯤에서 꺾이지 않을 수 없었다. 조일신이, 중전의 기가 꺾인 듯한 것을 보며 다시 재촉이 불같았다.

"전하, 신 조일신을 믿어주십시오. 기철의 세력을 꺾지 아니하고는 고려의 왕조가 위태롭습니다. 어서 어보를 내어주옵시오."

상감과 중전은 사태를 짐작했다. 오늘밤 이 상황을 비켜갈 수는 없는 일. 이궁은 포위되고, 상감을 호위하고 지켜드릴 신하들은 이미 죽고 남아있지 않았다.

*

그런 상태로 밤을 지샐 수는 없었다. 비참하게…… 비참하고 어이없게 어보는 조일신의 손으로 넘어갔다. 중전은 협실로 돌아왔다. 협실문을 닫으면서 그 자리에 쓰러졌다. 머리를 벽에 기대이고 눈을 감는다. 이를 악물었는데 눈물이 흘렀다. 가엾으신 상감, 외로우신 상감, 이러한 어지러움을 겪지 않으셨어도 되었을 상감. 공연한 아녀자의 고집으로, 고려의 왕이 되시어야 한다고 우겨서 이 고생을 안겨드린 것이 아닌가. 차라리 명산 명승 찾아다니며, 그렇도록 좋아하시던 그림이나 실컷 그리시게 했던 것이 옳았을 것을…… 통곡이 터졌다. 하지만 다음 순간, 이렇게 눈물만 흘리고 있을 일이 아니라고 판단했다. '내가 이러고 있을 때가 아니다. 나마저 주저앉는다면 누가 전하를 도울 것인가. 아니다, 아니다, 정말 아니다. 이대로 조일신에게 무릎을 꿇을 일이 아니다. 결코!' 중전은 피가 나도록 입술을 깨물었다.

*

목적했던 기철을 놓친 조일신 일당은 당황 우왕좌왕했다. 치밀한 계획이었지만 기철 일당의 사악한 전략에 미치지 못했다. 기철을 놓친 뒤에 할 수 있었는 일은, 왕실을 쳐부수고 실권을 잡는 일이었다. 젊고 다감한 상감을 옹위하고 있던 자들을 닥치는 대로 죽이거나 잡아 가두었다. 거리거리마다 창과 칼이 번쩍였고, 피비린내와 비명이 전국을 휩쓸었다.

느닷없는 역모를 눈치챈 대신과 백성은 죽어가면서 조일신에게 저주를 퍼부었다. "이 역적! 조일신아, 우리가 죽어서라도 너희들에게 원수를 갚을 것이다. 이 핏값을 반드시 받아내겠다!" 조일신은 걷잡을 수 없는 이 원성(怨聲)의 사태를 어떻게 수습해야 할까 황망했다. 기철의 일족만을 모조리 없앨 수 있었다면, 기가네가 보유하고 있던 그 어마어마한 토지와 재보를 모조리 차지할 수 있었을 것이고, 따라서 고려 내에서는 가장 강건하고 확고한 세력을 쥘 수 있었을 터였는데…… 이제 그 꿈은 고사하고 이 사태에 대한 백성들의 원성이 조일신에게 집중 쏟아지고 있으니 난처했다. 그쯤에서 조일신의 간계는 또다시 재주를 부리기 시작했다.

이역만리 고려관에서 함께 지내기 십여 년, 강릉대군 왕자를 모시고 충성을 다하던 조일신이 이런 인간이었던가. 조일신이라는 인간이 이토록 사악 간교한 놈이었던가.

조일신은 멈추지 않고 방향을 새롭게 틀었다. 힘을 규합해 역모를 모의 할 때, 절대로 배신할 일 없다고 단단히 손잡았던 최화상(崔和尙)을 우선 제 손으로 목 베었다. 세력과 재물 분배에서 남아있으면 손해가 되는, 우선 그중 가깝던 동지를 살해했다. 이어(移御)하신 상감을 감금한 뒤, 그 이궁에 함께 입직하던 어느 날 새벽. 조일신은 밤을 새운 눈으로 최화상이 차고 있는 칼을 부럽다는 듯이 바라보았다.

"공이 차고 있는 칼은 볼수록 훌륭하구료. 거 참 대단한 칼을 구하시었소. 어디 좀 구경 좀 하십시다."

"이 칼이 참 많은 사람의 목도 베고 가슴도 찌르고 했지요."

최화상은 조일신에게 칼을 뽑아 건네주며 자랑했다. 그런데 조일신은 칼을 받아들던 순간, "그랬다면 네 목도 한번 베어 보자!" 간단하게 최화상을 베었다. 최화상을 죽이고, 이번 난의 모든 책임을 그에게 씌울 참이었다. 하지만 피에 젖은 민심은 가라앉지 않았다. 고려의 왕실이 얼마 만에 제구실을 하며, 얼마 만에 어진 상감을 만났는데…… 조일신이 칼을 들어 고려를 난도질을 하는가? 정궁(正宮)으로 돌아가지 못하는 중전이 상감을 모시고, 살아남은 상궁들을 비밀리에 불러, 연경으로 통하는 내관을 찾아, 서둘러 연경으로 사람을 보냈다. 조일신이 그 눈치를 채었으니, 미상불 살아남을 길을 모색하지 않을 수 없었다. 조일신은 자신의 실패를 또다시 누구에게인가 전가해야 했다. 그는 자신의 팔과 다리처럼 움직여준 장승량 등 십여 명을 희생의 제물로 점찍었다. 불문곡직 그들을 추포하여 옥에 가두었다. 그리고 상감께 엉뚱한 배역을 안겨드렸다. 십자가(十字街)에 백관을 모아놓고 상감 행차를 끌어다가, 상감의 눈앞에서, 자신의 도당이었던 일당을 역모에 앞장섰던 자들이라 죄명을 씌워 효수(梟首)했다. 사악한 조일신은 그렇게 자신의 죄를 백성 앞에서 변명했다. 그리고 조일신 자기를 도와 거사를 일으켰던 정천기를 옥에 가두고 정천기가 역모의 주모자였다고 백성들의 원성 방향을 돌리려했다. 상감께서도 다른 대신들도 조일신의 간계를 모르지 않았지만, 누구도 조일신을 잡을 사람이 나타나지 않았다. 어보까지 탈취했던 조일신의 역모가, 조일신의 각본으로, 조일신 혼자 살아남자, 천하에 두려움을 모르는 그의 거드름은 날로 늘었다. 조일신은 말 위에 앉은 채 상감께 잔(盞)을 드리는 무엄함을 범했고, 중전이나 대비(大妃)께도 또한 같은 짓을 저질렀다. 조일신이 무엇을 믿고 그 정도로 무엄하게 구는지 알 수 없었다. 오직 자신의 사악한 지략이 먹혀드는 세상이 우습게 보였음일까.

상감은 날로 초췌해지고, 수라도 들지 못하고, 숙면을 잃으신 지 오래되었다. 조정 정사는 엉망으로 뒤집히고 민심은 흉흉했다. 언제까지 이렇게 수수방관만 하고 있을 것인가. 충신이 아주 없는 것도 아니었다. 상감뿐 아니라 바른 정신을 가진 대신들이 더는 좌시할 수 없음을 주상께 아뢰었다. 삼사좌사(三司左使) 이인복(李仁復)이 간곡하게 충언을 드렸다.

"전하, 조일신을 이제 더는 좌시하시지 마시옵소서. 이대로 더 두고 보셔서는 아니 되십니다. 하명만 하시면……."

조일신을 주살(誅殺)할 것을 비밀리에 상소드렸다. 하지만 중전께서는 상감께, 그 일은 갑작스럽게 성사시킬 일이 아님을 간곡하게 말씀드렸다.

"전하, 조일신의 간악 간교함이 하늘을 찌르고 있습니다. 충신 몇이 섣불리 건드렸다가는 일신의 간교함에 역으로 말려들 것입니다. 전하께서 일신을 계속해서 부드럽게 대해주시오서서. 그의 처사를 모두 옳게 여겨주시고, 때를 기다리시며 일신이 마음을 놓게 만드시옵소서. 무결(無缺)해야만 합니다. 오래 걸려도 인내심을 가지고 일신을 안심시키셔야 하옵니다. 그렇게 일신의 기세를 올려주시고 완전히 안심을 시킨 뒤에 도모하소서."

중전의 물샐 틈 없는 작전은 충신들에게도 전해졌다. 상감께서 도모하시는 것을 충신들이 숨죽이고 때를 기다렸다. 조일신은 상감 이하 대소신료들의 기가 죽어, 조일신 저 앞에서는 숨도 크게 쉬지 못한다고 믿었다. '누가 감히 나 조일신을 건드려? 이제는 정녕 조일신의 천하가 되었는데! 저 젊은 상감을 나만큼 아는 인간이 어디 있겠나? 나약하기 이를 바 없는, 장부되기는 그른 왕자가 임금의 자리를 차지하고 있으니, 이제는 고려도 내 손 안에 들었다!' 일신은 궁성을 들고나면서 상감 뵙기를 동무 만나듯 무례하게 굴었다. 그래도 누구 하나 나무라는 이가 없으니, 조일신은 점점 경계 없이 상감을 대했다.

그날, 상감은 의지할 사람은 없고, 조일신 외에 의논할 대상이 없어 부르시는 것처럼 일신을 부르셨다. 조일신은 거드럭거리고 궁궐로 들어섰다. 그때, 궁성 담장 안에 숨어있던 김첨수(金添壽)가 조일신을 단칼에 베었다. 조일신을 주살키로 논의가 결정된 날, 철 아닌 초겨울 비가 주룩주룩 내렸다. 기이하게도 겨울 주룩 비는 붉고 걸쭉한 흙비였다. 이변이었다. 붉고 걸쭉한 흙비라니— 듣도 보도 못한 기이한 현상이었다. 그 이상한 비는 조일신이 죽기까지 며칠을 두고 이어졌다. 그러더니 조일신의 목이 달아나던 날, 그토록 여러 날 계속되던 흙비가 거짓말처럼 깨끗하게 걷혔다. "세상에! 일신이란 놈이 얼마나 흉악한 놈이었으면, 하늘도 그놈을 용서할 수 없어 붉고 걸쭉한 비를, 그놈이 죽을 때까지 계속 내렸더란 말이지! 실로 하늘도 무심치 않으시다는 말이 참말이었구나!" 고려가 다시 눈을 뜨고 깨어났다.

외로운 왕도(王道)

　　조일신의 난이 평정되었으나 상감께는 아물지 않는 깊은 상처가
남았다. 일신이 죽어 다시는 그의 방자함을 겪지 않아도 되었으나,
젊으신 상감은 사람이 두려웠다. 사람이⋯⋯ 더구나 신하된 사람이
일시에 그렇게 딴판의 인간이 될 수 있는지⋯⋯ 친원파(親元派) 중에
서도 가장 중추를 이루고 기세를 드날리던 기철 일족을 일소(一掃)하
려했던 조일신을 은근히 기대했던 상감 자신의 무지와 오판이 부끄
러웠다. 그때 만일 조일신이 기철 일족을 쓸어냈다면, 그 이후 조일
신이 밀고 들어왔을 더러운 권력을 어떻게 감당할 수 있었겠나. 하
지만 척살된 것은 조일신 하나로 끝나지 않았다. 조일신의 권력을
부러워하며 일신의 편에서 명리를 도모했던 적잖은 신하들이 연루
되어, 혹은 죽고 혹은 귀양 갔고, 그들의 가솔들은 종이 되어 뿔뿔이
흩어져 갔고, 가산(家産)은 적몰되었으니 결국 나라의 손실이었다.
사건은 그것으로 일단락되었으나 그것은 외형상의 마무리였을 뿐,
남겨진 후유증은 일파만파였다. 상감께는 상상할 수 없었던 지옥이

었다. 조일신에게 감금되다시피 이궁에서 꼼짝할 수 없었던 기간은 영겁처럼 길었다. 임금의 신하였던 자들이 조일신의 편에 서서 임금을 배신하고, 결국에는 죽어간 얼굴 얼굴이 하나 둘이었다. 밤이면 더러 어둠 속에 그 얼굴들이 떠올랐다. 더러 억울하게 처단된 사람인들 없었겠는가. '상감의 자리에서 이런 일을 필연으로 겪어야 할 일이라는 것을 알았던들, 나는 무슨 수를 써서라도 이 자리를 피했을 것을…… 앞으로 얼마를 더 왕의 역할이 남았을지……'

처결 처단은 상감 혼자서 할 수 있는 일이 아니었다. 정승대신들의 어지러운 논란 속에서 이렇게도 되고 저렇게도 뒤집혔다. 사건이 마무리 지어진 뒤에 상감께 남겨진 것은 단순한 노여움이나 불쾌감이 아니었다. 의혹. 갖가지 의혹과 의심의 씨가 상감의 가슴과 머리에 심겨졌다. 그중에서도 김용의 사건은 무엇보다도 어지럽게 상감을 괴롭혔다. 수없이 죽이고, 죽고, 피 흘리던 와중에 자취를 감추었던 김용은 멀쩡하게 살아남아 있었다. 행궁(行宮)을 지키던 신하들이 모두 희생되었건만 김용은 손끝 하나 다친 일 없이 살아있었으면서, 어디에 숨어있었는지 조일신의 난입을 막지 않았다. 조일신이 침궁(侵宮)할 때, 김용은 어디서 무슨 짓을 하고 있었을까. 분분하던 물의 속에서 김용은 매를 맞고 해도(海島)로 귀양을 갔지만, 갖가지 의문은 상감의 가슴속에서 복잡하게 뒤얽혔다. 중전 승의공주와 몇몇 중신들은 김용을 아주 베어 처단함이 마땅하다고 했다. 그러나 상감은 신하 김용의 변명을 믿고 싶었다. 난입자들에게 붙들려 꼼짝달싹할 수 없었다면 그럴 수도 있었을 일. 더구나 김용은 원나라에서 몇 년이나 함께 지냈던 신하가 아니던가. 사람으로서, 그가 사람으로서 설마 멀쩡하게 자유로웠으면서도 왕의 신변을 지켜주지 않았을 리는 없었을 것이라고 상감은 끝내 믿었다.

모든 일은 씁쓸한 뒷맛을 남긴 채 일단은 매듭이 지어졌다. 상감은 혼자 있는 자리에서는 기씨네의 생각에 깊이 빠졌다. '기씨네의 운세(運勢)가 아직도 기승하고 있지…… 아직도 운세가 강하게 남아 있어……'

새해 정월이 되자 상감은 중전과 함께 기황후의 친정어머니인 영안왕대부인(榮安王大夫人) 이씨(李氏)의 집에까지 행차했다. 그것은 조일신의 난 때에 겪었던 고초를 위로한다는 명목이었다. 상감은 중전 승의공주의 꼿꼿한 성품을 부드럽게 달랬다.

"중전, 당신의 친정 원나라가 있는 한 나는 자유로운 왕이 될 수가 없소. 기황후의 후광 속에 있는 저 기씨네를 당분간은 어릅쓰다듬고 달랠 필요가 있소. 언짢아하지 말고 나서십시다. 이렇게 궁궐에만 갇혀 지내는 것보다는 바람도 쏘일 겸 그렇게 한번 찾아보아 둡시다 그려."

기철 일족을 쓸어버리려던 조일신의 뜻을 상감이 알고 있었으면서도 묵과했던 사실이 드러난다면…… 그것은 현재의 고려 왕권으로는 버텨내기 어려운 결과를 초래할는지도 모를 일이었다. 무슨 방법으로든지 무마하지 않을 수 없는 것이 상감의 처지였다. 지금 선불을 건드릴 수는 없는 일. 그렇게 계산을 하다보면 당분간은 기씨네에게 냉담해서는 안될 일이었다. 그러한 생각에서 상감은 정월 새해에 접어들자 중전 승의공주를 달래어 기철의 어머니 이씨네 집에까지 몸소 행차했다. 그런 뒤에, 더 다져두기 위하여 오월에는 영안왕대부인 이씨를 위해 그의 집에서 잔치를 거창하게 베풀기도 했다.

"무엇 때문에 상감께서는 기가네 일족에게 계속 머리를 숙이셔야 하옵니까. 이제는 그만하옵소서. 고려 왕실의 체통이 아무리 낮아졌기로서니, 상감마마, 마마께서까지 이리하실 수는 없는 일인 줄 압니다."

중전은 간곡하게 아뢰었다. 그러나 상감은 쓸쓸한 웃음을 한동안 띨 뿐 선뜻 대답을 않고 있다가, 한참만에야 침울한 어조로 대답했다.

"내게는 아직 힘이 부치오. 힘이 부친 동안에는 반목을 할 필요가 없소. 계속 저들을 푸근하게 안심시키는 것이 내가 힘을 벌어들이는 길이요. 아마 당분간은 이렇게 견디는 수밖에 없을 것이오."

상감의 예측은 들어맞았다.

얼마 후, 원의 황실에서 어마어마한 소식이 날아들었다. 기황후가 아들을 낳았을 때, 예측한 일이기는 하지만, 기황후의 소생 애유식리달랍(愛猷識理達臘)을 황태자로 책봉한다는 소식이 날아들었다. 고려 여인의 소생이, 원 황제의 뒤를 이어 황제의 자리에 오른다. 황태자의 외가 기씨네는 하늘문으로 들어선 듯 기고만장이었다. 황태자 책봉의 의식이 있었던 유월로부터 두 달 뒤, 원나라 황실은 황태자의 외조모(外祖母)인 영안왕대부인 이씨에게 패아찰연(孛兒札宴)을 내렸다. 패아찰연이란 몽고의 풍속으로 혼인 등 크나큰 경사에 베풀어지는 호화로운 잔치의 이름이다. 궁중 풍속 중에서 가장 정중하고 호화로운 의식이기도 했다.

원나라는 만만태자(蠻蠻太子)와 대신 안정평장(安定平章)에게 예물을 받들게 하여 정중하게 고려로 보냈고, 고려 궁중에서는 연경궁(延慶宮)을 열어 패아찰연 준비에 바빴다. 예부(禮部)와 호부(戶部)에서는 일찍이 없었던 잔치 준비에 모두 건정건정 뛰어다녔다. 잔치에 쓰일 옷을 만드는 데에만 비단 옷감이 오천일백사십여 필이 들었고, 숙설청(熟設廳)에서는 만두과(饅頭菓), 다식, 강정, 산자 등 유밀과(油蜜果)를 튀겨내는 데에, 기름이 몇백 독씩 동이 났고, 내수사 광의 밀가루는 아예 동이나 버렸다. 고금에 없던 잔치였다. 패아찰연을 끝낸 뒤로는 더는 살 일이 없는 사람들처럼 고려 개경의 대궐은 잔치 물자를 있는 대로 끌어들였다.

그 바람에 시정의 물가는 하늘 높은 줄 모르고 치닫고, 나라 법으로 당분간은 공사(公私)간에 유밀과를 쓰지 못하도록 막을 수밖에 없을 만큼 식유(食油)는 동이 났다.

기세가 뻗쳐 신명이 나는 것은 기씨네 일족이고, 잔치준비를 맡은 호부나 예부 등도 그저 덩달아서 정신없이 바쁘다보니 모두가 정신없이 신바람 나는 듯 돌아갔을 뿐이다. 이러한 사태를 보고 고려의 앞날을 근심하던 사람은 노정승(老政丞) 이제현과 이인복(李仁復) 등 다섯 손가락도 채우지 못할 숫자였고, 깊은 시름에 잠긴 사람은 상감과 중전이었다.

"몽고군 앞에 힘이 부쳐서 무릎을 꿇더니 이제는 오나가나 잔치 등살로 고려를 두려빼려고 하니 이렇게 하다가는 며칠 안에 고려가 동이 나고 말겠소."

탄식하는 상감을 모시고 앉았던 중전 승의공주가 수심에 가득한 얼굴을 가만히 숙이고 대답을 잃는다.

"중전, 우선 대강 헤아려보십시다. 지난해에 상장군(上將軍) 강석(姜碩)을 원에 보내어 천추절(千秋節)을 축하한 것을 비롯하여, 정월 세배에, 또 밀직부사(密直副使) 이성서(李成瑞)를 보내어 방물(方物)을 바친 것이며, 정월에는 상호군 강중경(姜仲卿) 등이 예물을 산처럼 가지고 연경으로 가지 않았소. 성절(聖節) 때에도 예물을 바리바리 실어갔고, 다음에 좌장고제점(左藏庫提點) 김광현(金光鉉)이 원으로 갈 때에 가져간 모시가 몇천 필이었던가. 그것을 구하느라고 저자마다 뒤지다시피 하지 않았소. 안우(安祐)가 갈 때에 가져간 방물이 몇 가지였으며, 그 양(量)이 얼마만한 것이었는지 중전도 대강은 아실 게요. 그뿐이오. 황후의 탄일(誕日) 축하 예물 때는 또 얼마나 마음을 썼소. 게다가 이틀이 멀다고 들고나는 원나라 사신들을 일일이 환영하고 전송할 때마다 진설하는 잔치하며, 지금 고려의 궁궐은 정사를 돌보는 곳이 아니라 원나라에 방물 보내고 원나라 일로 잔치나 여는 곳이 되었으니, 이제는 고려에 남아날 물자가 없을 것 같구료. 더구나 이번 패아찰연으로 왕궁 곳간을 바닥내고, 백성들을 도탄에 빠지게 하고 있으니 도무지 내가 무엇을 어떻게 해야 옳은 것인지 알 길이 없소이다."

"상감마마."

중전은 그렇게 불러놓고 아미를 들어 상감을 한동안 묵묵히 뵈올 뿐 말을 잇지 못한다. 고즈넉한 연침(燕寢). 등촉의 불빛은 한가롭고 가을이 무르익어가는 밤은 깊은데, 상감과 중전은 아직 연복(燕服)으로 갈아입지도 못한 채 무겁게 마주앉아 있는 것이다. 상감은 오사고모(烏紗高帽)를 벗지 않고 있었다. 자줏빛 비단의 늑건(勒巾)을 띤 금벽수(金碧繡)의 상색포(緗色袍) 차림 그대로였고, 중전도 첩지머리에 칠적관(七翟冠) 그대로, 회수(繪繡)의 활수의(濶袖衣) 아래로 남치마 빛이 선연했다.

연경 고려관의 생활에 비하면 훨씬 호화롭고 넉넉하고 편하며 당당했다. 고려의 지존이신 상감, 상감 계신 곳이면 그 어느 곳이건 위세와 권위가 함께 했다. 그러나 지금 이 호화롭고 거룩하기까지 한 이 자리가 상감이나 중전 승의공주에게는 무겁고 답답하기만 한 자리가 되었다. 승의공주의 눈길이 애절하다. 차마 입을 열어 말을 할 수는 없으나 연경에서 지내던 한동안의 혼인생활을 몰래 그리워하고 있었다. 그러나 중전은 그 애절함을 돌이켜 마음을 가다듬었다.

"전하, 내수사 곳간이 비고, 공사 간에 유밀과를 쓸 수 없을 정도로 기름이 동나고, 원의 사신을 대접하느라고 영일이 없는 것은 그렇다 하고라도, 상감께서는 이번 패아찰연에 아니 가실 수가 없으시겠지요."

"지금의 형편으로 아니 가겠달 수야 없는 것 아니겠소. 고려의 대사도(大司徒) 기철은 원의 평장사(平章事)요, 기황후 마마의 소생이 황태자가 되었으니, 저 집에 장차 또 얼마나 큰 벼슬이 내릴는지 알 수없고, 이번 패아찰연에서 나는 만만태자에게 헌배(獻盃)를 해야 하는 것은 물론, 영안왕대부인에게도 잔을 올려야 할 형편이오."

"어쩔 수 없이 가셔야만……."

"지금으로서는 도리가 없지 않소."

"태자에게는 어쩔 수 없다지만 이씨에게는 그만두심이 어떻겠사옵니까." 상감은 안석에 몸을 눕히며 한숨을 길게 쉰다. 지긋이 눈을 감은 안색이 창백하다. "상감마마, 심신을 굳게 하시고, 앞을 내다보소서. 권불십년이라 하지 않습니까…… 원나라가 세상을 뒤흔든 지백 년을 넘겼습니다. 고려가 그 발밑에서 숨을 크게 쉬지 못한 것도백 년을 넘겼습니다. 지금 눈앞에서 벌어지는 일로 상심하시면 점점힘을 잃게 됩니다. 전하…… 기다리시옵소서. 원나라가 앞으로 얼마를 더 지탱할 수 있겠는지…… 심령 굳건히 기다리시옵소서, 전하."

상감께서 깜짝 놀란 얼굴로 안석에서 튕겨지듯 일어나 앉았다. '지금…… 중전이 자기네 나라가 얼마 못가 망한다는 이야기를 하고 있는 것인가.' 중전을 바라보니 중전이 결연한 얼굴, 빛나는 눈으로 상감을 올려다보고 있었다. 중전이 차분하게 말을 이었다.

"전하, 지금 중원 저쪽에서 새롭게 들고 일어나는 세력을 전하께오서도 잘 아시고 계십니다. 원나라는 지금 홍건적(紅巾賊)들에게만 시달리고 있는 것이 아니오라, 군사를 새로 일으킨 곽자흥(郭子興)이 있고, 지난 오월에 고우(高郵)에서 성왕(誠王)이 된 장사성(張士誠), 그리고 제주(悌州)에서 군사를 일으킨 주원장(朱元璋)이야말로 만만치 않은 인물이라 듣고 있습니다. 원나라는 고려가 손가락 하나 까딱하지 않고도 제물에 넘어지게 되어 있는 줄 압니다. 전하, 지치지 마오시고 잘 참으시며 슬기롭게 견뎌 나가시오소서. 미력하나마 소첩, 전하의 운명이 되겠다고 말씀드리지 않았습니까."

승의공주 중전의 표정은 일개 아녀자의 그것이 이미 아니었다. 어느 충신이 그렇도록 간절하고 충성스러우랴. 상감은 가슴이 떨렸다. 중전이 그렇도록 인국(鄰國)의 정세를 손살펴처럼 알고 있는 것에도 놀랐거니와, 원나라는 중전의 친정이 아닌가. 그 친정의 말로(末路)를 눈앞에 보면서도, 어떻게 그리 대담하게 남편을 위해 친정이 망해간다는 앞일을 굳건히 말할 수 있는 것일까.

"중전, 중전께서 어떻게 그리 자세한 것까지를 낱낱이 알고 계시었소. 그것은 구중궁궐 밖의 일, 더구나 머나먼 나라의 이야기가 아니오."

"전하, 대전마마, 저는 일개 몽고의 공주로, 불전의 뜻을 입어 상감을 뫼신 중전이 되었사오나, 소첩의 일편단심은, 어떻게 하면 전하를 잠시라도 편히 보필할 수 있을까 일념뿐이옵니다. 재작년 원나라가 장사성을 토벌한다 할 때에, 원의 황실은 고려에다 수많은 원병(援兵)을 요청했었습니다. 그때에 선뜻 군사(軍事)를 풀어 보내시는 상감께 저는 불가하오음을 아뢰었습니다만, 이제는 그때의 그 원병 파견이 무엇을 뜻한 것이었는지를 확연하게 알게 되었습니다."

그랬었다. 그때 장사성 토벌 때에 유탁(柳濯), 염제신(廉悌臣), 인당(印璫), 김용(金鏞), 정세운(鄭世雲), 최영(崔瑩), 이방실(李芳實), 안우(安

祐) 등 기라성 같은 신하들로 구성된 원병을 원나라로 보냈다. 표면 상으로는 원병이었지만 그 내막에는 홍건적이 어떤 성격을 띠고 있 는 존재며, 그 홍건적에게 시달리고 있는 원나라가 어떠한 처지에까 지 이르러 있는가를 알아보기 위한 척후군대였다.

홍건으로 휘장(徽章)을 한 홍건적은 미륵불(彌勒佛)이라 자칭하며 민심을 선동하던 한산동(韓山童)이 이끌던 무리였다. 한산동이 관군 (官軍)에 붙잡히자 그의 부하 유복통(劉福通)이 군사를 일으켜 각지를 노략질하면서, 한산동의 아들 한림아(韓林兒)로 황제를 삼았다. 지금 원나라는 각지에서 들고 일어나는 신흥세력에 몰리는 한편, 홍건적 들의 노략질에 지칠 대로 지쳐가는 형편이다. 승의공주 중전의 해석 대로 원나라는 고려가 손끝을 까딱하지 않고도 머지않아 제물에 넘 어질 형국이었다. 상감은 지난번 원병을 이끌고 다녀온 유탁, 최영, 정세운, 이방실, 안우 등의 상세한 보고를 받을 때 눈앞으로 경세(經 世)의 지도를 그렸다. 그러나 중전의 심정을 생각해서 형세를 알리 지 않고 삼가 오던 내용이었는데, 이제 중전 측에서 먼저 속시원히 상황을 알려주지 않는가. 상감은 중전의 심정을 헤아려 저릿해 오는 가슴을 가까스로 다스려가며 중전 앞으로 다가갔다.

"중전……공주…… 원나라는 그대의 친정이오. 그 친정의 몰락을 어떻게 그리 태연하게 예측하고 또 이야기를 할 수가 있다는 말이 오?"

"전하, 저에게는 친정도 없고 고향도 없습니다. 오직 고려, 그 고 려의 주인이신 상감 한 분을 섬기는 일이 있을 뿐입니다. 전하께오 서 어지신 임금, 억조창생을 이끌어 가시는 현군(賢君)이 되오신다면 신첩은 더 바랄 일이 아무것도 없사옵니다. 오직, 그…… 연모 가…… 저의 운명이라 하지 않았습니까. 전하께서는 하늘이 내리신 군주시옵니다. 전하……"

중전의 영롱하던 눈에서 눈물이 흘러내렸다. 상감은 떨리는 손으로 사랑하는 여인의 얼굴을 가만히 받쳐 그윽한 눈으로 내려다보았다.

"중전, 승의공주, 내 온 정성을 다하리다. 중전이 내 옆을 지키는 한, 내 모든 힘과 마음을 다바쳐 고려를 지키리다. 공주가 원하고 바라는 현군이 되어 보여드리리다. 고려와 나를 한데 묶어 그대에게 둘도 없는 작품을 만들어 보여드리리다."

"전하, 상감마마."

공주는 흘러넘치는 눈물 사이로 미소를 띠고 상감의 어깨에 얼굴을 묻었다.

*

만월대(滿月臺) 옆 연경궁(延慶宮)은 패아찰연을 위하여 지상에 없는 호화의 극치를 이루었다. 전각 아래로 이어진 차일은 여름의 흰 구름이 내려와 앉은 듯했고, 궁궐의 기둥과 들보는 오색 비단으로 감겨졌다. 처마 안에서 차일로 이어진 무지개 등(燈)은 가을 하늘에 극락문이 열린 듯 황홀하고 눈부셨다. 오늘의 주인공인 영안왕대부인이 연경궁에 당도하자 연경궁은 갑자기 불꽃이 터진 듯 활기를 띠기 시작했다. 정재(呈才)가 시작되어 풍악이 하늘을 흔들고 황개(黃蓋)를 치켜든 호사스러운 봉황개(鳳凰蓋)들이 움직이는 꽃처럼 둘러섰다.

상감은 서편에 좌정하고 중전은 만만태자와 함께 남쪽을 향해 자리를 잡았다. 그리고 주인공 이씨는 서편과 북쪽을 바라보는 동쪽에서 상을 받고 앉았다. 기철 형제는 한층 내려진 곳에 안정평장(安定平章)과 마주앉아 있었으나 그 도도한 분위기는 영안왕대부인의 잔칫상을 들어 올리고 그 자리에 올라앉은 것 이상이었다. 상감과 중전은 주인도 아니요 객도 아닌 묘한 어설픔을 느끼지 않을 수 없었다. 저 흔전만전한 음식, 호화의 극을 가는 온갖 치장이 고려의 물자요, 고려 사람들의 손으로 만들어진 것이었고, 상감은 그 고려에서 으뜸가는 자리에 있는 지존이었건만, 원나라의 후광을 톡톡히 받고 있는 기씨네의 압력 앞에서는 왕의 기상도 어쩔 수 없이 한층 내려앉았다.

이루 헤아릴 수 없이 많은 가지가지의 음식, 온 전신을 녹녹하게 하는 풍악 소리, 그리고 현란한 옷 빛의 궁녀들과 무희(舞姬)들. 그 속에 파묻혀 있는 상감의 가슴은 쓰리고 쓰렸다. 작년에 있었던 왕 자신의 탄신 때에는 살생을 않겠다고 스님네들 공양으로 잔치를 대신하지 않았던가. 살생이 싫어서만은 아니었다. 소나 말, 돼지, 닭들은 살아 있는 백성의 재산이다. 그 불어나는 재산을 축내지 않으려는 뜻이 깊었던 것이다. 그런데 아무리 상감 홀로 애탄개탄 아긴들 무슨 소용이 있는가, 원 황실 입김 한번이면 이 지경이 되는 것을. 상감은 원나라 태자 앞에 술잔을 올리기 위하여 무릎을 꿇었다. 무릎을 꿇었다…… 태자는 아직 어린 아이다. 오직 그가 원나라에 태어난 왕자였다는 이유 하나만으로, 그는 고려의 왕이 무릎을 꿇어 올리는 술잔을 받을 수가 있었다. 태자는 자리에서 일어나 고려 상감의 잔을 받았다. 그리고 선 채로 그 술을 받아 마신 뒤에, 그 잔에 술을 부어 외조모 영안왕대부인 이씨에게 올렸으니, 고려의 상감은 이씨 앞에 간접적으로나마 무릎을 꿇은 격이 되고 말았다. 상감은 속으로 이를 악물었다. 수모였다. '내 기필코 이러한 상감 노릇으로 상감 노릇을 끝내지는 않으리. 내 언제인가는 당당한 현군, 명실공히 고려의 왕으로 온 천하 위에 군림하리라.' 상감은 왼쪽 북편에 태자와 나란히 앉아 있는 중전 승의공주를 건너다보았다. 중전은 '잘 견디셨습니다. 전하, 이 자리가 언제까지 이어지지는 않을 것이옵니다. 이렇게 하늘을 찌르는 듯한 영화도 그저 잠간 지나가는 뜬구름입니다. 전하.' 중전은 원 황실 공주의 대접을 받고 태자 옆에 자리를 잡았으나 끝내 상감에게서 눈길을 돌리지 못했다.

패아찰연을 끝낸 뒤에는 다시 태자관에서 방몰연(防沒宴)을 열어야 한다. 방몰연이라 함은 잔칫날에 육류를 남겼다가 다음날 이어서 잔치를 여는 풍습인데, 말이 전날 쓰던 물건이지, 그날에는 그날대로 또다시 새로운 음식을 장만하지 않으면 안 되는 부산스러움이 이어진다. 더구나 만만태자는 김윤장(金允臧)의 딸을 태자비로 맞기로 작정한 뒤였으니 그 분위기는 또 하나의 기세 높은 잔치였다. 전날, 실두태자(實逗太子)가 왔을 때는 만호(萬戶) 임숙(林淑)의 딸을 데리고 가더니, 이렇듯 매빙사(媒聘使) 말고도, 황실 태자들이 직접 점을 찍어 고려의 딸들을 이끌어 가는 일에, 상감과 중전은 뒷전에서 치를 떨었다. 밀직부사 이야선첩목아(李也先帖木兒)를 고려의 사신으로 뽑아 패아찰현을 내려준 원나라에게 사(謝)하는 글을, 백 번 절하듯 지어서까지 보내자, 패아찰연의 어지럽던 막도 일단은 끝이 났다. 어지럽고 민망한 일이 연이어 일어나던 잔치였다. 피로한 기색이 완연한 상감을 위하여 중전은 손수 수라간을 지휘하며 길어진 가을밤 한중간에 상감께 밤참을 올렸다.

"전하, 쓸쓸하시지요. 상심 깊으셨던 잔치 뒤끝이……"

중전은 상감께 찻 시중을 손수 들면서 쓸쓸한 미소를 곁들여 여쭙는다.

"이렇게 살뜰한 중전이 나를 돌보아주시는데 무에 적적하겠소."

상감은 대나무 무늬가 은은한 청자 찻잔에서 피어오르는 다향(茶香) 속으로 승의공주를 바라보며 오래간만에 편안한 마음으로 웃음을 띠었다.

"전하, 이렇게 세월이 자꾸 달음박질치듯 빨리 흐르는 것이 소첩은 왠지 두렵습니다."

"무슨 소리요? 우리 단둘이 호젓하게 즐길 자리를 자주 빼앗긴대서……?"

수줍은 듯 찻종을 만지작거리던 공주의 뺨이 달아오르며 귀밑까지 빨갛게 물이 들었다.

"제가 할 노릇을 다 못하고 있기 때문이옵니다."

상감은 중전의 아픔이 무엇인지 금방 알았다. 지난 사월에도 중전이 계속 졸라대던 끝에 못 이겨, 후사(後嗣)를 빌기 위하여 함께 복령사(福靈寺)엘 갔다. 그때 부처님 앞에 오체투지하고 정례(頂禮)로서 끝없이 빌고 있던 공주의 뒷모습을 보면서 눈시울이 뜨거웠다. 상감은 중전의 심경을 깊이 헤아렸다. 그 애절한 심경은 곧 상감 자신의 것이기도 했다. 그러나 역시 위로해야 할 사람은 상감일 수밖에 없었다.

"중전, 이제 혼인한 지 다섯 해, 공주의 나이 이제부터 꽃이 피는데 무에 그리 성급하오? 우리끼리 한껏 아기자기하게 지내다 보면 우리의 아이가 방긋방긋 웃으며 나타날 것이오. 너무 그리 걱정하면 오히려……"

"사가(私家)에서라면 그럴 수도 있겠다지만, 고려 왕실의 후사는 왕비의 의무입니다. 그리고 저는…… 전하께 드려지는 운명이라 하지 않았습니까. 고려 상감께 운명이 되는 제가…… 상감께 왕자를 안겨드리지 못한다면……저는 대전마마와 꼭 닮은 왕자를 낳아드려야 전하의 진정한 아내 된다는 것을 잘 알고 있습니다. 후사를 안겨드려야 전하와의 내세도 약속이 되지 않겠습니까."

만월대에서 복령사로 가는 길에는, 왕자를 낳아지라는 중전 승의공주의 애절한 소망이 몇 겹으로 겹쳐있었다. 승의공주는 상감께 졸라서 함께 행차하기도 했고, 혼자서도 홀쩍 대궐을 나서서 복령사로 달려갔다. 상감은 복령사 행차에 정성을 기울였다. 그러나 중전이 가자고 할 때마다 성큼성큼 따라 나설 수 없는 것은, 오히려 그러한 반응이, 상감도 후사를 재촉하는 심정이 깊다는 것을 뜻하는 것으로 중전을 재촉하는 것이 되지나 않을까 싶어서였다. 상감은 봉은사(奉恩寺)로 자주 납시었다. 태조(太祖)의 진전(眞殿)에 알현하고자 함이라고는 했지만, 왕은 태조의 진전 앞에서 언제나 두 가지를 함께 빌었다. 한 가지는 왕으로서 보국(輔國)할 수 있는 기상과 능력을 주옵소서 하던 것이요, 다른 한 가지는 아들에 대한 소망이었다. 중전 승의공주는 상감의 그러한 심중을 소상하게 알고 있기도 하였지만, 우선 남편의 사랑을 받고 있는 한 여인으로, 그리고 한 지어미로, 사랑하는 남편의 아이를 낳는 일이 얼마나 간절한 것인지, 부처께 눈물로 아뢰고는 했다. 아들을 낳아 왕통을 이어야만 할 아이였고, 그 아들이 늠름한 기상을 가지고 고려를 대국으로 키우게 만들어야 할 소명이 중전의 몫이었다.

*

원나라 앞에서 허리를 펴지 못하던 고려. 기황후의 연줄 때문에 기씨네 앞에서까지 기를 펼 수 없었던 고려의 왕실. 원나라의 세력 앞에서 고려는 아직도 비실거리고, 따라서 상감도 그 뜻하고 있는 바를 마음껏 펴지 못하고 있다.

그날 중전은 복령사 일주문 밖에서 연(輦)에서 내려 대웅전까지 걸어서 올라갔다. 가을 하늘이 푸르렀다. 구름 한 점 없는 하늘 아래 숲은 갖가지 단풍으로 곱게 물들었고, 이끼 긴 부도(浮屠)들이 안치된 낮은 골짜기에는 늦게 핀 들국화가 향기로웠다. 중전은 걸음을 멈추고 가을 숲을 둘러보았다. 하늘을 올려다보기도 했다. 아름다운 고려, 다정한 고려, 순한 고려, 그런가 하면 아기자기한 고려, 깊은 맛의 고려, 상감께 운명의 여자가 되어 고려 왕비가 된 승의공주. 새삼스러운 감격이 중전의 눈시울을 잠간 적셨다. 팔천세의 인연을 거쳐야 만나게 된다는 부부. 원나라 여자인 자기가 고려의 왕자를 만나게 된 인연을 생각하면 신기하기 이를 바 없었다. 그러나 자기가 남편의 나라, 완전한 고려 사람이 되는 길은, 가장 가깝게 아기를 낳는 길이 아니던가. 중전은 수종자들을 물리고 홀로 대웅전으로 들어갔다. 아득하게 높은 천장으로 냉기가 서려 오르고, 향연(香煙)이 몇 오리 피어오르는 곳에 부처님이 앉아 계셨다.

중전은 오체투지 차디찬 마룻바닥에 이마를 조아렸다. '부처님, 부디 고려의 중흥을 도와주소서. 이제 원나라의 손아귀에서도 벗어나 원나라에게 칭신하지 않는 고려가 되어야 합니다. 상감께서 고려 중흥을 이룩하는 왕이 되도록 이끌어 주옵소서. 그 약속으로 왕자를 점지하게 하여 주옵소서. 이제 앞으로 큰 국난 없이 고려가 새로운 힘으로 일어날 운세를 증표하시는 것으로 부디, 저에게 왕자를 얻는 어미의 인연을 허락하여 주소서' 간절하고 또 간절한 눈물의 발원이었다. 그러나 그 간절하던 발원 끝에 중전 승의공주의 뇌리에 어두운 예감이 써늘한 기운으로 훑고 지나갔다. 만일…… 만일에 왕자가 태어나 주지 않는다면…… 그렇다면 그것은 고려의 중흥이 불가능하다는 것이 아니겠는가.

중전은 찬 마룻바닥 위에서 몸을 떨었다. '안 된다, 안 된다. 무슨 그런 방정맞은 생각을…… 고려를 위해서도 상감을 위해서도 그리고 중전 자기를 위해서도 무슨 이런 사위스러운 생각을…… 금기! 금기다!…… 내가 왜 이렇게 못된 상상에…… 고려는 이제 원나라의 질곡에서 벗어나야 하고, 상감 왕기(王祺)의 능력으로 중흥이 이루어져야 하고, 승의공주 자기가 낳은 왕자로 왕통을 이어 더욱 빛나는 고려를 만들지 않으면 안 된다!' '부처님, 부디 길을 열어주소서. 부디 굽어 살펴주소서.' 중전은 차디찬 마룻바닥에 엎드려 뜨거운 눈물을 흘렸다.

*

상감 즉위 오 년째 되던 해 정월.

원나라 황실에서 고려왕에게 공신호(功臣號)를 내렸다. 친인보의선력봉국창혜정원(親仁保義宣力奉國彰惠靖遠). 상감은 공신호를 들고 들어오는 원나라의 사신을 맞기 위하여 몸소 선의문(宣義門)까지 행차하셨다. 그리고 공신호를 들고 온 원나라 사신 일행을 위해 다시 푸짐한 잔치를 베풀었다. 공신호 열두 자를 받은 상감의 심회는 착잡했다. 공신호에 대한 답례는 필연이었다. 사례하기 위하여, 복창부원군(福昌府院君) 김영후(金永煦)를 보내기로 하고 손수 표문을 만들었다. 그리고 상감은 내심 계획하고 있는 일들을 점검하면서 회심의 미소를 떠올렸다. 백여 년간 수없는 표문이 원나라에 올라갔지만, 고려왕의 심중이 이렇도록 뼈아프게 맺혀 올려진 일은 일찍이 없었으리라. 표문은 여전히 비굴 황송하였지만, 상감의 뜻은 이미 엉뚱한 곳을 목표로 했다. 〈천재일시(千載一時)에 천자(天子)의 명(命)을 즐겁게 받드니 사방 만국(萬國)이 다른 때 없이 번영을 누리고 있음을 듣겠사옵니다. 뼈에 새겨 잊지 않을 것이며 몸을 부수어도 갚기 어렵겠나이다. 삼가 생각건대 폐하께오서는 억조창생을 다스리심에 있어 자비와 중용(中庸)을 취하심을 알겠나이다. 조상(祖上)의 행하신 바에 따르니, 노(努)하지 아니하여도 신뢰가 있나이다. 신(臣)이 어렸을 때부터 청광(淸光)을 얻어 뵈옵고 황궁(皇宮)의 숙위(宿衛)를 치렀으되 원 황실 앞에 추호의 도움이 없었고, 탑역(鰈域:고려를 낮추어 말함)을 맡아 다스림에도 촌척(寸尺)의 공도 없었나이다. 그런데 어찌 백(百)에 일능(一能)도 없는 인품(人品)에게 이렇듯 귀한 호가 내려질 줄이야 생각이나 하였사오리까. 황제폐하께오서는 누대(累代) 근왕(勤王)들의 공효(功效)를 기억하시고, 이 어리석은 신하가 연주(戀主)하는 정성만을 어여삐 여기사, 특히 황제의 조칙(詔勅)을 내리시와 정종(鼎鐘)의 반열(班列)에 끼게 함을 엎드려 만나게 되었나이다. 신(臣)이 삼가는 뜻은 인(仁)을 구하고, 몸은 의(義)를 행하며, 군(君)에 충성함을 원하나이다. 먼 곳 백성들을 구제하시어 편안하게 살펴주심이 미칠 것을 바라옵고, 상국(上國)의 맑은 훈유(訓諭)를 엄수하여 감히 받들어 주선(周旋)치 아니하오리까.〉

상감의 표문은 겉으로 공손하기 이를 바 없었으나, 심지에는 곳곳에 뼈가 심겨 있는 글이었다. 표문을 띄운 지 얼마 안 되어 전민변정도감(田民辨正都監)을 다시 일으켜 세웠다. 권문세족들의 반발을 각오했다. 더구나 세력이 팽창할 대로 팽창해 있는 기씨네 일족과 원나라의 후광을 업고 있는 세도가들이 만만찮게 나올 것은 뻔한 일이었다. 그러나 바로 그러한 세력 불균형 때문에 상감께서는 이 관청을 새로 정비하여 내세울 필요가 있었다.

전민변정도감. 백성들의 얼굴은 밝아졌다.

'세상이 이제야 바로 돌아가려나 보다.' '이 억울한 한(恨)을 천지신명께서나 아시려나 했더니 이제야 어지신 상감이 나시어 우리들의 한을 풀어주시는구나.' 백성은 희망과 꿈에 부풀었다. 세월이 흐르면 흐를수록 권문세족들의 땅덩어리는 넓고 넓어지는데, 백성의 토지는 계속 좁아들었다. 허리띠를 졸라매고 또 졸라매어 끊어질 지경으로 졸라매고 논밭에 매달려 있어 보아도 오그라붙는 땅을 붙잡을 도리는 없었다. 권신(權臣)들은 툭하면 이름을 붙여 땅을 차지했고, 백성은 조세(租稅)를 꼬박꼬박 바치다보니 먹고 살 길까지 막혀, 결국은 땅을 차지한 양반집 노비로 저절로 굴러들어가게 되는 경우가 허다했다. 이러한 불균형을 다스려 토지와 노비(奴婢)들을 정리하기 위하여 설치한 곳이 변정도감이었다. 누구도 예측하지 못한 상감의 결단이었다. 변정도감 설치는 이번이 처음은 아니었다. 팔십여 년 전, 원종(元宗) 십 년에 처음으로 전민변정도감을 두었었고, 충렬왕조 때에도 두 번이나 설치를 했다가는 흐지부지 끝이 났다. 이러한 불공평은 당초에 전시과(田柴科)제도에서부터 비롯되었다. 경종 원년에 마련된 제도로 벼슬아치에게 관급(官級)을 따져서 토지와 임야를 주어왔다. 위로는 중서령(中書令)에서 아래로는 최하급의 이원(吏員)에 이르기까지 모든 문무(文武)관리에 대해, 그 관직의 높낮이를 열여덟 과로 나누고 과(科)마다 지급할 토지와 시지(柴地)의 수량을 정했었다.

20세에 받았던 군인전(軍人田)은 60이 되면 나라에 반납하기로 되어 있고, 한인전(閑人田)도 벼슬을 하게 되면 관청에 반환을 하게 되어 있었으며, 공음전시과(功蔭田柴科)라 하여 공신이나 5품관 이상에게 주어진 땅은 세습이 가능하도록, 그 법이 세심하게 법령으로 이루어진 것이었으나 권신들의 입맛에 맞도록 수시로 개정이 되어오던 동안에, 이제는 쉽사리 손을 댈 수 없을 만큼 권신들만을 위해 시행되는 전시과가 되었다. 전시과 제도가 권문세족들에게만 계속 유리할 수밖에 없었던 것은 전시의 지급이 토지나 임야 그 자체를 떼어주는 것이 아니라, 그 토지에서 나오는 조(租)를 지급해주던 것이었고, 조의 액수도 나라에서 정하게 되어 있었다. 개인이나 나라의 기관이 수조권(收租權)을 쥐고 있던 토지에는 경작자(耕作者)들이 따로 정해져 있었다. 그리고 조를 받아들이는 것은 조정이었고, 그 조를 지급하던 일도 나라에서 했기 때문에 수조권을 가진 개인이나 경작자 간에는 직접적인 관련이 없었다. 그러나 왕도(王都) 둘레에 널려있던 권신들의 땅은 점차로 불어나면서 전시과의 본래의 운영이 뒤틀리고, 대토지 소유자가 된 권세가들은 음으로 양으로 횡포를 늘려갔던 것이다. 상감은 이러한 농장주(農場主)들의 횡포를 과감하게 잘라버리고, 백성이 억울하게 빼앗긴 땅을 찾아주고자 했다.

전민변정도감을 새로 설치했다는 소식이 들리던 날, 중전 승의공주는 정침에서 상감의 수라상을 손수 돌보며 상기한 모습으로 왕을 기다리고 있었다. 이윽고 상감이 앉으신 연이 정침(停寢) 쪽으로 돌아들고, 시위 소리가 상감마마의 듭심을 호쾌하게 알린다.

"상감마마 듭시오."

중전은 궁녀들을 거느리고 전 밖에 부복해 상감을 맞이했다. 이제는 어엿하게 틀이 잡히신 상감. 용안에는 다소 피로한 기색이 떠돌았으나 중대한 결의를 한 가지 한 가지 이룩해 가시려는 강한 의지가 빛나는 전하의 용안을 바라보며 중전의 가슴은 한없이 설렜다. 빼어나신 기품. 아직도 젊으신 상감께서 두려움 거두시고 백성만을 위하여 법을 세우시는 정열……중전은 자랑스러움으로 가슴이 터질 듯했다.

"전하, 이제 칼을 빼시었습니다. 이제는 물러서실 수도 없으십니다. 오직 정확한 겨냥만이 남아 있사옵니다. 부디 관철하시옵소서."

저녁 수라를 드시는 상감 앞에서, 중전은 홍조를 띠고 기쁨을 꽃피웠다. 상감께서도 의미 깊게 웃으시며 중전을 바라보았다.

"과인의 깊은 속까지를 꿰뚫어 보시고 있구료."

"꿰뚫어 뵈옵는 것이 아니오라, 전하의 근심은 저의 근심이고 전하의 기쁨은 저의 기쁨이옵니다. 내어버려 두었다가는 고려의 모든 땅이 몇몇 권신들의 수중으로 들어가지 않겠습니까. 아마 지금도 정확하게 헤아려본다면 나라의 재산이 그네들의 것을 따르지 못할 것 같습니다."

"잘 아시었소…… 하지만 그렇게 녹녹하게 일이 풀릴는지 걱정이구료."

상감의 우려는 적중했다. 문무백관을 조정에 모아놓고 변정도감을 설치하겠다는 칙유가 있었던 날. 상감의 뜻을 당연지사로 기쁘게 받았던 신하는 불과 몇 사람. 반수 이상은 창백해졌고, 세도를 드날리는 것으로 이름난 중신들의 얼굴은 일그러졌다.

상감은 도첨의부(都僉議府)에 두 가지 일을 지시했다. 하나는 백성들의 소지(訴紙)를 받아 지역별로 정리할 일과 또 하나는 지금까지 조정으로부터 전시과를 받은 관리들의 이름과 그 내용에 관한 내용을 정리하는 일이었다. 그리고 다시 한옆으로 은밀하게 조사를 시킨 일은, 권신들이 실제로 지니고 있는 토지에 관한 것을 상세하게 알아내는 일이었다. 그렇게 되면 정식으로 전시과가 내려진 분량과 실제로 지니고 있는 것과의 차이를 쉽게 알아낼 수 있었고, 그 여타의 분량에 대한 것을 왕권으로 살펴 정리할 계획이었다.

도첨의부로는 백성의 소지가 연일 수백 장씩 날아들었고, 그 소지에 적힌 내용과 권신들이 전시과로 받은 토지 이외의 부분을 맞추어 볼 때 신기하게도 맞아 떨어지는 부분이 속속 드러났다. 그렇게 시작은 통쾌하고도 면밀하게 풀렸으나, 예상했던 대로 두꺼운 벽에 부딪쳤다. 농장주(農場主)들이 차지하고 있는 땅들은 전시과로 받은 것 외에 너무도 어마어마한 것이어서 은밀하게 다루기에는 벅찬 대상이었고, 그러한 대농장주들은 자기네들끼리 은밀하게 뭉쳐 상감의 뜻을 무찌르려는 대비책을 강구하며 돌아갔다. 그중에서도 더욱 어마어마한 땅을 차지하고 있던 신하는 말할 것도 없이 기황후의 오라비 되는 기철이었다. 기철, 권겸, 노책 등 원나라를 업고 있는 권신들과, 김영후, 인승단, 채하중 등 품대(品帶)를 띠고 있는 벼슬아치들로서 출처가 분명찮은 토지와 임야를 어마어마하게 소유하고 있었으니 고려 국토가 거의 그들의 땅이라 해도 과언이 아닐 정도였다. 그러한 형편에서 역시 정면 도전을 나선 자는 기철이었다. 전민변정도감을 설치한 지 한 달 남짓 지났을 어느 날 오후. 기철은 편전으로 들어 상감 뵈옵기를 청했다.

"신 기철 입시이오."

상감 앞에 이른 기철은 추창해서 곡배를 올린다. 장년의 건장한 체구에 기름진 얼굴. 든든한 등 뒤엣 힘을 과시하는 여유만만. 무엇을 따지러 왔는지 기세등등이다.

"어인 일이시오. 대사도께서."

상감은 아직 젊다. 기철의 나이에 비해 두 간지(干支) 가까이 손아래다. 상감 어린 시절 연경살이를 하던 동안, 연경 고려관을 그중 자주 드나들던 기철이었고, 기황후를 앞세우는 인물이었으니 고려 쪽이고 원나라 쪽이고를 안하무인격으로 휘젓고 다니는 위인이었다. 그랬어도 왕의 나이 어렸을 때는 고려에서 다니러 나오던 기철을 보면 반가웠다. 고려의 향기를 묻혀다 주던 신하로 고맙고 든든하기까지 했었다. 그런데 권력의 힘줄 사이에서 군신(君臣)의 관계는 달라졌다. 현재의 상감에게 대사도 기철은 살아서 움직이고 있는 크나큰 장애물이었다. 아니 좀 더 정확한 상황은, 고려를 잃게 되거나 상감의 자리를 잃게 될 수도 있는, 먹느냐 먹히느냐의 판가름을 감추어 둔 군신 사이였다.

"전하께서 하 바쁜 정사에 옥체 피로하실 것 같아, 세상 돌아가는 일이라도 말씀 올리며 풀어드릴까 해서 들렸사옵니다."

"고마우신 일이오."

상감은 웃었다. 그러나 웃음 뒤에 노여움의 파란 불꽃이 숨겨져 있었다. '구렁이 같은 놈. 나를 슬슬 휘감아 얼르려 드는구나.' 상감은 기철의 심중을 훤히 알고 계셨고, 또 이러한 대면이 있으리라는 것도 예상하고 있었건만, 당사자를 만난 자리는 긴장과 울분으로 내심 떨리는 자리였다.

"총혜(聰慧)하오신 전하의 이번 칙령(勅令)에 나라 안 백성이 무척 바빠진 듯하옵니다."

능글능글한 기철이 포문을 열었다.

"바빠졌다 함은 활기가 생겼다는 뜻이겠소?"

"좋아서 날뛰며 웃는 백성이 있는가 하면……"

"그렇지 못한 사람들도 있다는 말씀이겠소."

"그러하옵니다."

"그래 그 이야깃거리가 재미있어서 짐짓 들려주러 들어오시었소?"

이미 장년을 넘어 늙어가는 기철의 능글거림이 젊으신 상감에게 분심을 일으켰다. '벌써부터 이러면 안될 일인데…… 나도 저놈을 이기려면 능청을 부려야 한다. 그렇게 해야만 한다.' 그러나 끓어오르는 분심을 좀체 달랠 수가 없었다.

"전하, 이 세상 모든 일이 그러한 것인 줄 아옵니다. 웃는 자가 있으면 따라서 우는 자가 생기는 것이 아니옵니까."

"그렇다면 기 정승은 어느 쪽이라는 말이오?"

상감은 끝내 눙치지 못하고 곧장 내어 찌르고야 말았다.

"황공하옵게도 우는 쪽으로 몰려가고 있사옵니다."

"불쌍하게 되었소 만은…… 그러면 전에는 많은 사람들을 울려가며, 기 정승께서는 오래오래 두고 웃기만 했겠구료."

기철은 당돌하게 어전에서 얼굴을 잠깐 치켜들어 상감을 바라보았다. 경직된 표정이었으나 그는 이내 다시 부복하고 입을 열었다.

"내리 사조(四祖)를 섬겨 오던 동안에 나라에서 내린 전시과가 신의 식솔들 입에 풀칠을 해주고 있사온데, 요즘 변정도감에서, 공전 사전에 대하여 야박스러울 만큼 내사를 하며 죄인을 다루듯 하옵니다."

"그래서 대사도만이 무사하시고자 이렇게 들어오신 게요?"

"전하, 저에게 죄가 있다면 고려 땅을 지키며 내리 사조를 섬겨온 죄뿐이오. 차라리 가산을 몰수하여 내어 쫓으실망정 억울한 누명은 씌우지는 말아주소서. 신은 상감께서 보위에 오르시기 전 연경에서도 상감의 보위를 위하여 아니한 짓이 없었사옵고, 또 보위에 오르시게 한 뒤에 어가를 모시었사옵니다. 그러한 신이 억울한 누명을 써야만 하옵니까. 이제 신뿐만 아니오라 모두가 전하를 도왔던 훈척 중신(勳戚重臣)들 그리고 원로들이옵니다. 이제 그들이 모두 이 법에 걸려 넘어지게 되었사옵니다. 이리 되오면 조정은 텅 비게 될 것이옵고, 백성들은 나라 알기를 우습게 여기게 될 것이옵니다. 이렇게 되면 나라의 기강이 흔들려 앞일이 걱정이옵니다. 전하, 죄지은 백성을 찾아 벌을 주는 것은 마치 그물을 쳐놓고 어리석은 백성을 그 가운데로 몰아가는 것과 같은 일로서 현군(賢君)이 하실 일이 아니라 하였습니다. 임금은 그런 일이 없도록 삼가서 백성을 자기의 자식과 같이 사랑하여야 한다는 왕도를 맹자에서 읽은 일이 있사옵니다. 그런데 이제 전하께서 그물을 치시어 모든 원로 훈척대신들을 몰아 잡으려 하시니 그리하신 연후에 혼자 남으시어 고려를 어찌 이끌어 가실 작정이시오니까."

기철의 장광설은 차라리 겁박이었다. 잠깐 붉어졌던 상감의 얼굴은 창백해지기 시작했다. 연상(硯床)아래서 상감의 손이 부들부들 떨렸다. 상감은 떨리려는 음성을 기를 쓰고 가다듬었다.

"경은 진정 상감이 쳐놓았다는 그물이 무서우신 게요? 고기가 워낙 크고 무거우니 그까짓 그물쯤 찢고 빠질 수도 있으시겠소."

"전하, 전하께 드리는 신의 충정이오. 만일 이번 일이 전하의 뜻대로 이루어지지 않는다면 상감마마의 체통을 위해 딱한 일이 아닐 수 없사옵기에……."

"대감…… 내 체통이 무에 그리 문제이겠소. 고려의 운일밖에."

"그러하오시면 끝내 철회하실 뜻이 없으시다는 말씀이오니까."

이제는 사뭇 위협이다. '고려의 땅과 산을 파먹어 들어가는 괴물. 백성들에게 억울함과 슬픔을 안겨주는 못된 놈. 이런 채로 가다가는 저놈이 고려를 삼키고 고려를 통째로 원나라에 떠안겨 주게 되리라. 죽일 놈!' 상감은 기철을 노려보며 다짐했다. '저놈을 처치하리라. 내 기필코 저놈을 처치하고야 말리라. 그것이 지금의 왕실과 고려를 보존하는 길일 터이다.' 증오가 솟아올랐다. 그 증오를 뒤따라 살의(殺意)가 번쩍였다. 그리고 그 살의는 쾌감으로 상감의 전신에 퍼져갔다. 그 진하고 진한 증오에는 망설임이나 여유가 허락되지 않았다.

"대감, 대감께서는 그물을 찢고 빠져나갈 길밖에는 없을 터이니 어서 물러가 그물을 찢을 궁리나 하시오."

어명은 추상같았다. 아무리 상감 앞에서 곤댓짓을 하던 기철도 당장에는 어찌할 길이 없어 물러날 수밖에 없었다.

백성의 살길을 열어주려던 전민변정도감은 헛일이 되고 말았다. 기철 등 굵은 고기들은 아예 그물을 제쳐놓고 미끄러져 나갔고, 겨우 미관말직 자들만이 몇몇 걸려들었을 뿐이다. 단순한 패배가 아니었다. 나라를 좀먹는 거대한 세력 앞에서 무력하게 무너진 개혁. 좌절감은 상감에게서 젊음의 패기와 기력을 빼앗아갔다.

하지만 상감에게 위로의 길이 트였다. 중원 쪽의 형세였다. 홍건의 유복통, 서수휘, 고우(高郵)에 자리잡은 장사성, 출발부터 만만찮던 주원장(朱元璋) 등 현재 원나라는 좌충우돌 제정신이 아니다. 상감은 깊이 생각했다. 나라를 지키고 백성을 다스리는 길에 순리(順理)란 따로 없다. 그때그때, 가장 적절한 시기를 놓치지 않고 어김없이 붙잡아, 밀고 나갈 것은 밀고 나가고, 처단할 것은 처단하면서 사사로운 정에 사로잡히거나 우유부단하지 말 일이라는 것을 스스로에게 다짐했다.

임금의 생일날 고기를 못 쓰게 하던 상감, 술을 금했던 상감, 호사를 억제했던 왕이었다. 정사를 돌봄에 있어서는 척신(戚臣)들이 우세해질 것을 꺼려하여 외척을 달갑게 여기지 않았던 곧은 상감이었다.

그러나 즉위 오 년에 원나라 치다꺼리와 왜구들의 난입을 막는 일과, 권신들의 등쌀에 때로 무력감에 빠지면서 서서히 염증이 일기 시작했고, 쓰라린 외로움에 우울해지기도 했다.

상감은 어느 날 홀연히 좌정승(左政丞)인 남양후(南陽侯) 홍언박(洪彦博)을 입시케 했다.

홍언박은 상감의 외사촌 형. 태후마마 친정 오라비의 아들, 태후마마의 친정 조카다.

"내, 쓸쓸해서 불렀어요."

"황공하옵니다."

"우리 오늘은 군신의 예를 좀 떠나서 외종(外從)끼리 마음 놓고 이야기 좀 합시다. 내가 이 자리에 앉아있지 않았다면, 대감께서 나를 고종사촌 동생으로 마음 편히 아껴주시지 않았겠습니까."

상감은 무거운 정사에서 단 한순간이라도 벗어나 보고 싶었다. 왕관도 왕좌도 왕도라는 것에서도…… 신하도 백성도 궁궐도 왕복(王服)도…… 한 인간의 자유를 완전하게 결박하는 그 질긴 것들에게서 잠깐이라도 놓여나 보고 싶었다.

"전하, 어찌 그런 말씀을…… 신에게는 태후마마 고모님의 고이심도, 전하께 대한 저의 충심도 하늘이 아실 만큼 뜨겁습니다."

"자아, 그리 멀찍이 있지 말고 이리 가까이 오세요. 내 어디를 둘러보아도 마음 놓고 기댈 데가 없구료. 믿을 사람도 없고 의지할 데도 마땅치가 않아요. 독 묻은 혀들은 여기서 저기서 널름거리고, 혼자 힘으로 감당하려니 그게 그렇게 외롭습니다."

홍언박의 풍모는 단정하고도 씩씩했다. 상감의 외조부 남양부원군 홍규(洪奎)의 손자요, 아직 생존해 계신 태후의 조카이니 그 가문의 당당함도 그러려니와 인물이 출중했다. 언행에 귀골 틀이 있었고 허욕을 부리는 일이 없어 상감께는 인척이기보다 의지할만한 신하였다.

"전하, 군왕의 자리가 그러한가 합니다. 억조창생 보살피심에 있어 내 일신의 위로는 간 곳 없고 오직 베풀으심 만을 일심하셔야 하시니, 그 외로움은 성스러운 군왕의 외로움인가 하옵니다. 신, 분골쇄신(粉骨碎身) 전하께 보필하겠사옵니다."

상감은 그날 다담상(茶啖床)을 사이에 두고 외종형에게 친히 술잔을 권했다.

"이 보오 홍 대신. 아니 형님, 내 이렇게 어름거리다가는 있으나마나 할 왕이 되고 말 것만 같습니다. 열성조(列聖朝)께 내가 뵈일 업적이 아무것도 없이 세월이 거저 넘어가는 것 같아요. 그래서 때로 두렵고 적적합니다."

"전하, 황공하오나. 고려의 억조창생이 성군을 만나 뵈었다고들 태평가를 부르고 있사옵니다. 너무 심려치 마소서."

"아니오. 내 뜻이 그럴 뿐이에요. 진정 좋은 임금 되고 지어하는데, 그게 그리 쉽지 않습니다. 꼼꼼하게 살피고 큰 뜻 가지고 세웠던 변정도감이 이번에도 또 저렇게 유야무야가 되었으니……."

홍언박은 낯빛을 감추고 말이 없다. 언박에게도 공사전은 많이 있었다. 거염을 부렸거나 수탈을 했던 것은 아니지만, 대를 물려받은 전시과며 해를 거듭할수록 노비들이 늘어만 났으니 그중에는 공정치 못했던 사유도 없지 않았을 것임을 언박 스스로도 알고 있었기 때문이다. 상감은 그러한 것까지 짐작하고 있었다. 홍언박, 이 또한 대농장주임에 틀림없는 일. 그러나 변정도감은 일단 그렇게 덮어버린 일이다. 상감은 말머리를 돌린다.

"고려가 국권을 잃은 지 백 년…… 나의 대에서 되찾지 않으면 어쩐지 어려울 것만 같은데…… 어느 길이 가장 가까운 길이며 틀림없는 길이며, 또 순서를 어떻게 잡아야 하겠는지 어디 의견 좀 내어 주세요."

"전하, 때는 이제 더할 나위 없이 좋은 때인가 합니다. 지금 원나라는 그 기세가 조금씩 쇠하여 중원 천지는 물 끓듯 어지럽지 않습니까. 이제 고려가 일어나야 할 때를 만난 듯합니다. 이제는 원나라 눈치를 볼 일도 없사옵고, 원 황실이 요구하는 조공을 꼬박꼬박 바칠 일도 없을 듯합니다. 옛 고려를 다시 찾고, 다시 찾은 옛 고려 위에 전하께서 새로운 고려를 이룩하시어야 할 때를 만난 듯합니다."

"무엇이 가장 급합니까?"

"고려에 뿌리내린 원나라 기운을 뽑아 버리는 일이겠습니다."

홍언박은 고지식한 데가 있었다. 더할 나위 없는 귀공자였지만 굵고 곧은 성품을 지녔다. 상감은 이미 당신의 생각을 다 정리한 뒤에 묻고 있었고, 홍언박 또한 그러하리라는 것을 알고도 있었으면서도 열심히 자기 의견을 충실하게 고했다.

"원나라 뿌리가 어디에 어떻게 박혀 있는 것을 말씀하시는 게요."

홍언박은 잠깐 사이를 두더니 음성을 가다듬었다.

"역시 사람입니다. 그것도 백성들이 아니라 전하의 옆에 가까이 있는 중신들 중에 있습니다."

"어떻게 뽑아낸다? 실핏줄까지 원으로 가득 채운 사람들을…… 아직도 원나라의 세력이 무한하리라 믿고 딸을 원 황실에 시집보내지 못해 안달하는 대신들이 수두룩한데…… 세도가의 일뿐이겠습니까. 백성 사이에 스며든 원의 풍속은 또 얼마나 질긴지……."

"전하, 뿌리란 남아 있으면 아무 때고 다시 싹이 돋아납니다."

"아주 깨끗하게 캐내야 한다는 뜻이겠습니다."

상감의 병침(丙枕)시간이 넘어 밤이 이슥토록 외종 간의 이야기는 그렇게 이어졌다.

*

며칠 후. 좌정승 홍언박은 내밀하게 상감 편전을 찾았다. 그리고 홍언박이 상감께 올린 명단에는 아무런 내용이 기재된 것 없이 이름만이 내리 적혀 있었다.

밀직(密直) 결천흥

전리판서(典理判書) 안우(安祐)

대호군(大護軍) 정세운(鄭世雲)

동지밀직사사(同知密直司事) 강중경(姜中卿)

밀직부사(密直副使) 황상(黃裳)

우대언(右代言) 유숙(柳淑)

대호군(大護軍) 목인길(睦仁吉)

외에도 김득배(金得培), 이몽고대(李蒙古大), 김원봉(金元鳳), 김원명(金元命), 김임(金琳), 진영서(陳永緖), 이운목(李云牧), 문경(文璟), 주영세(朱永世) 등 일목요연했다.

상감은 신중하게 명단을 살펴보았다. 보고 다시 보고, 또 한 번 세밀하게 살펴보았다. 그리고 한참만에야 입을 열었다.

"든든할까."

"목숨을 아끼지 않을 충신, 동지들로 믿고 있습니다. 그중, 정세운, 유숙, 목인길, 김득배, 김임 등은 연저(燕邸)의 수종 공신들로서, 이 일이 관철이 되든 안 되든 전하께 목숨을 이미 바치고 있는 신하들이옵니다."

바로 이번 일의 주동이 되는 좌정승 홍언박은 상감의 외사촌 형님이요, 경천홍은 상감의 외사촌 누님의 아들이다. 경천홍이 곧 홍언박 정승 누님의 아들이니, 군신의 의리 말고도 혈연으로 맺어진 관계였다. 상감은 또 한 번 명단을 훑어본 뒤에 다소 서운한 기색을 띠고 묻는다.

　"김용이 빠졌습니다."

　조일신 난 때에 내전에서 숙직을 하고 있었으면서도 조일신의 난입을 막지 않고 혼자서 무사했던 일로, 일시 귀양을 갔던 인물이다. 그러나 상감은 원나라가 장사성을 토벌하는 데에 군사를 요청했을 때, 유탁(柳濯), 염제신(廉悌臣), 최영(崔瑩) 등을 보내는 자리에 김용을 함께 보내는 것으로 귀양을 풀었다. 간단히 귀양을 푼 것뿐만 아니라, 안성군으로 봉하기까지 했는데 이번 명단에서 빠져있는 것을 지적했다. 홍언박은 상감의 심중을 알고 있었다. 김용을 이처럼 아끼고 믿는다는 것을. 그러나 대답은 간단했다.

　"예, 빠졌습니다."

　"안되겠습디까?"

　"황공하오나 그렇게는 할 수가 없었사옵니다."

　"김용이 그렇게도 미거하오?"

　좌정승 홍언박은 부복하여 고개를 숙였을 뿐 차마 입을 떼지 못했다. 그리고 가슴만 답답했다. 상감께서 김용을 저토록 못 잊어 하시는 까닭을 알 수가 없었다. 상감께서 숙위하실 때 김용이 시종을 한 공로가 있다고는 하나, 그때 시종했던 신하 수십 명 중, 하필이면 그렇도록 음흉 간교한 김용을 못 잊어 가까이 하시고도, 그의 본래 성품을 바로 보시지 못하는 것이 그럴 수 없이 안타까웠다. 상감은 혼잣말처럼 중얼거렸다.

"위인이 썩 출중하달 수는 없겠으나 인정이 깊고 충성스럽기는 남다르다고 내가 보고 있거늘……."

그래도 홍언박은 한사코 입을 떼지 않았다. 차제에 김용의 됨됨이를 상감께서 알아차려 주시기를 바랄 뿐.

"홍 정승, 김용을 그렇게 보는 사람은 홍 정승뿐은 아니겠구료."

"그런 줄로 아룁니다."

생각이 깊은 몇몇 원로며 중신들이, 김용을 두고 개탄이 깊을 것을 알고는 있었으나 차마 그렇게까지 상세히 고할 수는 없는 노릇이었다. 김용을 총애 신임하는 상감의 심중은, 김용이 두 번째로 제주도 귀양을 갔을 때 너무도 연연하게 드러났다. 그것은 바로 지난해 섣달에 있었던 일이다. 김용, 홍의, 정세운, 유숙, 김보(金普) 등은 매일 궁중으로 들어가 일의 대소 없이 일체를 상감께 품계(稟啓)하도록 되어 있었다. 김용은 그 일을 혼자서만 하고 싶은 욕심을 냈다. 홍의도 정세운도 유숙도 김보 모두가 눈엣가시였다. 그러나 그것을 빼어버릴 재간이 없었다. 그 여럿을 한꺼번에 따돌릴 길은 없고, 틈만 있으면 하나라도 꺾어버리려던 것이 김용의 비뚤어진 심사였는데, 마침 찬성사 김보가 모친상을 당했다. 김용은 그 기회를 놓치지 않고 물고 늘어졌다. 행성도사(行省都事) 최개(崔介)를 꼬여서 부모상은 삼년상(三年喪)으로 행하도록 백관들에게 글을 올려 청하게 했고, 김용은 한편 상감의 교지를 멋대로 뜯어 고쳐서, 그 글을 도평의사(都評議司)에 내려 강압적으로 시행케 했다. 그 때문에 김보는 어머니의 삼년상을 치르느라고 벼슬자리에서 물러나야 했고, 따라서 상감의 곁을 떠나가지 않을 수 없었으니, 김용의 경쟁자 하나가 김용의 간계로 줄어든 셈이다. 그러나 김용이 저지른 내막은 곧 상감께 알려져, 장사성 토벌에서 돌아와 지도첨의사사(知都僉議司事)가 되었던 김용은 제주도로 귀양보내어진 뒤, 김용이 제 입맛대로 시행하려던 삼년 상은 무산되고 말았다. 그것이 불과 반년 전의 일이었으나 상감은 몇 개월을 못 견디고 제신(諸臣)들의 반대를 무릅쓰고 김용의 귀양을 풀었다.

김용의 무지간교(無知奸巧)함을 홍 정승은 잘 알고 있었다. 심성이 거칠고 막되어서 사람 해치는 일을 제 임무인줄 알았고, 그것도 교묘하게 해쳐, 제 몸은 그 뒤로 감추기를 능하게 하는 위인이었다. 투기가 강한 반면 아첨의 연극은 기막히게 잘 해내는 명수였다. 상감은 홍 정승이 올린 명단을 들고 한참을 깊은 생각에 잠겨있더니 그래도 또 한 번 김용을 화제에 올렸다.

"내가 용을 너무 눈에 띄게 아껴서 그러는 게야…… 그래서 용이 미움을 사는 거니까 내가 용에게 못할 노릇을 하는 게지."

부복해 있는 홍언박의 가슴속이 부글부글 끓어올랐다. '이 무슨 애착이며 이 무슨 집념이라는 말인가. 상감 당신 혼자서 김용을 이렇듯 감싸고 돌아가니, 여기엔 필시 인간의 힘으로 어쩔 수 없는 무엇이 끼어 있지 않고서야 이럴 수 없느니라. 불길하다…… 상감의 이런 심성이 불길해……' 홍 정승은 사람을 마음에 품는 상감의 고집이 불길하기만 했다.

"전하, 황공하오나 김용을 당분간은 그저 멀찍이 두시고 더 가까이 아니 하시는 것이 좋으실 듯합니다. 유념하소서, 신, 생각 없이 전하께 이리 말씀 올리겠나이까."

"그래도…… 경들이 다 몰라서 그래…… 그저 우직하고 재주부릴 줄 모르는 성격인 것을…… 좀 미련한 데가 있어서 곧이곧대로 일을 밀고 가다가 부딪치고는 하는 게야. 하지만 홍 정승의 생각이 정 그러하다니 내 좀 두고 바라볼 수밖에……."

그러나 곁으로 그렇게 말은 했으면서도 상감의 심중은 그런 것만
이 아니었다. 뜻을 같이 한 신료들이 김용을 믿지 못해 이번 거사에
서 뺄 수밖에 없었지만, 김용은 내칠 수 없는 존재로 상감의 심중에
못 박혀 있었다. 그것은 상감 자신도 무엇이 그렇게 김용을 애착하
게 만드는 집념인지 알 수 없었다. 그저 김용이 미덥고 사랑스러웠
을 뿐이다. 누가 무어라 하여도.

*

그로부터 얼마 후. 상감은 군사적 기반을 든든히 한 친위대(親衛隊)
4천여 명으로 충용사위(忠勇四衛)를 설치했다. 좌(左), 우(右), 전(前),
후(後)의 사위(四衛)로 나누고, 각 위에는 장군(將軍)이 하나, 중랑장
(中郞將)이 둘, 낭장(郞將)이 둘, 별장(別將)이 다섯, 산원(散員)이 다섯,
위장(尉長) 스물, 대정 40인을 배속시킨 정예군이었다.
  상감이 마음을 가다듬어 기운을 북돋고 있을 때, 전혀 생각 밖의
행운이 고려를 찾아들었다. 쌍성천호(雙城千戶) 이자춘(李子春)의 내
알(內謁)이 그것이니, 상감은 쌍성천호 이자춘의 입조가 알려졌을
때, 문득 눈앞이 시원하게 열리는 유쾌함과 기쁨을 한꺼번에 느꼈
다. 쌍성은 엄연히 고려의 땅이었다. 그러나 고종(高宗) 1258년, 역
신(逆臣) 조휘(趙暉)가 탁청(卓靑)과 더불어 몽고병을 성내(城內)로 이
끌어들여, 동북면병마사(東北面兵馬使) 신집평(愼執平) 등을 죽인 뒤에
화주 이북의 땅을 고스란히 몽고군에게 주어 화주 땅이 몽고에 예속
되었다. 그 후 몽고는 이 지역을 통할하기 위해 화주에 쌍성총관부
(雙城摠管府)를 설치하고 조휘를 총관에, 탁청을 천호(千戶)에 임명하
여 화주 이북이 몽고의 땅이 되었고, 그 후 근 백 년 간을 원나라 통

치하에서, 고려 속의 타국(他國) 노릇을 해오던 지역이었다. 그러한 내력의 땅에서, 쌍성의 천호가 스스로 고려왕께 내알하다니, 그것은 분명 모든 일이 순조롭게 풀릴 기미임에 틀림없었다.

"쌍성천호 이자춘 입시이오."

환자(宦者) 최만생(崔萬生)도 기쁜 징조에 신바람이 났다.

"들라 일러라."

상감의 가슴이 고동친다. 멀리서 이름만 알고 있던 인물이 제 발로 찾아들었다. 이 인물은 장차 어떠한 인연 줄을 걸어주려는 것일까. 지금은 우선 희망적인 빛을 몰아오는 사람이지만. 상감은 즉위 후에 지금까지 새로운 얼굴들을 수없이 만나왔다. 처음에는 그저 심상하게 보아냈고, 그렇게 보아낸 인물들이 지어내는 갖가지 복잡한 일들을 겪으면서, 차츰 새 얼굴을 마주하는 일에 긴장이 뒤따랐다. 그리고 이제는 혹시 반연(絆緣)일는지, 고려에 충신이 될 인물일는지, 만남을 조심스러워했다.

쌍성천호 이자춘.

상감은 자세를 바로하고 이자춘이 입시할 문 쪽을 바라보았다. 기골이 늠름한 장년이 추장해 들어서더니 동쪽을 향해 지극하게 곡배를 올린다.

"어떻게 경 스스로가 이렇게 찾아올 의견을 내시었소."

상감은 실로 오래간만에 구김살 없이 환한 웃음으로 이자춘을 맞이했다.

"전하, 쌍성은 원래 고려의 영토였삽고 쌍성의 백성들 또한 엄연히 고려의 백성이옵니다. 그러하오나 때를 잘못 만나 지금까지 나라의 품 밖에 있었사옵니다. 하오나 신의 가문 대대로 쌍성에 머물면서, 몸은 비록 떨어져 있었으나 마음은 늘 고려 왕실에 있사와 고려를 그리며 지금에 이르렀사옵니다. 이즈음 중원 땅 돌아가는 형세를 보아 쌍성을 회복하실 절호의 기회일 것 같아 하명 받잡고자 입조하였사옵니다."

이자춘은 홍건적의 소란과 주원장의 기세를 좀 더 상세히 아뢰었다. 이제 원나라는 풍전등화(風前燈火). 어느 바람에 언제 어떻게 꺼질 것인가만 남아있다. 바람은 예서제서 마구 불어 젖히고 있었다. 그 바람 앞에 흔들리고 있는 원나라가 쌍성총관부까지 둘러볼 겨를이 있을 리 없었다. 이자춘은 그러한 상황을 면밀하게 보고하면서 쌍성 회복의 가까운 길까지를 상세하게 알려주기 위하여 찾아온 것이다.

상감은 기쁘고 흐뭇했다.

"쌍성의 백성들은 많이 거칠어져 있을 터인데 그 거칠고 우악스러운 백성을 이끌어 나가기에 어려움이 많으셨겠소."

이자춘은 상감의 자상함에 머리를 조아렸다.

"어버이의 품을 벗어나 자란 자식과 같아서 거칠고 우악한 데는 있사오나, 쌍성의 땅이 워낙 비옥하와 다행히 살림들이 넉넉한 편이옵니다. 하온데……."

"무슨 일이 또 있는가?"

"요즘, 대사도 기철이, 쌍성의 반민(叛民)들을 수하에 모으고 있사옵니다."

전혀 예상 밖의 일은 아니었다. 그러나 막상 직접적으로 믿을 만한 입을 통하여 그 사실이 드러났을 때 상감의 분노에 불이 붙었다. '끝내 고려에 해악을 끼치는 놈…… 기철……' 상감은 노여움을 어금니로 짓깨물고 한동안 분노를 억제하느라고 입을 열 수가 없었다. 한참만에 평정을 되찾고 이자춘에게 물었다.

"기철이 하필이면 쌍성 쪽에서 반민을 구하는 것은 무슨 까닭이오?"

"원나라의 형편을 기철이라고 모를 리가 있겠사옵니까. 이제 원나라의 불빛이 꺼져버리면 그때는 기철의 영화도 꺼지는 날입니다. 영화뿐이겠습니까. 그 온갖 악행의 종말이 죽음으로 다가올 것을 그 영악한 기철이 다 알고 있을 것이옵니다. 그리하와, 미리 자기의 세력을 확장하고 감히 고려를 제 손아귀에 넣어보겠다는 야심을 키우고 있는 것이라 여겨집니다. 자칫 때를 놓칠 때는, 쌍성이 기철의 손아귀에 들어갈 위험이 있사와…… 전하께 아뢰옵니다."

이자춘은 반민의 동태까지를 샅샅이 살펴가지고 개경으로 찾아와 상감께 알현했다. 상감은 지기(知己)를 찾은 듯 반갑고 기쁘고 그리고 흐뭇했다.

"혹시 경에게 아들이 있으시오?."

이 기개 있는 사나이가 머지않아 고려의 충신이 된다. 그리고 그 아들 또한 고려의 신하가 되고……상감은 그러한 것을 헤아리면서, 기철에 대한 노여움을 잠깐 제쳐놓고 그렇도록 다정하게 사사로운 물음을 건넸다.

"전하, 신에게 아들이 있사옵니다. 이제 맏이는 머지않아 제구실을 할 나이 되었사옵니다."

"아들 또한 기개가 대단하겠소."

"미거하오나 장차 상감께 충성을 다할 것이옵니다."

이자춘이 말하고 있는 아들은 훗날의 이성계(李成桂)였다.

"고맙고 든든하구료. 내 진정 이런 쾌사(快事)는 근일에 없었던 일이어서 기쁘기 한이 없소."

상감은 감격의 격랑에 얹혀 눈시울이 젖는 것을 막으려 하지 않았다. 마음 여린 상감. 기질이 곱기만 한 상감. 그렇기에 조그마한 인정 앞에서도 쉽게 감격했고 정에 물렀다. 물론 상처를 입기도 쉬웠고 한번 다치면 그 상처는 깊었고 오래갔다. 그것은 당신 스스로도 어떻게 가늠할 수 없는 기질이었다. 그것이 군자(君子)가 가는 길이 아니라는 것을 알면서도 어찌할 길이 없었다. 그날, 이자춘과의 대면은 상감을 감격케 했고 흥분하게 만들었다. 그리고 그 감격과 그 흥분은 상감께, 보다 새로운 힘이 솟아나게 만든 원동력이 되어주었다.

*

상감은 외종 홍언박을 필두로, 판밀직 홍의(洪毅), 강중경(姜仲卿) 등 패기 있는 젊은이들로 하여금 기철의 근황과 동태를 낱낱이 살펴 보고하도록 했다. 과연 쌍성 쪽에서 들고나는 사람들이 적지 않았다. 무슨 내통을 하고 있는 것인지 늘 수런수런했고, 기철의 사병(私兵)들은 어마어마하게 들끓었다. 기철의 집안으로 들어가는 수레는 나날이 숫자가 늘어가는데 바리바리 실려 오느니 그것이 전부 무기(武器)였다. 노비의 수효가 천여 명에 이르고, 사병들을 먹여 키우고 있다 하니 그 식량만 해도 어마어마했다.

이러한 터수에 원나라에서는 한술 더 떠서, 기철의 아우 원(轅)의 아들인 기완자불화(奇完者不花)를 시켜서 또다시 기씨네에게 어마어마한 개책을 보내왔다. 기철의 아버지 기자오(奇子敖)를 경왕(敬王)으로 책봉하고, 그 위로 삼대(三代)를 추증(追贈)해서 왕으로 삼았다. 이제 기철은 원나라에서도 고려에서도 평범한 신하가 아니다. 기세는 하늘을 뚫고 올라갔고 현왕을 밟고 올라가 고려를 손아귀에 넣을 일만 남았다.

　상감은 조급하고 초조했으나 극력 내색을 삼갔다. 그러기 위해서
상감은 영안왕대부인께 몸소 행차하여 축하까지 올렸다. 중전까지
대동하고 온갖 정중한 예를 다했다. 기철은 그러한 상감을 바라보며
속으로 냉소했다. '허수아비 같은 왕. 원나라의 원(元)자만 들어도
허리가 구부러지는 왕. 어리고 나약하고 겁 많은 왕. 아무리 그렇게
허리를 굽혀와도 나의 뜻은 관철을 하고야 말리라.' 기철은 왕의 행
차를 맞이하여 전에 없이 오만방자하게 굴었다.

　그러나 상감은 온화한 기색을 잃지 않고, 기씨네의 경사(慶事)를
진심으로 경축하는 듯 처음과 끝이 여일했다.

　때는 5월.

　영안왕대부인의 집 안뜰에는 기화요초(琪花瑤草)가 한세월을 누리
고 있었다. 작약이 흐드러지고 천리향 꽃나무가 향기를 자랑하고 있
었다. 꽃들까지도 기씨네의 경사를 한껏 축하하는 듯했다. 상감은
그 꽃들을 무연하게 바라보았다. '그날, 그날까지도 꽃은 피고 지지
않겠지. 그때의 꽃들은 어떤 모습을 하고 있을까. 오늘의 이 꽃은 기
씨네의 영화를 함께 자랑하고 기씨네의 경사를 기껏 경축하고 있지
만, 그날의 꽃들은 어떤 모양으로 남아있을까. 그날……' 무연한 상
감의 표정에 한순간 스쳐 지나간 살의를 눈치챈 사람은 아무도 없었
다.

*

　그로부터 한 이레가 되던 날.

탄신일에 별행사업을 지낸 상감은 겸사하여 조촐한 곡연(曲宴)을 마련하기로 하였다. 수령궁으로 불려간 신하들은 오월 꽃놀이에 취흥을 돋을 기대를 안고 대궐로 향했다. 그중에는 대사도 기철과, 태감(太監) 권겸과, 이태 전에 딸을 원제(元帝)에게 바치고 집현전학사(集賢殿學士)에 제수되었던 경양대군(慶陽大君) 노책이 있었다.

그리고 2세들로 기철의 아들인 찬성사 기유걸(奇有傑), 기원(奇轅)의 아들 기왕자불화와 권겸의 아들 만호 권항(權恒), 사인(舍人) 권화상(權和尙) 그리고 노책의 아들 행성랑중(行城郞中) 노제(盧濟) 등도 어울렸다. 판밀직 홍의와 재신(宰臣) 배천경(裵天慶)은 어명을 받들고 나서서 이들을 집집마다 찾아서 상감의 곡연을 그럴 듯이 믿게 만들어 초대했다.

어스름 저녁.

궁정은 해가 지기도 전에 곳곳에 불을 밝혔다. 휘황하게 타오르는 불빛은 초여름의 향긋한 훈풍을 노곤하게 녹여주는데, 대궐 밖으로부터 급급한 전령이 들이닥친다. 기철과 권겸이 제일 먼저 대궐로 들어오고 있다는 전갈이었다. 기철의 앞에는 꼭두각시와도 같은 권겸이 그날도 기철의 집을 들러 모시듯이 함께 대궐을 향하던 길이었다. 기철은 수백 명의 사병을 호기롭게 거느리고 권겸과 나란히 들며, 의미 있는 눈짓을 하며 나직한 소리로 권겸에게 귀띔이다.

"이제 상감도 지쳐가는 게요. 슬슬 곡연이나 열고…… 그렇게 세월 보내는 게 편하지. 아니 그렇겠소. 대감."

"그렇소이다. 대사도 대감 같은 분이 계신데 따로 정사에 마음을 써야 할 까닭이 없는 게지요." 아첨꾼 권겸은 감히 입을 벌려 그런 말을 했다. 그리고 그것으로는 모자라는 듯 뒷말을 덧붙였다. "앞서 가신 두 분 어리신 상감보다 연세는 좀 위라지만, 어리시기는 매한 가지 아닙니까."

"한 나라의 주인 노릇이 그리 쉬운 게 아닌 게요. 혼자서만 발버둥질을 친다고 되는 일도 아닌 게고……."

"오직 대사도의 음덕이 깊고 클 뿐입지요."

그들은 기껏 거드름을 피우면서 태평한 대화를 나누고 있었지만, 궁중의 상감 주위는 서릿발이 빗겨 치듯 보이지 않는 긴장감이 팽배해 있었다.

"밀직 경천흥 아뢰오."

경천흥은 내시를 밀어내다시피 하며 숨이 턱에 닿은 목소리로 헐떡거렸다.

"어서 들라."

황망히 들어 추창해 뵙던 천흥은 상감의 부르심을 따라 부복한 채 무릎걸음으로 가까이 다가갔다.

"전하, 지금 대사도 기철과 태감 권겸만이 먼저 대궐 앞에 당도하였사옵니다. 그 나머지 자실과 노책 부자가 아직 이르지 못하고 있사온데 더 머뭇거리다가는 누설될 우려가 있사옵고 그렇게 되면 불의의 변이 일어나고야 말 것 같사옵니다. 우선 기철과 권겸만이라도 계획대로 해야 할 것 같사옵니다. 전하."

경천흥은 숨이 턱에 찼고 상감의 창백한 얼굴에서 눈빛이 번쩍했다.

"군사들의 매복 형편은 어떠하냐."

"밀직 강중경, 대호군 목인길, 우달적, 이몽대 등과 장수들 수십이 곳곳에 대기하고 있사옵니다."

"어서 나가 일러라. 그들이 들어서는 길로 촌각도 어긋나지 않도록 정확을 기해야 하느니라고. 어서!"

깊숙이 들어앉아 있는 전각(殿閣). 합문 쪽에서 일어나는 일을 소상하게 알기에는 거리가 멀었다. 그러나 날카롭게 날이 선 상감의 온 신경은 합문 쪽으로 가 있었다. 한동안이 지난 뒤, 합문 밖에서 곡연 입시를 알리는 우렁찬 목소리가 들려왔고, 뒤미처 외마디 소리와 함께 여럿의 목소리가 와글와글 뭉쳐 돌아가는 법석임이 밀려든다. 상감의 등줄기에서 식은땀이 흘렀다. 얼굴이 화끈했는가 싶더니 이마가 선뜩하다.

"전하, 대호군 목인길 아뢰오. 기철은 단칼에 베었삽고 권겸은 피하여 달아나다가 자문(紫門)에 이르러 철퇴로 처치되었사옵니다."

"나머지는 어찌 되고 있느냐."

"지금 금위(禁衛) 사번(四番)의 군사가 기철의 휘하를 베고 있사오며, 밀직사 강중경이 군마를 거느리고 노책의 집으로 달려갔사옵니다."

목인길은 우선 급한 정세만을 아뢰고 어전을 물러갔다. 상감은 혼자 남겨졌다. 화려한 등롱(燈籠)이 흐늘거리는 불빛을 받치고 있다. 어둠이 내려 덮인 사위는 조용하다. 무거운 적막. 몇 분, 아니 몇십 초 사이의 소란이 휩쓸고 지나가더니 모든 것이 적막에 파묻혀버렸다. 그렇듯 걸리적거리던 기철이 죽었다. 죽었다 한다. 실감이 멀었다. '기철이 죽었다……' 그렇게도 세도 당당해 원나라와 고려를 흔들어대던 기철이 죽었다 한다…… 기철의 주검…… 침묵. 태평무심하게 들어서던 기철이 한 찰나를 번쩍 끊던 칼날에 목이 달아났다. 그러나 다시 실감이 나질 않는다. 허망한 것…… 허망하다. 그리고 상감의 심사는 결코 개운치를 않다. 그렇듯 걸리적거리고 미움을 치받치던 위인이 죽어 넘어졌다는데 조금도 시원한 줄을 모르겠다. 허망한 것…… 그런데 답답하고 무겁다. 기고만장하던 그 얼굴……

천년만년 살 것처럼 재물을 걸터듬질하던 그 탐욕…… 한 치 앞에 무엇이 기다리고 있는 줄 모르고 대궐로 들어올 때에 기철은 무엇을 생각하고 있었을까. 상감은 한숨을 꼈다. '이렇게 기철을 처치한 나는 얼마를 더 살 수 있을까. 하루살이처럼 뒤엉켜 돌아가는 이 궁중의 무리들……' 상감은 뼈가 저린 허무감에 몸을 떨었다.

*

상감은 연상(硯床) 위에 놓인 생살부(生殺簿)를 다시 들여다본다. 노책의 부자(父子). 권겸의 아들 권항, 권화상, 상감이 들여다보고 있는 생살부 위에서 온갖 참상이 다 벌어지고 있다. 시퍼런 칼날에 목이 달아나는 광경. 철퇴로 박살이 나는 모습. 낭자한 피. 비명(悲鳴). 상감은 몸을 떨며 눈을 감았다. 눈을 감았으나 마음이 산란하고 뒤숭숭하기는 마찬가지였다. 상감은 자리를 박차고 일어났다.

"좀 나가보자."

그러나 시립해 섰던 내시 최만생이 애걸하듯 여쭙는다.

"전하, 아직 납시지 않으심이 좋을 듯하옵니다. 아직……."

"왜 그러느냐?"

"전하, 합문 밖이며 자문 쪽에는 아직도 선혈이 낭자하옵고, 시신을 거두어 갔는지도 알 수 없사옵니다. 소인 곧 달려가 살피고 오겠사옵니다. 하오나 전하, 오늘 저녁에는 아무 곳에도 납시지 않으심이 좋을 것 같사옵니다."

만생은 지극하다. 어둠 속을 휘젓고 있는 피비린내. 허공을 긁어잡던 비명소리. 아직도 모든 것이 생생한 그 땅을 상감께서 밟게 할 수 없었다. 날이 밝기까지 상감은 연침에 들지 않았다. 해가 뜨기 전까지 상감의 계획은 일사불란하게 진행되고, 성공적으로 모든 것이 끝을 보았다.

집에서 죽음을 당한 노책의 시체는 북천동(北泉洞) 길가에 버려졌다 했고, 기, 권, 노의 아들과 조카들은 수색하여 체포하는데 성공했다. 원나라를 업고 거드름을 피우던 사람들이 몰살을 당했다 하니, 백성은 고을마다 대잔치를 만난 듯 희희낙락 춤을 추었다. 그리고 기철, 권겸, 노책 등의 집 곳간을 향해 달려들기 시작했다. 상감은 급히 계엄(戒嚴)을 내리고 변정도감을 시켜 상세한 물목(物目)을 적어 들이게 했다. 곳간마다 그득그득 차 있던 필육, 보화, 곡식, 고려 토산들도 엄청난 것들이었지만, 공전(公田), 사전(私田)을 마음대로 늘린 것이 고려 땅덩어리의 몇 분의 일이 될 만큼 어마어마했다.

*

기철 주살(誅殺)의 뒷마무리는 여러 날이 걸렸다. 그 적몰(籍沒)된 가산과 부녀자들에 대한 처리 문제며, 단지 혈연관계만으로 죄 없이 죽어갈 목숨들에 대한 문제가 특히 상감을 어지럽게 만들었다. 고려가 우뚝 세워지는 개혁을 만났지만 상감의 심중은 착잡했다. 이제 기철은 이미 이 세상 사람이 아닌 것, 그 기세는 이미 옛날이야기가 되었다. 더구나 권겸, 노책의 자손들 중에는 평소에도 함부로 허탕케 굴지 않았던 권항(權恒)이나 노책의 아들 제(濟), 진(縝) 등 없애고 싶지 않은 인물들이 남아있었다. 상감은 노책의 아들 노제를 용서하기로 하고 우선 순군에 내려두었으나, 상감의 뜻을 어기고 시가지 한복판에서 목 베임을 당하는 등 당황스러운 일들이 계속 일어났다.

상감은 도첨의사(都僉議司)에 도감(都監)을 세워 기철 등이 빼앗은 노비나 토전을 제 주인을 찾아 돌려주도록 지시를 한 일로 기철 주살의 종지부를 찍기로 하였다.

*

　모든 것이 일단락 지어진 날 밤.

　병침(丙枕)이 지나 연침에는 불빛이 스러졌지만, 상감의 숨소리가 고르지 못한 것에 중전 승의공주는 반사적으로 긴장했다. 중전은 이내 상감께서 체읍(涕泣)하고 계심을 알았다. 사랑하는 아내, 중전에게까지 다 털어놓지 못한 고달픔과 아픔. 상감의 오열이 어둠 속에서 출렁거렸다. 상감의 외롭고 고단한 흐느낌이 어둠을 흔들고 있었다.

　"전하, 전하…… 어찌 이리…… 전하 너무 상심하지 마시오소서. 전하께오서는 하셨어야 할 일을 하시었을 뿐이옵니다. 하늘의 뜻을 따라 하셨나이다. 전하."

　중전은 가슴을 찢고 미어져 나오려는 울음을 참고 나직이 말했다. 그러나 상감은 어둠 속에서 머리를 저었다. '했어야 할 일, 당연한 일……과연 그랬을까. 기철 일당이 불궤(不軌)를 도모했다고 하여 왕권으로 주살을 하였으나……' 쌍성의 반민들과 내통을 하고 각처의 병기들을 모아들였다고는 하나 모반(謀反)의 증거가 뚜렷했던 것은 아니다. 물론 냄새가 나지 않았던 것도 아니다. 그러나 뚜렷한 증거가 나타날 때까지 기다렸었다면 그 증거가 드러나기 전에 상감인 당신이 죽임을 당했거나 아니면 또다시 원나라의 손가락 끝에 매달려 유배(流配)를 갔거나 하는 신세가 되었을지도 모를 일이었다. 하지만 기철이 저지른 불궤의 증거는 없었다. 더구나 권겸과 노책에 이르러서는, 그들이 원나라를 업고 기철에게 아양을 떨며 온 고려천하 앞에 거들먹거린 괘씸함은 저질렀지만, 기철과 한패로 반역을 도모했다는 증거는 어디에도 없지 않았던가.

"중전…… 중전…… 너무도 많은 사람이 죽었소. 허무하오. 세상살이 살아가는 일이라는 것이 왜 이런 것이어야 하는지 알 수가 없구료."

"전하, 이번 일은 저들이 스스로 자초한 일이옵니다. 사필귀정이란 말이 있지 않사옵니까. 전하께오서 이렇듯 괴로워하실 일이 결단코 아니옵니다. 전하 부디 굳건하시오소서. 개혁의 성공이었나이다. 하늘이 도우신 개혁의 성공이었나이다. 전하."

"왕 노릇 하는 길에 이런 일이 있어야 한다는 것을 조금만 더 미리 알 수 있었던들 내, 기필코 말았을 것을……정녕 왕좌에 앉지 않았을 것을……."

"대전마마." 중전은 상체를 일으켜 불현듯 상감의 손을 잡았다. "전하, 이 승의공주를 실컷 원망해주소서. 한껏 미워해주소서. 하오나 지금 상감께오서 몸소 겪어내고 계시는 그 괴로움이 이 고려를 살려내고 있사옵니다. 전하께오서 겪으시는 고통이 고려의 억조창생에게 밝은 빛이 되어 열리고 있사옵니다."

중전은 상감의 손등에 이마를 얹고 눈물을 흘렸다. '상감의 이 자비로운 마음, 이 선한 마음, 이 마음이 길이 지켜지되 큰 수난 없이 고려를 새로 일으켜 세울 군주 되게 하소서.' 중전은 울면서 빌었다. 상감은 중전을 가슴에 포근히 안고 목메어 중전을 위로했다.

"중전…… 미안하오. 나로 인해 그대가 겪는 고생은 뒷전에 두고, 그저 내 생각만 하였소. 공주, 내 공주…… 나 때문에 그대가 이리 슬퍼하면 내 어디에 기댈 수가 있겠소. 어질고 지혜로운 중전이 내 앞에 있으니, 내 계속 좋은 임금 노릇 하리다."

상감은 품에 안긴 중전의 머리 위에 얼굴을 묻고 소리 죽여 오열했다.

*

내친걸음이었다. 고려에는 지금 고려를 향해 달려오는 행운의 박차 소리가 들리는 듯했다. 정동행중서성이문소(征東行中書省理問所)를 과감하게 없앴다. 고려가 몽고 앞에 무릎을 꿇게 된 뒤 칠십여 년간 고려의 혹처럼 달려 걸리적거리던 기관이었다. 원래는 전 세계를 석권하다시피 했던 원나라가, 일본(日本)을 삼켜버리지 못한 한을 풀고자, 일본정벌을 위하여 고려에 설치했던 원나라의 관청이었다. 세웠다 허물기를 네댓 차례, 초기에는 어수선했던 곳이기도 했다. 원 세조(世祖)가 일차 일본정벌에 실패한 뒤 충렬왕 6년(1280)에 이차 정벌을 준비하느라고 고려에 정동행중서성을 설치했었으나, 다시 실패한 뒤, 2년 후 정월 폐지했다. 그리고 다음해에 고려에 다시 정동(征東) 설치를 했었으나 강남(江南) 소동이 일어난 5월에 일본정벌을 중지하면서 다시 문을 닫았다. 원나라는 그 후 1275년 3차로 또 그 기관을 설치하고 동정(東征)을 준비했지만 다음해 정월 계획 중지로 폐지가 되었다.

원나라는 일본정벌에 고려가 절대불가결 필요한 존재였다. 내용으로는 여원(麗元) 연합군으로 일본을 치자는 속셈이어서, 정동행중서성이 처음으로 설치되었을 때부터 고려의 충렬왕에게는 정동행중서성의 〈중서좌승상행중서성사(中書左丞相行中書省事)〉직함이 내렸다. 고려의 왕은 원나라의 신하였다. 제2차 때에도 충렬왕에게 〈정동행성좌승상〉이 내려지더니 일본정벌을 완전히 포기한 후에도(1287)

〈행상서성평장정사〉라는 직함을 내린 일이 있었다. 그 후에도 직함은 이리저리 바뀌면서 고려의 국왕은 대대로 정동행중서성의 장관직을 겸해야만 했다. 원나라로부터 내려진 벼슬자리가, 독자적인 국정 운영의 고려에게는 형식적인 존재에 불과했다. 그러나 원나라의 성종 대덕(大德) 연간에는 형편이 달라졌다. 고려의 내정을 본격적으로 간섭할 목적으로 고려국왕의 고문(顧問)이 이 기관으로 배속되었다. 원나라 신하가 행성관(行省官)으로 파견되어 오는데, 정동행중서성평장사로는 활리길사(濶里吉思)가, 좌승(左丞)으로는 야율희일(耶律希逸)이 정해졌다.

고려는 이 행성관 파송에 대해 원나라에 항의했다. 갈수록 이름 붙는 압력이 계속되는 것을 더는 참을 수 없었다. 그러나 항의절차에서 끝났을 뿐, 내정간섭은 심화되어갔다. 고려에 파송되었던 활리길사는 고려에서 노예를 끌어가는 법을 만들려고 달려들었다. 아무리 고려가 원의 속국이라지만, 고려 조정은 목숨 걸고 원 황실에 활리길사의 무법함을 고발하는 소동을 벌렸다. 고려의 격렬한 반대에 원 황실도 주춤하고 활리길사를 파면하기에 이르렀다. 원의 행성관 파견은 중지되었지만, 부설된 이문소는 계속 유력한 기관으로 영향력을 행사했다.

'이문소'는 정치적 또는 구체적 범죄자나 범칙자를 심문하는 곳이기는 했지만, 주도권은 원나라가 쥐고 있어, 그 권력 행사가 고려를 끊임없이 위협했다. 이렇듯 처음에는 일본정벌을 목표로 설치되었던 기관이 점차 고려에 대한 내정간섭 기관으로 탈바꿈을 하면서 70여 년간 이어져 오던 곳이다.

상감의 결단으로 그 정동행중서성이문소를 깨끗하게 파해버린 것이다.

새 상감께서 지금까지 해낸 일들은 서막(序幕)이었다. 압록강 건너, 서쪽의 여덟 병참을 찾을 일과 쌍성(雙城)을 회복할 일이 정작 중요한 일로 앞에 놓여 있었다. 팔참(八站)을 공격할 서북면병마사로는 평리(評理) 인당과 밀직사사(密直司事) 강중경으로 정하고, 동북면병마사(東北面兵馬使)로는 밀직부사 유인우(柳仁雨)를 앞세웠다. 팔참 공격과 쌍성 회복의 안건이 매듭지어지던 날, 궁궐 정원과 빈청은 밤늦게까지 불이 밝혀져 있었고, 경사 준비하듯 흥겨운 한편 긴장감과 신중성이 조심스럽게 감돌고 있었다.

상감은 흥분을 가라앉히지 못하고, 며칠 전 우정승으로 제수한 홍언박을 데리고 군비(軍備)문제를 의논했다.

"이번 싸움엔 기병(騎兵)이 대폭 필요하다지 않소. 쌍성 근처에는 여진(女眞)족들이 많이 남아있어 모두들 말과 활에 능란한 사나운 병정들이라던데."

"전하의 혜안(慧眼)으로 몇 년 전부터 권장해 기르던 말들이 얼마가량은 된다 하옵니다. 믿어보시지요."

"군량미 문제는 아직도 빈청에서 논의가 계속되고 있고…… 날씨는 마침 우기(雨期)는 피할 수 있을 것 같으니 하늘만 믿읍시다."

"성은이 망극하사 이번 일은 고려 역사상 없던 개선으로 끝날 것을 믿사옵니다."

"그렇게 될까……."

상감은 홍언박의 말을 전적으로 믿고만 싶었다. 기철의 사건 때에는 뒷전에서 참모 노릇을 했던 홍언박. 그의 빈틈없던 계산은 상감의 예상과 일치를 보면서 군더더기 없이 깨끗하게 처리가 되었다.

상감은 이번에도 외종형 언박의 말을 믿고만 싶었다.

"고려가 그동안 너무 피폐했어요. 어쩔 수 없었지만…… 이번에 팔참을 빼앗고 쌍성을 되찾으면 당분간 허리를 펼 수도 있을 것 같은데…… 그런 뒤에 큰 변고만 나지 않아 준다면 고려는 잠깐 사이에 기름진 나라가 될 수 있을 것이에요. 그렇게 되겠지요. 그리 되고말고! 큰 변고만 들이닥치지 않는다면……"

"전하, 성은이 깊사와 이제 고려가 새 기운을 얻어 일어서기 시작하였사온데 무슨 큰 변고가 있을 리 없사옵고, 또 나라를 운영하시는 길에 전하의 범상치 않으신 혜안이, 어느 왕께서도 이루지 못했던 일을 반드시 이루시리라 믿사옵니다. 전하께오서는 능히 어떤 일이라도 다스려 성취하실 수 있는 힘을 타고나시었음을 믿사와, 소신은 오직 깊은 성은에 감읍하올 따름입니다."

"고려가 흥성한다면 그것은 국운이 트이는 길이 있어 그럴 것이고, 만일 계속 어려운 일만 만나, 고려 백성이 고생을 하게 된다면 그것은 과인의 부덕 때문일 게요."

"황공하옵신 말씀이옵니다."

"이번에 서북면 동북면으로 떠나는 장군들은 참으로 충성스러운 충신들입니다. 평리 인당도 그렇거니와 밀직사자 강중경은 지난번 기철 역신들을 다스리는 일에 큰 공을 세운 충신이 아니었습니까. 그리고 부사들인 윤신순, 유홍, 최부개 등 모두가 참으로 자랑스러운 장군들이요만 그중에서도 대호군 최영이 빼어난 장군 아닙니까. 홍 정승 생각은 어떠하시오."

"지당하옵신 말씀이옵니다. 모두가 전하의 깊으신 덕에 이끌려 충성심이 우러나고 있을 따름이옵니다."

상감은 강안전에다 진병도량을 마련했다. 강안전으로 행차, 고려의 개선을 부처님께 빌기를 닷새를 계속했다. 군사들이 개경을 떠나던 날, 고려의 군신과 백성은 하나가 되었다. 5월 뜨거운 뙤약볕 아래 구름 같은 흙먼지를 일으키며 동북쪽의 길을 재촉하는 기병들의 진군을 배웅하면서 상감의 눈에는 눈물이 어렸다.

*

병신년도 저물어 가는 동짓달. 저물녘부터 눈이 내리기 시작했다. 그날의 정사도 모두 끝냈건만 상감은 내전으로 들 생각 없이 편전의 뒷문을 열어놓고 하염없이 눈 내리는 하늘만을 바라보고 있었다. 며칠 몰아쳐서 추위가 극성을 부리더니 그날 아침부터 하늘이 내려앉고 날씨가 포근해지며 한낮이 이울면서 눈을 흩뿌리기 시작했다. 상감의 주변에는 내시 최만생 하나뿐 아무도 없었다.

"상감마마, 바람이 차옵니다." 만생은 아까부터 열어놓은 문 때문에 마음이 조였다. 상감을 위하여 어서 문을 닫아야겠는데 상감께서는 그대로 하염없으실 뿐이다. "전하, 내전으로 납실 채비를 끝내어 놓았사옵니다."

"나가 있거라, 이렇게 홀로 쉬고 싶구나."

"상감마마, 바람이 차옵니다."

"괜찮다."

상감은 눈을 난생처음 보는 사람처럼 홀린 듯이 지켜보면서, 문 앞에 시립해 있는 만생을 내어보내려고 했다. 만생은 선뜻 돌아서지 못하고 머뭇거렸다. 그러자 상감은 좋은 생각이 떠오른 듯이 만생을 돌아본다.

"주안상을 들이라 일러라."

전에 없던 일이었다. 더구나 편전에 홀로 머물러 술잔을 잡는다는 것은 상상도 할 수 없었던 일이다. 정사가 끝나면 내전에 드시었고 내전에서는 중전 승의공주가 의대를 거두는 일이며 수라상이며 연침 일까지를 손수하시지 않았던가. 그래서 지밀상궁이며 내전 시녀들은 맡은 일을 잃고 심심해할 지경이었다. 내시 최만생은 처음 일이라 당황했다. 그러나 명을 받자온 몸이다. 잠깐 머뭇거리던 다음 순간에 재빨리 몸을 돌쳐 세웠다. 주안상이 대령되었을 때까지도 상감은 열어놓은 문가에 앉아 계시었다.

"상감마마, 대령하였사옵니다."

"게 놓고 물러들 가거라."

"상감마마."

상감 앞에 뎅그러니 놓인 주안상. 아무도 없이 혼자서 잔을 드시다니…… 만생은 안타까워서 누구라도 불러 대령해야 할 것 같아 그렇게 상감께 여쭈었다.

"왜, 내 홀로라서 처량해 보이느냐?" 상감은 그제서 만생을 돌아보며 쓸쓸한 웃음을 띠었다. "정 그리 처량해 보인다면 너라도 대작을 하겠느냐?"

최만생은 너무 송구스러워 얼른 어전에서 물러났다. 그러나 문 밖에 시립해 있으면서도, 유난히 고적해 보이는 상감의 모습이 자꾸만 밟혔다. 상감 즉위하신 후로 금년처럼 만사형통했던 때가 없었건만, 상감께오서는 오늘 저녁 무엇 때문에 저리 고적해 하시는 걸까. 만생으로서는 알 길이 없었다.

병신년. 참으로 당당했던 한해였다. 긴장과 박진감으로 밀고 나갔으면서 보조가 통쾌하게 들어맞았던 한해였다. 고려의 왕권과 국권

앞에 호랑이 아가리와도 같았던 기철의 일당이 깨끗하게 소탕되었다. 서북면병마사 인당의 군사가 6월 염천에 흙구름을 일으키며 달린 지 열흘 남짓, 그들은 압록강을 건너는 길로 파사부 등 삼참을 쳐서 간단히 빼앗았다. 그렇게 승세는 내어뻗쳐서 동북면 쪽의 쌍성도 간단히 함락되었다. 고려 고종 무오 때에 원에게 함락되었던 함주 이북 땅이 이렇게 백여 년 만에 고려의 손으로 돌아왔다.

그러나 아직도 원나라의 숨기운은 남아 있었다. 아무리 쇠해 가는 원나라일지라도 고려의 이러한 처사 앞에 속수무책으로 가만히 있을 리 만무했다. 정동행중서성이문소를 파한 일이며, 충혜왕 2년부터 써오던 원나라 순제의 연호인 지정을 22년 만에 갑자기 정지한 것과, 기철이 복주된 줄도 모르고 기철에게 태사도를 임명한다는 원나라 순제의 칙서와 인장(印章)을 가지고 오던 원의 사신 직성사인(直省舍人)을 잡아 가두고, 그 종자들 셋을 죽여버린 일에 이르러서는 원 황실이 기함했다.

원나라에서도 고려의 사신 김구년(金龜年)을 요양(遼陽)에 가두고 위협을 해댔다. 고려를 치기 위해 80만 대군을 모아놓았으니 고려의 운명도 머지않았다는 식으로 펄펄 뛰었다.

통쾌하게 치닫던 한해였으나 이제 세모(歲暮)의 문턱에 이르러보니, 그 통쾌감의 뒷전 그늘에 서려 있는 한(恨) 같은 것이 홀연히 한데 뭉쳐 떠오른 것이다. 푸실푸실 흩날리던 눈은 함박눈이 되어갔다. 희뿌연 공중을 너울너울 헤치며 내려앉는 눈송이들이 하염없었다.

상감청자(象嵌靑瓷) 술잔이 여러 잔째 비워졌다. 임금 자리. 상감은 눈발이 난무하는 허공을 무연히 바라보았다. 왕좌(王座). 피로 얼룩지는 자리다. 임금의 자리라는 것이 이런 것이었더란 말인가. 이 통쾌하던 한해에 얼마나 많은 사람들이 죽어갔던가. 우선 기철의 일당이라 하여 기철의 부자와 권겸, 노책의 혈족들이 몰살을 당했고, 기철의 지당(支黨)을 놓아주었다는 혐의로 판삼사사(判三司事) 원호(元顥), 삼사좌사(三司左事) 한가귀(韓可貴), 면성균(沔城君) 구영검(具榮檢)이 복주(伏誅)되었다.

홍익(洪翊), 황하연(黃河衍)이 약사발을 받은 것은 벌 받아 마땅한 일이었다 하겠지만, 그밖에도 도순문사(都巡問使) 윤시우(尹時遇)와 제주목사(濟州牧使) 장천년(張天年)과 판관 이양길(李陽吉)이 제주에서 반란을 일으킨 가을적(加乙赤)등에게 살해되었으니 그렇게 아까운 신하 셋을 잃었다.

상감이 즉위하여 귀국하던 길에 앞서, 머리를 깎아 만덕사(萬德寺)로 보냈던, 충혜왕과 은천옹주(銀釧翁主) 임씨(任氏)와의 사이에서 태어난 석기(釋器)는 고려땅 밖으로 쫓아냈거니와, 석기를 받들어 불궤(不軌)를 꾀했다던 전호군(前護軍) 임중보(林仲甫)와 그에게 가담한 전정승(前政丞) 손수경(孫守卿) 등 십여 명도 죽이지 않을 수가 없었다. 석기도 쫓아냈고, 충숙왕조 때부터 내리 5조를 벼슬하던 채하중을 유배 보내지 않을 수 없었으니, 궁중 가까이 다가온다는 것은 이러한 무상(無常)을 미리 각오하지 않고는 안될 일이었더란 말인가. 그러나 무엇보다도 상감의 가슴을 무겁게 짓누르는 것은 서북면병마사 인당을 베어 죽인 일이다. 인당이 출전 초반에, 술에 취해 객기를 부리던 같은 장수 강중경을 죽이게 된 죄를 저지르기는 하였지만, 인당의 힘으로 북면을 쳐서 빼앗았다. 그러한 충신을 고려왕의 손으로 죽이지 않으면 안 되는 비극을 상감은 감당해야만 했다.

원나라는 중서성(中書省) 단사관(斷事官) 살적한(撒迪罕)을 보내왔다. '우리 국경을 넘어 우리의 인민을 요란(擾亂)케 하고 우리의 전사(傳舍)를 불태우고 우리의 행인(行人)을 막았도다…… 적도(賊徒)가 혹시 그대의 나라에서 죄를 얻고 도망하여 무리를 호취(呼聚)한 것인가, 혹은 타국으로부터 온 무리가 망령되이 그대의 백성이라 일컫고 병과를 도용(盜用)하여 우리의 세의(世誼)를 이간(離間)한 것인가. 만약 진위(眞僞)를 묻지 않고 대군(大軍)이 한 번 출동하면 옥석(玉石)이 구분(俱焚)할 것이니, 그렇게는 차마 하지 못할 바인지라 살적한을 보내어 나아가게 하노니 그대는 의이심(疑貳心)을 내지 말고 그대의 사졸을 내어 편의에 따라 초포(招捕)하거나, 혹은 우리 천병(天兵)과 약속하고 힘을 합하여 협공(挾攻)할진대 기필코 정국안민(靖國安民)하여, 길이 이전의 화호(和好)를 돈독하게 하리니, 구체적으로 알아서 진문(奏聞)할지어다.' 고려의 군사가 쳐들어간 것을 번연히 알면서도 원나라 조정이 이렇듯 능청스럽게 슬쩍 둘러서 눙쳐본 것에는 두 가지의 저의가 있을 수 있었다. 그 하나는 계속해서 정면으로 충돌하는 것을 피하고 싶은 뜻이었고, 한번은 눈감아 주되 이것을 무시하고 나선다면 정작 뜨거운 맛을 보겠느냐는 엄포임이 틀림없었다. 또 고려가 팔참을 쳐들어간 사실을 인정했을 때는 정면충돌을 사양치 않겠다는 뜻으로 받아들여 한 번 해볼 의사도 없지 않다는 뜻이었음을 고려의 상감은 잘 알고 있었다.

지금 형편으로 원나라와 정면으로 대결하기에는 나라에 남은 것이 너무 없었다. 그렇다고 충신 인당을 무참히 죽일 수도 없었다. 그것은 고려가 공을 세운 충신을 죄 없이 죽이는 일이었다. 원나라의 위협 때문에, 중신들이 인당 하나를 희생시킬 수밖에 없다는 결론을 내렸을 때 상감은 격노했다. 인간의 탈을 쓰고서야 어찌 그럴 수가 있는가 나무랐다. 그러나 얼마 전 문하시중이 된 홍언박과 수문하시중 윤환(尹桓)은 눈물을 흘리며 아뢰었다.

"전하, 상감마마의 역린(逆鱗)은 지당하옵신 일이오나, 전하, 그 길이 아니옵고는 고려를 구할 길이 없을 것만 같사옵니다. 한 사람을 희생시켜 나라를 구할 수 있다면 피해갈 길이 없는 정황 아니옵니까. 인당이 아깝기 그지없사오나 전하 굽어살펴주소서."

그들은 고려를 앞세웠다. 인당 한 사람으로 고려를 구할 수밖에 없다고 우겼다. 서북쪽의 팔참을 찾으러 나섰던 인당은 수훈을 세워놓고도 목숨을 내어놓아야만 했다. 나라가 힘이 없어, 남의 나라의 위협 때문에, 공을 세운 죄 없는 충신을 죽여하다니— 고려에서는 원 황실 앞으로 비굴하기 짝이 없는 사죄의 글을 올렸다.

"……그 사리(事理)가 강(江)을 넘어 겁략(劫掠)한 것은 실로 본의가 아니므로, 그 죄인을 고핵(考覈)하여 국법을 바르게 하겠나이다. 엎드려 바라건대 천지 같으신 어지심을 넓게 베푸사……" 인당은 이렇게 죄인이 되어, 모든 것을 혼자 뒤집어쓰고 목숨을 빼앗겼다. 그리고 불과 넉 달 전인 7월에 관제를 고쳐 문하시중이 되었던 홍언박이 파면되고, 수문하시중 윤환, 문하시랑 유탁(柳濯), 중서시랑 허백(許伯)을 하릴없이 귀양살이 떠나보낸 것이 엊그제다. 원나라에게 보여주기 위한 것이었을 뿐이다. 장군 인당은 벌을 씌워 죽이고, 몇몇 대신들은 귀양을 보냈으니 이쯤 용서를 빕니다…… 정당문학(政堂文學) 이인복(李仁復)을 원나라로 보내어 쌍성, 팔참의 일과 기철의 복주사건을 구구하게 변명하면서, 사전에 사뢰지 않고, 일부터 해치운 일에 대하여 손이 발이 되도록 빌지 않을 수 없었다. 고려를 새롭게 일으킬 수 있으리라 믿고 시작한 일들이었다.

*

　상감께서 홀로 술잔을 기울이는 동안 날은 아주 어두워졌다. 대
황초의 불빛만 어룽거리고 있을 뿐 방안은 고즈넉하기 이를 바 없
다. 취기가 올랐지만 그것은 혼곤한 것이 아닌, 눈물 충충한 아픔이
었다. 상감은 다시 뒷문을 열었다. 어둠 속으로 함박눈이 펑펑 쏟아
지고 있다. 임금의 자리. 상감 노릇. 그 또한 중생계(衆生界)에 있는
것. 업(業)도 가지가지려니와 백성의 윗자리에 놓인 이 자리의 진정
한 뜻은 도대체 무엇이라는 말인가.
　"전하, 상감마마."
　상감께서 문득 인당의 목소리를 들은 듯했다. 아니 어둠 속으로
쏟아지는 눈송이 전부가 인당의 애절한 외침으로 아우성이 되어 들
려왔다. 고려와 고려의 국왕께 충성을 다하던 장수. 죄가 있을 턱이
없었다. 그러한 충신을 죽였다. 인당은 죽어가면서 무엇을 생각했을
까. 허무하구나. 억울함조차도 허무한 것일 뿐, 죽어 떠나면 그뿐 아
무것도 아닌 것. 도대체 살아 있을 때의 몸부림은 무엇을 의미하는
것인가. '살아생전 아무리 애를 써도, 죽음이 어떤 길을 밟아 어떤
형태로 오는지는 아무도 모른다. 고려왕. 고려의 왕 노릇을 하고 있
는 나도 살아생전 이렇듯 몸부림치며 뒤채고 있지만, 죽을 날이 있
고 그 죽음이 어떤 모양으로 올는지를 알 수가 없는 것.' 이번에는
문득, 인당이 출전지(出戰地)에서 죽인 강중경의 얼굴이 떠올랐다.
인당이 그렇듯 억울한 죽음을 한 것은 강중경의 원혼이.눈을 부릅뜨
고 있었기 때문은 아니었을까. 그것이 업이 되어, 인당의 손에 중경

이 죽은 지 몇 달이 안 되어, 인당 저도 그렇듯 억울하게 죽을 수밖에 없었던 것이 아닐까. '그렇다면……' 상감은 어둠을 흔들며, 쏟아지는 눈발 속에서, 상감께서 왕위에 오른 후에 죽어간 자들의 얼굴들이 눈발과 함께 쏟아져 내리는 환각에 사로잡혔다. 기철, 권겸, 노책, 조일신…… 혹은 피를 흘리고 혹은 눈을 부릅뜨고 혹은 이를 악문 얼굴들. 그러다가 그 얼굴들은 슬피 울며 애소(哀訴)해 오기도 했다. 상감은 새파랗게 질려 문을 닫았다. '사람들 여럿을 죽였구나……. 이유야 어디에 있었건 너무 많은 사람이 내 앞에서 죽어갔다……' 상감께서 술잔을 거푸 비웠다. 몸부림을 쳐도 쳐도 뜻대로는 아니 되는 것. 이제는 이 왕의 자리를 내던질 수도 없다. 붙들고 앉아있자니 이리 어지럽고 힘이 들고…… 상감은 너무 고달팠다. 그러나 그 고달픔을 어디에도 호소할 수가 없었다. 그렇듯 애지중지 승의공주가 중전 자리를 지켜주건만, 그 사랑에조차 의지할 수 없는 고적감이 깊고 깊었다. 취기가, 일렁거리는 왕의 심중을 어지럽게 하는 것은 죽은 자들의 얼굴만이 아니었다. 산 채로 어딘가로 달아나 있거나, 쫓겨간 자들은 몇몇이던고.

승려가 되었다가 원나라로 달아난 덕흥군(德興君) 탑사첩목아는 상감의 삼촌이다. 상감의 아버님 충숙왕과 함께, 같은 어머니인 의비(懿妃)에게서 태어났으나 숙부는 왕좌에 앉힐 수 없다는 이유로 어려서 절간으로 쫓겨갔다가, 나이 들자 무슨 생각에서인지 홀연 원나라로 달아나버린 것이다. 은천옹주 임씨에게서 태어난 석기 또한 어려서 절간으로 보내어졌다가, 불궤(不軌)가 드러나 한바탕 소란을 치른 뒤, 멀리 제주도로 귀양 보내지 않았던가. 지금까지 궁중에서 쉬쉬하고들 있으나, 석기를 압송하던 이안(李安), 정보(鄭寶) 등이 바다에 이르러 석기를 물속으로 밀어 떨어뜨렸건만, 석기는 죽지 않고 살아

나 어디론가 달아났다 하여 소문 분분한 중이다. 왕실에 태어난 것
이 죄였는가. 왕실 핏줄이라는 이유만으로 목숨 한 가닥 이어가기
그리도 끔찍한 일을 계속 겪어야 하다니— 어디 누구에게서 태어나
는 것을 마음대로 할 수 없는 일이니 업(業)으로 돌려야 하는 일인
지…… 또한 순천에 유배된 채하중의 앞일은 어떻게 되는 것인지.
그가 비록 원나라의 세력 줄에 몸과 마음을 매고 있어, 바야흐로 원
의 영향력에서 벗어나려고 몸부림치고 있는 고려의 뜻과는 어긋나
는 인물이었다고는 하나, 그 노정승은 내리 다섯 임금을 섬겼던 고
려의 충신임에는 틀림이 없지 않은가.

　상감의 한숨은 쓰리고 깊었다. 앞으로 임금 노릇은 얼마나 더해야
하는 것이며, 그 앞날에 얼마나 많은 사람이 죽어갈 것인지. 얼마나
많은 사람이 귀양을 가게 되며, 또 고려와 고려의 왕을 피하여 달아
날 자가 몇이나 되겠는지. 술잔을 비운 상감은 빈 잔을 내려놓는 것
과 함께 상머리에 이마를 얹고 흐르는 눈물을 버려두었다. 외롭다.
허전하다. 그리고 무엇이라 이름할 수 없는 불안이 숨을 막는다. 한
가지가 겨우 뜻을 이루는가 하면 열 가지가 퉁그러져 나가는 상감의
자리. 백사(百事) 만사(萬事)가 임금의 뜻대로 되는 것 같으면서 기실
은 모든 것에 제약을 받는 왕좌(王座). 상감의 쓰라린 눈물은 기나긴
겨울밤을 오래오래 적셨다.

다시 흔들리는 고려

    동짓달 매서운 바람이 내리치고 있다. 마치 물밀 듯이 밀려닥치는 홍적(紅賊) 떼의 기세처럼 피적(避賊)의 어가(御駕)를 가로막는 바람이었다.

    상감 재위 10년, 동짓달 병인(丙寅). 홍건적의 선봉(先鋒)이 이미 절령(岊嶺＝慈悲嶺)의 방책(防柵)을 무너뜨리고 개경을 내려다보고 있는 흥의역(興義驛＝牛峰)에 이르렀다. 상감은 태후(太后)와 중전, 그리고 중전에게 태기가 보이지 않는다고 중신들이 서둘러 맞이한 지 2년 반에 이르는 혜비(惠妃) 이씨(李氏)를 대동하고 개경을 떠나지 않을 수 없었다. 원나라 발아래 속국 백 년이 모자라, 이제는 같은 족속 중의 도적떼에게 쫓겨 달아나는 처지가 되다니. 무슨 국운(國運)이, 이런 일을 맞는가. 상감이 자국의 도적떼에게 쫓겨 달아나는 길을 가고 있다니. 피적 어가 속에서 상감은 살아 숨 쉬는 것이 치욕스러웠다. 임진강(臨津江)에 이르자 어가는 강바람이 휘몰아치는 모래밭에 멈추었다. 한동안 포근하다가 갑자기 몰아닥친 추위에 강물은 얼어붙기 시작했으나, 아직은 결빙(結氷) 중이어서, 얇게 얼은 얼음을 깨어가며 배로 건널 수밖에 없었다. 수종자는 스물여덟. 시중 홍언박을 비롯하여 단지 스물여덟 명의 신하가 함께 했을 뿐이다. 배를 마련하고 도강(渡江)준비를 서두르는 동안에도 바람은 수그러지는 일 없이 매섭게 불어닥쳤다. 미친 듯한 바람이 모래펄을 한번 훑으면, 강모래가 사정없이 연(輦)을 휩싸며 시계(視界)를 부옇게 흐려놓는다. 사면 어느 곳을 둘러보나 얼어붙는 겨울 풍경. 험난한 길을 떠나는 사람들을 매정하게 외면하듯 삭막하기 이를 데 없었다. 민가는 이미 텅 비어 있어 굴뚝의 연기 한 오리 볼 수 없었고, 며칠 사이에 폐가(廢家)가 된 듯 냉기에 휩싸여 있었다. 모두들 남으로, 남으로 밀려 내려가 버렸는지 강기슭 아래로 아직 강을 건너려는 백성의 아우성만이 아득하게 보일 뿐이다.

배는 두 척밖에 없었다. 몇 행차를 하여야 도강이 끝날지 답답하다. 강 얼음은 서둘러 가야 할 길을 가로거쳤다. 얼음을 타고 건너기에는 얇았고 얼음을 깨가며 배로 건너기에는 두꺼웠다. 노와 삿대로 얼음을 두드려 깨며 한 치 한 치 앞으로 나가자니 뱃길은 느리고 갑갑했다. 깨어져 둥둥 뜬 얼음이 뱃전을 두드린다. 아무도 입을 여는 사람이 없는 차갑고 삭막한 공기 속에서 얼음 깨는 소리는 유난히 메마르고 쓸쓸하게 흔들렸다. 천신만고 강을 건너고 도솔원(兜率院=坡州)을 향하여 행선을 정열했을 때는 짧은 겨울 해가 이미 다 떨어져 가고 있었다. 상감은 강 안에 어가를 멈추게 하고 그 쓸쓸한 산하를 천천히 둘러보았다.

백 년을 넘기고 간신히 원나라의 그늘을 벗는가 하였더니, 이제는 또 홍건적에게 쫓겨 남행(南行)을 떠난다. 한림아(韓林兒)를 앞세워 황제를 만든 홍건적 유복통(劉福通)의 군사는 작정한 곳 없이 닥치는

대로 노략질로, 한때 요양(遼陽)을 점령했었으나, 그들이 원나라 군
사에 쫓긴다는 것이, 고려 땅으로 밀려들게 된 것이다.

*

남(南)으로는 왜구(倭寇)의 노략질이 극심해질 무렵인 이태 전 겨
울, 홍건적은 위평장(僞平章) 모거경(毛居敬)을 괴수(魁首)로, 4만 명의
떼를 이루어, 얼어붙은 압록강을 타고 물밀 듯이 밀려 내려왔다. 의
주(義州), 정주(靜州), 인주(麟州), 철주(鐵州)를 함락시킨 그들은 서경
(西京)까지를 삽시간에 점령했다.

그러나 그 겨울을 보낸 다음해 정월, 고려의 상장군(上將軍) 이방실
(李芳實)은 철화(鐵化＝黃州)에서 홍적을 만나 싸워 크게 이겼다. 그
기세는 전신이 얼어붙는 일월 추위에도 불구하고 그대로 치올라가
홍건적은 고려 땅에서 꼬리를 사리고, 겨우 기백 명이 살아서 달아
났다. 70여 일 만에 고려 땅에서 홍건적을 깨끗하게 쫓아낸 대승첩
(大勝捷)이었다. '국운(國運)이 다하지 않았음이다. 하늘이여 부처님
이요 고맙고 고마운 일…… 사람이 하는 일이 아닙니다.' 상감은 가
슴을 쓸어내리며 천지신명께 감사를 올렸다.

그러나 한겨울 추위에 동사(凍死)한 병사의 수효가 어떠했으며, 홍
적 떼가 죽이고 달아난 고려 백성의 시신은 어떤 산을 이루었을까.
안우(安祐) 김득배(金得培) 등 장수들이, 이방실과 더불어 용맹을 떨
쳐, 홍적의 위원수(僞元帥)와 심자(沈刺) 황지선 등을 사로잡은 공을
세웠으나, 육지에서 밀려 올라간 홍적 떼는 뱃길을 거쳐 서경까지
쳐들어와 난동을 피우기에 이르렀다. 그러나 고려 장수들의 목숨을
내건 싸움에 그들은 번번이 오래 견디지 못하고 혼비백산 달아났다.

장수들이 승첩을 고해올 때마다 상감의 감격은 얼마나 뜨거웠었나. 고려 충신들이 얼마나 미덥고 든든했던가. 안우(安祐), 경천흥(慶千興), 이승경(李承慶), 김득배(金得培)에게 골고루 정란공신(靖亂功臣)의 높은 벼슬을 내렸고 이방실에게 옥대(玉帶)와 옥영(玉纓)을 내리면서 상감은 "과인의 살을 베어주는 것으로도 그 공로에 보답으로는 모자람이 있도다." 감읍해 마지않았다. 이렇듯 홍건적과 왜구의 노략질이 끊일 날이 없던 중, 무슨 재앙으로 가뭄까지 겹쳤다. 상감은 금주령(禁酒令)을 내리고 상감 자신도 일일일식(一日一食)으로 견딘 기간이 길었다. 하루 한 끼로 날을 보내면서 상감께서는 왜구의 노략질에 상심하셨다.

　"고려는 왜 이리 상놈의 나라에 끊임없이 시달리는가. 고려가 힘이 달림이다. 청자 도자기 한 가지를 원나라도 따르지 못하는 고려 혼으로 안고 살아있는데, 오랑캐며 왜구의 끊임없는 침략도 그들이 양반의 나라 고려에서 빼앗고 싶은 것이 크기 때문이다. 고려 혼을 빼앗으면 저들이 원하는 것을 얻을 수 있겠다고 믿기 때문이다. 누구도 따르지 못하는 청자(靑磁)의 비색(翡色)은 고려 혼이다. 그 고려 혼을 빼앗아 갈 나라는 어디에도 없느니라. 청자의 비색이 그리 쉽게 얻어진 혼이겠느냐? 가마에서 타오르는 일천삼백 도(度)에서 빚어지는 비색은 천도를 넘도록 타고 또 타오른 잿물이 혼(魂)이 되어 나타나는, 세상에 다시없는 비취색이니라. 왜구들이 고려 혼을 뺏어가려고 저리 날구장창 침략을 일삼는데, 맑은 강(江)벌에서 고려의 흙으로 청자를 굽는 도공들을 안전한 곳으로 피신시켜라. 왜구가 오는 기색이면 도공들에게 강변(江邊)을 떠나라 일러라. 청자 비색은 오직 고려의 혼이니라. 고려의 혼을 지켜라. 고려 혼을 넘볼 수 없도록 목숨보다 귀한 고려 혼을 지켜야 한다!"

도적떼에게 쫓기는 상감의 상심은 뼈를 녹일 지경이었다. 왜구며 도적들은 인간이 아니다. 궁궐에 두고 떠난 그 숫한 고려자기(高麗瓷器)며, 예불드리던 세존(世尊)관음(觀音) 불화(佛畵)가 도적떼에게 무슨 뜻이 있겠는가. 그 귀한 고려의 혼이 마구 짓밟히고 깨어져 흩어질 것이니…… 아아, 얇은 겉옷의 주름을 타고 흐르는 그 눈부신 금사(金絲)가 물결지어 흐르는 관세음의 수월관음도(水月觀音圖)가 눈앞을 가로 막는다. 광배를 두른 관음, 자비의 관음상이 떠올라 상감은 차라리 눈을 감는다. 임금이라는 자가, 비단 바탕에서 살아나는 그 신비의 수월관음도를 버리고 정처 없이 달아나고 있으니…… 언제 다시 돌아와 그 영험한 불당의 불화를 만날 수 있을는지. 고려 연호(年號) 대덕(大德)을 어찌 부르랴. 피적의 길이 부끄럽고 부끄러워 차라리 얼음을 깨고 건너는 강에서 배가 뒤집혀 죽는 장면을 상상했다.

*

홍적 떼에게 시달리다가 왜구들의 노략질에 넌더리를 내던 끝에, 이제 이 엄동설한에 피적(避賊) 길을 가고 있다. 피적의 남행에서 어가를 멈추게 한 상감은 새삼 하늘이 원망스러워진다. 사면 어디를 둘러보나 숨쉬기를 끝낸 듯한 땅. 온기를 잃고 다시는 되살아날 기맥을 보이지 않는 땅. 고려였다. 상감은 멈추어 선, 어가 위에서 눈물을 머금었다. 즉위한 이래로 하늘을 두려워하며, 왕으로 갖추어야 할 것을 갖추기 위하여 단 한 치도 방심했던 일이 없었거늘. '백성에 대한 생각을 한시도 마음에서 떼어내 본 일 없었고, 조훈(祖訓)을 법으로 받아 나라 다스리는 일에 전력을 다했거늘. 때에 흉년은 겹치고, 병역(兵役)은 잇달아 백성들을 시달리게 만들고 있으니…… 나

또한 백성들을 따라서 하루에 한 끼로 요기를 하며 백성의 어려움을 뼈에 새겨왔거늘. 그랬음에도 임금인 나의 덕(德)이 엷었음인가. 이 무슨 잇달아 들이밀리는 참담이란 말인가.'

상감은 승선(承宣) 이색(李穡)과 지주사(知奏事) 원송수(元松壽)를 불렀다. 상감은 그들을 향하여 목메인 음성을 감추려고 하지 않았다.

"발길이 떨어지질 않는구려. 내 어찌 훌쩍 이 자리를 떠나겠소." 국궁하고 서 있던 이색의 수그린 얼굴에서 눈물이 후둑후둑 떨어진다. "경들은 지금 이 자리에 서 있는 짐의 마음과 이 풍경을 연구(聯句)로라도 남겨야 하지 않겠소. 우리가 하늘의 뜻을 크게 거역한 일 없으니 언제인가는 이 길로 되돌아올 수 있을 것이오. 그러나 오늘의 이 마음과 이 풍경을 소상하게 기록했다가 다음날 우리들의 경각심을 새롭게 하는 데에 써야 할 것이오."

어가를 모시고 있던 중신들은 고개를 더욱 깊이 가슴에 묻고 눈물을 흘렸다. 더러는 흐느끼는 신하도 있었고 개중에는 주먹을 부르쥐고 새로운 결심을 다짐하는 신하도 있었다. 도솔원에서 하룻밤을 묵은 일행은 다음날 꽁꽁 얼어붙은 새벽에 다시 길 떠날 채비를 차렸다.

"어마마마, 지난밤 침소가 얼마나 불편하셨는지요. 이제 앞으로 복주(福州=安東)까지 갈 길은 아득한데, 날은 갈수록 맵고 어마마마의 고생스러우심을 옆에서 뵈옵기 민망하옵니다. 오직 저의 부덕이 깊사와 어마마마께 이런 어려움을 겪으시게 합니다."

상감은 태후께 불효를 빌었다.

"무슨 말씀이시오. 사사로이 백성의 한 사람으로 살아가는 길에도 풍파가 있게 마련이거늘 보다 큰, 한 나라가 겪는 일에 어찌 이쯤 어려운 일 없이 경영이 되겠소. 내, 상감 가시는 길에 큰 부담 안 드리고 따라갈 터이니 상감은 이런 사소한 걱정을 거두시고 어서 저 홍적 떼를 물리칠 길이나 찾으시오."

"어마마마, 퍽 추우시지요. 추위 너무 혹독합니다."

"이렇게 겨울 길을 가노라니, 그동안 그 숱한 고려의 왕자들이 원나라 북녘길 오천 리 겨울 길을 어떻게 갔는지 새삼 가슴 쓰리오. 어려운 일을 잘 겪고 나면 또 좋은 일들이 기다리고 있는 법이오. 상감께서는 즉위 이래 오로지 고려와 백성들을 위해 온몸 다 바쳐오셨으니 이번의 이 난리는 고려 앞날에 초석이 되어줄 경험이 될 게요. 이 늙은이 때문에 너무 상심 말으시고 어서 길을 재촉하옵시오. 내 비록 나이는 먹었어도 연(輦)을 버리고 걸어서라도 갈 수 있으니 정녕 이 몸 걱정은 말으소서."

태후가 타고 갈 것 이외에, 중전과 혜비의 연은 걷어 없애기로 작정이 되었다. 중전 승의공주는 몽고 태생의 공주다. 어려서부터 말 타기에 능했고, 따라서 말을 볼 줄 아는 눈도 높았다. 중전은 지지난 해 홍적 떼가 휩쓸고 지나간 뒤에 만일을 염려하여 상감께 기마(騎馬)를 연습하게 했던 아내다. 종묘(宗廟) 조회(朝會)의 일이 아니면 좀체로 방달(房闥)을 나가려고 하지 않던 상감은 말을 타는 일이거나 활을 쏘는 일, 사냥을 나다니는 일을 아주 싫어했다. 중전은 그러한 상감을 설득하는 데에 성공했다. 그리고 궁중 후원에서 상감의 기마 연습에 앞장섰다. 공주의 예지(叡智)덕으로 상감은 말에 올라 겨울 길을 계속 갈 수 있었다. 연을 버린 공주는 씩씩하게 나서서 자기가 타고 갈 말을 스스로 골랐다. 중전의 날렵한 몸매가 입고 있는 호백구(狐白裘) 마고자의 털끝에서는 아무리 무서운 추위도 이슬처럼 녹아 스러질 것 같았다. 얼굴에 엄숙한 빛이 감도는, 단단한 결의를 하고 남의 손 빌리지 않고 자기의 일을 척척 해내는 중전을 바라보는 상감 이하 중신들의 심회는 불행한 행군 속에서도 든든한 의지가 되었다. 하지만 혜비(惠妃) 이씨의 경우는 난처했다. 말을 타 보기는커녕 말을 구경할 일조차 흔치 않았던 규중(閨中)의 여인이었다. 더구나 유생인 부원군 이제현의 따님이었으니, 규방의 가르침을 어떻게 받으며 오늘에 이르렀는가는 알고도 남을 일이었다. 그 아버지 이제현은 충렬왕 27년에 나이 열다섯으로 성균시에 장원하고 또 병과에 합격한 이래 내리 7대조를 섬겨오는 중신 중의 중신이다. 앉고 일어서고 입을 떼고 손을 놀리는 온갖 일에, 아녀자의 범절을 목숨처럼 알아 배워온 양반댁의 따님이요, 오직 나라의 뜻에 매여 상감의 후궁이 된 혜비 이씨다. 연을 더 끌고 갈 수 없어, 말을 타야만 하는 형편에, 뒷전에서 그저 소리 없이 기다리던 혜비가 타고 갈 말은 비루먹은 망아지 같은 늙은 말이었다. 혜비를 태우고 십 리 길이나 갈 수 있을까, 보기에도 안쓰러운 짐승이었다. 그러나 말이 어떠한 것인지는 둘째의 문제요, 혜비가 그 말을 어떻게 다루어야 하느냐가 발등에 떨어진 불이었다. 혜비는 어마지두에 애원하는 눈길로 상감 쪽을 바라보았다. 그렇다고 그것은 하지 못하겠다는 뜻은 아니었다. 그저 이 일을 어떻게 했으면 좋을는지 말잔등에 올라본 일이 없는 한 아녀자가, 그 지아비의 성원(聲援)을 받고 싶은 본능이 그렇게 한 것이다. 그러나 상감은 그러한 혜비의 심경이나 형편을 내 알 바 아니라는 듯 다른 일에만 눈길을 건네고 있을 뿐, 낭패감에 떨고 있는 혜비를 일별하는 일도 없었다. 혜비는 말을 타야 할 일에 겁을 냈던 것을 한순간에 깨끗이 버렸다. 상감의 반응과 태도에, 부끄러움과 슬픔이 새롭게 눈을 부릅떠 왔다. 또 한 번 한스러움이 가슴 터지게 솟아올랐다.

재작년, 춘 사월. 나라 법을 따라서 왕궁으로 들어갈 때에, 아버지인 부원군도 밝은 기색이 아니었지만 혜비 이씨도 기쁘지 않았다.

"중전이신 승의공주께 대한 나라님의 지극하심은 어느 경우에도 뵌 일 없고 어느 분께도 비교할 수가 없을 정도라 하더라. 두 분의 정분은 일찍이 고려 왕실에서 뵐 수 없었던 정분이고, 중전께서는 어떤 고려 여인네보다 더 조신하신 분이고, 상감께는 아녀자가 아니라 중신 못지않은 힘이 되어주시는 분이시다. 네가 상감마마의 비(妃)로 봉해지면, 너는 그저 햇님 같은 왕자 하나만을 우선 낳으면 되는 게야. 매사에 중전마마 가르치심을 잘 받들어 모시고 상감마마를 하늘처럼 섬겨야 하는 게다."

왕실로 딸을 떠나보내던 어머니의 간곡한 타이름이었다. 사촌 형님들이며 올케들이 모여 앉아 이어지는 화제는 오직 상감과 중전에 관한 이야기들뿐이었다.

"세자를 아직 두시지 못한 상감을 위하여 이 혼사를 서두르기는 했다지만, 여러 재상들이 상감마마께 윤허를 구하고 구하다 못해, 이 일을 놓고 마지막으로 중전께 뵈었다네. 이제 즉위하신지 아홉 해, 혼인하신 지는 10년이 넘고 보니, 아무리 의가 좋으신 분들이라고는 하나, 나라 장래도 생각해야 할 일이고 하여, 여러 재상들의 간곡하게 사뢰는 이 일을 아니 들으실 수가 없었다는 게요. 전하를 설득하는데 얼마나 고생들을 했는지……."

그 다음의 이야기를 더 이어 나가지는 않았으나, 혜비 이씨도 상감 내외분의 심정을 짐작했다. 상감께서는 조금치도 원치 않으시던 일. 오직 무자하시어 재상들의 재촉은 받으셨지만, 중전 승의공주 외의 다른 여자를 보실 생각이 조금치도 없으신 분이라는 것을 짐작으로도 알 수 있었다. 그때 혜비 이씨는 두렵고 서글펐다. 중전께서 허락하시고 또 일을 서둘러주고 계시다는 소리까지 들었으나, 이 짐이 왜 나에게 짊어지워졌을꼬 하는 비감한 생각까지 들었다. 나라 법과 아버지의 지시와 중전의 뜻을 따라 혜비 이씨는 궁중으로 들어 갔다. 그러나 궁중의 첫걸음은 기쁨이나 자랑보다 무겁디무거운 법 도만이 가로놓여 있는 버거운 삶이었다. 오직 한 분 목숨처럼 알고 섬기고저 했던 상감은 첫날부터 냉담했다. 보고 듣고 말하고 움직이 는 일에 단 한 가지 자신의 뜻을 마음대로 섞어본 일이 없었거늘, 궁 중에는 말도 많았다. 무슨 까닭에서인지 혜비 이씨가 궁중에 든 지 한 달도 안 되어 중전이 식음을 폐했던 일까지 생겼으니 혜비는 영 문을 모르는 죄인일밖에 없었다. 애당초 혜비는 꿈도 꾸어본 일 없 던 이 길을 모두가 나서서 끌어들여 놓고, 그리고는 혜비로서는 알 수도 없는 일이 따로 돌아가며 혜비를 죄인 다루듯 하니 한스럽고 한스러울 뿐이었다. 이렇듯 궁중의 객처럼 지내기를 이태 반, 고려 전체가 바라던 왕자는 혜비에게서도 태어나지 않은 채 혜비는 뒷방 사람이 되고 말았다. 이제 피난길에 함께는 가고 있으나, 혜비라는 존재는 군더더기처럼 걸리적거리고, 함께 가는 일행의 눈에도 혹처 럼 보일 것임을 자신도 아니 느낄 리 없었다. 아무리 겸손하게 참을 성으로 견디던 혜비인들 서럽지 않을 수 없었다. 연(輦)에 오르던 태 후께서 그러한 혜비를 눈여겨보신 듯했다. 태후께서 가까이에 서 있 던 상장군(上將軍) 김원명(金元命)을 부르시더니 혜비를 애처로워하시 며 이르셨다.

"혜비는 아마 말 구경을 자세히 한 일도 별로 없을게요. 아무리 난 리 틈이라고는 하나 이렇게 갑자기 말을 타고 떠나라는 것은 무리가 아니겠소. 다소 협착한 대로 나의 연에 혜비를 함께 태우고 가도록 주선해 보시오."

혜비는 태후의 말씀을 듣고 국궁으로 눈물을 흘렸다.

"어마마마, 아니 됩니다. 제가 말을 타고 가겠습니다. 하해와 같으신 자애로움 저에게는 너무 과분하옵니다. 이 어려운 때에 이런 길을 함께 모시고 갈 수 있는 것만도 황감하온 일이온데, 어마마마께오서 이렇듯 깊으신 사랑으로 헤아려주시니 몸 둘 바를 모르겠사옵니다. 어서 연에 오르시오소서."

"말은 처음 타는 사람들로서는 남자에게도 무섭고 겁나는 일이 되는데, 혜비 어찌 그 일을 감당하겠다는 말인가."

"염려 마시오소서. 결단코 결행하여 귀찮게 구는 일 없이 따르겠나이다."

태후는 평소에, 겸손 공손한 혜비의 몸가짐과 예법을 높이 사던 중이다. 이런 경우에는 오직 겁을 내어 주저하려니 했는데, 결의가 대단해 보여서 그 또한 미덥고도 안쓰러웠다.

"그러면 상장군, 장군께서 혜비를 도와드리시오. 그리고 혜비는 극력 조심하여 상장군을 따르도록 하고."

태후는 연에 올랐고 혜비는 후들후들 떨면서 비루먹은 말을 탔다. 혜비의 그러한 모습을 바라보면서 중신들 모두가 돌아서서 눈물을 닦았다. 날렵한 중전에 비해, 혜비의 몸은 그렇질 못했다. 호백구 마고자에 몽고식 바지를 입어 말타기에 합당한 차림을 하고 있는 중전에 비하여 혜비의 옷차림은 말을 몰기에 합당치 않았다. 더구나 혜비는 이를 악물고 한사코 폐를 끼치지 않으려고, 겁을 참고 말에 올랐으나 출발이 시작된 뒤 말에서 몇 차례나 떨어지는 고통을 치렀다. 혜비는 눈물 흐르는 것을 들키지 않으려고 이를 악물었다. 고려와 왕실 전부가 그렇도록 바라는 왕자 탄생을 위하여 혜비 자기를 이끌어 들였음에도, 기대에 아무런 것도 이루어놓지 못한 채 이렇게 끌려가고 있는 자기는 무엇이란 말인가. 떼어놓지 않고 함께 데려가

주는 것만도 감지덕지였다. 어디에 감히 눈물을 보이랴. 어디서, 누구 앞이라고 감히 울먹이랴.

*

피적(避賊)의 어가는 궁궐이 있는 개경에서 멀어질수록 고통이 자심해질 수밖에 없었다.

어가가 분수언을 지나 영서역을 거쳐 광주(廣州)에 이르렀을 때, 광주는 사람의 그림자 하나 없이 텅 비어 있었다. 백성도 관리들도 모두 산성(山城)으로 올라가, 물 한 모금 구할 길이 없었다. 일행은 경안역(耕安驛＝廣州)을 떠나 이천현(利川縣)을 향해 가던 중간쯤에서부터 걷잡을 수 없이 쏟아지는 진눈깨비를 만났다.

어가는 전진도 후퇴도 할 수 없는 지경에 이르렀다. 눈을 제대로 뜰 수 없게 쏟아져 내리는 진눈깨비 속에서 인가를 찾았으나 눈에 뜨이는 집이 없었다. 겨울 산천 황량한 들판 위를 질척한 얼음 눈이 계속 쏟아질 뿐 잠시라도 의지할 곳이 보이지 않았다. 행렬은 멈출 수 없었다. 그렇다고 뒤로 물러날 수도 없었다. 묵묵히 그 눈비 속을 계속 전진하지 않을 수 없었다. 길이 미끄러워 말들이 허덕거렸다. 상감을 모신 어가는 물론, 태후의 연과, 말을 탄 사람들의 옷은 흠뻑 젖으면서 서걱서걱 얼어들기 시작했다. 가도 가도 그 상황은 끝나지 않았다. 마치 가위에 눌려 아무리 달려도 앞으로 나아가지 못하는 악몽처럼 길은 끝없이 답답했다. 마침내 천신만고 끝에 이천현에 이르렀으나 그곳에는 암담한 소식이 먼저 와서 기다리고 있었다.

절령의 방책을 무너뜨린 홍건적이 개경을 점령했다는 소식이었다. 속속 밀려드는 도적 떼는 남녀 가리지 않고 잡아서 불태워 죽이고, 더러는 임신부의 젖가슴을 도려내어 먹이로 삼는 잔혹이 도처에서 벌어지고 있다는 끔찍한 소식이었다.

상감은 어가 위에서 눈을 감았다. 이대로 이 소식을 들으며 무작정 달아나야만 한다는 말인가. 이 백성들이 다 이렇게 무너지고 있거늘, 내 일신이 무사하고자 이렇듯 정신없이 달아나야만 한다는 말인가. 얼어붙은 뺨 위로 뜨거운 눈물이 걷잡을 수 없이 흘러내렸다.

*

그러나 일행은 상감의 이 심회를 헤아릴 겨를도, 개경의 소식에 절망할 기력도 없었다. 어석어석 얼어붙은 옷 속의 살은 거의 마비가 되다시피 했고, 제대로 끼니를 찾지도 못한 뱃속의 창자들은 오그라붙고 뒤틀리기 시작이었다. 일행은 이곳저곳에서 짚을 얻어다가 화톳불을 놓고 둘러서서, 입은 채로 옷을 말릴 수밖에 없었다. 일행이 음죽현(陰竹縣)에 닿았을 때는 마지막으로 집을 버리고 달아나는 백성이 산자락 끝으로 얼마만큼 보였고, 동리는 이미 텅 비어 있었다. 당장 입에 풀칠할 요깃거리조차 없이, 모두가 망연자실하던 차에 판각문사(判閣門事) 허유(許猷)가 쌀 두 말을 구해가지고 어가를 찾아왔다. 일행은 쌀 두 말 앞에 눈이 번하여 그것을 익혀 먹을 궁리로 우왕좌왕인데 문득, 어가 앞 얼어붙은 땅 위로 몸을 던져 엎드려 부르짖는 신하가 있었으니 참정 정세운이다.

"전하, 상감마마. 신 등이 불충하와 나라에 이런 어려움이 닥치게 한 죄 열 번 죽어도 모자라는 줄 아나이다. 상감마마, 저 불쌍한 백성을 헤아리시오소서. 이것이 모두 조정의 우리 백관들이 태만하고 변변치 못한 탓이옵니다. 전하, 어서 교지를 내리시어 애통하는 민심을 달래주시옵고, 각 도의 군사를 모아 독려하심으로 적을 치게 하소서. 홍건적의 수효 십만이라 하나, 그 수효에 지레 겁을 낼 일이 아니오라, 전하와 고려를 지키려는 충정을 가진 장수만 나선다면 저희 모두가 당장 전장으로 달려갈 것이옵니다."

얼어붙은 흙바닥 위에서 참정 정세운은 통곡했다. 상감은 어가에서 내려섰다. 그리고 언 땅 위에 쓰러져 우는 신하 정세운을 손수 붙들어 일으켰다.

"과인의 부덕이요. 과인의 모자랐음이요. 태조(太祖)께서 일찍이 큰 업을 개창하시고 열성(列聖)이 서로 이어 백성을 편케 길렀거늘, 이제 과인에 이르러 안일에 빠져 군사의 일을 중히 하지 않아 강구하지 못하였으니, 이 모든 사태가 과인의 부덕일 뿐이요. 이제 이렇도록 허둥지둥 뒷길을 가고 있는 중에도 경과 같이 나랏일을 걱정하는 중신이 있으니 고려가 아주 쓰러지지는 않을 것이오."

상감은 목이 메었다. 어가를 뫼시던 신하들은 모두가 흐느꼈고 정세운은 더욱 몸 둘 바를 모르고 통곡하며 아뢰었다.

"나라와 상감마마께 이런 일을 당하게 한 소신 열 번을 죽어도 마땅하오나, 이 값없는 목숨, 나라 구하는 일에 써볼까 하와 부지하고 있사옵니다. 하명하옵소서, 전하."

정세운의 두 손을 마주잡은 상감도 참고 참던 눈물을 흘리고야 말았다. 어가를 뫼시던 신하들 모두가 땅을 굽어 흐느낄 뿐이었으나, 오직 한 사람 상감의 외사촌 형이 되는 시중 홍언박만은, 눈물을 흘리고 있던 중에도 좌중의 기맥을 번개처럼 살폈다. 시중 홍언박의 시선은 평장사(平章事) 김용에게 잠깐 머물렀고, 김용을 보던 순간 무서운 살기 같은 것을 일으키며 부지중에 몸을 흠칠 떨 정도였다.

현재 홍건적과의 싸움에서 고려의 총병관은 김용이다. 김용은 홍건적 무리에 의해 절령책(岊嶺柵)이 무너진 뒤에 달려 개경으로 돌아왔다. 그리고 속수무책, 개경이 무너진 상황을 두고, 지금 어가를 모시고 복주로 가고 있는 중인 것이다.

그런데 이번에는, 눈물 없이 고개만 숙이고 있던 김용의 눈빛이 살기로 번쩍 빛나면서, 지금 상감의 어수를 마주 잡고, 언 땅에 무릎을 꿇고 있는 정세운에게 날아가 꽂히는 것이 홍언박의 눈에 띄었다. 불길했다. '김용, 저 흉물이…… 저놈의 음흉하기 짝이 없던 행적을 알고 있거늘, 상감께서는 어찌하여 소신의 간곡함을 듣지 않으시는지……' 홍언박은 뇌리를 스치는 불길함에 몸을 떨면서 눈시울을 적시고 계신 상감을 안타깝게 바라보았다.

맑게 개인 날씨는 구름 한 점 없는 겨울 하늘을 새파랗게 펼쳐놓고 있었다. 한나절의 겨울 햇살이 쌀쌀한 냉기 속에서 금빛으로 넘놀고 있는데, 그 한순간 세 인물, 정세운과 김용 그리고 상감의 둘레에서 벌어지고 있는 정황을 살피고 있던 홍언박은 불길한 예감을 떨쳐버리지 못했다.

어가의 행렬이 다시 길을 떠날 무렵, 정세운은 김용에게 다가갔다. 그리고 탄원하듯 힘을 합쳐 나설 것을 허심탄회 의논했다.

"경과 나는 상감께서 원에 숙위하고 계실 때부터 함께 하던 사이가 아니오. 이제 경이나 나나 이렇도록 깊은 왕은(王恩)과 총애를 독차지하다시피 하던 신하로, 홍적 떼가 이렇게까지 쳐들어온 것을 구경만 할 수는 없는 일 아니겠소. 우리가 이러할 때에야 우리만 못한 사람들로서는 무슨 애국심과 책임감을 기대할 수가 있겠소. 이제 이 홍건적을 쳐서 무찌르지 못하면 우리가 이렇게 무사히 도망쳐서 산골에 묻혀 숨는다 할지라도, 무슨 미래가 있겠으며 나라 없이 구차하게 목숨을 부지할 것인지…… 대감, 이 위경의 나랏일은 어떻게 할 작정이란 말이오? 뜻을 세워 함께 목숨을 내어놓는 길에 무서울 일이 무엇이겠소. 왕은에 보답하고 고려의 신하로서 고려를 건져보십시다."

"옳은 말씀이오. 경께서 이미 내 할 말까지 전부 상감께 아뢰었으니 나는 그저 뒷전에서 경이 하는 일을 지켜보리다."

김용의 대꾸는 애매한 것이 아니라 비꼬였다.

"김공, 지금 지위나 위치가 어째서 문제가 되겠소? 나라의 운명이 경각에 달했소. 누구는 고려의 신하요, 누구는 아니라는 뜻이요? 합심하여 오로지 적을 무찔러야 합니다. 나에게 김공의 부하가 되라면 기꺼이 모시고 라도 전장으로 달려갈 것이니 말씀하시오."

정세운의 결곡한 태도를 남몰래 지켜보고 있었던 것은 홍언박이었고, 세운의 간절한 충언을 듣는 척하고 있던 김용은 간교한 미소를 띠고 있어, 홍언박의 불안을 가중시켰다. '저 흉한 놈이 속으로 무슨 일을 꾸미고 있는지……' 상황 따라 제 목숨과 이득만 챙기는 김용이 앞으로 무슨 짓을 꾸밀는지 계속 불안했다.

*

복주에 이른 상감은 정세운으로 총병관을 삼고 교서(敎書)를 내렸다. 지금까지의 총병관 김용이 그 자리를 물러날 수밖에 없는 상황이었다. 홍언박는 상감의 교서를 받잡으며 김용의 눈치를 보았다. 상감께서는 당연한 결정을 내리셨다. 그러나 김용은 별일 아니라는 듯 담담해 보였고, 정세운은 앞뒤를 재거나 가릴 사이 없이 군사를 모으는 일에 전력을 기울였다. 군사를 정비하고 전장으로 떠나던 길에 정세운은 김용에게 간곡한 몇 마디를 부탁했다.

"김공, 전장에서 싸우는 것만이 충신은 아니요. 김공은 지금까지 총병관으로 고생이 많았으니, 이제 후방에서 상감을 모시는 일에 전력을 다해주시기 바라오. 내 기필코 이번 싸움에서 홍건적을 압록강 건너로 몰아내고 돌아올 터이니 부디 뒷일을 잘 부탁하오."

서둘러 떠나는 정세운에게 수시중(守侍中) 이암(李嵒)이 머리를 조아렸다.

"도적 떼가 밀려들자 임금과 신하가 개경을 내버리고 떠났으니 삼한(三韓)의 수치요, 천하의 웃음거리였는데, 이제 공이 대의(大義)를 선창하여 칼을 짚고 군사를 모아 이끌어 가는 길이니, 사직이 다시 안정을 얻고 왕업의 중흥을 얻을 길은 오직 이 일거(一擧)에 달려 있는 것이오. 우리 군신들은 공이 싸움에 이기고 돌아오기만을 밤이나 낮이나 기다리고 있겠소. 부디 전승하시기만 빌겠소."

적진으로 달려가는 정세운에게는 곧 중서평장사(中書平章事)가 제수되고, 상감의 사신들이 의주(衣酒)를 받들고 뒤따라가니 정세운은 간곡한 부주(附奏)를 올렸다.

"상감마마의 성은에 보답할 길이 아득하옵니다. 아직 혁혁한 공훈도 없는 신에게 이렇듯 깊은 은혜 베푸심에 소신 그저 황공하올 뿐입니다. 아직은 어느 전지(戰地)에서 어떠한 장수가 적을 잡았다고 보고하더라도 먼저 상을 의논하시지 말며, 신이 비록 적을 잡더라도 감히 자주 보고하여 역마(驛馬)를 번거롭게 하지 않겠나이다. 지금 사소한 공훈에 기뻐하고 안심할 일이 아니오니 오직 크게 이긴 후에라야 장계를 갖추어 들이겠습니다."

그것은 총병관 정세운의 양심이었다. 그 의기와 기대는 한 줄기 서기(瑞氣)가 되어 상감과 조정대신들의 가슴에 희망을 불어넣기에 충분했다.

*

　복주에서 임인년(壬寅年) 새해를 맞은 지 며칠. 북쪽의 진지로부터 대승첩(大勝捷)의 쾌보가 잇달아 들어왔다. 개경 수복의 낭보였다.

　"상감마마, 동교(東郊) 천수사(天壽寺) 앞에 진을 쳤던 안우, 이방실, 김득배, 최영 장군 등 고려의 20만 대군은 총병관 정세운 장군의 독려 하에 드디어 개경을 되찾았다 하옵니다. 특히 장군 이성계(李成桂)는 휘하의 친병 2천으로 크게 싸워 이겼고, 적의 괴수 사유(沙劉)와 관선생(關先生) 등을 잡아 죽였다 하옵고, 아군에게 쫓겨 피해 도망치던 적졸들이 서로 밟고 쓰러져 엎어진 시체가 성에 가득하며 머리를 벤 수효만도 십여 만이 넘는다 하옵니다. 그러하옵고 그 위에 노획한 보물이 많사온 중, 원제(元帝)의 옥새(玉璽)가 둘이요, 금보(金寶)가 하나요, 옥인(玉印) 셋에, 금은동인(金銀銅印) 금은기(金銀器)등을 얻었다 하오며, 살아남아서 달아나는 도적이 불과 수백이었사온데, 궁지에 몰린 도적을 끝까지 쫓아 다 잡을 것이 아니라 하여 숭인(崇仁), 탄현(炭峴) 두 문을 열어주어 간신히 살아남은 적의 괴수 파두반(波頭潘)이 처음 쳐들어올 때의 수효에서 절반도 살아남지 못한 수를 거느려 압록강을 건넜다 하옵니다. 모든 일이 전하의 크신 은덕이오니 기뻐하소서."

　승전의 감격은 상감을 소년처럼 기뻐 들뜨게 만들었다. 모든 것이 고마웠다. 이 모든 일이 하늘의 섭리였다면 하늘이 고마웠고, 부처님의 가피였다면 부처님도 고마웠고, 조종(祖宗)의 혼백이 교도(敎導)를 하신 것일 테니, 그 또한 고맙기 이를 바 없었다. 천지가 기쁨으로 가득 찼다.

두 번째로 홍적이 쳐들어온 지 34일 만에 개경이 함락되었고, 개경수복전(開京收復戰)을 서두른 지 54일 만에 승전고를 울렸으니 석 달 만에 판가름이 난 싸움이었다. 고려에는 평상시에 용병(用兵)의 율도(律度)가 없었다. 개경이 떨어질 즈음, 발을 구르던 최영의 지시를 따라 장정을 모집했으나, 성 안의 백성들은 다 흩어진 뒤여서 전쟁터로 나가겠다는 장정의 수효는 변변찮았다. 이렇던 터수에 삼 개월 만에 도적 떼는 쫓겨가고, 개경을 도로 찾은 것이다. 상감은 중신들을 모아놓고 감격스러운 승전 소식을 전했다.

"이 모든 것이 하늘의 보살피심이오, 부처님의 가피요, 열성조의 지켜주심이었소. 그러나 무엇보다도 과인을 감격스럽게 한 것은 여러 충신들의 충성심이었소. 그중에서도 더욱 총병관 정세운 장군의 공로는 이렇듯 고마울 데가 없소. 그의 공을 높이 받들어 축하하도록 하시오. 이제 머지않아 개경으로 환도할 수 있을 것이고, 만백성이 제 살던 터를 찾아 다시금 평화롭게 먹고 입고 살 수 있게 된 이 공이 모두 홍적 떼를 쫓아낸 여러 장수들에게 있지 않겠소?"

상감은 더없는 감격으로 옥음까지 떨렸다. 그리고 지금 상감의 감격에는 총병관 정세운이 무지개였다. 상감의 흥분을 지켜보던 홍언박이, 상감 옆에 서 있는 김용을 슬쩍 살폈다. 약간 검은 피부에 푸른 기가 돌던 김용의 얼굴이 한순간 창백해지는 듯했다. '그럴싸해서 그런 것이겠지…… 내가 늘 김용에게 과민해……' 홍언박은 애써서 자기의 불길한 느낌을 털어버렸다. 그리고 신하들이 어전에서 물러간 뒤에 홍언박은 홀로 남아 상감을 뵈었다.

"불행하옵던 중에도 이렇게 빨리 대승첩의 소식을 들을 수 있었던 것은, 이 모든 것이 전하의 성은이 망극하옵신 덕이옵니다."

"시중, 내 진정 기쁘고 흐뭇하오 그려. 이렇게까지 좋을 수가 더 있겠습니까? 개경을 버리고 이곳까지 오면서 겪었던 온갖 고초는 오히려 약이었습니다. 하늘이 나에게 정세운과 같은 충신을 주었으니 내 옷깃을 여미고 새 임금 노릇을 해야겠소."

"전하……."

시중 언박은 그렇게 운을 떼어놓고도 다음 말을 어떻게 이어야 할는지 잠깐 망설였다.

"무슨 말씀이오. 내 이 기쁘고 흥그러운 마음으로 무슨 말인들 듣지 못하겠습니까."

"이 어렵던 일에 총병관 정세운이 천 번 죽을 각오로써 나서준 것은 더할 수 없는 충성이었으나, 오늘의 이 공적이 그 한 신하의 것만은 아닌 줄로 아룁니다."

상감의 안색이 돌연 변했다.

"시중, 시중은 지금 무슨 말씀을 하려는 게요. 내 다 알고 있소. 상원수 안우, 도병마사 김득배, 도지휘사 이방실 그리고 개경을 두고 떠날 때에 종사(宗社)를 그렇게 버릴 수 없다고 통분하여 펄펄 뛰던 최영과 이자춘의 아들 이성계의 공로를 내 소상히 알고 있습니다. 이성계는 동북면 상만호로서 친병을 거느려 개경 수복에 선봉을 섰다고 들었어요. 그리고 안우, 이방실, 김득배는 일차 홍적 때에 혁혁한 무훈을 세운 충신들입니다. 그러나 이번의 이 큰 난리를 이렇게 단시일로 단축시킬 수 있었던 것은 아무래도 정세운의 결단이 큰 힘이 된 것 아니겠습니까."

시중은 차마 더 말을 하기가 어려웠다. 그러나 상감의 이 너무도 단순하기만 하여 누구도 의심할 줄 모르는 어진 성품이 아무래도 마음에 걸렸다.

"지당하신 말씀이시옵니다 전하. 하오나 어떤 일의 성과를 놓고 오로지 한 신하의 일만을 크게 상찬하시는 일은…… 전하, 황공하온 의견이오나 다른 신하들의 의기를 꺾게 되는 일도 됩니다. 통촉하여 주옵소서."

"하하하……시중께서는 걱정도 태산이십니다." 상감은 밝은 표정으로 크게 웃으면서 말씀을 이었다. "아니 시중께서 정세운의 공을 시새우시는 게요? 과인이 정세운을 추어주니, 아무 한 일 없이 복주에서 임금의 옆자리만 지키고 있었던 게 스스로 민망해서요?"

상감은 시중이 한 말의 뜻을 몰라서가 아니었을 테면서 웃음으로 눙치고자 했다.

"전하, 상께서 지키시는 윗자리의 내리사랑은 갈래가 수도 없이 많은 줄로 알고 있습니다. 전하의 총애를 다투어 득의하는 자와 실의하는 자가 있어, 그에서 알력이 생기게 되면 그것은 조정의 불행이요, 상감마마의 신하를 잃게 되는 아까운 결과를 만나게 되옵니다. 소신…… 충정으로 아뢰는 말씀, 오직 그런 일을 미연에 방지코자 함일 뿐입니다."

상감의 용안에 잠깐 그늘이 스쳤다.

"그래요……. 임금의 자리라는 게 그런 것이라는 것도 알고 있어요. 내가 신하에게 고마운 뜻을 표하는 것도 조심을 해야 하고…… 다른 신하의 눈치를 보아야 하고…… 이거 어디 임금 노릇을 마음 놓고 할 수 있겠습니까."

"황공하옵니다, 전하. 그러하온 뜻이 아니오라, 사람의 성품이 다 한결같지 않사옵고, 신하들이라 하여도 그 충정이 모두가 여일할 수 없다 보면, 전하의 한 생각 한 말씀이 그들에게는 절대적인 영향이 되어, 어느 때는 엉뚱한 결과를 부르게도 되어 있어서 그것이 근심스러울 따름이옵니다."

"내가…… 이번에 세운의 공을 처음부터 너무 크게 내세웠던 가……."

상감은 한숨을 깊이 쉬며 눈을 지그시 감았다. 개경 수복 승전의 기쁨도 잠깐 흔들렸다.

*

며칠 후. 정세운의 노포(露布)가 상감이 머물고 계신 행재소에 이르렀다. 온천지가 개선을 축하하는 잔치였다. 복주의 백성들은 추위를 헤치고 노포가 오고 있는 거리를 가득 메워 늘어섰다. 아아, 기약도 없이 버리고 왔던 개경을 되찾은 기쁨. 홍적 떼의 발밑에 밟히지 않으려고 집을 버리고 산으로 숨었던 백성들의 안도…… 백성들은 기쁨으로 터질 것 같은 가슴을 안고 거리거리로 몰려들었다.

노포란, 전승(戰勝)보고다. 전승을 보고하기 위하여 비단 폭에 기록한 것을 자랑스레 장대에 매어 누구나 볼 수 있게 만든 전승의 깃발과도 같은 것이다. 상감은 그 노포를 맞이하기 위하여 행궁 밖으로 몸소 행차하셨다. 그것은 이번 싸움에 목숨을 걸었던 장수들에 대한 감사의 표시였다.

상감은 다음날 날이 밝기가 바쁘게 환관(宦官) 내첨사(內詹事) 이대두리(李大豆里)를 정세운이 머물고 있는 아장으로 보냈다. 갈아입을 옷과 음식을 밤새워 장만하느라고 복주에 있던 행재소는 불빛을 휘황하게 밝힌 잔칫집이었다. 일차 홍적을 물리쳤을 때, 상감은 이방실에게 옥대와 옥영을 내리면서 '고려의 종사로 하여금 빈터가 되지 않게 하고 백성으로 하여금 고깃밥이 되지 않게 한 것은 다 방실의 공이라, 내가 내 살을 베어주더라도 이 공에 대한 보답으로는 모자람이 있으리' 하고 감격했었지만, 이번 정세운에게야말로 이 공덕을 어찌 다 치하할 것인가, 상감은 그저 가슴이 벅찰 뿐이었다. 그러나 그 감격의 벅참은 한나절을 다 채우지 못했다. 내첨사가 떠나던 날 저녁, 행재소에는 먼지를 함빡 뒤집어쓴 장군 목충(睦忠)이 들이닥쳤다.

"어찌된 일이냐."

목충의 돌연한, 심상찮은 출현에 놀란 상감의 불안한 질문 앞에, 목충은 전신을 던져 무너졌다.

"전하, 총병관 정세운이 살해되었사옵니다."

"정세운이?" 상감은 옥좌에서 벌떡 일어났다. "무슨? 정세운이? 홍적 떼는 나머지 잔당까지 이미 압록강 저쪽으로 쫓겨갔다 하지 않았느냐. 정병(征兵)과의 싸움도 없던 터에 총병관이 왜 살해되었다는 말이냐? 살해? 살해라 했는가?"

정세운이 살해되었다니, 목충의 보고는 하늘 무너지는 보고였다.

"상세한 내막은 알 도리가 없사오나, 총병관을 살해한 자는 혼자가 아니옵고, 전장에서 함께 싸웠던 여러 장군들이 합세하여 총병관을 처치한 듯하옵니다. 살해 현장을 볼 수 없이 가로막아, 상세한 정황을 알아낼 방법이 없었고, 현장에 있던 다른 장수들의 말이 각각 달라 복잡했습니다."

장군 목충은 우직했다. 여럿이 달려들어 총병관을 살해했다는 것이 사실이라는 것을 알게 되자, 곧바로 행재소까지 치달아온 것이다.

"아니…… 아니…… 제장(諸將)들이 왜, 무엇 때문에 총병관을 죽여야 했다는 말이냐? 홍적 떼를 처치하러 갔던 우군의 장수들끼리…… 이게 무슨 날벼락이냐?"

상감은 튕겨져 일어났던 옥좌에 실신하듯 쓰러지면서 중얼거렸다.

"전하, 여러 사람의 말을 대충 듣자옵기로는, 안우, 이방실, 김득배 등 세 장군이 주연(酒宴)을 베풀고, 총병관을 그 자리에 불렀는데, 유쾌하게 참석하던 총병관을 세 장수가 쳐죽였다 하옵니다."

"아니다. 아니다, 그랬을 리가 없다. 안우도 이방실도 김득배도 그러할 인물들이 아니다. 이게 필시 무언가 잘못된 일일시 틀림없다. 그럴 리가 있느냐, 정녕 그럴 리가 있느냐."

상감은 반쯤 정신을 잃고 헛소리처럼 계속 중얼거렸다. 상감의 실심상태가 심각했던 것에 비하여, 시중 홍언박은 비교적 침착했다. 시중은 장군 목충을 따로 조용하게 불렀다. 장수 셋이 주연을 베풀고 정세운을 초대해 그 자리에서 세운을 죽였다? 목충은 상감께 일러드린 이상의 내막을 설명하지 못했다. 시중은 목충을 돌려 보내놓고 첩첩 닫은 방안에 혼자 앉아서 생각을 두루 맞추어 보았다.

총병관 정세운이 안우, 이방실, 김득배가 모인 술자리에 초청받고 갔다가 죽었다…… 결코 갑자기 발생한 사건이 아니다. 그 일이 있기 얼마 전에 안우에게 접근했던 자가 있었다. 전 공부상서(前工部尙書) 김임(金琳)이니, 그는 김용의 조카였다. 시중의 생각이 거기에 미치자 홍언박은 이를 악물고 혼자서 무릎을 쳤다. 정세운을 죽인 이 세 장수들 뒤에는 또 한 사람의 지모가 숨겨져 있었고, 어쩌면 이 세 장군들은 그 지모(智謀)의 술책을 조금도 눈치채지 못하고 꼭두각시 노릇을 한 것인지도 모른다. 아니, 그것은 거의 틀림없이 김용의 간교한 계책(計策)에 말려든 사건이다. 정작 정세운을 죽인 자는 김용이었다. 김용이 조카 김임을 내세워 세 장수들에게 다리(橋)를 놓았다. 남들이 따를 수 없는 간계, 술책의 명수 김용이 분명했다. 김용의 얼굴이 떠올랐다. 김임의 삼촌 김용. 총병관의 자리를 정세운에게 빼앗겼다고 속으로 이를 갈았을 김용. 평소에는 늘 순한 얼굴로 가면을 쓰고, 내면에는 독기(毒氣) 가득한 야욕이 가득 차 있던 김용. '드디어 그놈이 고려의 충신 하나를 처치했구나!' 시중 홍언박의 가슴은 터질 것만 같았다. '김임을 잡아 족쳐? 그러면 전모가 드러날 것이다……' 거기까지 생각을 밀고 갔던 홍언박은 고려와 상감의 충신 중 충신이었다. 상감을 저렇도록 실심케 하고, 사실상 이번 승전의 주장(主將)이었던 정세운을 잃어버린 상감의 원통함을 갚아드릴 길을 열어야 했다. 그러나 다음 순간 시중은 홀연히 몸을 추슬러 고쳐 앉았다. '이번 사건을 꼭 그렇게 정리를 한다고? 정세운이 제거되었다고 나에게 손해날 일이 무엇 무엇인가. 우선 홍적 떼는 압록강을 건너 후퇴했으니 당장 급할 일은 없는 것. 둘째로, 일차 홍적 난입 때로부터 서서히 고개를 들고 일어나기 시작한 무신세력(武臣勢力)과, 정세운의 제거로 그 세력의 막중한 병권장악(兵權掌握)을 다만 한 귀퉁이나마 견제할 수 있게 되지 않았는가.' 시중의 계산은 빨리 돌아갔다. 이를테면 참전파(參戰派)인 무신들에게는, 정세운이 제거된 사건으로 그 권력 팽창에 잠시 제동이 걸리게 된 것이다. '그렇다면 이 사건이 참전파끼리의 갈등에서 빚어진 일이건, 아니면 또 다른 지모가 그늘진 곳에서 지휘한 간계(奸計)였건 간에……, 서둘러 김용을 초달하기 전에 한동안 관망하는 것'이 시중에게는 유리했다. 그리고…… '서둘러 이 사건의 발단을 들추어낸다는 것은 위험한 일이 아닐 수 없다. 병란(兵亂)은 평정이 되었다지만, 아직 장수들을 그 자리에서 옮겨 앉게 할 수는 없는 일일시 분명한 것이다.' 불도 밝히지 않은, 어두워져 가는 방안에 앉아 생각과 생각에 골몰하고 있는 시중에게, 하인의 화급한 목소리가 방문을 두드렸다.

"대감께 아뢰오. 김용 재상 듭시오!"

화급한 알림이다. 시중 홍언박은 무엇을 들킨 듯 소스라쳤다. 마치 시중의 속내를 염탐하다가 달려든 듯 것 같은 김용의 출현. '이놈이 귀신인가' 하인들이 등촉에 불을 붙이는 사이에 김용의 인사를 받은 홍 시중이 먼저 음성을 가다듬었다.

"웬일이시오. 김 재상께서. 이 늦은 시각에 나를 다 찾으시고."

김용은 얼굴을 번 듯 들고 눈길을 피하는 일도 없이 입을 열었다.

"대감 모르시었소? 상감께서 실심하고 계십니다. 그 실심 끝에 역린(逆鱗)하실 일이 걱정이 되어서 찾아왔습니다."

"재상께서 혼자 걱정을 도맡으실 일은 아니지 않겠소?"

시중의 말을 김용은 능글차게 받아넘겼다.

"저의 근심이 곧 조정의 근심도 될 수가 있는 게지요. 지금 총병관을 베인 제장(諸將)을 잡아들이면 전선이 흔들립니다. 천천히 하셔도 될 일이 아니겠습니까?"

'무엇이 이놈으로 하여금 이런 제의를 하게 만들었을까.' 시중은 모든 재상 중 으뜸가는 벼슬이다. 그 벼슬자리의 홍언박에게 선뜻 찾아와서 이런 제의를 하는 데에는, 이 흉측한 놈의 속셈에 또 무엇인가 들어앉았다는 이야기일 것이다.

"김 재상, 총병관 정세운은 비록 허무하게 갔지만, 안우, 이방실, 김득배 등 장수들이 아깝다는 말씀이시구료."

시중은 어가(御駕)의 피적 길에서, 상감께서 정세운의 손을 잡고 감읍하실 때에 흘깃 살폈던 김용의 얼굴이 떠올랐다. 그 생각을 하면서 김용을 건너다보고 있는데, 김용은 천연스레 입을 뗀다.

"그들 세 분 장수들이야말로 아깝지요. 아깝고 말고 입니다. 장수 하나를 키워내자면 삼십 년 사십 년이 넘어 걸리는데, 기실 총병관

하나를 잃었다고 해서, 나머지 세 사람을 한꺼번에 버릴 수야 없는 일 아니겠습니까. 그것은 곧 조정과 왕실의 손해입니다. 자기네들끼리 틈이 생겨, 우두머리를 버렸으니 당분간은 그렇게 저렇게 지켜보는 것이 좋지 않을는지요. 상감께 아뢰어 그 장수들을 안심시켜, 각기 장수들이 제자리 제 위치를 지키게 하는 것이 상책인 줄 알고 찾아뵈었습니다."

시중은 '이 간교한 놈이 귀신처럼 시중 자기의 속셈을 꿰뚫어 본 것이나 아닌가' 찔끔했으나, 일단은 그의 의견이 옳다 일러 안심시켜 돌려보냈다. 그리고…… 총병관을 죽인 죄에 대하여는 일체를 불문에 붙인다는 유서(宥恕)의 어지(御旨)가 내려진 것은 다음날의 일이었다.

*

상감께서 개경을 향해 복주를 떠나신 것은 2월. 어가가 개경에 이르기도 전, 어가가 상주(尙州)에 잠시 머문 동안, 상원수 안우가 또 죽임을 당했다. 계속…… 개선(凱旋)한 장수들이 죽어갔다. 무슨 원귀(冤鬼)가 있어, 이렇듯 귀중한 충신을 하나하나 잡아가는 것일까. 도대체 누가 왜, 개선장군들을 처치하는 것일까. 개경을 향해 떠났던 일행 모두에게 충격이었다. 개선장군 안우가 상감을 알현하기 위하여 행궁을 찾았다는데, 상감을 알현하기도 전에 베임을 당했다고 했다. 안우의 죽음에 대하여 상감에게 알려진 것은 지극히 간단했다. 평소에는 시중에게 별 좋은 소리를 듣지 못하던 평장사 김용과, 김용을 눈엣가시처럼 여기던 시중 홍언박의 주장이 기이하게 일치했다. 상감께 드리는 사건 전말에 대한 시중 홍언박의 보고는 비교적 간결했다.

"전하, 안우를 잃으신 용심(龍心)을 편히 하시옵소서. 안우는, 상감께서 개선을 기다려 상(賞)을 나누고 공(功)을 갚으려 하시는 상감마마의 뜻을 제쳐놓고, 안우가 먼저, 자신의 공을 믿고 거만 방자하여, 대법(大法)을 두려워하지 않고, 전하를 대신하여 행사(行事)한 총병관을 감히 마음대로 죽였으니, 이는 상감마마를 안중에 두지 않은 방자한 짓이었습니다. 홍적을 물리친 공은 신하로서 할 수 있었던 일이오나, 전하를 함부로 기만한 죄는 만세(萬世)에 용납되지 않을 일이었습니다."

상감께서는 시중의 설명을 듣고 있었으나, 모든 것이 미진했고, 신하들에게 속임을 당하고 있다는 느낌을 지을 수가 없어 그저 허탈하고 허탈했다. 한번쯤 안우를 보고 싶었다. 총병관 정세운을 해친 그들에게, 꼭 한 번은 직접 만나 그 까닭을 묻고 싶었다. 홍언박이며 신하들의 보고를 믿을 수가 없었다. 안우를 직접 만나면 신하들이 알현 들려주던 일체의 보고 외에, 상감께서 직접 알게 될 중요한 까닭을 밝힐 수 있을 것 같았다. 그저 단순한 이유로 단칼에, 그것도 상관을 베었을 리가 없는 것 아니겠는가. 그런데 이제 상감을 뵈러 오던 안우마저 죽였다. 일련의 사건을 두고, 조정신하들의 태도는 모두가 애매했다. 시중 홍언박의 태도까지 다른 신하들과 다를 바가 없었다.

"시중, 도무지 내 어지러운 마음을 달랠 길이 없습니다. 어떻게 죄를 묻지도 않고 안우를 벌했다는 겝니까? 아무리 무거운 죄를 진 자라 할지라도, 그 죄를 물어 그에 합당한 벌을 내리는 것이 법도요, 그 벌의 내막을 모두가 알게 해 주었어야 하는 것 아니겠습니까? 어떻게 전쟁 공신을 이렇게 허무하게 처치한다는 말입니까? 내 도무지 알길 없어, 마음을 다스릴 길이 없습니다. 그리고 정세윤을 베인

자들이 안우 일당이었다고는 하나, 그러면 안우를 베인 자는 도대체 누구란 말입니까?"

"전하, 이 어지럽고 힘드신 때에, 전하께오서는 그저 신들을 믿어 주시옵소서. 지금 이 난국에 치죄(治罪)를 따로 할 여가도 없사옵니다. 그들은 일차 때에 홍적을 쫓아내고, 또 이번에도 단시일 내에 회복한 공을 너무도 크게 내세우려 했사옵니다. 안우뿐만 아니오라 이방실과 김득배도 그 죄를 깨달아 이미 달아났다 하오니, 방(榜)을 붙여 그들을 잡도록 해야만 할 계제이옵니다. 전하."

상감은 어지러웠다. 도무지 삼(三) 공신(功臣)의 죄가 무엇인지 죄목을 밝히는 일도 없이, 방까지 붙여 잡겠다는 것인지…… 침착하기 이를 바 없이 차근차근한 시중의 말을 듣고 있노라니, 세 장수들이 자기네들의 공을 내세워, 임금을 능멸, 주장(主將) 정세운을 죽였으니, 그들을 마땅히 잡아들여 박살을 내야 한다는 시중의 말에도 일리가 있는 듯 느껴졌다.

"시중, 대감께서는 안우처럼 그렇게, 이방실과 김득배를 급격하게 치죄하지 말고, 부디 그들을 내가 한번 만나보게 해주시오. 내가 그들을 한번 만나본 뒤에 치죄를 해도 늦었달 것 없지 않습니까. 공신들을 한꺼번에 이리 없애버리고, 혹여 다시 재난이 일어날 경우 누가 나서서 나라를 지키겠습니까."

상감께서 그렇게 당부할 때에 고개를 숙였던 시중 홍언박은 눈을 내리깔고 있었으나 심중에 무엇을 두고 있는지, 시중을 돌려 보내놓았어도 상감의 마음은 뒤숭숭하기만 했다. 답답하고 외로웠다. 누구를 만나보면 새로운 사실을 이실직고할 사람이 있을까. 도무지 조정이라는 곳에 모여 시끌시끌한 신료들 중 누구도 믿을 사람이 떠오르지 않았다. 외숙(外叔)되는 시중까지 속셈을 따로 감추고 있는 것 같아 서먹했고, 이제는 시중까지 믿을 수가 없었다. 외로운데다 두려움까지 밀려들었다.

상감께서는 혹시 시중하고 다른, 어떤 내막을 들을 수 있을까 하여 유탁(柳濯)을 불러보고, 염제신(廉悌臣)을 만나보고, 이춘부(李春富), 김희조(金希祖) 등 한 사람 한 사람을 따로 불러 만나보았으나 그게 그 턱이었다. 행궁 중문에 들어서던 안우를 문지기가 내리쳐서 끝냈다는 얘기가 전부였다. '이럴 수가…… 나라가 풍전등화, 사방에서 날아드는 칼이 노리고 있건만, 힘을 합치고 뜻을 모아 나라를 지키고 제 목숨을 지켜도 모자랄 판국에…… 그중 가까이, 감히 총병관을 해치우고 다시 함께 전장에서 목숨 걸었던 장수 하나를 또 해치웠다니, 도대체 이 살생은 무엇을 뜻하는가? 상감은 정신을 수습할 수가 없었다. 왕의 자리가 무섭고 지겨웠다. 당장 어디로 달아날 길은 없을까…… 그리도 고맙고 든든하던 장수들이 하나 둘 죽임을 당하는 이 정황에서 왕의 자리에는 무슨 뜻이 있는가. 눈을 둘 곳이 없었다. '하늘이여 무너져라, 땅이여 꺼져라, 그렇게 나를 흔적도 없이 하여라!' 문득 묘응사에서 만났던 노승(老僧)이 떠올랐다. 그의 마지막 말…… 그 말을 심중에 두고 잊지 않았더라면, 원나라가 왕의 자리를 제수(除授)했을 때 거절할 수도 있었을까. 이제는…… 꼼짝할 수 없이 왕좌에 묶여 갖가지 참상을 겪어야만 하는가. 외사촌형 홍언박은 무슨 생각을 하고 있는지……

그러나 그렇도록 궁금해 하시는 상감을 돌려 앉혀놓고, 시중 홍언박만은 자기 나름으로 이리 짚어보고 저리 줄을 그어보는 잣대가 따로 있었다. 안우를 행궁으로 인도한 것은 장군 목인길이다. 목인길은 눈치없이 김용의 지시를 따라 안우를 행궁에 안내했겠다. 그렇게 목인길의 인도를 받아 행궁의 중문으로 들어서던 안우를 김용이 배치한 문지기가 단칼에 안우를 베었다…… 그 사건에 대하여 홍언박은 따로 들은 바가 있었다. 문지기가 안우의 머리를 내려치려던 순간, 안우는 슬쩍 머리를 비키며 태연하게 소리쳐 말했다는 것이다. 차고 있던 주머니를 들어 큰소리로 외치기를, "잠깐만 늦추어다오. 상감께 나아가 주머니 속에 든 글을 올리게만 해주면 그 다음에는 달갑게 네 칼을 받을 테다. 소원이니 이 주머니 속의 글만 상감께 전하도록 해다오." 애걸했다는 것이다. 그러나 그 말이 채 끝나기도 전에, 재차 칼날은 떨어지고 시체는 뜰아래로 굴러 떨어졌다는 것이다. 그리고 안우의 목이 달아나던 순간, 제일 먼저 빼앗아 없애버린 것은 안우가 차고 있던 주머니였다는 것. 홍언박의 수하 대신 하나가 그렇게 세세한 상황을 알려주었다. 시중 홍언박은 그 주머니 속의 글을 직접 볼 수 없었지만, 주머니 속의 그 내용이 무엇인지를 환하게 알았다. 그것은 총병관을 죽이게 된 것이 결코 안우 자기네들의 뜻이 아니었고, 김용이 거짓 꾸며 들이댄 왕명을 받고 그렇게 된 것이었음을 밝힌 것에 틀림없었을 것이다. 그것은 틀림없이 김용 그놈이 왕명(王命)을 거짓 꾸며 써 보낸 글이었을 것이다. 시중 홍언박은 그쪽에다 무게를 두었다. 안우가 상감 앞으로 간다는 것은 정세운을 살해한 내막이 상세하게 드러날 일이었고, 김용은 그것을 막기 위하여 한 걸음 앞서 안우를 처치한 것. 그리고 무엇보다 아우가 가지고 있던 주머니를 빼앗아 없애버린 것. 내막은 자명해진다.

그 내막을 더욱 명료하게 뒷받침해 주는 사건이 다시 터졌다. 갈수록 오리무중, 한 사람 한 사람이 불시에 죽임을 당한다. 조정이 술렁거리는 행궁에서…… 무슨 이런 흉악한 일이 계속되는가. 김용의 조카 김임이 암살당했다는 보고가 날아들었다. 김용의 조카요, 김용의 뜻을 받들어 안우와 이방실 등에게 드나들던 인물이 암살당했다. 하룻밤 사이에 어느 귀신이 잡아갔는지 모르게 살해되었다. 총병관 정세운, 안우, 그리고 김임……차례로 살해된 세 사람……, 홍언박은 혼자 고개를 끄떡였다. '머잖아 김용, 이놈이 필시 또 나를 찾아오렸다. 천하 흉물 중 흉물이, 제 신상을 위해 실컷 부려먹던 조카까지 죽이고 나를 찾아 오렸다……' 시중 홍언박의 예상은 적중했다. 김용은 나머지 이방실과 김득배를 잡아 없앨 계책을 교묘하게 짜가지고 찾아왔다.

"대감, 대감께서는 지금까지 누구보다도 뛰어난 시중이십니다. 얼마 전 이방실이 튀었고 김득배도 몸을 숨겼다 합니다. 이제 이들이 불충하게도 상감을 능멸하여 총병관을 멋대로 해치웠으니 저희들도 마땅히 받을 것을 받아야 될 게 아니겠습니까. 상감께서도 이제는 이 사실을 샅샅이 깨달으시어 방실과 득배를 잡는 대로 죗값에 닿을 벌을 내리시겠다고 다지시고 계십니다. 이제 늦게나마 상감께 사뢰고 방을 붙이시도록 하십시다. 이들은 상감을 능멸한 자들입니다. 이들을 그냥 두면…… 시중께서도 어떻게 되실는지 아실 게 아닙니까."

"내가 무엇을 어찌 안다는 말씀이오?"

홍언박은 김용의 간계가 무엇인지 알면서도 시침을 떼었다.

"시중께서 왜 이러십니까? 그러면 이 일을 내 그만 두랍시오?"

김용은 능글찬 미소를 띠고 시중의 옆구리를 슬쩍 건드렸다. 정세운과 안우는 죽어 떠났지만, 이방실과 김득배가 살아남는다면…… 그것은 새로운 세력으로 확대될 우려가 있는 인물들이다. 상감을 정점으로 하는 세력균형에서, 그 우두머리 자리를 든든하게 지키고 있던 홍언박으로서는 그들 장수들의 나머지 세력이 반갑지는 않았다. 김용은 지금 그것을 넌지시 떠보고 있는 것이다. '이무기 같은 놈…… 이제는 제 손에 피를 묻히지 않고 내가 저의 정적(政敵)을 쳐 내라고 이간질을 하고 있구나.' 홍언박은 속으로 이를 악물고 흉측 한 상대방을 건너다보았다. '내가 만일 이 일을 못하게 막는다 면…… 이방실과 김득배가 살아남을 수 있도록 도와준다면…… 그 러면 너는, 그때가 너의 끝장이 아니겠는가…… 하지만…… 이 일은 나에게도 계산에 남는 일…… 우선 네 손을 빌려 한 가지 일을 한갓 지게 끝내놓고 그리고 그 다음에 너를 정면으로 대면할 일이다……' 홍언박은 한참만에 입을 열었다.

"김 재상, 이 일을 내가 그만두란다고 그만두실 재상이인가?"

시중은 김용을 찬찬히 뜯어보며 생각했다. '이 일이 너의 뜻을 따 라 끝이 나고, 또 나에게도 적당한 도움이 되어 돌아온 뒤에, 너와 나의 관계는 어떻게 될 것인가? 나는 너의 비밀을 속속들이 알고 있 다. 또 너는 내가 너를 묵인해 주었던 사실과 그 이유를 알고 있는 유일한 인물이다. 일, 이차 홍건적과 싸워 공을 세우고, 병권(兵權)을 장악하게 된 세력을 말끔하게 쓸어내고 난 뒤, 그 마당에 마주 서게 될 너와 나는?' 시중 홍언박은 속으로 한 가지 한 가지를 계산했다. '김용이 정세운 이하 제장들을 이렇게 없애가는 목적은 무엇인가. 김용에 대한 상감의 총애를 가로막는 장애물을 제거한다는 이유 하 나뿐일까…… 어쨌든 좋다. 새로운 무신세력이 왕 권위에서 세력을 키워간다는 것은, 현왕을 위하여 이롭지 않은 것, 그것을 김용이 어 떤 목적에서든 우선 그 세력을 제거해 주겠다는 것이니.' 시중 홍언박 으로서는 상감을 시위(侍衛)하는 입장에서 이로운 일이고, 따라서 홍 언박 자기에게도 잇속으로 돌아가는 이 음모를 묵인해줄 수밖에 없 다는 결론을 내렸다. '지금은 공동의 목적일 수도 있는 이 일이 다 끝난 뒤에, 너와 나는 또 어떠한 문제를 놓고 마주 서게 될 것인지…… 그러나 우선은 네가 너의 목적을 수행할 일이고…….' 시중 홍언박은 잠깐 미간을 누볐다. '저 야비하기 짝이 없는 저놈, 살인자 저놈과 공존한다? 언제까지, 언제까지 이 상감 아래서, 같은 신하가 되어 저놈을 마주 보고 지내야 하는가?' 미간을 어둡게 접는 시중을 바라보던 김용은 한 수를 더 얹었다.

"시중께서 못한다 하시면 저도 못하고 접어야 하는 것이지요."

숫제 위협이었다. 시중의 참을성이 이 지점에서 깨어지고 말았다. 김용의 수에 말려들고 만 것이다. 시중 홍언박은 낯을 붉히고 언성을 높였다.

"그래, 그렇다면 총병관 정세운의 사건도 나에게 허락받고 한 짓이라는 게요? 상원수 안우의 주검도 내가 아는 일이라는 말이오?"

김용은 그 번들거리는 얼굴에 웃음을 물들이며 고개를 천천히 가로저었다.

"이러시면 아니 되시지요, 홍 재상. 정세운의 일이야 홍 재상이 아십니까, 제가 아는 일입니까? 그리고 안우의 일이야 당연히 죗값을 받은 사건이고, 이제 남은 일은 방실과 득배를 치죄하는 일뿐인데 이 자리에서 역정을 내시어서야 되겠습니까? 이제 다 지어 놓은 밥이 아니겠습니까. 시중께서도 아실만 한 좋은 결과를 놓고……"

그 한마디에 시중 홍언박은 무릎을 꿇었다. '고려, 왕실, 조정을 위한 일이라면……' 시중은 김용의 계략을 우선 이용하기로 결심했다. 정세운 살해 사건과 안우, 이방실, 김득배 사건에 대해 조정신료들의 의견을 하나로 모으는 일이었다. 유탁, 엄제신, 이암, 윤환, 황상(黃裳), 이춘부, 김희조 등에게, 정세운을 저희들끼리 마음대로 죽인 안우, 이방실, 김득배가 아무리 고려의 공신이지만 그 행위가 고려 조정과 상감을 능멸한 중죄라는 것을 납득하게 만들 일을 홍언박

이 맡았다. 그리고 남아있는 이방실 김득배 치죄에 대한 것을 김용
과 함께 상감께 함께 아뢰는 일에 뜻을 모았다.

*

상감의 행궁은 상주에 머문 채, 당분간 개경 환도를 늦출 수밖에
없었다. 안우가 참살된 것은 상감의 어가가 상주에 닿은 지 며칠 후
였다. 시중 홍언박의 역할은 조정의 여론을 들끓게 만들어, 이방실
과 김득배를 치죄할 차례가 된 것이다. 두 차례에 걸친 홍건적 침입
을 막아 싸우고, 그동안 잃었던 개경을 도로 찾아 환도의 길을 열어
준 그 장군들을 치죄할 일 때문에 조정은 개경 환도를 늦추고 있다.
곳곳 방(房)에다, 〈안우 등이 불충하여 함부로 총병관 정세운을 죽였
다. 안우는 이미 죄를 당하였으나, 김득배와 이방실을 잡는 자에게
는 삼급을 올려 녹용(錄用)하리라.〉 가차 없이 곳곳에 못을 박았다.

*

이방실과 김득배는 안우가 참살당한 일도 감감 모르고, 휩쓸린 전
쟁 뒷마무리를 하느라고 행궁에 이르는 길을 늦추고 있다가, 이방실
은 장군행재소(將軍行在所)로 가서 상감을 뵙고 개선 내력을 상세하게
아뢰려고 행재소에 이르렀다. 그리고 용궁현(龍宮縣)에 이르렀을 때,
만호 박춘(朴椿)을 만났다. 박춘은 이방실에게 상감의 교지가 있다고
하자, 이방실은 상감의 교지를 받들고저 두말없이 뜰아래로 내려가
꿇어앉았다. '그립고 그립던 전하께서 교지를 내리셨다니—' 상감
의 교지를 받든 이방실의 가슴이 감격으로 부풀었다. 상감의 교지를

받들려고 꿇어앉았다. 그렇게 꿇어앉은 이방실에게 박춘은 단칼로 이방실을 내리쳤다. 그러나 박춘의 단칼이 이방실의 숨을 끊지 못했다. 이방실은 잠시 기절했다가 튀어 일어났다. '아니? 이게 무슨 일? 상감의 교지를 내린다더니 이것이 도대체 무슨 일?' 튀어 일어난 이방실은 우선 담을 넘으려고 달려갔다. 그렇게 단칼에도 살아나서 담을 넘는 이방실을, 박춘이 쫓아가 뒷덜미를 잡았고, 정지상(鄭之祥)이 뒤에서 쳐 죽였다. 멀리 남아있던 김득배는 안우와 이방실이 변을 당했다는 소식을 들었다. 무슨 일인지 알 수 없었으나, 미구에 그 칼이 저에게 닥칠 것을 알아차린 득배는 산양현에 있는 선영(先塋)으로 들어가 숨었다. 나라를 위해 목숨 걸고 싸워, 도적 떼를 쫓아버리고, 임금과 백성을 도탄에서 구해낸 장수를 차례로 죽이는 이 인사가 도대체 무슨 인사라는 말인가. 이럴 수가…… 총병관에는 무슨 죄목을 씌웠으며, 안우와 이방실은 무슨 죄를 지었기에 혁혁공신 장수들이 말 한마디 남기지 못하고 떠났는가. 그러나 선영에 숨어 있는 김득배를 찾을 길이 없자, 김용은 득배의 아우를 붙잡아 귀양 보냈고, 그 처자(妻子)를 잡아다 모진 고문을 계속했다. 매질에 견디지 못한 득배의 아들이 아비가 숨어 있는 곳을 고했다. 선영에서 잡힌 김득배는 상감이 머물고 계신 상주까지 끌려왔다. "전하! 전하! 죽기 전에 전하를 한 번 뵙게 하여 주시오! 전하, 전하!" 김득배는 애절하게 외쳤으나, 상감 계신 용궁현 앞에서 효수(梟首)되었다. 김득배의 평생은 현왕 앞의 충신이었다. 김득배의 나이 쉰하나, 상감이 어린 시절 원나라로 숙위가셨을 때 상감을 모셨던 수종공신(隨從功臣)이요, 원나라 세력 줄의 기철(奇轍)일당을 쓸어낼 때, 주기철을 주살한 주기철공신(誅奇轍功臣)이요, 일차 때의 홍적을 물리치고 이차 때에도 홍적을 몰아내, 개경을 찾고 삼한을 수복한 장군이었거늘…… 그는 이렇게 영문 모를 그의 생을 마감했다.

상감께서 김득배가 상주 저자에서 효수되었다는 소식을 들은 것
은 어스름 저녁. 상감은 상주 행재소의 뜰에서 산수유의 잎눈을 들
여다보고 있었다. 가만히 눈을 비집고 나오는 새싹. 귀를 기울면 무
슨 소리라도 들릴 것만 같은 꽃눈이 배싯배싯 내다보고 있었다. 만
사가 허무했다. 도무지 안우, 이방실, 김득배를 그렇게 쳐 죽여야 하
는 까닭을 알 길이 없었다. 조정, 신료들 모두가 무서웠다. 그들 얼
굴 하나하나가 야차로 보였다. '임금에게 죄목을 알리지도 않고 공
신을 이렇게 계속 쳐 죽이는 자들이라면, 상감이라도 저희들 뜻에
맞지 않는다고 무슨 짓인들 못하랴……' 상감은 깊은 한숨을 다 쉬
지 못하고 안으로 들었다. 신하 모두를 물리치고 혼자가 된 상감은,
앉았던 자리에 그대로 쓰러졌다. 그리고 터져 나오는 흐느낌을 막으
려고 하지 않았다. 겨우 원나라의 굴레에서 벗어나는가 싶었는데,
그리고 기씨네의 굴레까지 걷어내었는가 싶었는데, 조정대신들끼리
살생을 일삼고 있다니. 나라가 안으로 썩어문드러지는 것이 보였다.
　도대체 왕조(王朝)는 무엇이며, 왕조를 이어가게 만드는 힘은 어디
서 오는 것인가. 왕이 되는 것은 무슨 힘이며, 왕으로 태어나는 운명
이 따로 있다면, 왕좌를 지킬 수 있는 힘도 곁들여 받았어야 할 일
아닌가. 왕실이 평온할 때가 없었고, 왕좌는 늘 신하 중 누구인가에
게 배신당하여 흔들린다. 충렬왕조 때 역신 조적의 간교함을 막을
방법이 그렇게 없었던가. 환관(宦官)들을 회유, 상감을 좌지우지할
정도로 세력을 휘둘렀던 역신 조적. 충선왕 때는 우상시(右常侍)로
원나라를 다녀온 뒤 밀직사(密直司)로 올라앉고, 충숙왕 칠 년에 제
뜻대로 선부전서(選部典書)를 거쳐 만호가 되자, 나라 안팎의 토지를

긁어모으다가, 허경(許慶)과 재산 싸움이 벌어졌을 때, 형세가 불리해지자 원나라로 달아나는 조적을, 고려 조정은 그것을 잡아들이지 못했다. 조적에게는 모국(母國)도, 혈육도 없었다. 원나라로 달아나 영종(英宗)에게 충숙왕을 무고하여, 원의 영종이 고려의 국새를 빼앗아가게 만든 역신이었다. 그리고 원나라에 장류(杖流)된 충선왕의 방환(放還)을 탄원한다고 속여, 고려 백관들에게 서명을 받고, 그것으로 심양왕의 즉위를 원나라에 요청했다가 거절당했는데, 그것으로 끝이 아니었다. 고려인 2천여 명의 서명을 받아, 원나라 한림원(翰林院)과 중서성(中書省)에 충숙왕을 중상하는 글을 보내, 드디어 심양왕에게 선위(禪位)하는데 성공했지만, 얼마 뒤, 이조년(李兆年)등의 역습으로 실패했다. 충숙왕께서는 속도 없으셨던가. 왕께서 복위하자, 당신께 그렇도록 패역 중상을 일삼았던 조적에게, 무슨 일로 지밀직사(知密直事)를 제수하셨는지— 충숙왕 신하 중에는 조적의 교활함을 이길 신하가 없었던가. 조적은 찬성사(贊成事)를 거쳐 첨의좌정승(僉議左政丞)으로까지 올라가 승승장구 세도를 누려도, 조정에는 그것을 탓하고 나설 사람이 없었다. 배신과 역신의 행적을 이어오던 조적은, 고려 왕실을 제 수하에 두려고 서둘렀다. 탐욕에 눈멀면 앞이 보이지 않음일까. 조적은 충혜왕이 복위되어 원나라로 가려고 평양에 이르렀을 때, 충혜왕이 아버지 충숙왕의 왕비 경화공주를 늑탈(勒奪)한 추행이 있었음을 알아냈다. 그러자 중도에서 개경으로 돌아와 충혜왕의 폐위를 선포하고, 국새(國璽)를 영안궁(永安宮)에 숨긴 뒤, 일당을 데리고 충혜왕궁을 공격하다가 살해되어 역신의 최후를 맞았다. 조적은 죽는 날까지 왕실을 농락, 마음대로 고관대작의 자리에 올라 세도를 누리다가 죽었지만, 그의 일생에서 그의 배신을 처단당한 일은 없었다. 왕실과 조정의 무능이었던가. 왕실이 거쳐 가야만 했던 통과의례였던가.

　상감은 점점 사람이 무서웠다. 조정대신들이 무서웠다. 세세연년 함께 지내던 신하가 어느 순간 돌변하는 일이 한두 번이었던가. 상감이 강릉대군 시절, 원나라로 입조숙위 들어갔을 때 충실한 시종(侍從)이었던 조일신(趙日新)의 변개는 무엇으로 설명이 될까. 강릉대군이 고려의 상감이 되어 귀국하자 조일신에게 찬성사(贊成事)를 제수한 것은 자연스러웠다. 상감 즉위 다음해에 일등공신으로 오르자. 그때부터 조일신은 생판 낯을 바꾸고, 거의 위협적으로 상감께 정방(政房) 복구를 요구하지 않았는가. 그리고 겁도 없이 조일신의 세도를 견제하려던 충신 김덕린(金德麟) 등을 간단히 제거하지 않았는가. 그 후 조일신은 판삼사사(判三司事)에 올라 좌리공신(佐理功臣)의 자리까지 차고 들어앉으면서 국권을 한손에 틀어쥐고, 왕실 농단하기를 서슴지 않았다. '아아, 그날……, 한 치 앞도 보이잖던, 참담하던 그날, 조일신이 상감이 머물던 이궁(離宮) 성입동(星入洞)을 포위하고 직숙위(直宿衛)를 죽이고 상감을 위협하던 그 능욕치욕의 밤…… 조일신은 그날 밤에 스스로 우정승(右政丞)에 오르고 정천기(鄭天起)를 좌정승에 앉히는 등 하늘 높은 줄 모르고 길길이 날뛰지 않았는가. 상감 내외는 그날, 고려가 조일신의 손으로 아주 넘어가는 줄 알았다. 연경에서 강릉대군 시종으로 지내던 동안, 조일신의 눈에는 상감이 된 강릉대군이 내내 어린애로 보였다는 말이던가. 패권(霸權)을 잡고 보니 하늘이 동전만 했다는 말이던가. 조일신은 일당을 일일이 요직에 앉혀 안배하더니, 자신의 죄과를 속속들이 알고 있는 일당을 차례로 처단하기 시작했다. 동지 최화상(崔和尙), 거사를 함께 했던 장승량(張升亮)등 십여 명을 효수한 다음에, 제 손으로 좌정승에 올렸던 정천기를 투옥시키고, 스스로 좌정승 벼슬에다 새 이름을 만들어, 찬화안사공신(贊化安社功臣)으로까지 올라앉았다.

조일신에게 회유되어 왕실을 뒤엎었던 역신의 부하들은, 두목이었던 조일신의 손으로 죽임을 당하면서 무엇을 생각했을까. 악(惡)의 축(軸)은, 악의 출동에 가담한 자들을 절대로 거느리지 않는다는 이치를 몰랐을까. 조일신의 손에 죽어가던 그들은 어떤 생각을 하면서 죽어갔을까. 악한 자의 편에 섰다가 벌을 받는다는 것을 알고 떠났을까. 조일신은 자신을 따르던 일당을 그렇게 처단하면 자신의 죄가 영원히 감추어진다고 믿었을까. 악의 최후는 결국 눈멀음이다. 권력에 눈멀면 한 치 앞이 보이지 않는다. 그렇게 틀어쥔 권력이 영원할 것이라고 믿는다. 패권의 발밑 허방이라는 것이 보이지 않는다. 역신(逆臣)의 눈에는 충신이 보이지 않는다.

그때, 조일신의 손에서 일당들이 계속 죽임을 당하자, 나라의 안위를 근심하고, 왕실을 보호해야 한다는 충성심을 가진 충신들이 일어났다. 상감의 밀지를 받은 삼사좌사(三司左使) 이인복(李仁復)은 김첨수(金添壽)를 은밀하게 불러 조일신 베이기를 의논했고, 고려와 고려의 왕실을 지키겠다는 그들의 충성이 조일신을 참살하는데 성공했다. 사필귀정, 하늘이 옳은 자들을 도왔지만, 왜 왕좌와 왕실에는 늘 악귀 같은 배신자들이 진을 치는지…… 상감은 이미 그때, 지치고 지쳐 그 자리에서 멀리멀리 떠나고만 싶었다.

*

개경 환도 길에, 산천의 새싹은 돋아나고, 만물이 소생하여 화창한 봄이 오고 있는데, 믿고 아끼던 네 장수를 한꺼번에 잃은 슬픔은 상감에게서 현실감을 빼앗아버렸다. 정세운 김득배는 원나라에서 함께 향수를 달래며 지냈던 신하들, 그들은 기철의 사건이 있을 때 목숨 걸고 상감의 뜻을 따른 충신들이었다. 이어서 잃어버린 안우도 그랬고, 김용의 생질 김임도 공을 세웠던 신하다. 그리고 네 장군은 홍건적을 막아내어 고려의 명줄을 이어준 충신들이 아니었던가. 이제 그들을 모두 잃었다. 그들을 처단하겠다고 덤벼들던 중신들은 무엇 때문에 소명의 기회도 주지 않고 그들을 서둘러 베었다는 말인가. 왜 치죄하기 전에 한 번만이라도 상감과의 대면을 허락하지 않았는가. 상감은 그들이 떠나기 전, 단 한 번만이라도 얼굴을 보았어야 했다. 그들을 서둘러 처단한 중신들의 속을 알 길이 없었다. '아아, 그들은 대의(大義)를 선창하여 만 번 죽을 각오로써 삼한의 대업을 회복한 충신들이었건만―' 상감의 흐느낌은 호곡(號哭)으로 바뀌었다. 거리낄 것도 없었다. 아깝고 아까운 정뿐 아니라, 의심과 두려움에 끝내 답이 없기에 원통하고 원통했다. 믿을 사람 하나 없는 서러움이 상감을 쓰러트렸다. 어느 누구도 감히 통한의 통곡을 이어가시는 상감 앞에 들지 못하고, 우왕좌왕 황송하올 뿐인데, 중전 승의 공주가 급한 걸음을 했다.

"전하, 대전마마, 이 어인 일이시옵니까."

"중전, 이것이 무슨 일인지 도무지 알 길이 없구려. 오늘날 우리가 쫓기는 일없이 편히 먹고 잠잘 수 있으며, 개경으로 돌아갈 수 있는 이 길이 누구의 덕이었소?"

중전은 상감의 슬픔이 어디에 있는지를 알고 있었다.

"전하, 공은 공이요, 죄는 죄가 아니겠습니까. 이제 모든 일을 매듭지어 놓으신 뒤에 어이 이리 깊은 상심을 하십니까."

상감은 눈물을 거두려고 하지 않았다.

"중전, 내…… 그들 중 한 사람이라도, 한 번 만나라도 보았더라면 좋았을 것을…… 중신들은 왜 극구 막았는지, 그 죄를 자복(自服)하는 것이라도 들은 연후에 치죄하라 할 것을……"

상감은 후회스러운 푸념처럼 그렇게 말을 하다가, 문득 아내인 중전에게까지 부끄러워졌다. 상감이 얼마나 힘이 없었으면, 얼마나 무능했으면, 그리 아끼던 장수들을 얼굴 한번 못보고 잃고 말았을까. 시중 홍언박과 평장사 김용이 번갈아 들이대던 내용이, 상감의 정신을 혼미하게 만들었기로―. 두 사람이 번갈아 한결같이 세 장수에게 큰 죄 있다고 우겨댔고, 따라서 국문할 필요도 없다고 계속 주장을 했으니―. 군사를 거느리고 있는 장군들이니, 국문이다 자복이다 하는 동안에 무슨 일이 일어날지 모른다는 것이 그들의 공통된 위협이었다. 홍언박도 강경했고, 김용도 자극적인 내용으로 상감의 심화를 계속 흔들어댔다. 그들 두 사람은 조정대신들도 들고 일어나게 만들어, 상감으로 하여금 단 한 치의 틈을 타낼 수 없게 만들었다. 중전은 계속 흐느끼고 있는 상감의 어수를 조심스레 잡았다.

"전하, 대전마마께 모든 것이 상주된 연후에 이루어진 일이 아니옵니까."

사실이었다. 조정대신들의 분분한 논의도 연이어 들었고, 홍언박, 김용의 의견도 몇 차례씩 거듭 들었다. 그래놓고 상감 자기는 이제 와서 후회의 눈물로 가슴 치며 울고 있다니―상감은 문득 울음을 거두었다. 이 울음은 회한의 눈물인가. 아니면 연민의 쓰라림 뿐이었나. 그것만이 아니다. 상감이라는 위치에 앉아 있는 자신에 대한 안타까움을 통한의 눈물로 채우고 있었던 것이다. 잃어버린 신하들에 대한 슬픔에 얹혀 자신을 통한에 던져 울고 있었다. 그런데 중전은 마치 상감의 그 약점을 짚어내듯 한마디를 거들었다.

"전하, 대전마마, 다른 신하도 아니옵고, 시중 언박이 낱낱이 아뢰어온 일이 아니었습니까. 이제 그만, 미진해 하시지 마시고 슬픔을 거두시오소서. 사랑하고 아끼시던 신하들이요, 고려를 지탱해주던 간성(干城)이었지만, 피차 때가 어긋나서 그리된 일 아니겠습니까. 남아 있는 신하들이 있사옵니다. 다시 키우시옵소서. 이전의 사랑을 곱절로 하시어 신뢰를 기울이시고 키우십시오. 앞날이 오직 전하의 뜻에 달려있습니다."

상감은 혼이 빠진 사람처럼 중전 승의공주의 얼굴을 멀거니 바라보다가 그 손을 거칠게 뿌리치고 벌떡 일어섰다. 지금까지 뵌 일 없던 무서운 용안이다. 혼인 십 년이 넘도록 이런 용안을 뵌 일이 지금까지 없었다. 충혈된 눈. 증오와 오기가 엉겨있는 눈. 공자 중에도 공자답게 화사하던 얼굴은 일그러졌고, 살기마저 떠돌았다.

"중전, 들으시오! 내가 죽이지 않았다! 그들을 내가 죽이라고 한 것이 아니야! 난, 난 죽인 일이 없소. 그들의 죽음은 나와는 상관없소!"

피가 묻어나는 절규였다. 그러나 그 외침은 자신을 향해서 부르짖는 것이었고, 증오의 이글거림 또한 자신에게 던지는 것이었음을 중전은 알고 있었다. 중전은 상감이 스스로를 향해서 안타까이 몸부림치는 것이 무엇이라는 것을 누구보다 잘 알고 있었다. 조정대신들의 물 끓듯 하던 여론에 말려든 상감. 시중과 평장사의 말을 번갈아 들으면서 당신이 판단했어야 할 기력을 마비당하고야 말았던 그 나약함. 끝끝내 당신의 뜻을 밀고 나가지 못하고 어리숙했던 상감. 상감은 때가 다 지난 연후에야 그러한 것을 뼈저리게 깨닫고, 지금 당신 자신이 부끄러워 어딘가 아무도 없는 곳으로 숨고만 싶은 것이다. 상감은 또 한 번 터질 것 같은 목소리로 같은 말을 부르짖으며 그 자리에 쓰러졌다.

"내가 죽이지 않았다! 그들을 내가 죽이라고 한 것이 아니야! 난, 나는 그들을 죽인 일이 없다! 아끼고 아끼던 장수들……"

그러나 그렇게 쓰러진 상감은 중전의 부드러운 음성을 귓결에 들었다. 그것은 부드러웠으나 엄격한 것이기도 했다.

"전하, 아니 되십니다. 이러시면 정녕 아니 되십니다. 상감께서 잘 아시고 명하신 일이어야 합니다. 다 아시어서 결단하셨던 일이라 하시오소서. 모두 다 전하께서 명령하신 일이라 하시오소서. 어떠한 불행이었든 기왕에 끝난 일입니다. 전하, 딛고 일어나시어서 상감께서 스스로 하신 일이라 하시오소서. 앞으로도 고려의 모든 일은 전하께서 주관하셔야 합니다. 전하께서! 전하께서 결단하시는 것입니다! 이 고려의 앞일이 전하께 달려있고, 조정의 만조백관이 전하의 뜻을 받들게 하셔야 하옵니다. 고려의 역사, 조정신하의 일 중에, 상감마마 모르시게 일어나고, 그렇게 끝날 일이 있을 수가 없습니다. 전하, 일어나시옵소서. 딛고 일어나시어 부디 억조창생의 꿋꿋한 상감 되시옵소서. 이 승의공주, 오직 한 가지 소원은 꿋꿋하신 상감을 뵈옵고 모시는 일이옵니다. 전하 일어나시옵소서." 중전 승의공주는 쓰러져 있는 상감의 곁에서 잔잔하게 말을 이어갔다. "전하, 지난 임인(壬寅)에, 경령궁(景靈宮)에서 승사(承事)하시고 강안전(康安殿)에서, 의관(衣冠) 예악(禮樂), 고국풍정 북돋아 즉위하실 때를 돌이켜 떠올리소서. 전하께오서는 창창 청년의 아담하고 높으신 기백으로, 얼마나 많은 일을 바로 잡으셨나이까. 그때 전하께오서는 '내가 무슨 덕이 있어 이 자리에 오를 수 있었으랴 마침 시세(時世)가 쇠퇴하고, 조정에는 요행의 작위(爵位)가 많고, 창고에는 평소의 저축이 없으며, 왜구가 변방을 침노하고, 천문(天文)이 재변을 고하니, 우리가 스스로 사욕(私慾)을 이겨 정신을 가다듬고, 날마다 근신하여 사위(邪僞)를 고치고, 관후(寬厚)한 정사(政事)를 펼쳐야 천자의 덕을 갚으며, 조종(祖宗)의 업을 보종하며, 태후마마를 위로하며, 무릇 백관들은 오히려 나의 미치지 못한 것을 바로잡아, 오직 유종의 미를 도모할 지니라. 대저 종묘를 중히 여기며, 제향(祭享)을 정성껏 함은 진실로 나 스스로가 극진히 할 바이므로, 근신(近臣)을 보내, 은물(銀物)을 가지고 가서 종묘의 제기를 갖추게 하였고, 태조로부터 역대 선왕에 이르기까지 마땅히 덕호를 올릴 것이며, 그 산능(山陵)을 지키는 사람 중에 도망친 자 있거든 관에서 찾아 돌려서, 그 요역(徭役)을 면케 하고, 모든 능직들은 삼가 그 직을 지키게 하라. 사직 제사의 모든 제물은 힘써 간소하고 조촐함을 지극히 할 것이다.' 하시었나이다. 그 뿐 아니오라, 연저에 그리 오래 계셨음에도, 고려 내정에 어찌 그리 혜안 깊으시어 백성의 살길을 면면 열어주시지 않으셨나이까. 가난한 자녀를 팔았는데, 만약 3년이 지나도 놓아 보내지 아니하는 자는 감찰사 안렴사가 철저히 치죄를 가하고, 전민(田民)의 소송이 날로 번다하여 감찰을 바라노니 전법도관(典法都官)은 공평히 해결하여 사실을 무고한 자는 도리어 그 죄에 처케 할 것이며, 권문호족이 법을 어겼을 때도 마땅히 벌을 내리고, 농사짓는 사람을 본주(本主)에게 돌려보낼 것이고, 산림을 불사르지 말고 유충을 죽이지 말고 알밴 암컷을 죽이지 말라 하셨습니다. 그리고 내정을 올바로 바로잡으신 일은 또 얼마며…… 고려가 때를 만나 하늘이 전하를 내리신 줄을 백성 모두가 믿고 있사옵니다. 전하 오직 강령하옵소서, 내일이면 다시 전하가 일어나 나가실 왕도(王道)가 열릴 것이옵니다. 전하, 부디 용심을 놓지 마시옵소서, 전하……"

상감은 중전의 이야기를 듣다가, 눈물 젖은 용안 그대로 혼곤하게 잠에 빠졌다. 지쳤다. 고려를 근심하고 정승들 치다꺼리하기에 지치고 지쳤다.

지쳐 잠든 상감은 꿈속에서 익재(益齋) 이제현(李齊賢) 대감을 만났다. 갑자기 눈앞이 환하게 열렸다. 근심도 걱정도 사라져 날아갈 것 같았다. 어버이 같으신 어른. 자애 깊은 조부(祖父), 오직 나라와 백성밖에 모르시던 노재상 이제현…… 상감이 즉위했으나 그 길로 즉시 고려로 들지 못해, 아직 연경에 머물러 있을 때, 개경에 왕좌가 비어있어, 급한 대로 이제현 대감께, 우정승(右政丞) 권단정동성사(權斷征東省事)를 제수(除授), 상감이 귀국할 때까지 나라를 맡기려 했을 때, 연치(年齒) 65세의 대감은 글을 올려 고사했다. 그러나 젊은 상감이 오직 믿을 사람은 그분뿐이었다. 젊으신 상감의 뜻을 더는 어길 도리 없이, 상감이 귀국하기까지 두 달 넘도록 상감께서 제수하신 도첨의정승(都僉議政丞)마저 받아, 나라를 지켰던 어른 이제현…… 그 두어 달 동안, 고려는 역대의 상감이 왕좌를 지키고 있을 때보다 안정되고 편안했다. 우정승은 법사(法司)로 하여금 각 도의 존무사(存撫使) 안렴사(按廉使)의 공적과 죄과(罪過)를 고핵하게 만들고, 홍원철(洪元哲)을 보내 평양도(平壤道)를 순문(巡問)하게 했고, 김용(金鏞)을 보내 왜적을 방비하게 하고, 허유(許猷)를 불러 서북면찰방(西北面察訪)을 삼는 등 적재적소에 인재를 심어 나라를 굳건히 지키신 어른. 적재적소에 사람을 심어 일을 맡겼을 뿐 아니라 배전(裵佺), 박수명(朴守明)의 죄를 물어 행성(行省) 감옥에 가두고, 노영서(盧英瑞), 윤시우(尹時遇)를 귀양보냈으며, 한대순(韓大淳), 정천기(鄭天起)의 실책을 따져 벼슬을 낮추기도 서슴지 않을 만큼 나라 살림을 빈틈없이 돌보아 주셨던 어른 이제현 대감……

상감은 꿈속에서도 가슴이 설렜다. "대감, 대감께서 어이 이제 찾아오셨습니까. 지금까지 어디 계시다가 이제야 오셨습니까. 짐이 너무 허약해 이리저리 휘둘리는 것을 모르셨습니까…… 너무 외롭고 힘들었습니다." 상감은 노재상의 손을 잡고 흐느껴 눈물을 흘렸다.

"충숙왕(忠肅王) 훙(薨)하시매 정승 조적이 백관을 위협하고 군대를 영안궁(永安宮)으로 들이 밀어 상감의 측근에 있는 소인(小人)들 쫓아내겠다고 서둘고, 심왕(瀋王)을 옹립하려 했을 때, 대감께서는 충혜왕의 기병을 거느리고 조적을 쳐 죽여 기강을 바로잡으셨으나, 원(元) 연경에 조적의 무리가 남아있어, 충혜왕을 무고(誣告), 원나라가 충혜왕의 죄를 묻기 위해 고려로 사자(使者)를 보냈을 때, 고려는 또다시 어떤 화가 미칠까 전전긍긍이었습니다. 원의 사신이 충혜왕을 원으로 끌어가는 길에, 대감께서는 "나는 내가 우리 임금의 신자(臣子)임을 알 뿐이다!" 하시고 시종(侍從)하여 따를 때의 나이 쉰흔셋이었습니다. 연경에 당도하여 말로 하는 대신, 밤새워 쓰신 글로 변박(辨駁)하여, 원 조정의 바른 판별을 받아내신 대감께서 왜 이제야 저를 찾아오셨습니까." 상감은 아무 말씀 없이 상감을 무연하게 바라보는 대감을 향해 눈물로 말씀을 이었다. "여덟 살 어린 충목왕(忠穆王)이 즉위했을 때, 대감께서는 서연(書筵)을 설치하고 스승이 되시었고, 도당(都堂)에 글을 올려 '효경(孝敬), 논어, 맹자, 대학, 중용을 강의하게 하여, 임금이 격물치지(格物致知), 성의정심지도(誠意正心之道)를 익히게 만드셨습니다.' 상감께 아뢰기를, '정방(政房)을 폐지하여 청알(請謁)을 없애고 공과의 표준을 세워 요행을 바라는 마음을 방지(防止)하고, 금은금수(金銀錦繡)의 사용을 금지하여 검소함이 덕행임을 밝혀주시고, 포흠(逋欠)감면, 공부(貢賦)를 줄여 민생을 안정시켜 주시기……'를 상감께 고하시지 않았습니까. 그렇게 집정자(執

政者)가 깨우치기를 원했으나, '내, 아직 시행되는 것을 보지 못하여, 내가 용퇴하지 못하는 것을 부끄럽게 여기고 있다.' 하시지 않았습니까. 그렇게 고려의 혼을 일깨우시던 대감께서 왜 지금까지 저를 찾지 않으셨습니까."

꿈속에서 대감이 고개를 숙여 입을 열었다. "전하, 어가(御駕) 남쪽으로 파천하셨을 때, 상주(尙州)에서 알현하고 눈물로 고하지 않았나이까. '오늘날 파천하심이 당(唐)나라 현종(玄宗)이 안녹산(安祿山) 반란을 만난 것과 무엇이 다르겠습니까.' 그리고 홍언박에게 일렀습니다. '장하도다. 이 산하(山河)는 위국(魏國)의 보배로구나. 우리가 만약, 처음에 험난한 곳에 진지를 설치하고 좁고 막힌 곳을 지켰다면 기필코 승리할 수 있었을 것인데, 일찍 대비하지 못한 것이 한스럽습니다. 적(賊)이 만약 들에서 전투를 하였다면 아군(我軍)은 반드시 패하였을 것입니다. 다만 비와 눈으로 인해, 적이 준비하지 못한 때를 타서 공격하였기 때문에 아군이 이긴 것입니다. 이것은 산천(山川) 신령의 보우(保佑)에 힘입은 것임을 알아야 합니다.' 그렇게 저는 거가(車駕)에 호종(扈從)하여 청주에 이르렀습니다. 상께서 저에게 계림부원군(鷄林府院君)을 봉해 주시니 성은이 망극이었나이다." 그 무렵 상감께서는 홍건적에게 쫓겨 파천에 파천으로 피란 가던 행로를 떠올리며, 상감은 꿈속에서도 뜨거운 눈물로 흐느꼈다. 침소에 함께 들었던 중전이 놀라 일어나 조심스레 상감을 깨웠다.

"전하, 대전마마 무슨 꿈을 꾸셨기에 이리…… 그만 꿈에서 깨시옵소서 전하."

중전의 손길로 꿈에서 깨어난 상감은 식은땀으로 흠뻑 젖은 모습으로 일어나 앉았다.

"이제현 대감께서 찾아오셨구료. 대감께서…… 나를 찾아오셨소.

꿈이지만……"

조정대신 누구 한 사람, 믿고 의지할 신하가 보이지 않는 현실에
숨 막혀 하던 상감은 서럽고 고단한 꿈에서 깨어난 뒤에, 더욱 이제
현 대감이 가슴 미어지도록 그리웠다.

*

직한림(直翰林) 정몽주(鄭夢周)가 상감 전에 나아왔다.

"전하, 아뢰옵기 황공하오나, 효수된 김득배의 시신을 소신이 거
두도록 허락하여 주옵소서."

누구도 돌보는 이 없이 효수된 시신을, 직한림 정몽주가 거두겠다
고 아뢰었다. 뜻밖이었다. 모두 눈치 슬슬 보며 뒷전으로 빠지기만
하는 중신들 가운데, 정몽주가 있었구나. 상감의 가슴이 우르르 떨
렸다.

"김득배, 비록 죄 있어 효수되었다 하오나, 전하께서도 연저(燕邸)
고려관 때부터 아끼시던 신하가 아니었나이까. 그 말로가 너무 비참
하오니, 전하께서 은혜를 베푸사, 소인으로 하여금 시신이라도 거두
도록 가납하여 주옵소서."

정몽주가 상감께 알현을 청할 때, 이미 중신들은 정몽주가 무엇
때문에 전하를 뵈오려고 하는지 알고 뒷전에서 난리 소란을 부렸다.
그리고 알현이 이루어지기 전에 정몽주를 막으려는 중신들이 들쑥
날쑥 소란을 피웠다.

"아니 되옵니다. 아니 되옵니다. 정몽주가 김득배의 시신을 거두
겠다는 것을 절대로 용납하시지 마시옵소서. 이런 전례는 없었사옵
니다. 전하, 전하께, 중죄인 김득배의 시신을 거두겠다 아뢰는 정몽

주를 벌하시옵소서! 벌하시옵소서!"

아우성이었다. 정몽주는 김득배의 문하생이었다. 조정대신ᄃ
정몽주를 용납하는 것은 김득배를 용납하는 것이라며 계속 소동ᄋ
벌였다. 하지만 상감은 대신들의 아우성을 못들은 척, 정몽주에게
김득배의 시신을 정중하게 거두라고 하명하셨다. 사사건건 상감을
조종하러드는 조정대신들에게 더 이상 휘둘리지 않겠다는 상감의
의지였다. 상감께서 옳게 여겨 결정하시는 일은 임금의 정의(正義)
다. 이제부터는 그 정의를 위해 싸워야 한다. 그 싸움이 무엇을 불러
오고, 언제까지 이어질지 알 수 없는 일이었으나 싸움은 시작되었
다. 조정중신들 모두가 젊으신 상감보다는 연치가 높다. 누구는 부
친뻘이고 누구는 맏형뻘이고 누구는 조부(祖父)뻘 되는 어른들이다.
그들 모두가 겉으로는 중신들이지만, 은연중 젊으신 상감 뜻에만 맡
길 수 없다는 고집이 그들 모두의 심중에 뿌리내리고 있었다. 승전
(勝戰) 공신을 척살하고, 또는 벌주어 네 명의 공신을 죽인 자들의 내
면에, 권력에 대한 암투가 더럽게 얽혀있음을, 젊으신 상감께서 밝
히 알고 계셨다.

직한림 정몽주가 상감의 허락을 받고 김득배의 시신을 거두어 장
사 지낸 뒤, 상감께서는 중신들 모르게 정몽주(鄭夢周)에게 제문(祭
文)을 올리라고 일렀다. 정몽주가 쓴 제문을 읽던 상감께서 낙루 시
작되고…… 제문을 끝까지 읽으시며 김득배의 영혼을 위로하셨다.

〈……비록 죄가 있었더라도 공으로서 덮는 것이 옳았을 것이요,
죄가 공보다 무겁다 하더라도 반드시 그 죄를 자복(自服)시킨 뒤에
베는 것이 옳은 일이었는데, 어찌하여 전장(戰場)에서 탔던 말(馬)의
땀이 마르기도 전에, 개선하는 노래가 파하기도 전에, 태산 같은 공
으로 하여금 도리어 칼날의 피가 되게 했는가. 나는 피눈물로써 하

이 묻습니다. 나는 그 충혼(忠魂)과 장백(壯魄)이 천추만세를 두고 에서 울 것을 알고 있나이다. 그러나 아아 천명(天命)인 것을 어 하리오, 천명인 것을 어찌하리오……〉

정몽주의 제문 앞에서 상감의 슬픔은 더욱 깊었다.

*

어가가 머물렀던, 그해 상주의 봄은 유난히 화창했다. 그러나 화창한 봄날의 하루하루가 상감께는 고통이었다. 잠깐 얼굴도 볼 수 없이, 한마디 말도 나누지 못한 채 죽어간 충신들의 모습이, 새싹이며 꽃이며, 지저귀는 새들 가운데서 계속 너울거렸다.

"송도 개경으로 가리라."

우선 개경으로 돌아갈 일이었다. 그러나 조정대신들의 공론은 또다시 벌집 건드린 듯 이유가 분분했다.

"전하, 상감마마, 아직은 개경 환도가 불가합니다. 궁궐은 남은 곳이 없고, 개경의 마을들은 모두 폐허가 되었습니다. 그 폐허 위에 백골(白骨)이 구릉(丘陵)을 이루고, 풀포기 하나 자랄 곳이 없다 하옵니다. 전하 당분간 기다리시옵소서."

"개경이 폐허가 되었다니 그래서 과인은 서둘겠다는 것이오. 그렇게 된 개경을 버리고 언제까지 외면할 생각들입니까? 그럴수록 한시바삐 서둘러 개경으로 들어가야 하지 않겠소. 폐허가 된 곳, 부서져 못쓰게 된 개경, 우리 백성의 억울한 백골들이 갈 길을 잃고 험하게 버려진 곳으로 서둘러 가야 하겠소. 잠자리가 없으면 만월대에 움막을 치겠소. 이제야말로 나의 이 두 맨손으로 개경에다 새롭게 왕궁을 짓고, 억울하게 떠난 원혼의 백골을 묻어주고, 백성들의 삶

터를 만들어 주겠소. 짐은 떠날 것이오! 당장 가야겠소. 내가 버리고
떠났던 개경으로 어서 돌아가, 개경 앞 만월대에 무릎 꿇고 속죄하
러 갈 것이오. 정녕 새 마음으로 새 임금 노릇을 하러 갈 것이오."

　조정대신들이 상감의 결연한 말씀에 숙연해졌다. 상감은 분연히
조정대신들 앞에서 다시 말씀을 이었다.

　"누가 그 폐허 위에 집을 짓겠소? 누가 그곳에 궁궐을 이룩하겠
소? 그냥 언제까지나 이곳에서 우두커니 기다렸다가, 더 낡고 더 무
너진 개경으로 들어서겠다는 것이오? 짐은 가겠소. 그 깨지고 부서
진 개경 앞에 속죄하기 위해서라도 서둘러 떠나겠소. 아무도 따라나
서지 않겠다면 나 혼자서라도 떠나겠소. 홀로 가서 맨손으로 흙을
다지고, 맨손으로 돌을 다듬어, 궁궐도 짓고 백성이 살만한 집을 지
을 작정이오."

　상감은 분연히 자리를 떨치고 일어났다. 그리고 둘러앉은 중신들
을 충혈된 눈으로 둘러보았다. 저들 중에 누구를 믿으랴. 저들 중 누
구에게서 진심을 알아내랴. 지척이 보이지 않는 안개 같은 의혹을
누가 걷어줄 것인가. 헤치고 헤쳐보아도 지척이 분간되지 않는 이
의혹의 안개. 더듬어 헤치고자 하면 할수록 더욱 오리무중에 빠지는
이 의문들. 저 중에 누구의 양심이 이것을 시원하게 걷어줄 것인가.
둘러선 중신들은, 정세운을 죽인 연유가 무엇이며, 안우, 이방실, 김
득배를 끝내 처치했던 진정한 까닭을 감추기 위한 시커먼 병풍처럼
보였다. 시중 홍언박까지도 그중 하나로 보였다. 외사촌 형까지 권
력 줄다리기에 휘말려, 왕좌에 앉아있는 고종사촌 동생을 배신했다
는 것을 알고 있었다. '누구를 믿으랴, 누구를 의지하랴. 홀로 일어
서야 한다. 오직 홀로 일어설 수 있는 의지만이 왕의 자리가 흔들리
지 않게 만드는 길이다.' 하지만 얼음 벌판에 홀로 세워진 듯 뼈가

저렸다. 왕이 된다는 것이 이런 것이었던가. 하늘이 낸다는 상감이 이런 외로움을 견뎌야만 하는 자리였던가. 누구도 의지하지 말고 오로지 홀로 서고 홀로 걸어가야 하는 길이 왕도(王道)였는가.

*

그렇게 외로운 상감께 어느 날, 뜻밖에 이제현 대감의 알현이 이루어졌다. 꿈인 듯 꿈결인 듯 상감께서는 어버이를 뵈옵는 듯 반갑고 기쁘셨다. 지난해, 홍건적에게 송도를 빼앗기고 어가(御駕)가 남쪽 길 파천에 이르렀을 때, 상감을 뵈옵고 하염없이 눈물을 흘렸던 늙은 대신. 이제 대감의 연치 일흔일곱…… 대감은 중신들의 눈치를 보는 일 없이 상감의 어좌 앞에 꿇어 낙루가 이어졌다. 그저 하염없이 울고 또 울던 노대신이 간신히 입을 열었다.

"전하, 환도(還都)가 너무 늦추어지고 있사옵니다. 송도는 종묘가 있는 곳으로 국가의 근본입니다. 마땅히 빨리 환가(還駕)하시어 백성의 바라는 마음을 위안하시어야 하겠습니다. 하지만 서운관(書雲觀)에서 음양설(陰陽說)에 구애하여 꺼리고 있으니, 먼저 성남(城南)의 흥왕사(興王寺)에 거가(車駕)를 멈추시고, 강안전(康安殿)의 수리를 기다리시는 것이 좋을 듯 하옵니다."

대감의 진언(進言)을 듣는 상감의 눈시울도 젖었다. 꿈속으로 찾아왔던 노충신의 현신은 하늘의 도우심이었다. 외롭고 힘든 젊은 상감께 부처님이 내린 가피였다. '하늘이 내게 똑바로 갈 길을 열어주시는구나…… 나에게 충신 한 분 아직 계시니 나는 외로운 상감이 아니다! 아무리 외롭고 아무리 막막해도, 이제는 중신들의 눈치를 보는 일은 없을 것이다. 임금이 끌고 가는 고려, 중신들을 다스려 힘을 합치도록 만드는 임금, 억조창생의 어버이, 너무 크고 버겁지만, 백성을 알아보고 백성의 편에 서는 상감이 되리라.'

아침 해 떠오르는 송도 개경으로 갈 것이다. 고려의 개경 고려의 송도, 고려의 심장인 송도 개경으로 가서, 왕좌의 묵은 먼지를 털고 앉음새를 고쳐, 묵은 의문을 뒤집고, 원인과 결과를 밝히리라. 아끼던 신하들이 상감도 모르게 왜 죽임을 당했는지 밝힐 것이다. 고려 조정의 중신 중에 이제는 그렇게 처단당하는 인물이 없어야 한다. 상감이 아끼는 신하로서만 아니라. 고려의 기틀 되는 신하가, 신하끼리 '권세잡기'를 위해 제거되고 제거당하는 살생을 막을 것이다. 저잣거리의 백성 하나도 그렇게 잃는 것은 나라가 자멸(自滅)로 빠지는 첩경이다─고려가 고려로 살아남기 위해서는 조정이 맑은 물이 되어야 하겠다. 상감이 상감의 도리를 다하려면, 중신들의 눈치에서 결곡하게 벗어나야 한다. 의혹도 의문도 남김없이 풀어내는 상감의 엄위(嚴威)를 잃지 않을 것이다.

아직 원나라의 속국에서 벗어나지 못한 고려. 원나라가 비틀거리고 있는데도 그 손에서 벗어날 용심을 키우지 못하고, 홍적 떼, 왜구, 외부에서 밀려닥친 국란을 치르면서, 상감을 허수아비로 만들고, 대신들끼리 권력 싸움과 암투로 서로 죽이고 죽어가다니─고려가 죽는 길이라는 것을 모르는 중신들이 상감의 둘레를 에워싸고 있다.

숙연하게 고개를 숙이고 있는 중신들을 내려다보시며 상감은 음성을 가다듬었다.

"내일 해뜨기 전, 개경을 향해 떠날 준비를 하시오. 밤을 새워서라도 출발 준비를 끝내놓으시오. 환도가 이르다고 생각하는 대신은 이곳에 남을 것이고, 개경으로 갈 길이 급하다고 믿는 대신은 짐을 따르시오."

상감의 명령은 추상이었다. '고관대작들이 쥐고 흔들던 왕도(王道) 위에 우뚝 서서, 앞으로는 제청(提請)이 아닌, 당당한 왕명(王命)을 계속 내릴 것이다. 왕의 자리 10년 만에 국난을 만나 산산이 부서진 왕도(王道). 목숨 잃는 것이 두려워 버리고 떠났던 왕도(王都), 그 왕도 개경으로 서둘러 돌아갈 것이다. 의혹의 안개를 헤치고 빛으로 일어서는 상감이 되어 고려를 일으키리라. 고려 혼을 일깨우리라. 그리고…… 영원, 연모(戀慕), 운명의 아내 승의공주, 중전에게서 어느 날 아들이 태어날 것이고, 그 아들은 아비가 일으켜 세운 왕도(王道)를 이어, 꿋꿋한 고려를 이끌어 갈 것이다.'

상감께서는 당장 떠날 사람처럼 행궁의 뜨락으로 내려섰다. 그리고 멀리 개경이 있는 북쪽을 향해 발돋음했다.

'원나라에 입조숙위 열한 해 만에, 원 황실의 명을 받아 왕좌에 오른, 원나라 속국의 고려왕…… 그리고 왕좌에 올라 십여 년, 이제는 고려를 일으켜 세워 고려의 임금이 되어야 할 때에 이르렀다. 백성을 아끼는 진정한 왕이라면 무엇이 두려우랴. 두려움 없이 일어서리라.' 중신들은 황망하게 내일 새벽까지 떠날 짐을 꾸리느라고 바쁘게 서둘렀다. 송도 개경이 보이기라도 하듯, 발돋음으로 북쪽 하늘 먼 곳을 바라보는 상감께, 날개가 돋듯 전신이 가벼워졌다. '나는 고려의 왕, 고려의 혼이다!'

참고서적 1968년 10월- 동아대학교 고전연구실 발행

1) 역주(譯註) 고려사(高麗史) 제3권, 세가(世家)46권 충렬왕(忠烈王) 충선왕(忠宣王) 충숙왕(忠肅王) 충혜왕(忠惠王) 충목왕(忠穆王) 충정왕(忠定王)

2) 역주 고려사 제 4권, 세가(世家)38권 공민왕(恭愍王) 1~7까지

고려의 혼

1쇄 발행일 | 2018년 10월 25일

지은이 | 정연희
펴낸이 | 정화숙
펴낸곳 | 개미

출판등록 | 제313 - 2001 - 61호 1992. 2. 18
주소 | (04175) 서울시 마포구 마포대로 12, B-108호(마포동, 한신빌딩)
전화 | (02)704 - 2546
팩스 | (02)714 - 2365
E-mail | lily12140@hanmail.net

ⓒ 정연희, 2018
ISBN 978 - 89 - 94459 - 97 - 4 03810

값 15,000원

※이 책은 대한민국 예술원의 2018년 예술창작활동 지원금을 받아서 제작된 것입니다